Knaur.

Knaur.

Über die Autorin:
Anna Koschka ist ein Pseudonym der Wiener Autorin Claudia Toman. 1978 geboren, lebt sie zusammen mit Katze, MacBook und Hunderten geliebten Büchern in der Nähe des Wiener Naschmarktes. Sie arbeitet als Schriftstellerin, Theatermacherin und Museumsguide und schreibt bereits am nächsten Roman um die liebenswerte Heldinnen des Mauerblümchenclubs.
Mehr über Anna Koschka: www.koschka.at.vu

Anna Koschka

Naschmarkt

Roman

Knaur Taschenbuch Verlag

Besuchen Sie uns im Internet:
www.knaur.de

Wenn Ihnen dieser Roman gefallen hat und Sie auf der Suche sind nach ähnlichen Büchern, schreiben Sie uns unter Angabe des Titels *Naschmarkt* an: frauen@droemer-knaur.de

FSC
www.fsc.org
MIX
Papier aus verantwortungsvollen Quellen
FSC® C083411

Originalausgabe August 2012
Knaur Taschenbuch

Ein Unternehmen der Droemerschen Verlagsanstalt
Th. Knaur Nachf. GmbH & Co. KG, München

Redaktion: Martina Vogl
Umschlaggestaltung: ZERO Werbeagentur, München
Umschlagabbildung: FinePic®, München
Satz: Adobe InDesign im Verlag
Druck und Bindung: CPI – Clausen & Bosse, Leck
Printed in Germany
ISBN 978-3-426-51120-6

2 4 5 3 1

Für Tante Aigi,
ein Mauerblümchen und der beste Mensch.

Schüssel leer: Der Tag wird gut.
Schüssel voll: Sei auf der Hut!
Angepatzt heißt: Du kommst weiter.
Ausgepatzt heißt: Es wird heiter.
Ist der Napf jedoch halb leer,
Hilft dir wirklich gar nichts mehr.
(Dotti Wilcek: Das Katzenfutterorakel)

Prolog

»Ist es zu fassen, dass Frauen in Hollywoodfilmen nie auch nur ein verirrtes Härchen an den Beinen haben, egal, wie unerwartet der Geschlechtsverkehr sie einholt?«

Rita nippt an ihrem Pflaumenwein, verzieht die Stupsnase und sieht fragend in die Runde.

»Was?«

»Ist es zu fassen, dass das der erste Gedanke ist, der dir dazu kommt?« Christine schüttelt den Kopf und stellt ihr Glas ab.

»Fürs Protokoll, Frau Obergescheit, das weibliche Klischee in Leinwandschnulzen ist Ursache für eines der größten Missverständnisse zwischen Männern und Frauen: Es lässt Männer denken, dass wir die ganze Zeit perfekt enthaart und in Strapsen rumlaufen. Oder habt ihr Angelina Jolie schon mal in ausgewaschenen Baumwollschlüpfern mit Kaktusschienbeinen gesehen?«

»Da ist was dran«, sagt Stella, nachdem sie ihren Likör mit einem einzigen großen Schluck geleert hat. Ihre dunklen Pupillen blitzen selbst im schummrigen Licht des Lokals. »*Fürchte den Bug eines Schiffes und den Arsch eines Maultieres,* wie meine griechische Oma zu sagen pflegt.«

»Und was heißt das?«, fragt Miki mit zusammengekniffenen Augen. Sie hasst das süße Gesöff, das uns nach dem Essen in unserem Stammlokal immer serviert wird. Schon der Geruch verletzt ihre empfindliche japanische Nase.

Katharina reicht ihr wie selbstverständlich ein Taschentuch.

»Das habe ich bis heute nicht rausgekriegt. Aber es passt irgendwie zu Angelina Jolie in Baumwollliebestötern.«

Die fünf Frauen an meinem Tisch beginnen gleichzeitig zu lachen. Ich muss grinsen. Wäre diese Szene ein Romananfang, würde ich mit Sicherheit darüber meckern, dass alle potenziellen Klischees der trivialen Frauenunterhaltung erfüllt sind. Es ist mein dreißigster Geburtstag, und ich feiere ihn mit meinen besten Freundinnen bei Thai-Food in der Wiener Innenstadt. Besäße Pflaumenwein Glamourpotential, wir hätten glatt Stoff für eine Buchclub-Ausgabe zu bieten. Auf meinem Schreibtisch stapeln sich die Rezensionsexemplare genau solcher Geschichten. Zum Glück habe ich heute dienstfrei und kann mich entspannen, statt die literarische Qualität unserer Konversation zu beurteilen.

»Und du, Dotti?«

Fünf Augenpaare sehen mich erwartungsvoll an.

»Ich?«

»Jetzt, wo wir auf die Frau an sich und dich im Speziellen angestoßen haben, was ist dein Plan für das nächste Jahrzehnt?«

Mein *Plan?* Das klingt so, als hätte ich mein Leben im Griff wie ein Autor seine Romanhandlung und könnte selbst bestimmen, welche wichtigen Veränderungen mich in näherer Zukunft erwarten.

Erster Akt: Ich lerne den perfekten Mann kennen, worauf er beim Achtgängemenü um meine Hand anhält.

Zweiter Akt: Ich organisiere die Hochzeit, kriege einen dicken Bauch, finde den innovativsten Babynamen, die vernünftigste Doppelhaushälfte und entwickle eine Vorliebe für Duftteelichter.

Dritter Akt: Ich lebe glücklich und zufrieden bis zur Menopause …

All das zieht vor meinem inneren Auge vorbei, untermalt von irgendetwas, das Elton John auf einem Keyboard klimpert. Dorothy, die Prinzessin der Kerzen.

»Träumst du, Dotti?«

Mein Telenovelaplot wird jäh unterbrochen. Elton John kippt vom Klavierhocker, und die Doppelhaushälfte geht in Zimtorangeflammen auf.

Die Wahrheit ist: Dieser Plot ist nicht für mich geschrieben. Wer immer ihn sich ausgedacht hat, beherrscht sein Handwerk nicht oder hat zu viele himmelblaue Bücher gelesen. Die Realität ist keine Soapopera und keine Romanze von Nicholas Sparks, sondern ein Scheißdschungelcamp, in dem man selbst der Promi ist – aber einen niemand rausholt.

Ich hole tief Luft, sehe meinen Freundinnen in die lächelnden Gesichter und sage die entscheidenden Worte:

»Mein Plan für die nächsten zehn Jahre ist es, ohne Mann glücklich zu werden.«

Verblüfftes Schweigen.

»Das ist nicht dein Ernst«, meint Rita schließlich, als die Schrecksekunde vorbei ist.

»Mein voller Ernst. Und ich habe es mir gut überlegt. Schau uns mal an! Wir sind sechs Frauen über dreißig …«

»Ich bin neunundzwanzigeinhalb!«

»… sechs Frauen im besten Alter. Wir haben Jobs, die uns Spaß machen, Freundinnen, die uns lieben, Eltern, die uns unterstützen, Hobbys, die uns auf Trab halten. In unseren

Küchen stehen Hightech-Kaffeemaschinen, die uns auf Knopfdruck kapselweise Träume von George Clooney ausspucken. Was wollen wir mehr? Neunzig Prozent unserer Zeit verplempern wir damit, uns die Köpfe darüber zu zerbrechen, wann endlich der Held in Gamaschen auftaucht und uns vom Garçonnière- zum Doppelhaushälftenbewohner macht. Und warum?«

»Weil das normal ist«, sagt Rita trotzig.

»Nein!«

»Weil wir Kinder wollen?«, rät Katharina.

»Nein.«

»Weil ...« Miki zupft nachdenklich an ihrem Ohrläppchen.

»Weil Liebe Spaß macht«, kommt ihr Stella zu Hilfe.

»*Das* ist ja wohl Ansichtssache«, sagt Christine, für die Spaß zumeist bedeutet, ein Terrarium von Reptilienkot zu befreien.

»Eben«, stimme ich ihr zu. »Es macht auch Spaß, mit euch zum Thailänder zu gehen, ein gutes Buch zu lesen, über Angelina Jolies Unterwäsche zu lästern, barfuß durch eine feuchte Wiese zu laufen, Espresso zu trinken oder Muffins mit Nougatfüllung zu essen. Warum räumen wir der Liebe so unverhältnismäßig viel Platz ein?«

»Das sagst du bloß, weil du Paul noch nicht verdaut hast.« Miki reicht mir ihr volles Glas Pflaumenwein. »Trink das, als Digestiv wirkt es Wunder.«

Wie immer kann ich ihren Gesichtsausdruck bei diesen Worten nicht deuten, obwohl ich Mikage kenne, seit ich vierzehn bin. Damals kam sie frisch aus ihrem japanischen Dorf nach Europa, um Köchin zu werden, und begann, im Lokal meiner Mutter zu arbeiten. Wo sie bis heute geblieben ist.

Meistens lächelt sie. Ich habe Miki nur dreimal weinen sehen: Das erste Mal, als ihr Vater anrief, um ihr mitzuteilen, dass ihre Mutter gestorben sei. Das zweite Mal, als sie ein Tablett mit teurem Porzellan fallen gelassen hatte und das dritte und bisher letzte Mal, als im Indischen Ozean fast die Welt untergegangen ist. Davon abgesehen zeigt sie stets ihr Vollmondlächeln, umgeben von sternenklarer Haut.

»Unverdautes liegt im Magen«, erklärt sie, und nicht zum ersten Mal frage ich mich, was in Mikage Itos Vergangenheit unverdaut ist.

»Es hat nichts mit Paul zu tun.« Die Lüge kommt mir leicht über die Lippen, schließlich bin ich mittlerweile das chronische Sodbrennen wieder los, das er mir verursacht hat, als er mir noch im Magen lag.

»Paul war nicht der Richtige«, meint Katharina mitfühlend wie immer, und sie würde bestimmt den Sonnenschein hereinlassen, wenn es draußen nicht schon stockdunkel wäre. Ihre Büchersammlung ist streng von Hellpastell bis Dunkelpastell geordnet, und literarische Scheinwelten haben sie zur unverbesserlichen Romantikerin gemacht. Sie ist der festen Überzeugung, dass es selbst für Schneewittchens Stiefmutter ein Happy End gibt und Zwerg Brummbär ein missverstandener Liebender ist!

»Der Richtige, das ist das Stichwort.« Kampflustig beugt sich Rita über den Tisch und fixiert mich unter langen Wimpern. »Du musst dich wieder verlieben.«

Warum klingt das wie eine Drohung?

»Also, pass auf!« Sie räuspert sich und blickt sich im Restaurant um. »Was hältst du von dem Dunkelhaarigen, da hinten beim Fenster? Der schaut schon die ganze Zeit zu uns herüber.«

»Der Anzugtyp? Wahrscheinlich bewundert er deine Manolos. Er ist schwul, das sieht doch jeder.«

»Nie im Leben.« Rita betrachtet ihn nachdenklich. Wie immer bewundere ich, wie geschmackssicher sie sich in elegantem Understatement präsentiert. Kein Tupfer Rouge zu viel auf ihrem perfekten Teint, das blaue Satinkleid sitzt wie angegossen. Und obwohl ich mich dunkel daran erinnere, wie sie in der Grundschule in rosa Hello-Kitty-Pantoffeln neben mir saß, könnte ich schwören, dass sie in High Heels zur Welt gekommen ist.

»Und was ist mit dem am Tisch daneben?«, flüstert Katharina. Alle sechs spähen wir – selbstverständlich total unauffällig – hinüber.

»Blondie mit der noblen Blässe und dem schwarzen Rollkragenpulli? Drei Möglichkeiten: hochbegabter Soziopath, jähzorniger Theaterregisseur oder Inkognitovampir«, sage ich und trinke genüsslich Mikis Pflaumenwein.

»Dotti! Kannst du deine spitze Zunge nicht beherrschen? Bleib doch mal bei der Sache!« Entschlossen sieht sich Rita weiter im Thairestaurant um.

»Ha, ich hab's! Der da hinten in der Ecke, der die ganze Zeit auf seinem Smartphone herumtippt: Mister Gut-aussehend-intelligent-und-erfolgreich.«

»Technikfetischist. Nimmt sein Handy vermutlich sogar mit ins Bett, besitzt ein vollständiges Set internationaler Reisestecker und einen dieser anthrazitfarbenen Businesstrolleys, in denen es für alles ein eigenes Fach gibt.«

Meine Freundinnen starren mich mit offenen Mündern an. Ich lächle und greife nach Ritas Händen.

»Ich meine es total ernst. Ich werde nicht mehr daten. Ich habe genug von vertrockneten Valentinstagsblumen, hart gewordenen Lebkuchenherzen, sauteuren Romantikhotels und billigen Anmachsprüchen. Und ich will keine Bücher, Filme oder Fernsehtalkshows mehr sehen, die aller Welt erklären, warum es trotz der ganzen Scheiße, die Frauen und Männer einander antun, erstrebenswert ist, in einer Beziehung zu sein.

Mir fehlt nichts. Ich habe ein sehr gemütliches Dach über dem Kopf, ich arbeite in einem Traumjob, und mein größtes Problem ist, welches Buch aus dem Stapel ich als Nächstes lese. Und ich habe euch. Das …«

»Das hast du schön gesagt!« Stellas dunkle Altstimme, die genauso klingt, wie Orange-Trüffel-Schokolade schmeckt, unterbricht mich. Ich beobachte amüsiert, wie sie sich ein Tränchen aus dem Augenwinkel wischt. Zu viel Sentimentalität führt bei Stella immer zu feuchten Augen. Ihr Herz ist riesiger und baufälliger als die Akropolis.

»Und jetzt, Ladys, wird es Zeit für unser Geschenk«, verkündet sie, zieht eine kleine, schlichte Schatulle aus ihrer Handtasche und stellt sie in die Mitte des Tisches. Sie ist weiß und mit einem winzigen goldenen Herz verziert.

»Für mich?«

Stella nickt lächelnd.

»Happy Birthday, Dotti!«

Vorsichtig öffne ich den Verschluss, klappe die zierliche Box auf und stoße einen Begeisterungsschrei aus. Darin befindet sich eine hübsche silberne Armbanduhr mit digitalem Ziffernblatt, das aber seltsamerweise nicht nur die aktuelle Uhrzeit anzeigt, sondern darunter fünf Zahlen: 8-7-6-0-0.

»Acht-sieben-sechs-null-null?«

»Liebe Dotti«, sagt Stella feierlich. »In meiner Familie ist es Tradition, sich zu runden Geburtstagen eine Uhr zu schenken. Nicht *irgendeine* Uhr, versteht sich. Das hier ist eine Zehnjahresuhr, eine Art Countdown, der, einmal aktiviert, die Stunden der nächsten zehn Jahre runterzählt. Genau siebenundachtzigtausendsechshundert.«

»Damit ich meinen vierzigsten Geburtstag immer vor Augen habe?«

»Nein, so einfach ist das nicht. Diese Uhr ist dein Kompass.«

»Wieso ein Kompass, ich denke, es ist eine Uhr?«

Ich drehe das Geschenk vorsichtig zwischen den Fingern, als könnte mir eine verborgene Inschrift Auskunft über seine tiefere Bedeutung geben.

»Es ist der Kompass für ein erfülltes Leben.«

Stella macht eine dramatische Pause.

»Pass gut auf, Dotti, das ist ein großes Geheimnis! Es wird von Generation zu Generation in der Familie Charydis überliefert und immer von Mutter zu Tochter weitergegeben. Alte griechische Familientradition, die auf Aristoteles zurückgeht.«

»Hast du Aristoteles gesagt?«

»Genau! Das Aristotelische Weltbild: *Die Erde* ist das Zentrum des Universums. Das Charydische Weltbild: *Du* bist das Zentrum des Universums. Klar? Und hier kommt unser Geschenk ins Spiel. Dieser Kompass ist noch ohne Richtung, wohin er zeigt, das musst du ergänzen.«

»Und wie mache ich das?«

»*Beads,* Dotti! Es funktioniert wie ein Bettelarmband. Du sammelst Anhänger, die du auf die Uhr aufziehst. Jeder Anhänger steht für ein Ziel, das du erreichen willst, für etwas, das dir wichtig ist und zu deinem erfüllten Leben gehört. Ist so ein *Bead* erst einmal aufgefädelt, wird er dich immer daran erinnern, was dich glücklich macht. Diese Anhänger weisen dir den Weg zum Glück. Sie sind deine Glücksrichtungen. Darum sollte man sie nicht leichtfertig auswählen.«

Ich streiche mit dem Zeigefinger vorsichtig über das silberne Schmuckstück.

»Und um dir auf die Sprünge zu helfen, haben wir uns gedacht, dass jede von uns dir ein Ziel schenkt. Margarita?«

Rita nimmt die Uhr aus der Schatulle und fädelt einen winzigen, wunderhübsch gearbeiteten Turnschuh auf das Band.

»Der alte Schuh. Ich weiß, wie wichtig dir deine Bequemlichkeit ist, Dotti. Schuhe müssen praktisch sein und gesund für die Füße. Aber du solltest sie auch manchmal ausziehen und barfuß über Steine laufen.«

»Das tut doch höllisch weh«, beklage ich mich.

»Aber es ist gut für die Durchblutung.«

Rita zwinkert und gibt die Uhr an Christine weiter, die eine Silberperle mit dem Relief eines Baumes daran befestigt. Ich habe so einen Verdacht, dass mein Weg zum Glück durch jede Menge unwegsames Gelände führen wird.

»Der Baum des Lebens. Du bist niemand, der bunte Blüten in die Sonne reckt, Dotti, sondern du ziehst die Kraft aus deinen Wurzeln und wächst schnurstracks nach oben. Der Baum wird dich daran erinnern, dass du auch mal Blüten treiben und dich bewundern lassen sollst.«

»Ich steck mir nächstes Mal ein Gänseblümchen ins Haar, einverstanden?«

Fasziniert beobachte ich, wie Miki die Uhr übernimmt

und ein detailgetreues Riesenrad einfädelt. Das Rad ist beweglich und lässt sich drehen. Mein Herz klopft schneller.

»Nur du und ich wissen, was das Riesenrad bedeutet und welches Ziel ich dir setze.«

Lächelnd gibt sie Stella die Uhr, die dem Band ebenfalls etwas hinzufügt. Es ist ein winziger, wunderhübscher Vogel.

»Das ist ein Symbol aus meiner griechischen Heimat. Altair, der Adler des Zeus, der leuchtende Stern am Sommerhimmel. Er lässt dich dein Ziel im Auge behalten, egal, wie weit du vom Kurs abkommst.«

Ich berühre den Silbervogel mit dem Zeigefinger und höre das Geräusch eines Schiffsbugs, der durch das Wasser pflügt. So einen zielbewussten Vogel hätte ich damals sehr gut brauchen können.

Zuletzt hängt Katharina ein kleines aufgeschlagenes Silberbuch an die Uhr. Ich muss lächeln. Neben Chai Latte, Piccolini-Pizzen und Filmen mit James Dean sind Bücher ihre und meine größte Leidenschaft.

»Du hattest deine Nase immer am tiefsten in den Büchern, Dotti. Das haben wir gemeinsam: Wir leben gern in Geschichten. Ich schenke dir diesen *Bead,* damit du hin und wieder daran denkst, dass auch dein Leben eine abenteuerliche Geschichte ist. Und du selbst sie schreibst.«

Katharina nimmt meine Hand und legt mir die Uhr an. Eine leichte Gänsehaut überzieht meine Arme, so bewusst wird mir plötzlich dieser Moment mit meinen Freundinnen.

»Du musst den Knopf an der Seite drücken.«

»Was?«

Stella deutet auf einen kleinen Druckknopf seitlich am Ziffernblatt.

»Um den Countdown zu aktivieren. Deine zehn Jahre.«

Ich zögere.

»Was passiert, wenn ich meine Ziele nicht erreiche?«

»Das musst du Aristoteles fragen. Oder die griechischen Götter.«

»Red nicht so einen Quatsch!« Rita stupst Stella in die Seite.

»Entschuldigung …«

Der Anzugtyp steht plötzlich neben unserem Tisch und blickt mir tief in die Augen.

»Ich wollte die ganze Zeit schon etwas sagen, aber ich habe mich nicht getraut.«

Rita zieht hörbar die Luft ein und verschwindet hinter ihrer Serviette. Aus der Nähe betrachtet, sieht er wirklich verdammt gut aus, mit adrettem Seitenscheitel und einer perfekt gewählten Krawatte, die die bernsteinfarbenen Sprenkel in seinen großen, grünen Augen gut zur Geltung bringt.

»Darf ich?«

Er greift nach meiner Hand, hält sie sanft und streicht mit Kennerblick über mein Handgelenk. Ich spüre, wie meine Wangen bei der Berührung heiß werden. Das muss das scharfe Essen sein. Ich vertrage kein Thai-Curry.

»Ein ganz entzückendes Ührchen. Reizend«, säuselt er, winkt uns kokett zu und tänzelt dann mit perfektem Hüftschwung aus dem Lokal – wie Bully Herbig als rosafarbener Indianer.

Rita starrt ihm nach, die Serviette immer noch an den Mund gepresst.

»Sag ich doch!«

Wir brechen gleichzeitig in Gelächter aus. Stellas Alt

dröhnt so laut, dass die Gäste an den anderen Tischen irritiert zu uns herübersehen.

»Das war … episch!«, japst Christine, und selbst Miki kichert lautstark. Plötzlich weiß ich, dass ich gar keinen Plan brauche. Ich habe Freundinnen. Und Ziele. Ohne weiter zu zögern, drücke ich den Knopf an meiner Uhr.

Der Countdown läuft.

26 410 Stunden später

Montag, 3. Oktober

»Nein.«

Kurz, knapp und präzise.

Mit einer Entscheidungsfrage, auch Ja-Nein-Frage genannt, möchte die fragende Person von ihrem Gesprächspartner eine Zustimmung oder eine Ablehnung erhalten. Das Verb steht immer auf Position eins, das Subjekt auf Position zwei.

Das Subjekt bin ich, Dorothy Wilcek, alias Dotti, und weil ich weder mit dem Verb noch mit dem aktuellen Verlauf der Redaktionssitzung einverstanden bin, folgt unweigerlich die Ergänzungsfrage:

»Und *warum* nicht, wenn ich fragen darf, Frau Wilcek?«

Ich suche verzweifelt nach der Antwort, nach einem Verb, das dem Eröffnungsnein eine Erklärung hinzufügt, aber mir fällt keines ein.

Mein Gegenüber mustert mich aus hellblauen Augen, die irgendwo in einer zu dicken Pampe aus Make-up, Concealer, Kompaktpuder, Lidschatten, Wimperntusche und Kajal versteckt liegen. Bei so viel Farbfreude könnte die Frau glatt für Givenchy Werbung machen oder alternativ hinter Glas im Museum hängen.

Erste Anzeichen von Panik machen sich in meinem Kopf bemerkbar. Andere nennen es Kopfweh, ich sage *Dottis*

Vorwarnmigräne dazu. Prompt pocht es gefährlich in meinen Schläfen. Ich wusste es! Ich wusste, dass das einer von den besonders unerfreulichen Montagen wird. Bereits am Freitagabend, als wir nach Redaktionsschluss unseren langjährigen Ressortleiter Michael Könneke in die Väterkarenz verabschiedet haben, hatte ich so ein Gefühl. Denn seine Vertretung als Leiterin der Kulturredaktion übernimmt seit heute ausgerechnet Sorina Loos, die in Journalistenkreisen auch als die *loose Skandalnudel* bekannt ist.

Vor zwei Jahren hat sie sich auf einer Premierenfeier in der Wiener Staatsoper eine Anzeige wegen sexueller Belästigung eingehandelt, weil sie einen angehenden Starsänger unzüchtig begrapscht haben soll. Der Arme ist seither in Therapie. *Po-litische Inkorrektheit* war der genaue Wortlaut der Schlagzeile. Sorina Loos taucht regelmäßig in Klatschspalten auf, lässt sich kein Society-Event entgehen und verreißt mit Begeisterung die Arbeit junger, aufstrebender Kulturschaffender, wenn die ihr in der Pause die falschen Brötchen spendieren oder der Champagner lauwarm ist. Ihre Kritiken sind wegen ihrer beleidigenden Angriffe gefürchtet. Und so jemand wird Ressortleiterin der Kulturredaktion bei der drittgrößten Tageszeitung Österreichs.

Angesichts dieser Tatsachen breiten sich die bohrenden Kopfschmerzen bis in meine Ohrmuscheln aus, die bestimmt hochrot leuchten. Das war *mein* Job! Ich habe mich schon vor einem halben Jahr darum beworben, habe alle meine Publizistikzeugnisse herausgekramt und Empfehlungsschreiben gehortet. Ich war sogar im Theater, jede Woche, mit schmerzendem Hinterteil. Aber anscheinend bringt es mehr, Hintern zu begrapschen, als sie sich bei der Arbeit wund zu sitzen.

»Frau Wilcek? Ich fragte …«

»Po-Nudel«, entfährt es mir. Rasch beiße ich mir auf die Lippen. Wieder einmal eine Glanzleistung. Gleich am ersten Tag die Zusammenarbeit mit der neuen Vorgesetzten verweigern und obendrein noch eine Prise Beleidigung einstreuen. Bravo!

»Frau Wilcek, haben Sie etwa ein Problem mit mir?«

Sorina Loos lächelt, streicht sich eine ihrer schwarz gefärbten Haarsträhnen aus dem Gesicht und lehnt sich in ihrem Stuhl zurück. Sie weiß ganz genau, dass ich ein Teekessel kurz vorm Pfeifkonzert bin. Schließlich stand sie neben mir, als unser Chef verkündet hat, dass nicht ich, sondern sie die Karenzvertretung bekommt. Ihr Lächeln war damals das gleiche gewesen.

»Ich will«, fährt Sorina Loos, ohne auf meine Antwort zu warten, fort, »dass *Sie* die Kolumne über die Internetflirtplattform übernehmen, weil *Sie* der einzige weibliche Single in der Redaktion sind.«

Leni Treu blickt von dem Protokoll auf, an dem sie eifrig geschrieben hat und schenkt mir das selbstzufriedene Lächeln aller Jungverheirateten. Ich schaue sie so lange böse an, bis sie sich hastig ihren Notizen zuwendet.

»Apropos Single, Kollege Kanzler«, die Loos deutet auf Lorenz, der wie immer mit größter Ernsthaftigkeit daran arbeitet, trotz einer Körpergröße von eins fünfundneunzig unsichtbar zu sein, und dem Gespräch mit offenem Mund gelauscht hat, »wird Sie bei der Recherche unterstützen. Sie haben freie Hand. Machen Sie was draus. Der Kulturteil präsentiert sich viel zu elitär, es ist unsere Aufgabe, auch jüngere Leser anzusprechen. Da kommt uns diese neue literarische Datingseite gerade gelegen. Und Literatur *ist* doch Ihr Ressort, Frau Wilcek? Ich frage Sie also noch einmal ...«

»Nein.«

Schon wieder.

Lorenz zuckt zusammen. Sein Weltbild ist erschüttert. Für ihn rangiert der Ressortleiter gleich nach Gott. Nur der Chefredakteur und Kahless, der Gründer des Klingonenimperiums, stehen zwischen diesen konstanten Größen seines Universums. Niemand sagt nein zu Gott.

Aber Gott ist sowieso überbewertet, sonst säße ich jetzt nicht mitten in der Jauche. Wer kommt auch auf diese blödsinnige Idee, eine Flirtplattform auf literarischer Basis zu erfinden? Menschen mit einer Bibliothek vom Umfang eines Fünfzig-Quadratmeter-Lofts haben keine Zeit zu flirten. Schon gar nicht, wenn sie sich geschworen haben, ohne Mann glücklich zu werden.

»Damit wir uns nicht falsch verstehen: Wenn Sie die Kolumne nicht machen wollen, muss ich in der nächsten Ressortleitersitzung die Sinnhaftigkeit einer festangestellten Literaturredakteurin zur Debatte stellen. Die paar läppischen Rezensionen könnten wir auch von freien Mitarbeitern schreiben lassen, nicht wahr?«

Ich will etwas sagen. Circa dreitausend schlagkräftige Argumente köcheln in mir. Leider verpuffen sie irgendwo hinter dem Kehlkopf, denn was am Ende über meine Lippen kommt, ist lediglich ein leises Grollen. Ich mische Wetterleuchten und Platzregen dazu, bis mir innerlich das Wasser bis zum Hals steht.

Was für ein jämmerlicher Rettungsversuch. Ich wünsche mir von Herzen, mein eigener Blitz würde mich treffen, und zwar genau jetzt.

»Das wär's für den Moment. Bis Redaktionsschluss haben Sie Zeit, sich die Sache zu überlegen. Morgen und übermorgen bringen wir die Anzeige der Flirtplattform, und am Donnerstag erscheint die Kolumne. Dreihundert Wörter, knackig und sexy. Wie für Sie gemacht.« Sie wirft einen abschätzigen Blick auf meine geliebten ausgetretenen froschgrünen Chucks. Leni hat Mühe, nicht loszuprusten und hustet in ihre Armbeuge. Die Loos bringt sie mit einer Geste zum Schweigen und schnalzt mit der Zunge. »Seite eins vom Kulturteil. Ich will Witz, ich will heiße Insiderflirttipps, und ich will Romantik. Machen Sie sich mit den Funktionen der Internetseite vertraut. Herr Kanzler«, Lorenz zieht den Kopf ein, als hätte er Angst, dass eine von uns ihn abbeißt, »wird Ihnen dabei helfen.«

Sorina Loos erhebt sich, klemmt sich ihre Unterlagen unter den Arm und stöckelt mit Leni im Schlepptau lautstark aus dem Konferenzraum. Ich knalle mein Notizbuch auf den Tisch und verschränke die Arme vor der Brust.

»Äh, Dotti …«

»Was?«

Lorenz stockt. Wenn er nervös ist, tut er sich schwer damit, die richtigen Worte zu finden.

Sofort tut mir mein bissiger Tonfall leid. Lorenz ist erst seit einem halben Jahr beim *Boten.* Er hat als Volontär begonnen, sich bald aufgrund seiner Computerkenntnisse unentbehrlich gemacht und darf mittlerweile die Fernsehkritik übernehmen, da es keinen gibt, der so bewandert ist in aktuellen TV-Serien, Realitysoaps oder Kinoblockbustern. Er spricht fließend Klingonisch, besitzt ein vollständiges Quidditch-Outfit in Ravenclaw-Farben, hat ein Foto von Julia Stiles auf seinem Schreibtisch stehen und verfügt über ein Hirn wie Wikipedia. Lorenz ist ein einwandfreier Nerd, und er steht dazu.

»Das war ganz schön unintelligent von dir.«

»Wie bitte?«

Hat Lorenz *Ich-halt-mich-da-raus*-Kanzler soeben meine Handlungsweise in Frage gestellt? Sich gar unter Verwendung eines negativ-bewertenden Adjektivs auf die Seite der böswilligen, hochhackigen Antagonistin geschlagen?

»Ich meine nur, so eine Kolumne ist doch eine geniale Chance.«

Lorenz benutzt gern und oft das Wort *genial.* Es kommt in seinem Wortschatz gleich nach *Live long and prosper.*

»Ach ja?«

»Klar. Online-Dating ist total *in.*«

Er schiebt seine Brille mit eingeknicktem Zeigefinger auf die Nasenwurzel zurück.

»Du glaubst nicht, wie viele Singles bei Flirtplattformen angemeldet sind. Das ist ein irre heißes *Topic,* mordsmäßig angesagt, aber aktuell kaum öffentlich diskutiert. Du kannst eine geniale Sozialstudie draus machen. Liebe 2.0, die Webmanzipation der Gefühle.«

Single, schon wieder. Dieses anglizistische Unwort für Menschen in einer Lebensphase, die gesellschaftlich immer noch als krankhaft gilt und höchstens als vorübergehend akzeptiert wird. Als handelte es sich um eine zölibatäre Periode, der unweigerlich eine Beziehung vorausgehen und eine Beziehung folgen müsse. Nur Tupperware und Kochtöpfe brauchen Deckel, das menschliche Herz lässt sich auch ohne erhitzen oder kalt stellen. Ja, richtig, ich bin Single, empfinde diese Lebensweise jedoch weder als vorübergehend noch als krankhaft.

Ich schnappe mir mein Notizbuch und stürme in mein Büro. Dort angekommen, lasse ich mich in meinen Wohlfühlsessel fallen, schließe die Augen und versuche, mich an einen passenden Aphorismus zum Thema Gelassenheit zu erinnern.

Mir fällt keiner ein.

Stattdessen startet sofort eine leicht variierte Kopfkinoversion der heutigen Redaktionssitzung, in der Sorina Loos unter dem Applaus der gesamten Kulturmannschaft in Tränen ausbricht, während Dotti Wilcek eine leidenschaftliche Rede auf die freie Themenwahl hält. Sämtliche Redakteure schwenken Fahnen mit meinem Konterfei und rezitieren Schillers *Räuber*.

Der Nachteil von Kopfkino ist die grausame Flüchtigkeit seines trügerischen Trostes. Die Realität ist ein zu egoistischer Regisseur.

Das Problem ist – falls sich irgendjemand jetzt fragen sollte, worin es besteht –, dass ich bis vor einer halben Stunde ein glücklicher Mensch war: Ich liebe meinen Job. Ich arbeite viel und gern, lese an die fünfundzwanzig Bücher im Monat, fahre zu Buchmessen, besuche Buchpremieren, treffe Autoren zu Interviews, schreibe wöchentlich acht bis zehn Rezensionen, von denen es vier, fünf auf die begehrten Plätze im *Boten* schaffen. Ich lese die Besprechungen aller Tageszeitungen, auch international, und finde den überwiegenden Teil dieser Tätigkeiten verflucht großartig. Kündigung ist also keine Option. Internetdating ebenfalls nicht. Dating generell nicht. Schöne Scheiße.

Zur Beruhigung strecke ich die Beine aus, bewege meine Zehen auf und ab und liste gedanklich die Namen der Autoren aller Bücher in meinem Bücherregal in alphabetischer

Reihenfolge auf. Fast kann ich die Mischung aus Leinen, Karton, Papier und Druckerschwärze riechen. Bei meinen Lieblingsgeschichten halte ich kurz inne und versammle sie um mich wie die Ritter der Tafelrunde. Dabei tasten meine Finger automatisch nach der Uhr an meinem Handgelenk und bleiben an dem winzigen Silberbuch hängen. Ich wünschte, ich wäre selbst eine Figur in einer Geschichte. Romanhelden fehlt es nie an Worten, wenn sie es mit hinterhältigen Chefinnen und unlösbaren Aufgaben zu tun haben.

Gerade werde ich ein wenig ruhiger, da reißt mich penetrantes Telefonklingeln aus meinen Tagträumen.

»Wilcek?«

»Gnädige Frau, wie gut, dass ich Sie persönlich erreiche. Ich wollte mich erkundigen, ob mein Rezensionsexemplar wohlbehalten bei Ihnen eingetroffen ist.«

Das auch noch! Autoren, die einen regelmäßig mit Anrufen traktieren, gehören zum Rezensentenalltag. Aber diese gestelzten Formulierungen in Kombination mit dem nasalen Tonfall hören sich verdächtig an nach …

»Glahnz, Florian, mit stummem H, hilft das Ihrer Erinnerung auf die Sprünge? Wir haben uns vorige Woche fernmündlich über meinen neuen Roman unterhalten. *Amors Feder.* Hatten Sie seither Gelegenheit, einen geschätzten Blick hineinzuwerfen?«

Ich schiele zu dem Turm ungelesener Bücher, der an der einzigen regalfreien Wand emporragt. In dessen oberstem Drittel findet sich Glahnz' Machwerk, in Gesellschaft ähnlich schmalziger in Pastell gebundener Liebesschnulzen mit lachhaften Titeln, die ich für gewöhnlich entweder ignoriere, meiner Mutter schenke, oder, wenn eine Besprechung absolut unumgänglich ist, an Katharina weiterreiche.

Schon vor Jahren wurde bei mir eine schwere Romantikallergie festgestellt. Mangels Impfstoff schwillt meine Galle in Reichweite schmachtender Paare auf Melonengröße an.

Sind Küsse, freie Oberkörper oder übernatürliche Wesen involviert, kann es auch zu garstig juckenden Hautausschlägen kommen. Dabei weine ich dicke Krokodilstränen, wenn zwei sich trennen, einer stirbt und der andere vor Sehnsucht vergeht. Ich habe nichts gegen ein gutes Ende. Solange es nicht Happy ist, ist alles im grünen Bereich.

»Herr Glahnz …«

»Das H ist stumm.«

»Sagte ich ja.«

»Werte Frau Wilcek, Ihr H habe ich selbst durch die Telefonleitung deutlich gehört.«

»Das ist nicht möglich, oder wollen Sie mir unterstellen, dass ich nicht weiß, wie man ein stummes H *nicht* ausspricht?«

»Sie haben es nicht ausgesprochen, aber Sie haben es gedacht. Ganz laut. Und mit einer Spur Verachtung, wenn ich das anmerken darf.«

Ich bin kurz davor, den Telefonhörer in irgendeinen Haufen stummer Hs zu pfeffern, als es zaghaft an meiner Tür klopft.

»Ja!?«

»Ich bin froh, dass Sie mir zustimmen.«

Lorenz' Kopf erscheint im Türspalt.

Störe ich?, lese ich von seinen Lippen ab.

»Nein.«

Ich winke ihn herein.

»Sie widersprechen sich. Das ist gut. Widerspruch ist

wertvoller als Zustimmung, weil es so eine Diskussionsbasis gibt.«

»Herr Glahnz …«

»Sehen Sie! Das war schon viel besser. Das war ein nahezu perfektes stummes H. Vielleicht haben Sie einmal Zeit für …«

Den Rest höre ich nicht mehr, denn Lorenz, der sich mit seinen langen Spinnenbeinen abmüht, über die Post- und Buchstapel in meinem Büro zu steigen, bringt dabei den höchsten Stapel zum Einstürzen, wobei er das Telefonkabel mit sich reißt und das Gerät von meinem Schreibtisch fegt.

Den Hörer noch in der rechten Hand, versuche ich mit der Linken verzweifelt, weitere Stapeleinstürze zu verhindern, während Lorenz, Entschuldigungen stammelnd, die Yucca-Palme in Sicherheit bringt. Willkommen im Leben der Dotti Wilcek.

»Was willst du?«

Lorenz schlängelt sich neben mich und benutzt einen der verbliebenen Buchstapel (die Regionalkrimis) als Sitzgelegenheit.

»Äh, sorry, Dotti, die Loos schickt mich, ich soll dir die Features des Datingnetworks erklären und dir helfen, einen Account einzurichten. Du bist in null Komma nichts *up to date*, ist ganz *easy*, ich hab es vorhin gecheckt.«

Er mag ein verklemmtes Riesenkind sein, aber sobald es um Computerangelegenheiten oder Ähnliches geht, ist er in seinem Metier. Obwohl sein Kopf nach seinem Chaosauftritt wie ein Halloweenkürbis leuchtet, ist das, was aus seinem Mund kommt, ebenso cool wie unverständlich.

»Kannst du bitte Deutsch mit mir sprechen?«

»Klar. Also, hast du schon mal im Internet geflirtet?«

»Nein.«

Er starrt mich aus kugelrunden Augen an.

»Nie?«

»Nie.«

»Aber … alle tun es!«

»Ich nicht. Außerdem, wer sind eigentlich alle?«

Lorenz beißt sich auf die Unterlippe, ein Zeichen dafür, dass er intensiv über etwas nachdenkt. In solchen Momenten sieht er ein wenig aus wie Kevin Spacey in *American Beauty*, wenn dieser von dem Rosenblätterbad mit Mena Suvari träumt. Nur dämlicher und ohne Rosenblätter.

»Also gut, Lorenz …«

»Lollo.«

Das klingt wie etwas, das Babys in Fernsehwerbungen für Babynahrung rülpsen.

»Wie bitte?«

»Gute Freunde nennen mich Lollo. Und ich dachte, weil wir ja nun ein gemeinsames Projekt …«

Guter Gott!

»Lorenz, würdest du mir jetzt bitte den Account einrichten? Ich habe nämlich noch andere Sachen zu tun, auch wenn die Loos das nicht für möglich hält.«

Lorenz läuft zwei Schattierungen orangefarbener an, schiebt hastig seine Brille hoch und schnappt sich meine Maus. Ich bemühe mich, flach zu atmen, denn er riecht irgendwie komisch. Süßlich, als hätte er sich Nougatschokolade hinter die Ohren getupft und seit einigen Tagen vergessen, sie wegzumachen. Nicht komplett unangenehm, aber eben auch nicht normal. Ich beobachte Lorenz dabei, wie er mit der Maus hantiert. Das steht ihm weitaus besser als die linkischen Bewegungen im realen Leben. Wenige Sekunden später öffnet sich auf meinem Bildschirm ein Browserfenster.

Von dem pflaumenfarbenen Hintergrund hebt sich die weiße Schrift besonders deutlich ab. Schnörkellos und in elegantem Understatement finden sich auf der Webseite nichts als sechs knappe Zeilen Text.

> Du bist die Hauptfigur deines Lebens.
> Das hier ist deine Geschichte.
> Du triffst die Entscheidungen.
> Finde den Weg zu deinem
> persönlichen Happy End.
> Melde dich noch heute an!
> *Literally in Love.*

»*Literally in Love*, genialer Name, findest du nicht?«

Lorenz klickt auf den letzten Satz. Ein Anmeldeformular erscheint im Fenster.

»Dotti? Alles klar bei dir?«

Ich nicke abwesend, während die Worte »Happy« und »End« vor meinen Augen zu flimmern beginnen.

»Welchen Usernamen soll ich eintragen?«

»Hm?«

»Username?«

»icherzählerin mit ae«, antworte ich automatisch, betrachte irritiert den Telefonhörer, den ich immer noch wie einen Rettungsanker umklammert halte, und werfe ihn achtlos in das Chaos, das zuvor mein Büro und mein Leben war.

Lorenz tippt fröhlich Buchstaben in das Formular. Ich habe keinen Zweifel daran, dass die Exposition vorbei ist. Ab jetzt wird sich alles dramatisch verändern.

Von: literally@inlove.at
An: icherzaehlerin@gmail.com
Betreff: Dein Testergebnis

Willkommen bei *Literally in Love,* icherzaehlerin!

Herzlichen Glückwunsch! Du hast eine exklusive zweimonatige Premium-Mitgliedschaft erworben. Damit steht dir die Welt niveauvoller Internetkontakte offen.
Hiermit erhältst du das Ergebnis deines Beziehungstests, den unsere Experten nach literarischen und psychologischen Kriterien anhand deiner Antworten erstellt haben.

Welche literarische Figur bist du?
Du gibst dich selbstbewusst und scheust keine Konfrontation. Von Natur aus bist du großzügig, gesellig, mutig und manchmal etwas stur. Wenn du eine Meinung hast, vertrittst du sie gegen sämtliche Widerstände, womit du dir nicht nur Freunde machst. Dabei verbirgt sich in dir ein äußerst sensibler, weicher Kern. Deine Einbildungskraft ist groß, weshalb du gelegentlich zu sehr in der Welt von Phantasien lebst. Du neigst dazu, alles besser wissen zu wollen, vergräbst dich gern in Büchern und Informationen und findest genau das anziehend, was du nach logischen Kriterien eigentlich verachtest.

Du bist Hermine Granger.
Was ist dein dramatisches Ziel?
Du möchtest die Welt verändern und von allem Bösen befreien. Ungerechtigkeit kannst du nicht leiden, weshalb du stets und unermüdlich dagegen kämpfst. Du hoffst,

die Lösung dafür in möglichst vielen Büchern zu finden. Achte darauf, dass du mit der Welt verbunden bleibst und mehr dein Herz als deinen Verstand einsetzt. Du musst dich stärker öffnen. Dann ist es auch für dich möglich, die große Liebe zu finden und mit ihr *dein persönliches Happy End.*

Welchen Hindernissen begegnest du auf deinem Weg? Du wirst es ständig mit Neidern und Hassern zu tun haben, denn in dir steckt ein kleines Genie, dem alles gelingt, was es anfasst. Auch wenn du deine Talente gern herunterspielst, bist du dir dessen wohl bewusst. Wehe, wenn jemand an deinen Fähigkeiten zweifelt. Dein möglicher Partner sollte sehr verständnisvoll sein und nicht versuchen, dich ändern zu wollen. Du wirst ihn immer spüren lassen, dass du die Stärkere von euch beiden bist. Dennoch gibt es Momente, wo du dich nach einer Schulter zum Anlehnen sehnst, und sei es nur, um danach mit fliehenden Fahnen in deinen nächsten Kampf zu ziehen. Doch keine Sorge, auch auf dich wartet *die große Liebe.*

Wir bedanken uns, dass du dich für unsere Online-Partneragentur entschieden hast, und versprechen dir dein Happy End in acht Wochen.

Dein *Literally in Love*-Team

Du möchtest in Zukunft keine E-Mails von *Literally in Love erhalten?* Dann klicke hier.

Mittwoch, 5. Oktober

»Na toll«, fluche ich in mein iPhone. »Der *Österreichbote* investiert neunundvierzigkommaneunzig Euro in eine Premium-Mitgliedschaft bei der derzeit gefragtesten Datingplattform, und was kommt dabei heraus? Ich bin ein *Harry-Potter*-Charakter?«

»Das ist toll«, entgegnet Katharina am anderen Ende der Leitung. Sie ist von Beruf Buchhändlerin und im Herzen das, was man gemeinhin einen *Harry-Potter*-Nerd nennt. Ihre Bettwäsche trägt ihre Hausfarben – Schwarz und Gelb für Hufflepuff – und bei *Pottermore* hat sie mehr Punkte als ich Euro auf dem Konto. »Du beherrschst also Magie und darfst in die Zauberschule.«

»Nichts gegen *Harry Potter*«, greife ich der Diskussion vor, »aber welcher Mann, der seine sieben Sinne beisammenhat, würde eine Beziehung mit Hermine Granger in Betracht ziehen? Nicht einmal Harry selbst, wie wir wissen.«

»Das ist wahr. Aber es hätte schlimmer kommen können. Du könntest ein Slytherin sein.«

»Ist das alles, was dir dazu einfällt?«

»Kopf hoch, Dotti«, tröstet mich meine Freundin, ehe sie sich verabschiedet, um einer Kundin den Unterschied zwischen Vampir- und Engelsküssen zu erklären.

Ich seufze und betrachte den blinkenden Cursor auf der leeren Wordseite. Ein dünner schwarzer Strich, der synchron zum Ticken meiner Wanduhr mitten im Nirwana des Computerfensters präzise seinen Dienst verrichtet. Im Gegensatz zu mir. Dreihundert Wörter über eine Flirtplattform, die Experten dafür benötigt, die Menschheit in

Harry-Potter-Protagonisten zu unterteilen? Was sind das für Experten? *Die fünf Freunde?*

Ich gebe zu, als ich gestern den Test ausgefüllt habe, wurde für kurze Zeit mein Interesse geweckt. Die Fragen waren klug formuliert, zielten in kreativer Weise darauf ab, mein Verhalten in bestimmten Alltagssituationen zu untersuchen und ließen das psychologische Modell dahinter erahnen, ohne zu platt zu sein. Die literarische Verpackung las sich durchaus charmant. Immer gab es passende Zitate aus bekannten Texten, gefolgt von Fragen danach, wie man die Situation beurteile oder selbst handeln würde.

Fast hätten die Datinggurus mich getäuscht. Aber von all den grandiosen Heldinnen, die die Welt der Literatur zu bieten hat, ähnle ich ausgerechnet Hermine? Das kann ich unmöglich in die Kolumne schreiben.

Das Problem ist, dass der Redaktionsschluss mit riesigen Schritten naht, je öfter der Cursor blinkt. Ausgerechnet ich, die ich bei Buchrezensionen nie um Worte verlegen bin, klicke jetzt schon seit zwei Stunden in meinem immer noch leeren *Literally in Love*-Postfach herum, lese diverse Newsletter, meine alten Rezensionen und bekomme halbstündlich Post von Sorina Loos, die ein erstes Ergebnis meiner Kolumne für die Donnerstagsausgabe sehen möchte.

Am frühen Nachmittag habe ich entnervt das Büro verlassen, weil ich ungestört daheim arbeiten wollte, doch auch hier geht nichts voran. Lorenz' verzweifelter werdende Nachrichten ignoriere ich geflissentlich, denn ich bin in einem Zustand, der für mich bisher undenkbar war: Ich leide unter einer Schreibblockade!

Mutlos schiebe ich den Computer beiseite, erhebe mich von der Couch und gehe in die Küche, um mir eine weitere

Tasse Rooibostee zuzubereiten. Während ich darauf warte, dass das Wasser kocht, kommt es mir beinahe so vor, als hörte ich das ersehnte Geräusch einer Computertastatur, auf der heftig getippt wird. Diagnose: Inspirationsmangel. Ist es vorstellbar, bereits nach wenigen Stunden solch fortgeschrittene Halluzinationen zu haben? Ist das normal? Oder ist es eventuell …?

So schnell ich kann, und möglichst lautlos, schleiche ich zurück ins Wohnzimmer, stolpere dabei fast über meine Leselotte, fluche innerlich und gehe hinter dem Raumteiler in Deckung. Tatsächlich. Da sitzt er, auf der Couch, vor dem Computer, die Augen zu schmalen Schlitzen verengt, als würde er mit exorbitanter Missbilligung den Text studieren, den er soeben in übergroßem Arbeitseifer in die Tasten gehämmert hat.

Er macht sich über mich lustig. Er will mir eindeutig zu verstehen geben, dass selbst er mit seiner weitaus unpraktischeren physischen Konstitution fähig ist, läppische dreihundert Wörter zu jedem beliebigen Thema zu finden. *Leicht.*

Die Überlegenheit verleiht ihm eine Aura gelassener, in sich ruhender Intellektualität.

So nicht, mein Herr! Nicht mit Dotti Wilcek. Vorsichtig, um nur ja keinen Laut zu verursachen, rutsche ich auf Händen und Knien vorwärts, bis ich meine unachtsam in die Ecke gepfefferte Handtasche erreiche. Hat er es bemerkt? Im Profil kann ich es nicht erkennen. Es ist möglich, dass er den Kopf ein wenig schief gelegt hat. Sonst keine Bewegung. Ein Täuschungsmanöver? Will er mich in Sicherheit wiegen, um mir dann, wie so oft, im letzten Moment triumphierend einen Strich durch die Rechnung zu machen? Aber nicht heute. Heute gewinne ich.

Es gelingt mir, geräuschlos die *Waffe* aus der Tasche zu fischen. Langsam lege ich an, das rechte Auge zugekniffen, und ziele, die Lippen aufeinandergepresst. Im Sucher beobachte ich, wie er sich wieder an der Tastatur zu schaffen macht. Tipp, tipp, tipp.

Perfekt, so könnte es klappen. Meine Hände zittern, und ich halte den Atem an. Ruhig, Dotti, ruhig. Innerlich bis drei zählen. Los! Eins – tipp – zwei – tipp, tipp – Dr… Mist!

Genau in dem Moment, als ich abdrücke, im Sekundenbruchteil, den es braucht, damit der Auslöser auf die Bewegung meines Fingers reagiert, hebt der Kater den Kopf, sieht mit riesengroßen Augen in meine Richtung und nimmt Reißaus. Auf dem Handydisplay ist das Übliche zu sehen: Meine weinrote Couch mit dem weißen Computer, und im Vordergrund ein verwischtes, schwarzes Etwas, das gerade noch das perfekte Katzenfoto war. Ich fasse es nicht.

Drei Jahre lang will ich mich schon um eine Seite im *Literarischen Katzenkalender* bewerben, mindestens siebenhundert Anläufe habe ich gestartet, aber der Kater ist immer schneller.

Mit einem frustrierten Aufschrei springe ich auf, umrunde den Raumteiler und werfe das iPhone auf die Couch. Es federt einmal ab und landet in dem schmalen Spalt zwischen dem Möbelstück und der Wand, wo es in dem Moment zu vibrieren beginnt. Das ist eindeutig nicht mein Tag.

Der Kater, der sich nach dem ersten Schreck in sicherer Entfernung bei idealer Beleuchtung malerisch auf dem Fenstersims drapiert hat, blinzelt mich an. Der Punkt geht an ihn.

Ich wollte nie Tiere. Haustiere bringen alles durcheinander. Sie sind unberechenbar, eigensinnig und sorgen für

Kuddelmuddel in jedem System. Ich habe die ersten drei Jahrzehnte meines Lebens glücklich ohne das Chaos gelebt. Dann kam Neko, und seither ist mir die Perfektion abhandengekommen. Ich frage mich bis heute, ob der Kompass dabei den Zeiger im Spiel hatte. Denn gleich am Sonntag nach meinem dreißigsten Geburtstag, morgens, als ich gerade den Pflaumenweinrausch ausgeschlafen hatte, klingelte das Schicksal in Form meiner Mutter an der Tür.

»*Happy Birthday,* Dotti!«

Freudestrahlend stand sie vor meiner Wohnung, ein kleines Körbchen in den Armen, aus dessen Innerem mich zwei schmale Augenschlitze anvisierten.

»Was ist das?«, fragte ich.

»Das ist dein neues *Babykitty, Darling*«, antwortete meine Mutter, die ihre englische Herkunft selbst nach über dreißig Jahren in Wien nicht verleugnen kann. Es ist nicht so, dass sie die deutschen Vokabeln nicht kennt, doch sie sähe es als gravierenden Identitätsverlust an, diese auch zu benutzen.

»Ich sehe, dass das eine Katze ist«, sagte ich ungeduldig, »aber was soll ich damit?«

Meine Mutter griff sofort zu ihrer Geheimwaffe. Man muss dazu sagen, dass sie, wie ich, eine sehr kleine, zarte Frau mit zum Kullern neigenden, großen, grünen Augen ist. Die englisch blasse Haut wirkt fast durchsichtig, was durch die naturrote Farbe unserer Haare verstärkt zur Geltung kommt. Frauen wie uns genügt eine winzige Falte zwischen den Augenbrauen, das Zucken eines Mundwinkels oder ein zartes Beben der Lippen. Wenn man es dazu noch wie meine Mutter perfekt versteht, einen leichten Tränenfilm auf die Pupillen zu zaubern, ist es praktisch unmöglich, uns einen Wunsch abzuschlagen.

»Das *Kitty* ist auf der Straße ausgesetzt worden. Direkt vor meinem Lokal. Miki hat es im – wie sagt man – *rubbish* gefunden. Stell dir das vor, Dorothy.«

Meine Mutter nennt mich nur bei meinem vollen Namen, wenn sie mich zu irgendetwas überreden will. Meistens dazu, mir doch endlich schöne Kleider in Lavendelfarbtönen zu kaufen oder nicht diesen schrecklichen afrikanischen Tee zu trinken.

»Müll, Mummy, Müll.«

»Genau, in einem Mülleimer. Gestern Abend, als wir das Lokal geschlossen haben. Miki wollte den *rubbish* entsorgen, als der Kleine ganz kläglich fiepte. Wir haben ihm sofort *cream* gegeben. Ist er nicht liebelig?«

Ich verschränkte die Arme vor der Brust.

»Warum behältst *du* ihn nicht?«

»So ein Unsinn, Dorothy, du weißt, wie wenig ich daheim bin. Der Laden, die Events, der Club, ich bin immer *busy.* Aber du, du gehst doch nie aus, sitzt andauernd da wie eine Kartoffel auf der Couch und liest deine Bücher. Das wird gut für dich sein, wenn du jemanden hast, für den du …«

»Auw«, sagte der Kater in seinem Körbchen, und, so verrückt das klingt, ich verstand ihn sofort. In diesem Laut steckte genau jene ausführliche Antwort, die ich meiner Mutter immer schon gern gegeben hätte, wenn das Gespräch die *gefährliche Wende* nahm.

Meine Mutter war, im Gegensatz zu vielen anderen Müttern, gar nicht der Ansicht, dass ich einen Mann in meinem Leben brauchte. Sie hatte es ja auch ganz passabel ohne geschafft, nachdem mein Vater sie kurz nach meiner Geburt wegen einer dunkelhaarigen Schönheit abservierte. Aber Lady Lydia Rocksbridge kommt täglich mit Nachwuchs aller Altersstufen in Kontakt, schließlich sind die meisten Kundinnen ihres Ladens bereits hauptberufliche Großmütter. Das veranlasst sie regelmäßig, Bemerkungen zu machen, wie: »Luise Kohls Tochter ist erst dreiundzwanzig, *Darling*, und sie ist *schon wieder* schwanger.«

Was der Kater mit seinem »Auw« so schön ausgedrückt hat, davon bin ich bis heute überzeugt, war ein tiefes Verständnis für die Sorgen einer jungen Frau im gebärfähigen Alter, die die Bürde trägt, als Einzelkind allein für die Omawerdung ihrer Mutter zuständig zu sein. Dieses »Auw« war der entscheidende Grund für seinen Einzug in meine Wohnung und mein Leben.

Endlich hatte ich einen Komplizen, der die Last der »Beenkelung« von mir nahm. Der Kater mutierte zum Enkelersatz und wurde dementsprechend verwöhnt. Das ging so weit, dass meine Mutter mit Kuchenrezepten für Haustiere experimentierte. Kochen ist nämlich ihr Metier. In ihrem Laden, dem *Lady's Pies & Pages*, verkauft sie nicht nur englische Kuchen, englische Backzutaten und englische Kochbücher, sondern hält auch äußerst erfolgreiche Backkurse, Lesungen und Poetryslams ab. Selbstverständlich war ihr Kurs zu dem Thema innerhalb von dreißig Minuten ausgebucht, und der Kater verdoppelte sein Gewicht in der Rekordzeit von zwei Monaten.

Seither steht er industriell hergestelltem Katzenfutter kritisch gegenüber. Gemeinsam mit Miki taufte ich ihn Neko, japanisch für Katze, aber innerhalb der Familie heißt er einfach nur *der Dicke.* Sein beeindruckendstes

Kunststück besteht darin, zehn Stunden am Stück reglos auf dem Rücken zu liegen, alle vier Pfoten in die Höhe gestreckt.

All diese Erinnerungen laufen im Zeitraffer vor meinem geistigen Auge ab, während das Telefon hinter der Couch vibriert. Ich hebe ab, was sich als Fehler herausstellt.

»Frau Wilcek«, keift mir Sorina Loos ins Ohr. »Ich rufe an, um Ihnen mitzuteilen, dass Sie Ihre Kolumne und im Übrigen auch Ihren Job vergessen können, wenn nicht innerhalb der nächsten sechzig Minuten brauchbare dreihundert Wörter in meinem Posteingang landen. Und Gnade Ihnen Gott, wenn die nicht bereits druckfertig sind, oder haben Sie zufällig mal auf die Uhr gesehen? Ich habe jetzt einen Termin beim Chef, in einer Stunde bin ich wieder da, dann will ich Ihren Text auf meinem Schreibtisch sehen, ist das klar?«

»Kein Problem«, lüge ich, »ich sitze grade am Feinschliff.«

»Bestens. Sechzig Minuten.«

Damit legt Sorina Loos auf. Grußlos. Ich bin drauf und dran, das iPhone gegen die Wand zu werfen, als mein Blick auf den Computerbildschirm fällt.

Da steht etwas. Tatsächlich. Die leere Seite ist nicht mehr leer.

Mitten auf dem Dokument, wie bewusst plaziert, finden sich fünf Buchstaben und ein Sonderzeichen. Aber nicht etwa so, wie man es erwarten würde, wenn ein verfressener Wohnungskater auf der Suche nach dem bequemsten Schlafplatz über die Tastatur spaziert ist. Nicht »xfgjh,« oder ».jkz4 r« steht dort, sondern: »+katze«.

Das gibt es ja gar nicht! Er kann schreiben! Bestimmt war er in einem früheren Leben ein berühmter Schriftsteller. Hemingway vielleicht, der hat, soweit ich weiß, unter lauter Katzen gelebt. Ich sehe Neko an. Etwas Großes liegt in der Luft, ein Hauch von Erhabenheit.

»Dicker, warst du Hemingway?«

»Auw«, sagt der Kater.

Ah, ich wusste es! Mein Kater ist ein literarisches Genie. Die Inkarnation eines Bestsellerautors oder Nobelpreisträgers. Mindestens.

»Auw«, wiederholt der Kater lauter, springt vom Fensterbrett und tappt zu seinem zur Hälfte mit ungenießbarem Wildmenü gefüllten Futternapf, von wo aus er mich hungrig ansieht und ein Gesicht macht, das er sich von *Simons Katze* abgeschaut haben muss. Beim Versuch, sich mit der Hinterpfote an der Schulter zu kratzen, scheitert er an seiner Körperfülle und knabbert verlegen an seiner weißen Schwanzspitze.

Vielleicht auch nicht. Nobelpreisträger sehen anders aus. Vielleicht verliere ich nur vor lauter Schreibblockade und Deadline-Panik bereits den Verstand.

Sechsundfünfzig Minuten.

Ich bin kurz davor, in Tränen auszubrechen. Wenn ich es nicht schaffe, mir jetzt sofort etwas aus den Fingern zu saugen, bin ich morgen meinen Job los.

Aber was? Der Themenbereich Dating, Flirt und Beziehung gehört nicht zu meinen Spezialgebieten. Seit ich vor drei Jahren beschlossen habe, nicht mehr zu daten, schlafe ich nachts wie ein Säugling. Ohne hormonelle Schwankungen und Pillennebenwirkungen habe ich eine babyzarte Haut, eine perfekte Taille, ein tägliches Lesepensum von dreihundert Seiten, herrlich flexible Freizeitgestaltung und weine höchstens beim Zwiebelschneiden oder bei traurigen Geschichten.

Nichts als Friede, Freude, Katzenkuchen, tagein, tagaus. Welchen Grund hätte ich, an diesem ausgeglichenen Zustand etwas zu ändern? Der tägliche Liebeskrieg kann mir gestohlen bleiben.

Vierundfünfzig Minuten.

Verdammt, die Zeit rennt. Also von vorne. Was ist ein Single? Was ist das überhaupt für ein Begriff? Die Einzahl eines möglichen Plurals, die einem zu verstehen gibt, dass man an einer Mangelerscheinung leidet. Zwei weniger eins ist eins. Eine einfache Rechnung. Ich für meinen Teil sage lieber eins plus null ist eins. Oder eins plus Kater ist eins und ein Kater.

»Auwauw!«

Apropos. Ich sollte das Wild entsorgen und ihn füttern. Wenn er hungrig ist, neigt er nämlich dazu, sehr laut zu werden, und dann kann ich mich überhaupt nicht mehr auf die blöde Kolumne konz…

Es macht Pling. Keineswegs das Posteingangs-Pling oder das Falsche-Taste-Pling, auch kein Eieruhr-Pling, sondern eher ein innerliches Pling von der Sorte, wie man sie nur ganz selten hat. Der jammernde Kater, der Text auf dem Bildschirm sowie meine Beziehungslosigkeit ergeben plötzlich Sinn. Die Idee ist da, und ohne weiter nachzudenken, hämmere ich in die Tasten. Als ich schließlich nach einundfünfzig schweißtreibenden Minuten im E-Mail-Programm auf »Senden« klicke, bin ich zum ersten Mal seit zwei Tagen wieder zufrieden mit mir. Ich lese den Text noch einmal durch und klappe anschließend lächelnd den Laptop zu.

Der Kater bekommt eine doppelte Portion, frisst sie vollständig auf und blinzelt mir glücklich zu.

Das Katzenfutterorakel sagt große Erfolge voraus.

Happy_End.com?

von Dotti Wilcek

Es ist so ähnlich wie mit Harry Potter, Johnny Depp oder Schokoparfait. Man kann einfach nicht dagegen sein, außer man ist, *Ihr wisst schon wer,* das Oscarkomitee oder Diabetiker. Mit dem Dating ist es genauso. Alle tun es.
Seit Jahrhunderten fürchten sich Alleinstehende vor Einladungen mit dem verhassten Zusatz »mit Begleitung«. Das Diktat einer Gesellschaft, die die Einzahl automatisch als halbe Sache empfindet.

Die richtige Kupplungstechnik ist daher nicht erst seit Erfindung des Automobils gefragt. Heutzutage verliebt man sich allerdings wissenschaftlich korrekt mit Hilfe einer Datenbank, die aus Multiple-Choice-Eingaben das Glück errechnet. Virtuelle Paarung im globalen Netzwerk.
Die neueste Erfindung geschäftstüchtiger Webromantiker ist eine Flirtplattform namens *Literally in Love*. Durch perfekte Abstimmung literarischer Persönlichkeiten zum individuellen Happy End in nur zwei Monaten. Bequem von zu Hause aus, keim- und virenfrei. Willkommen im Zeitalter des Datenverkehrs! Ungewiss ist, ob Romeo auf diese Weise mit Julia vernetzt worden wäre, wo doch schon bei der Frage nach frühmorgendlichen Vogelstimmen Uneinigkeit herrschte.

Die Rechnung könnte so einfach sein: »Eins plus eins ergibt zwei!« *Pluseins* macht sich gut auf Urlaubsfotos, Einladungen zum Fondueabend oder in Herzchen an Baumstämmen. Dass eine dermaßen geritzte Sache kein Honigschlecken ist, dieses Wissen hat uns der Braunbär seit jeher voraus. Dating ist in Tierkreisen ohnehin kaum verbreitet, und selbst Schwänen verhagelt es schon mal die Sicht, wenn sie einem aufgeblasenen Plastikboot begegnen.

Mathematisch gesehen mag *Pluseins* also mehr sein als *Plusnull,* aber der ultimative Weg zu maximalem positiven Gleichgewicht führt über *Pluskatze!* Oder *Plushund!* Wer will denn Seelenverwandte per Mausklick casten, wenn es weit entspannender ist, die Maus dem Seelenverwandten zu verfüttern und es sich mit einem guten Buch auf der Couch bequem zu machen?

Ganz ehrlich? Ich date nicht, ich lese lieber! Ein Mann nimmt in etwa so viel Platz ein wie hundert Bücher. Leider lässt er sich nicht auslesen und zuklappen!

Donnerstag, 6. Oktober

»Das ist alles meine Schuld!«

Lorenz' Stimme bebt vor Panik. Ich fürchte, dass ich ihn ohrfeigen muss, falls es ihm einfällt, gleich in Tränen auszubrechen. Ruhe bewahren! heißt das Motto, selbst mitten im Chaos.

Seit ich in der Früh die Redaktion betreten habe, herrscht Ausnahmezustand. Chefredakteur Alfons Pohl, mein cholerischer Boss, bis dahin offensichtlich nicht informiert, scheint beim morgendlichen Klogang, der stets mit einem Kontrollblick in den aktuellen *Boten* beginnt, durch die schiere Unverschämtheit meiner Kolumne einen akuten Schock erlitten zu haben. Verstopfung inklusive. Sorina Loos hingegen tobt wie ein Feuer speiender Drache, weil diese Kolumne vermeintlich ohne ihr Okay in Druck gegangen ist und Pohl ihr seither die Hölle heißmacht.

Wie das passieren konnte, ist leicht erklärt: Ich hatte die Kolumne der Loos gemailt und Lorenz im CC geschickt. *Er* dachte wiederum, da der Redaktionsschluss schon so nahe war und von der Loos keine andere Rückmeldung kam, das sei bereits die korrigierte Fassung, und schickte sie sofort an die Druckerei weiter. Ungewöhnlich, aber keineswegs ausgeschlossen in einer so großen Redaktion.

So kam es dazu, dass meine dreihundert Wörter an prominenter Stelle im *Österreichboten* publiziert wurden, ohne von Ressortleitung oder Chefredaktion gelesen worden zu sein. Seit einer geschlagenen Stunde tagt nun die in aller Eile zusammengerufene Ressortleitersitzung hinter verschlossenen Türen. Lorenz und ich stehen wie ein Paar zum Tode verurteilter Schwerverbrecher davor. Ihm gelingt es natürlich, obwohl er mehr als zwei Köpfe größer ist als ich, sich nahezu zu verdünnisieren. Selbst seine Stimme klingt irgendwie schmal und piepsig wie von einem halbtoten Vögelchen im Maul der Katze.

»Dafür wird sie mich kündigen, Dotti.«

Sehe ich bereits ein feuchtes Glänzen in seinen Augen? Ich seufze. Müsste ich ihm nicht im Grunde meines Herzens zustimmen, würde mir vielleicht ein tröstendes Wort einfallen. Stattdessen krame ich eine Packung Werther's aus meiner Hosentasche und strecke sie ihm hin. Dankbar nimmt er eines, wickelt es mit viel Geraschel aus und steckt es in den Mund. In dem Moment öffnet sich die Tür, und die Loos rauscht mit einem gezischten: »Mein Büro, alle beide. *Jetzt!*«, an uns vorbei.

Zwei Minuten später bricht der Orkan aus. Doch er entwickelt sich anders als erwartet.

»Also, was wollen Sie?«

Sie knallt die Tür hinter sich zu.

»Wie bitte?« Ich habe mehr mit einem Intro à la »Idiotisches Pack« gerechnet.

»Tun Sie nicht so scheinheilig! Das ist ein abgekartetes Spiel. Sie wissen beide, dass ich gestern Abend nicht im Büro war, um die Kolumne gegenzulesen. Ich hatte einen wichtigen Termin. *Außerhalb.* Aber darüber sind Sie ja längst informiert.«

Wie eine waschechte Bösewichtin in einem Verschwörungsthriller nähert sie sich Lorenz, der vor Schreck erstarrt. Das Werthers-Bonbon zeichnet sich als Beule unter seiner linken Wange ab.

»Ich wette, Sie, Kanzler, haben mich verfolgt und alles gesehen. Also: Was verlangen Sie beide von mir?«

Mit kajalverzierter Märtyrermiene stellt sie sich hinter ihren Schreibtisch und fächelt sich mit etwas Luft zu, das verdächtig nach einer Karte mit pinken Herzchen drauf aussieht.

»Ich …« Lorenz und ich sehen uns an. Ist das jetzt bloß Kopfkino oder die Realität? Ich bin verwirrt. Lorenz' kugelrunder Blick wechselt hektisch zwischen mir und unserer Chefin hin und her, als ich mich aufs Tanzparkett wage: »Ich würde sagen, das kommt ganz darauf an, was Sie zu bieten haben, Frau Loos.«

Nun sieht sie mir direkt in die Augen.

»Ha! Wusste ich es doch. Sie wollen aus meinen Schwächen Kapital schlagen. Den ersten und einzigen Fehltritt zu Geld machen. Was sind Sie für eine Kollegin? Sind Sie überhaupt eine Frau? Haben Sie jemals weibliche Gefühle in Ihren Schlabberhosen oder heiße Sohlen in Ihren grässlichen Converse-Schuhen? Wohl kaum, sonst wüssten Sie, dass eine Frau manchmal … und … nicht.«

Der Rest geht in diffusem Schluckauf unter. Sorina Loos schenkt sich ein Glas Wasser ein, das sie in einem Zug austrinkt. Dann zieht sie ein Kleenex aus dem Spender auf ihrem Schreibtisch und schneuzt sich. Ich starre sie irritiert an. Etwas stimmt hier nicht. Ganz und gar nicht.

»Na gut, Frau Wilcek. Die letzten zwei Minuten sind nie geschehen, haben wir uns verstanden?«

»Selbstverständlich, Frau Loos«, antwortet Lorenz an meiner Stelle. Ich lasse meine Vorgesetzte nicht aus den Augen.

»Dafür garantiere ich, dass Sie sich ab jetzt ungestört der Literaturseite widmen können. Keine weiteren Experimente. Pohl hat ein Erratum in Auftrag gegeben, in dem steht, dass die Kolumne irrtümlich hineingerutscht ist. Seien Sie froh, dass Sie nicht in hohem Bogen rausfliegen. So ein grauenhafter Text wurde im *Österreichboten* noch nie veröffentlicht. *Pluskatze?* Was für ein Schwachsinn!«

Ich kämpfe gegen das dringende Bedürfnis an, ihr ein Kleenex in den Hals zu stopfen.

»Ich gebe zu, dass die Datingstory ihrer Zeit voraus war und mehr journalistisches Gespür erfordert, als Sie es haben. Sie haben es nur mir zu verdanken, dass Sie weiterhin Ihre kleinkarierten Rezensionen schreiben dürfen. Aber das ist nicht alles. Ich werde bei Pohl um eine Aufbesserung Ihrer Gehälter ersuchen. Im Gegenzug möchte ich, dass Sie beide bei allem, was Ihnen heilig ist, schwören, dass ich gestern in meinem Büro war, und zwar ohne Unterbrechung, ist das klar?«

Lorenz zögert, nickt aber dann eifrig und hebt die Hand zum Klingonengruß. Ich mache keine Bewegung. Die Loos beugt sich über den Schreibtisch zu mir. Ihr Atem riecht nach Tic Tac. Die extrastarke Sorte. Ob Madame ein Alkoholproblem hat?

»Das wollten Sie doch, Frau Wilcek. Mir beweisen, dass ich falschliege. Die Kolumne ist Geschichte. Passé. Müll. Ist ja wohl nicht schade darum. Sie hätten hören sollen, was die Ressortleiter gesagt haben: Eine lächerlichere Themenverfehlung hat die Welt noch nicht … JA?«

Sie faucht in ihr Handy, das die ganze Zeit bereits auf dem Tisch vibriert.

Das Gespräch beginnt mir Spaß zu machen. Egal, welches Geheimnis Sorina Loos hat, solange sie glaubt, dass ich sie auffliegen lassen kann, habe ich meine Ruhe vor blödsinnigen Datingkolumnen und ähnlichen glorreichen Einfällen. Mir hätte nichts Besseres passieren können, als dass meine Kolumne auf diese Weise in den Redaktionsmüll befördert wird.

Ich male mir aus, wie ich heute Abend in einer rituellen Handlung meinen Account bei *Literally in Love* lösche und es mir danach, in meine kuscheligste Lesedecke gewickelt, auf der Couch bequem mache. Bloß nicht daten. Endlich glücklich und zufrieden allein mit dem Kater, der Jumboteetasse, den Flauschsocken und einem knackigen UPS-Boten …

Knackiger UPS-Bote? Woher kommt das denn? Verstört blinzle ich den Gedanken fort.

»Und das sagen Sie mir erst *jetzt?* Wofür sind Sie eigentlich Online-Redakteur, Sie Vollidiot? Ja, Ihnen auch. Blödmann!« Die Loos drückt die Gesprächsabbruchtaste so fest, als wäre das Gerät eine vertrocknete Zitrone, deren letzter Tropfen Saft ihr in die Augen spritzt. Einen saureren Blick habe ich noch nie gesehen.

»Kanzler, Sie hängen sich sofort an den Computer! Dalli! Und Sie, Frau Wilcek«, beinahe erstickt sie an meinem Namen, »Sie beginnen am besten gleich mit der Arbeit an einer neuen Kolumne. Die Zeit bis zum Redaktionsschluss ist knapp.«

Meine knackige UPS-Seifenblase zerplatzt schlagartig.

»Eine Kolumne? Sagten Sie nicht gerade …«

»Das Leserfeedback.«

»Was?«

»Das war Loidolt vom *Online-Boten.* Die Resonanz auf Ihre Kolumne ist enorm. Ihr Text stand als Feature auf der Startseite der Homepage und hat bereits dreihundert Kommentare und über tausend *Gefällt mir*-Wertungen auf Facebook. Mir fällt dafür zwar keine plausible Erklärung ein, doch anscheinend ist die Anzahl der Zugriffe so hoch, dass die Diskussionen sogar vorübergehend den Server lahmgelegt haben.«

»Aber Pohl …«

»Pohl hat keine Ahnung. Es wäre besser, wenn wir bereits ein Ass im Ärmel hätten, wenn ihn die Nachricht erreicht. Was vermutlich«, sie blickt auf ihre Uhr, »genau in diesem Moment geschieht.«

»Aber worüber soll ich denn schreiben?«

Sorina Loos' Zitronenblick wird abgelöst von einem achtzigprozentigen Bitterschokoladelächeln.

»Schreiben Sie über das, was Sie am besten kennen. Schreiben Sie über Menschen wie sich: frigide Kampfsingles in Turnschuhen. Das scheint anzukommen.«

Das tut es. Eine halbe Stunde später starre ich immer noch fassungslos auf meinen E-Mail-Posteingang. Im Minutentakt erreichen mich die Nachrichten von fremden Menschen, die sich, durch meine Kolumne ermutigt, endlich zum *Pluskatze* oder *Plushund* bekennen. Einer schrieb stolz *Plusfrettchen. Literally in Love* verzeichnet fast fünfhundert neue Anmeldungen in nur vier Stunden. Doch das ist nichts verglichen damit, was sich in den Foren des *Online-Boten* abspielt. Dort ist eine heftige Diskussion entbrannt, welche Lebensweise meine Kolumne suggeriert. Zwei Lager streiten erbittert darüber, ob ich nun die neue Repräsentantin der Emanzipation oder eine frustrierte alte Jungfer bin. Ein regelrechter virtueller Krieg ist ausgebrochen, und die Arbeit in der gesamten Redaktion steht still, denn alle verfolgen das Gefecht.

Ich klicke mich durch die Welt der sozialen Medien und kann es nicht glauben, dass sich da draußen Hunderte, wenn nicht Tausende Menschen von einem einfachen Rechenbeispiel dermaßen infizieren lassen. Es kursieren bereits Entwürfe für T-Shirt-Designs mit »Pluskatze«, »Plushund« und »1+Katze«. Der Hashtag *#pluskatze* trendet bei Twitter. Ich schwöre bei Nekos Leben, ich hätte nie damit gerechnet, dass mich irgendjemand ernst nehmen oder gar zitieren würde.

Plötzlich ist draußen auf dem Gang lautes Stimmengewirr zu hören. Noch ein Kriegsschauplatz? Ich schleiche vorsichtig zur Tür und halte den Atem an, um nur ja kein Wort zu verpassen.

»Werte sind mir scheißegal«, vernehme ich die Stimme von Alfons Pohl. »Die Auflage interessiert mich, sonst nichts.«

Der Chefredakteur des *Österreichboten* schnauft hörbar, während eine leisere Frauenstimme etwas erwidert. Er ist ein Mann von geringer Körpergröße und mit schütterem Haar, doch in ihm tickt eine höchst explosive Energiebombe.

»Anna-Maria«, brüllt er, worauf ich hektisches Schuhgeklapper von Pohls Assistentin höre. Sie heißt Ulrike Plasnitsch, doch nachdem Pohls erste Assistentin Anna-Maria hieß, nennt er seither aus Bequemlichkeit jede ihrer Nachfolgerinnen genauso.

»Zehn Minuten. Mein Büro.«

Die Plasnitsch entfernt sich im Laufschritt. Die leise Frauenstimme redet einstweilen weiter auf Pohl ein. Sosehr ich mich anstrenge, ich kann sie nicht verstehen.

»Es reicht«, fährt Pohl ihr ins Wort. »Das ist immer noch meine Entscheidung. Ich werde das mit Frau Wilcek klären.«

Mir schwant Böses. Ich haste zurück zu meinem Schreibtisch und schaffe es gerade noch, konzentriert auf meinen Computermonitor zu blicken, als hätte ich die ganze Zeit nichts anderes getan, als meine Bürotür schwungvoll aufgerissen wird.

»Schreiben Sie schon an der nächsten Kolumne, Frau Wilcek?«

Pohl tritt neben mich, und wir betrachten beide andächtig die bunten Linien des Bildschirmschoners, die sich über die Fläche von fünfzehn Zoll ausbreiten. Augenblicklich spüre ich die verdammte verräterische Hitze in meinen Wangen. Kann ich mich nicht heimlich schämen wie andere auch? Ich stelle mich auf die Standpauke ein, die nun über mich hereinbrechen wird.

Ich habe Pohl immer gemocht und respektiert. Er ist trotz seines Egos ein hervorragender Journalist, und seine Anerkennung gehört zu den Dingen, die auf Dottis Wunschliste ganz oben stehen. Gleich hinter dem Pulitzer-Preis und einer Ganzkörpermassage von Patrick Dempsey. Patrick Dempsey? *Patrick Dempsey???* Was ist bloß heute mit mir los? Erst der UPS-Bote und jetzt Dempsey. Eine akute Erotomanisierung von Hirngespinsten?

»Ich habe darüber nachgedacht, Herr Pohl. Es wird keine weitere Kolumne geben. Das ist wirklich nicht mein Spezialgebiet, und ich will mich wieder auf die Literaturredaktion konz…«

Pohl legt mir eine Hand auf die Schulter und dreht mich zu sich, so dass er mich aus seinen grauen Augen fixieren kann. Er ist einer jener Männer, für die eine tägliche Rasur von großer Bedeutung ist. Kein einziger verirrter Bartstoppel ziert seine markanten Wangen, und ein feiner Duft von Aftershave liegt in der Luft, als er mich anlächelt.

»Was wollen Sie?«

Ist das die neue Modefrage in dieser Redaktion?

Er seufzt.

»Ich habe mich geirrt. Zum ersten Mal in meiner Zeit als Chefredakteur dieser Zeitung habe ich die Leser nicht richtig eingeschätzt. Können Sie mir einen Vorwurf daraus machen? Wer rechnet denn damit, dass ein paar konfuse Zeilen über die Vorteile des Singledaseins Tausende Menschen derart in ihren Bann ziehen? Ich dachte zeitlebens, die ganze Frauenwelt sei darauf aus, sich unter die Haube zu bringen.

Aber anscheinend haben Sie einen Nerv getroffen. Darum bitte ich Sie, nicht als Ihr Vorgesetzter, sondern als Ihr Mentor, der Sie immer gefördert hat: Schreiben Sie über *Literally in Love.* Machen Sie das ultimative Datingexperiment. Geben Sie den Menschen da draußen, was sie von Ihnen erwarten. Enttäuschen Sie sie nicht! Enttäuschen Sie *mich* nicht!«

Ich stelle ihn mir kurz als Trainer der Fußballnationalmannschaft vor, im Jogginganzug, mit einem für seine geringe Größe viel zu voluminösen Ball unter dem Arm. Das Team liegt null zu vier hinten, doch in Pohls funkelnden Augen lebt der Siegeswille.

»Nein.«

»Frau Wilcek, ich will offen sein. *Literally in Love* hat uns viel Geld für eine Fortsetzung Ihrer Berichterstattung geboten. Das ist ein sehr potenter Anzeigenkunde. Sie werden natürlich partizipieren. Ich bezahle Sie pro Wort, zusätzlich zu Ihrem Gehalt, das ich ebenfalls erhöhen werde. Was sagen Sie?«

Die zweite potenzielle Gehaltserhöhung an einem einzigen Vormittag. Das kann nur ein besonders hartnäckiger Fall von Kopfkino sein. Ich sehe die wilde Entschlossenheit im grauen Nebel von Pohls Augen aufblitzen. Dort lauert der eiskalte Geschäftsmann, der die Chance auf die ganz große Story wittert. Die *eine* Story, auf die der Medienmensch wartet, das Stück Sensation, das die Aufmerksamkeit der gesamten Nation einbringt. Natürlich geht es jedem Journalisten darum, in hoher Auflage gelesen zu werden. Wir sind alle öffentlichkeitsgeil. Der Preis dafür ist nicht selten die Aufgabe von Prinzipien. Aber ich bin Dotti Wilcek, und mich kann man nicht kaufen.

»Kolumnen sind megaout.«

Pohl dreht sich abrupt um, und ich folge seinem Blick. In der offenen Bürotür lehnt Lorenz mit verschränkten Armen. Wie lange steht er schon da? Als mein Kollege das wütende Gesicht des Chefredakteurs sieht, wird er blass und bemüht sich um seine typische stramm-durchsichtige Haltung.

»Ich ... also ... was ich sagen will ... Blogs sind die neuen Kolumnen.« Als Pohl zu schnaufen beginnt, fährt Lorenz hastig fort. »W...Wenn es heutzutage um ein heißes *Topic* geht, *bloggt* man, oder man *twittert,* wenn es *short* sein soll. Wenn man es in die *Newsfeeds* und *Timelines* der Masse schafft, ist man wirklich *up to date.*«

Ich höre bereits ein Raubtiergrollen in Pohls Kehle aufsteigen und sehe eine Szene wie aus einer Dokupedia-Folge über die Nahrungsaufnahme von Königstigern vor mir, mit Lorenz als dämliche Gazelle und Pohl als wilde fleischfressende Bestie (seltsamerweise immer noch im Trainingsanzug).

»Kanzler«, bellt mein Chef, »Sie sind ein Genie!«

Ich werde jäh aus der Savanne gerissen.

»Ein Blog, das ist es. Ein Dating-Blog im *Online-Boten.* Schließlich hat die Diskussion im Netz begonnen. Das ist perfektes Zielgruppenmarketing. Klemmen Sie sich sofort mit Loidolt dahinter. Ich will Werbung dafür in allen einschlägigen Foren und sozialen Netzwerken sehen. Der Blog muss spätestens Montag starten, und wenn Sie das ganze Wochenende dran sitzen.«

Lorenz gelingt es irgendwie, mit den Augenbrauen zu salutieren, bevor er im Marschschritt mein Büro verlässt.

»Darf ich dazu vielleicht auch noch was sagen?«, frage ich.

»Dotti datet!«

»Wie bitte?«

»Als Titel für den Blog. Was meinen Sie?«

Allmählich artet die Geschichte in einen Alptraum aus. Entschlossen stehe ich auf.

»Ich date nicht!«

»Nein, nicht gut, zu wenig spritzig.« Er kratzt sich nachdenklich am Kinn. *»Dating für Anfänger* vielleicht. Wie gefällt Ihnen das?«

Titelsuche für eine beschissene Gesamtsituation.

»Herr Pohl …«

»Das wird großartig! Ein Meilenstein des modernen interaktiven Journalismus.« Er wendet sich zum Gehen, überlegt es sich anders, bleibt vor mir stehen, legt mir väterlich die Hände auf die Schultern und strahlt mich an. »Ich bin sehr stolz auf Sie, Frau Wilcek.«

Da ist es, das magische Wort. Das Wort, um das ich seit dem Publizistikstudium gerungen habe, wegen dem ich Nächte durchgelesen, mich auf jede Rezension sorgfältig vorbereitet und sämtliche Termine eingehalten habe. Es setzt mich unter Strom und macht aus meinem Hirn eine Glühbirne.

»Ein Blog. Wann und wie oft ich will«, sage ich zögerlich.

Pohl nickt lächelnd.

»Exakt bis zum Ablauf der acht Wochen, die *Literally in Love* verspricht. Nicht mehr. Und völlig freie Hand bei der Themenwahl. Es ist meine Sache, womit ich diese Beiträge fülle. Keine Einmischung durch Sorina Loos oder sonst jemanden.«

»Selbstverständlich.«

»Gut. Ich werde in diesen zwei Monaten den Großteil der Rezensionen an externe Rezensenten abgeben, damit ich Zeit habe, zu recherchieren. Und ich brauche Lorenz Kanzler für die Betreuung des Blogs.«

»Wie Sie möchten.«

Ich frage mich, ob ich bei der Gelegenheit um einen gutaussehenden Sekretär bitten soll, der mir in Zukunft die Post abnimmt, die Füße massiert und mir einmal die Stunde frischen Rooibostee kocht. Patrick Dempsey vielleicht. Aber das könnte eine Spur übertrieben sein.

Als Pohl mein Büro verlassen hat, setze ich mich äußerst unwillig an den Computer, tippe mein Passwort in ein pflaumenrotes Fenster und logge mich bei *Literally in Love* ein.

»Sieben neue Nachrichten«, steht oben auf meiner Startseite, darunter der Hinweis: »Machen Sie Ihr Profil attraktiver. Laden Sie ein Foto hoch.«

»Das fehlte gerade noch«, teile ich der Yucca-Palme mit. Ich werde Lorenz bitten müssen, irgendein Fake-Foto einzustellen. Am besten ein besonders hässliches, damit mich keiner anschreibt.

Aber wie soll ich dann an Recherchematerial für den Blog kommen? Was für ein Horror. Ich sehe mich schon als Phantasielustobjekt einsamer Universitätsprofessoren. Wenn ich die nächsten acht Wochen überstehen will, brauche ich vor allem eines: eine Firewall, die sämtlichen Angriffen von außen standhält. Privatsphäre-Level: höchste Alarmbereitschaft!

Es klopft.

Zusatz: eine Bürotür mit Passwortschutz.

»Ja?«

Beatrice Kleidermann betritt mein Büro. Sorgfältig schließt sie die Tür hinter sich, wirft einen pikierten Blick auf das Bücherchaos, ehe sie mit verschränkten Armen zu meinem Schreibtisch schlendert. Seit ich beim *Österreichboten* angefangen habe, bewundere ich ihre lässige Eleganz, habe aber auch ein wenig Angst vor ihrem strengen Urteil. Mit ihren eins neunzig ist sie eine absolut imposante Erscheinung. Das eisblonde Haar befindet sich wie immer in Frisch-vom-Friseur-Form, und die Farbe ihrer Lippen ist auf die jeweilige Beigeschattierung ihrer Garderobe abgestimmt. Beatrice Kleidermann leitet seit über fünfzehn Jahren das Ressort Gesellschaft. Sie ist die absolute Nummer eins auf dem Societyparkett, mit jedem A-Promi per du, mit den B-Promis verfeindet und wird von den C-Promis heftig umworben. Niemand kennt die Wiener Sekt-und-Küsschen-Mafia besser als sie. Wer Beatrice Kleidermanns Gunst gewinnt, der hat es geschafft.

»Sie sind also der Meinung«, sagt sie unvermittelt, »dass eine Frau keinen Mann braucht?«

»Frau Kleiderm...«

»Dass die Zukunft zwischenmenschlicher Beziehungen eine Art Einzelhaft ist, bei der man, bis auf die gelegentliche sexuelle Befriedigung, kein Besuchsrecht bekommt? Und dass Kinderkriegen wie Accessoireshopping funktioniert? Jeder kauft ein, wie es ihm passt?«

»Ich denke ...«

»Falsch«, unterbricht sie mich. »Sie denken gar nicht. Und genau das ist das Problem. Frauen wie Sie verschanzen sich hinter ihren überfüllten Bücherregalen, bringen ihren Haustieren bei, ins richtige Eck zu kacken und nehmen so lange Zucker auf, bis ihr Unterkörper porös, fett und frigide wie tiefgeforenes Backpapier ist.«

Ich bin unfähig, etwas zu sagen. Nicht mal aufstehen gelingt mir, so sehr zittern mir die Knie. Hat sie das gerade wirklich gesagt?

»Ich gebe Ihnen einen gutgemeinten Rat, Frau Wilcek, in aller Freundschaft. Setzen Sie Ihren Kater auf die Straße, tragen Sie Ihre Bücher ins Antiquariat, werfen Sie die Kuscheltiere auf den Müll, und kaufen Sie sich stattdessen ein paar hübsche Röcke mit Seidenstrümpfen für darunter. Mischen Sie sich unter normale Menschen. Dann wird das schon.«

Mit einem kaum merklichen Nicken des Kopfes stolziert sie aus dem Büro. Als die Tür hinter ihr ins Schloss fällt, versagt meine Firewall. Eine große, graue Fehlermeldung blinkt vor meinem inneren Auge:

Herz konnte nicht gestartet werden. Einige Komponenten fehlen oder sind beschädigt. Installieren Sie das Programm neu und wenden Sie sich gegebenenfalls an den Systemadministrator. Sie sind so was von im falschen Roman!

Montag, 10. Oktober

»Du klickst hier rechts auf ›Einstellungen‹, dann kommst du zum Hauptmenü. Zuerst brauchst du einen Titel. Am besten etwas, das *catchy* ist, oder? Dotti? Träumst du?«

Ich schiebe die Erinnerung an das böse F-Wort beiseite, die das gesamte Wochenende wie kalter Zigarettenrauch in meinen Kleidern und Haaren festhing. *Frigide,* wisperten meine dicken, flauschigen Wollsocken, bis ich sie auszog und barfuß durch die Wohnung lief. *Frigide,* spottete mein überfülltes Bücherregal vielstimmig mit den vorwurfsvollen Stimmen leidenschaftlicher Heroinen in Seidenstrümpfen. Ja, sogar der Kater sah mich misstrauisch an, als beleidigte dieser neue, *frigide* Geruch seine feine Nase.

»Wie soll dein Blog heißen?«

»Hm?«

»Der Titel, die Headline, die Überschrift deiner Datingkolumne?«

Lorenz' Tonfall zeigt erste Anzeichen von Genervtheit. Eineinhalb Stunden lang hat er mir mit Engelsgeduld die Features des Weblogs erklärt, mich in so wichtigen Dingen wie *Tags, Labels, Feedreadern* und *Gadgets* unterwiesen, während meine Gedanken nur um eine einzige Sache kreisten.

»Wie wär's mit *Tagebuch eines frigiden Kampfsingles?*«

Lorenz macht große Augen, tippt aber gehorsam den Text in den Laptop.

»Spinnst du?« Ich lösche die Zeile und vergrabe meinen Kopf in den Händen. Die letzten drei Tage waren die Hölle. Jedes Buch, das ich aufklappte, versprach haufenweise Liebe und Sex. Im Fernsehen flimmerten weich gezeichnete

Bilder irgendeiner Fürstenhochzeit, ehe in der Vorabendsoap geküsst wurde, was das Zeug hielt.

Sogar der Discovery Channel zeigte eine Dokumentation über das Sexualverhalten des Steinmarders –, was mich zu der Erkenntnis brachte, dass die Unterhaltungsindustrie mit den Flirtplattformen unter einer Decke stecken muss. Inklusive der Blumenmafia. *Flirtrop* für Anfänger. Außerdem rief meine Mutter alle zwanzig Minuten an. Sie ließ es sich nicht nehmen, mir dazu zu gratulieren, dass ich sie endgültig vor ihrer gesamten Kundschaft lächerlich gemacht hatte. Seit Freitagfrüh waren diverse stadtbekannte Tratschtanten, die sonst nur bunte Zeitschriften mit fetten Überschriften lasen, mit dem *Österreichboten* in den Händen im *Lady's Pies & Pages* ein- und ausmarschiert.

Diese Kröten hatten literweise Leitungswasser konsumiert und die arme Lady Lydia nach ihrer missratenen Singletochter ausgefragt. Auch einige »durchaus ansehnliche junge Gentlemen«, wie Lydia es spitz formulierte, schienen ihr Interesse bekundet zu haben, sich mit mir zu verabreden. Und – das entnahm ich dem guten Dutzend Sprachnachrichten auf meiner Mobilbox sowie zahllosen SMS – meine Mutter hat ihnen allen meine Visitenkarte gegeben. Wie fürsorglich. Ich halte es nicht für ausgeschlossen, dass sie demnächst ein Plakat ins Schaufenster hängt: *Tochter zu vergeben. Intelligent, tierlieb, häuslich, doch leider immer noch nicht unter der Haube.*

»Wir könnten den Blog auch *Wer braucht Männer, wenn es Mütter gibt* nennen.«

Lorenz beißt sich auf die Lippen, legt die Stirn in Falten und denkt darüber nach.

»Das war ein Scherz, oder?«, fragt er schließlich mit einem ähnlichen Gesichtsausdruck wie Mister Spock, wenn es um das weibliche Geschlecht geht. Faszinierend.

»Worüber willst du in deinem ersten Blog überhaupt schreiben?«

»Über Mister Spocks Liebesleben.«

»Weil Vulkanier nur alle sieben Jahre Sex haben?«

»Nein, weil sie dazwischen keine Romane, Telenovelas oder Musikstücke darüber produzieren.«

»Was hast du gegen Musik?«

»Ich hasse Musik. Es geht immer nur um die Liebe, in jedem einzelnen Popsong, den ich je gehört habe. Liebe und Triebe, *love and dove,* Lust und Frust, *kiss and miss,* Herz und Schmerz, reim dich oder ich erschlage dich mit einem pinkfarbenen Vibrator.«

Ich hebe den rechten Arm zu einer entsprechenden Geste. Ein leises Räuspern aus der Richtung meiner Bürotür unterbricht mich. Lorenz dreht sich um, läuft hochrot an und springt auf, wobei er fast den Laptop vom Schreibtisch fegt. Dabei kneift er die Pobacken derart zusammen, dass er einem Vibrator nicht unähnlich sieht. Ich dagegen sitze immer noch mit erhobenem Arm da und betrachte das ungleiche Paar, das mein Büro betreten hat. Alfons Pohl, dem Schweißperlen auf der Stirn stehen, wechselt nervös von einem Bein aufs andere, während die kleine, zarte Frau an seiner Seite mich streng mustert.

»Frau – äh – Wilcek, die Frauenministerin war so nett, uns auf dem Weg ins Parlament einen Besuch abzustatten, um Ihnen persönlich ...« Pohl räuspert sich und öffnet den obersten Hemdknopf. Die Ministerin bedeutet ihm, still zu sein, und wirft meinem hoch erhobenen Arm einen Blick zu. Ich lasse ihn sinken, analog zu meinem Herz, das in die Unterhose rutscht. In den letzten drei Tagen war ich mit diversen wildfremden Menschen konfrontiert, die mir per E-Mail und Twitter Spott, Hass und Unterstützung schickten.

Feministische Gruppen luden mich ein, Vorträge zu halten, Genderforscher wollten Interviews, und ein paar besonders lustige Zeitgenossen mailten mir anonyme Drohungen. Und alles nur, weil mein Kater eine Art Reinkarnation von Hemingway ist und ich eine Schreibblockade hatte.

Das leibhaftige Erscheinen der Ministerin in der Redaktion des *Österreichboten* ist nun aber der Gipfel des Scheißbergs. Das ist die Frau, die seit einem halben Jahr darum kämpft, die österreichische Bundeshymne mit Töchtern zu versehen. Woher nimmt sie die Zeit, sich persönlich um so etwas Banales wie den Zustand »Pluskatze« zu kümmern? Es ist mir ein Rätsel.

Vorsichtig schäle ich mich aus meinem Schreibtischsessel und stehe neben Lorenz stramm, um mein Urteil zu erwarten. Was haben ein fiktiver pinkfarbener Vibrator und die Bundeshymne gemeinsam? Heimat bist du großmäuliger Töchter!

Nach einigen grauenhaften Sekunden tritt die Ministerin energisch an meinen Schreibtisch, streckt die Hand aus und schüttelt meine.

»Frau Wilcek«, sagt sie mit ernster Miene, »ich gratuliere Ihnen zu Ihrer Kolumne. Sie haben einen wichtigen Beitrag zur Emanzipation und Stärkung des weiblichen Selbstbewusstseins in der Öffentlichkeit geleistet. Es gibt immer noch Frauen, die sich ohne Mann als halber Mensch fühlen. Sie aber stellen sich hin und bekennen sich zu genau dieser Lebensweise.«

Frigider Kampfsingularismus?

Ein Grinsen breitet sich im Gesicht der Ministerin aus.

»*Pluskatze!*«

Ein unwahrscheinlich lautes Lachen dringt aus der Brust der kleinen Person im Businesskostüm.

»Herrlich! *Ein Mann nimmt in etwa so viel Platz ein wie hundert Bücher. Leider lässt er sich nicht auslesen und zuklappen.* Warum ist *mir* das nicht eingefallen? Herr Pohl!« In komplett anderem Tonfall beordert sie den schwitzenden Chefredakteur an ihre Seite. »Ich möchte gern, dass das Statement des Frauenministeriums gleich unter dem Bericht über die Ehekrise des Vizekanzlers erscheint.«

Sie zwinkert mir zu. Pohl nickt eifrig.

»Und um Himmels willen sagen Sie der Bildredaktion, sie sollen nicht wieder dieses grässliche Profilfoto nehmen, auf dem ich wie ein hungriger Habicht aussehe.«

Mit diesen Worten wendet sie sich zum Gehen.

»Ach, und Frau Wilcek: Titan ist das neue Pink«, ruft sie mir zu, ehe Pohl die Tür mit einem verwirrten Gesichtsausdruck schließt.

Lorenz steht immer noch kerzengerade, als hätte er das Titan im Po.

»Ich fasse es nicht. Alle tun es«, flüstert mein Kollege mit glasigem Blick.

»Was?«

»Es ist kein Mythos der Pornoindustrie und kein *Hoax.* Frauen kaufen und benutzen Vibratoren!« Ein stolzer Ausdruck tritt in Lorenz' Augen, und er sieht aus, als hätte er gerade das Perpetuum mobile erfunden oder Atlantis aufgespürt.

»Was hast du denn gedacht, für wen sie gemacht werden?«

Er antwortet nicht, sondern setzt sich und beginnt, wie wild auf meine Computertastatur einzuhämmern.

»Ist dir ein Blog-Titel eingefallen?«

»Nope. Ich schreibe nur schnell Statusupdates in Facebook und Google Plus und twittere, dass die Ministerin in Titan macht.«

Ich stürze mich auf ihn und klappe den Laptop so fest zu, dass ich ihm fast die Finger eingequetscht hätte.

»Bist du wahnsinnig?«

»Das war ein *Witz.*«

»Seit wann machst du Witze?«

»Du wirst es nicht glauben, aber ich beherrsche die Grundregeln des gesellschaftlich akzeptablen Humors.«

In dem Moment öffnet sich meine Bürotür erneut, und Stellas Lockenkopf erscheint im Türspalt.

»Liebst du schon oder lebst du noch?«, fragt sie grinsend.

Lorenz und ich sehen uns an, sehen Stella an und platzen gleichzeitig heraus:

»Stella, du bist ein Genie!«

Ich kenne Stella Charydis seit fast sechs Jahren. Die mollige, vollbusige Griechin schreibt jeden Samstag eine beliebte Erotikkolumne im *Österreichboten* und ist meine goldigste Kollegin, engste Freundin und nebenbei eine der besten Kundinnen meiner Mutter. Sie ist süchtig nach Mince Pies sowie Lady Lydias spezieller Earl-Grey-Mischung – dafür hat sie uns sogar das geheime Moussaka-Familienrezept von Oma Charydis überlassen.

Laut Stella lässt sich die Männerwelt in drei Kategorien einteilen: die Männer, die man gern hätte und nicht kriegt, die, die man nicht will und bekommen könnte und die winzige Restmenge, mit der man als Kompromiss im Bett landet. Stella nennt sie Alpha, Beta und Gammler. Seit drei Jahren liegt sie mir damit in den Ohren, dass es nicht gesund ist, nicht zu daten.

»Du musst sie ja nicht behalten, aber wenigstens bis zum Orgasmus gestatte ihnen zu bleiben«, hat sie mir unlängst erst erklärt. »Kein Sex ist auch keine Lösung!«

Ich lasse Lorenz mit der Einrichtung meines Blogs, der nun »Liebst du schon oder lebst du noch?« heißt, allein und ziehe mich mit Stella in ihr Büro zurück.

Nicht jeder Redakteur des *Boten* hat ein so geräumiges Büro. Böse Zungen unterstellen ihr seit Jahren, dafür mit Pohl im Bett gewesen zu sein, was allerdings ein Gerücht ist. Richtig hingegen ist, dass Stellas dreißig Quadratmeter früher die Heimat der Esoterik-Abteilung waren. Nachdem die angeblich bei einer missglückten *Witchboard*-Session ein paar Geister aufweckten, die sich seither beharrlich weigern, das Redaktionsgebäude zu verlassen, nutzte Stella, die praktisch mit Aberglauben aufgewachsen ist, die Gunst der Stunde: Mutig bezog sie das verwünschte Büro und hält seitdem den Mythos aufrecht, dass es dort spukt. Die Geister nennt sie *Poseidon* und *Odysseus* oder kurz *Possy* und *Oddy*. Keiner macht ihr den Raum streitig, trotz des Panoramafensters und der gemütlichen Sitzecke, die aus Restbeständen der Esoteriker eingerichtet ist wie ein buddhistischer Tempel.

»Also«, beginnt meine Freundin, nachdem sie uns zwei Tassen Tee aus einem riesigen Samowar eingeschenkt hat, »jetzt erzähl mal ein paar Schwänke vom Datingmarkt.«

»Da gibt es nichts zu erzählen. Ich date nicht.«

»Das wirst du aber müssen.«

»Wieso?«

Automatisch taste ich nach dem kleinen Vogel an meiner Uhr. Wie jedes Mal beruhigt mich die Berührung mit der Metalloberfläche. Als gäbe der Kompass meinem Kopf wieder eine Richtung, und ich könnte irgendwo in der Ferne ein Ziel sehen.

Stella zückt die aktuelle Wochenendbeilage des *Boten.* Ich hatte noch gar keine Zeit, sie zu lesen.

»Hier, bitte, Seite zwölf unten.«

Stella reicht mir die Beilage. Ich suche die entsprechende Stelle und erstarre. Das Licht verglüht. Eine halbseitige Anzeige von *Literally in Love,* dort, wo normalerweise die Buchtipps der Woche aufgelistet sind. Doch nicht das ist das Schockierende. Viel mehr befinde ich mich Auge in Auge mit meinem eigenen, entsetzlich retuschierten Porträt, das auf die Schultern eines C-Cup-Models im pinkfarbenen Cocktailkleidchen montiert wurde. Das Model-Ich tippt an einem mit Strasssteinchen besetzten Notebook, und aus meinem Retuschekopf wächst eine Sprechblase, in der sich ebenfalls pinkfarbene Herzchen türmen. Darunter steht in fetter Schrift:

DOTTI DATET!
Der neue spritzige Flirt-Blog von und mit Dotti Wilcek.
Ab Montag im Online-Boten.
Eine Frau auf dem Weg zum Happy End.
Dank *LITERALLY IN LOVE.*

Das Ganze erinnert verdächtig an die Cover einer dieser schmalzigen Frauenromane, die mir seit jeher verhasst sind, nur dass die großbusige Dotti hier nicht auf der Jagd nach

Schuhen, sondern nach Männern ist! Es gibt nur einen Menschen, der etwas derart Übles an dieser Stelle plaziert haben kann …

»Die Loos!« Das ist das Einzige, was ich zwischen fest zusammengebissenen Zähnen herausbringe. Die Rache der loosen Skandalnudel. Kaum hat sie ihre Nagellackhand auf meinem Ressort, wirft sie meine Buchtipps kurzerhand raus und ersetzt sie durch diese unterirdische Anzeige.

»Nimm einen Schluck Tee.«

»Das, das, das ist …« Mir fällt keine genügend umfassende Beschimpfung ein, also trinke ich gehorsam aus meiner Tasse, verschlucke mich prompt und muss husten.

»Spritzig?«, feixt Stella, klopft mir auf den Rücken und zieht meinen Kopf tröstend an ihre runde Schulter.

»Sieh es positiv, Dotti, jetzt melden sich auch Männer bei dir, die bisher von deiner Intelligenz eingeschüchtert gewesen wären. Mit solchen Brüsten könntest du Albert Einstein sein und hättest trotzdem Sex.«

»Ich will aber nicht«, sage ich leise.

»Was? Große Brüste oder Einstein?«

»Daten.«

»Ach, Schatz! Es ist halb so schlimm, glaub mir. Wenn du erst mal die Perversen, die Gestörten, die emotional nicht Verfügbaren und die verkappten Schwulen aussortiert hast, ist der Datingmarkt ein großer, bunter Rummelplatz. Du wirst enorm viel Spaß haben.«

»Spaß macht mir Angst.«

»Es hilft alles nichts, Dotti. Mit Abwarten-und-Tee trinken ist es vorbei.« Stella nimmt mir die Tasse aus der Hand und zieht mich aus der bequemen Couch. »Jetzt suchen wir dir einen Mann.«

Zehn Minuten später arbeitet sich Stella geduldig durch meinen *Literally in Love*-Posteingang. Sie hat mehrere Ordner angelegt, die mit »geht_vielleicht«, »geht_gar_nicht«, »unter_aller_Sau« und »scheiße_das_darf_doch_nicht_wahr_sein« beschriftet sind. Dort werden nach und nach die Botschaften der willigen Anwärter einsortiert.

»Was ist mit dem?«, fragt sie mich und öffnet eine Nachricht von einsamerrecke006. »Ihr habt neunundsiebzig Prozent Übereinstimmung. Schau mal, er ist auch ein *Harry-Potter*-Charakter.«

»Welcher?«

»Dobby, der Hauself.«

»Damit ist er für mich gestorben.«

Stella schiebt die Nachricht in den »geht_vielleicht«-Ordner.

»Hey, der geht *nicht!*«

»Dotti, der Vielleicht-Ordner ist immer noch leer. Langsam solltest du anfangen, deine Prioritäten zu überdenken und die Ansprüche runterzuschrauben.«

»Aber doch nicht auf unter einen Meter Körpergröße.«

»Hey, Dobby ist häuslich, reinlich, charmant und sucht eine niveauvolle Dame zur gemeinsamen Freizeitgestaltung. Sei nicht so oberflächlich.«

Mir schwant Böses. »Wie alt ist Dobby?«

»Warte, ich schau gleich nach … Oh.«

»Oh?«

»Vierundsechzig.«

»Vierundsechzig? *Vierundsechzig?* Und schreibt mich an?«

»Viele Frauen über dreißig haben Beziehungen zu älteren Männern.«

»Älter ja, aber doch keiner, der mein Opa sein könnte.«

»Alter ist eine Frage der Einstellung.«

»Eher der Einbildung.«

»Ja, zugegeben, mit großer Ausdauer kannst du nicht mehr rechnen. Dafür mit Hingabe.«

»Stella!«

»Das_darf_doch_nicht_wahr_sein?«

»Keine Frage.«

»Gut, nächste Nachricht. Grinsekater, einundachtzig Prozent Übereinstimmung. Literarische Figur … beeindruckend: Atreju aus der unendlichen Geschichte. Siebenunddreißig, sportlich … Wow, sieh dir das Foto an! Er sieht aus wie Jude Law.«

»Das *ist* Jude Law.«

»Tatsächlich. Zwei Möglichkeiten: Jude Law ist bei *Literally in Love* registriert oder …«

»Das_darf_doch_nicht_wahr_sein«, sagen wir gleichzeitig, und Stellas dröhnendes Gelächter veranlasst Pohls Assistentin Ulrike Plasnitsch, den Kopf zur Tür hineinzustecken und uns hinter ihren randlosen Brillengläsern misstrauisch zu mustern.

»Herr Pohl lässt fragen, wann mit dem ersten Blog zu rechnen ist. Der Kunde möchte die Anzeige im Web schalten.«

Mir bleibt fast das Herz stehen. Mein Fremdkörperfoto überall sicht- und abrufbar im weltweiten Netz. Das ist eine verdammte Katastrophe.

»Nicht jetzt«, zische ich ungehalten.

»Aber noch heute, Frau Wilcek.«

Ich knurre etwas Unverständliches.

»Ach ja, fast hätte ich es vergessen.« Sie verzieht die Lippen. Die Plasnitsch vergisst nie etwas, sie hat nur zu viele

Columbo-Folgen gesehen. »Herr Pohl möchte, dass Sie eine Rezension zu *Amors Feder* schreiben. Der Roman ist eben auf der SPIEGEL-Bestsellerliste eingestiegen. Ganz Wien spricht davon. Glahnz ist sein Name, Florian Glahnz, mit …«

»H«, ergänze ich.

»Dann ist ja alles klar, Frau Wilcek.«

Das Lächeln der Plasnitsch ist eine Spur zu süß, als sie die Tür wieder schließt. Ich wette, genau in diesem Moment reitet sie auf der anderen Seite auf irgendeinem Besen hoch über den Schreibtischen der Redaktion. Ich lasse sie in Gedanken in einen Kessel mit Zaubertrank stürzen und fett wie Obelix werden.

»Gut, weiter im Text!«

Stellas Enthusiasmus, meine Anwärter auf der Flirtplattform zu sortieren, hat der kleine Zwischenfall keinen Abbruch getan. Meine Laune wiederum ist endgültig in der untersten Etage angekommen.

Glahnz, jetzt auch noch dieser Glahnz. Der Typ ist mein höchstpersönlicher Moby Dick.

»Jetzt hab ich ihn.«

»Wen?«

Im Kopfkino sehe ich Stella auf hoher See, wie sie einen gigantischen Wal im Schwitzkasten hat.

»Dein perfektes Date. Schau mal!«

Auf dem Bildschirm erscheint ein Foto, das gar nicht so übel ist. Kaum umwerfend, aber auch nicht abstoßend oder von einem Filmstar geklaut.

»Geraldo01«, liest Stella vor, »fünfunddreißig, Mathematiker, sucht eine intelligente, kulturinteressierte Partnerin. Das ist doch was für dich, Dotti.«

Es klingt zumindest nicht so schlimm wie das bisherige Angebot.

»Welche Figur?«

»Edward Cullen.«

»Ein Teenagervampir, der in der Sonne glitzert?«

»Du bist ein besserwisserischer Teenager mit fehlender Sozialkompetenz. Ihr seid füreinander geschaffen. Hast du die *Biss*-Bücher etwa nicht gelesen?«

»Quer und nur mit Gummihandschuhen.«

»Die waren so romantisch«, seufzt Stella.

Ich schüttle stumm den Kopf. Stella doppelklickt geraldo01, und es öffnet sich ein Nachrichtenfenster.

»Was hast du vor?«

»Er ist online.«

Ich gehe in Deckung.

»Kann er mich sehen?«

»Unsinn. Das ist nur ein Chat.«

Stella strahlt mich an.

»Und was mach ich jetzt?«

»Du schreibst ihm.«

»Kommt überhaupt nicht in Frage!«

»Dotti, ein Dating-Blog braucht zuallererst mal ein Date.«

»Aber ich weiß doch gar nichts von ihm.«

»Vertrau mir, das ist am Anfang immer so.«

Stella hat bereits begonnen, das Nachrichtenfenster mit Text zu füllen. Ich schaue ihr misstrauisch über die Schulter. »Was schreibst du denn da?«

Hallo geraldo01, Lust auf ein d8?, steht dort in Veilchenrosa.

»D8?«, frage ich ratlos. »Ist das so etwas wie der G8-Gipfel?«

»Das ist Internetsprech für Date.«
Es macht Pling. Ich zucke zusammen.
»Was ist jetzt?«
»Er hat geantwortet.«
Ich lese die Worte, die in Himmelblau auf dem Bildschirm stehen und schnaufe empört. Stella strahlt mich an.
»Dotti, du hast ein Date.«
»Was für ein Perverser!«

Liebst du schon oder lebst du noch?

Cyberromantik

Montag, 10. Oktober

Hallo, mein Name ist Dotti, und ich tue es!
Ich date online.
Wie Hunderttausende andere Menschen habe ich mich für die virtuelle Liebe registriert. Falls man kompatible Antworten gibt und die richtigen Buttons wählt, braucht man keinen Gedanken mehr daran zu verschwenden, in wen man sich letztendlich verlieben wird. Denn der optimale Partner ist nur einen Mausklick entfernt. Wie romantisch!
Die Devise lautet: Wenn man auf eBay den passenden Kochtopf für jedes gefriergetrocknete Fertiggericht ersteigern kann, sollte man den Deckel gleich im Sonderangebot dazubestellen. Beziehungsshopping nach Ladenschluss, bezahlbar via PayPal – sauber, bequem und steuerlich absetzbar.
Kandidat Nummer Nulleins *für einen Platz in meinem virtuellen Herzen heißt Geraldo und ist nahezu perfekt. Er*

hat Haare auf dem Kopf, schielt nicht, beherrscht mehr als dreizehn Vokabeln und sieht auf seinem Profilfoto sogar trotz schlechter Belichtung halbwegs nach einem menschlichen Wesen aus. Ein wenig Photoshop hätte seinem JPEG gutgetan, aber dafür punktet er durch präzise Rote-Augen-Entfernung. Die Rechtschreibprüfung vom Duden-Korrektor hält ihn für gebildet, und der Kater mag den Ton, mit dem seine Kontaktaufnahme – Pling! – auf dem Bildschirm erscheint.
Grund genug, ihn anzustupsen und mich mit ihm im Chatroom zu verabreden. Wenn sich herausstellt, dass er auch noch den gleichen Mailprovider, Internetbrowser und das passende Betriebssystem hat, können wir uns direkt durch den Virenscanner laufen lassen und unseren Facebook-Beziehungsstatus entsprechend einstellen. Anschließend haben wir Cybersex, bis die Leitungen glühen. Falls er mir das Herz bricht, entziehe ich ihm einfach mein »Gefällt mir« und lösche ihn aus meinem Adressbuch.
Was haben die Menschen bloß früher gemacht?

(follow @dottiliest bei Twitter)

»Du bist für eine Beziehung so was von überqualifiziert.« Rita saugt an ihrem Strohhalm und zieht die Nase kraus. »Was ist das eigentlich für ein Fusel?«

»Was?«

»Fusel, Alkmüll, Scheißzeug – bin ich der Thesaurus?«

»Nein, das andere. Was hast du grade gesagt? Was bin ich?«

»Überqualifiziert. Entschuldigung.« Rita winkt dem Barkeeper, der mit mürrischem Gesichtsausdruck zu uns kommt.

»Die Ladys wünschen?«

Rita schiebt ihm den pinkorangefarbenen Cocktail hin.

»Wenn *Sie* das trinken können, bezahl ich das.«

Er wendet sich wortlos von uns ab.

»Kannst du bitte mal ernst werden?«

»Ganz im Ernst, das Zeug ist ungenießbar.«

»Wieso bin ich für Beziehungen überqualifiziert? Ich hätte eher gedacht, ich bin beziehungsuntauglich.«

»O nein, Dotti. Du machst Männern Angst. Der männliche Homo sapiens ist simpel gestrickt. Er will jagen und sammeln, nicht inhaltlich wertvolle Diskussionen über Kafka führen. Daran hat sich seit der Steinzeit nichts geändert.«

»Reden wir von Schimpansen oder Sakkoträgern?«

»Okay, Dotti, fangen wir mal beim Offensichtlichen an. Dein Outfit.«

»Was ist mit meinem Outfit?«

»Nichts. Eben. Gar nichts ist mit deinem Outfit.«

»Entschuldige, das ist Baumwolle von höchster Qualität. Die hält selbst dem achthundertsten Waschgang noch stand.

Außerdem ist es kalt draußen und ich trage drei Paar Wintersocken. In Nylon erfriere ich.«

»Da hast du es. Du bist zu praktisch. Das Männchen ist aber auf Signalfarben und das Schimmern von Haut programmiert. Weißt du, wie sich das Tierreich davor schützt, gefangen zu werden?« Sie zupft an meinem Rollkragenpullover. »Tarnfarben und Ganzkörperfell. Mit Bluejeans, Stricksocken und Schlammrolli kannst du erfolgreich mit dem Unterholz verschmelzen, nicht jedoch mit dem Unterkörper.« Rita macht entsprechende Hüftbewegungen, worauf ein Typ rechts neben uns an der Bar seiner Begleiterin den Gin-Tonic ins Dekolleté leert.

Der Barkeeper stellt klirrend zwei frische, pinkorangefarbene Getränke vor uns hin.

»Entschuldigung, aber das haben wir nicht bestellt.«

»Ist von dem Macker mit den Ohren«, lautet die mürrische Antwort. Von einem Tischchen hinter uns winkt ein schmächtiges älteres Männlein mit beeindruckend abstehenden Hörorganen herüber. Rita prostet ihm lächelnd zu und stupst mich an.

»Na, wie wär's mit dem?«

»Soll ich ihm die Ohren langziehen?«

»Auf jeden Fall. Damit er besser hören kann.« Sie knurrt wie ein Wolf und macht mit dem Strohhalm Bläschen in ihren Cocktail, bis mir der Bauch weh tut vor Lachen. Der Mann links von uns, der sich mit seinem breitkrempigen Filzhut offenbar für Humphrey Bogart hält, wirft uns einen sonderbaren Blick zu, ehe er sich wieder seinem Drink widmet.

Seit über einer Stunde sitze ich mit meiner Freundin in der angesagten *First Floor Bar* im berühmten Wiener Bermudadreieck und bekomme eine exklusive Einführung in die Kunst des Flirtens. Bisherige Erfolgserlebnisse: eine zerbrochene Schüssel mit Nüssen, ein geschwollener Zeh und ein von Dumbo persönlich spendierter Tropencocktail.

Nachdem Stella meinen D8-Gipfel mit geraldo01 arrangiert hatte, stand fest, dass ich Hilfe brauchen würde. Schließlich ist es das erste Blind Date meines Lebens. Noch dazu möchte mich Geraldo ausgerechnet in die Oper ausführen. Eine enorm perverse Idee, denn das bedeutet, dass ich den ganzen Abend lang nicht auf meine bevorzugte Waffe, die Sprache, zurückgreifen kann, sondern mich Musik aussetzen und nonverbal kommunizieren muss. Die Bühnenluft wird unter Schmachten, Seufzen und Gebrüll vibrieren, was meiner Romantikverdrossenheit nicht wirklich entgegenkommt.

»Oper ist doch toll«, meinte Stella, nachdem sie das Chatfenster geschlossen hatte. »Große Gefühle, Leidenschaft, ein dunkler Theatersaal zum Fummeln …«

»Fummeln?«, fragte ich erschrocken. »Seit wann wird beim Daten gefummelt?«

»In welchem Jahrhundert lebst du? Fummeln ist die neue Konversation«, behauptete sie. Sex ist Stellas Metier. Als erfahrene *Lust-und-Liebe*-Redakteurin kennt sie sich mit allen Intimitäten bestens aus.

Doch für das *Davor* ist Rita zuständig. Seit ich Rita kenne, ist meine älteste Freundin auf der Jagd nach dem perfekten Date. So erfolgreich sie als Unternehmensberaterin zu überzeugen weiß, so wenig hat sie bisher in Liebesdingen überzeugt. Aber sie trägt die Goldmedaille für die ausdauerndsten Versuche. Schließlich sollen Eigenheim und Kinder laut Terminplanung vor ihrem fünfunddreißigsten Geburtstag zumindest in Arbeit sein.

Rita besitzt ganze Regale voller Gebrauchsanweisungen zum Thema Mann, kennt jeden Frauenknigge, der je publiziert wurde, und ist ungeschlagener Brautstraußquarterback. Tapfer hat sie sich durch Tanzkurse, Fortbildungsseminare, Singlepartys und Trachtenbälle gearbeitet, um die berühmte Nadel im Heuhaufen oder den Prinzen unter den Fröschen zu finden. Bislang ohne Erfolg, aber mit reichlich Erfahrung.

»Also, hör mir jetzt mal gut zu, Dotti! Ich werde dir einen exklusiven Einblick in meine geheimen Datingregeln geben. Damit kriegt sogar eine Anfängerin wie du etwas auf die Reihe.«

Rita schnappt sich eine Serviette, kramt ihren Konturenstift aus der Handtasche und schreibt in Metallic-Rouge-Großbuchstaben:

1. L WIE LOCKEN
2. I WIE INSZENIEREN
3. E WIE EROBERT WERDEN
4. B WIE BITTEN LASSEN
5. E WIE ERWARTEN KÖNNEN

Ich beuge mich über die Serviette, um den Text entziffern zu können. Aus optischen Gründen hat Rita darauf bestanden, dass meine Brille daheim bleibt. Die ungewohnten Kontaktlinsen lassen meine Augen aber permanent tränen.

»Wie du siehst, Dotti, führt der Weg zur wahren Liebe über fünf Stationen. Am Anfang steht die Verlockung. Du musst dich so aufbereiten, dass der Mann deine Reize einwandfrei erkennt. Das heißt nicht, dass du sie raushängen lassen sollst wie Kandidatin *Schwarzes-Nichts* da drüben. Sonst wirst du schneller wieder aus seinem Leben verschwinden als du ›Ich komme‹ stöhnen kannst. Fragen?«

»Nur die eine: Wie bin ich reizvoll, aber keine Reizüberflutung?«

»Andeuten lautet das Zauberwort. Nimm dir ein Beispiel an mir.« Rita stemmt die Hände in die Hüften und macht den dreifach hochhackigen Klum: eine elegante, vielversprechende, nichts verratende Drehung von der Theke zum Raum. Gewürzt mit einem Schuss Arroganz.

»Der Rock ist kurz genug, bloß nicht zu kurz; die Manolos machen schlanke Beine, doch ich kann noch damit laufen, und das Top lässt Raum für Phantasie. Alle überzähligen Körperhaare sind entfernt, das Make-up ist dezent, aber effektvoll, und die Frisur fällt auf natürlich schöne Weise.«

Ich sehe an mir herunter. Zwar gehöre ich generell zu den grazilen Frauen, doch die Verpackung ist bar jeglicher Verlockung. Ich trage meine komfortablen Jeans mit dem vernünftig hohen Bund (Es gibt nichts Schlimmeres als Frauen, bei denen der Tanga über dem Rand der Hüfthosen zum Vorschein kommt!). Weil ich mich leicht erkälte, stecke ich in drei Schichten Rollkragen, meine bequemsten Chucks zieren meine Füße, deren genaues Ebenbild vorwurfsvoll an meiner *Beads*-Uhr prangt. Auf 60916 beziffert der Kompass meine verbleibenden Nichtschäferstündchen bis zum Vierzigsten.

Mein bestes Attribut, die naturrote Mähne, habe ich achtlos unter eine braune Baskenmütze geschoben. Rita scheint meine Gedanken zu lesen, denn sie stellt nach einem weiteren Schluck ihren Cocktail ab und schnappt sich besagte

Mütze. Augenblicklich fällt mir das Haar auf die Schultern, und ein paar Typen, die bisher ins Gespräch vertieft ganz hinten an der Bar gelehnt haben, werfen mir interessierte Blicke zu. Selbst Humphrey Bogarts Hut hebt sich kurz.

»Siehst du, Dotti, du bist nicht hässlich. Du bist einfach nur überqualifiziert. Jeder Mann könnte sich alle zehn Wurstfinger abschlecken, wenn er eine Partnerin wie dich bekommt, aber wer will schon die perfekte Partnerin? 80D ist eine Zahl, die Männer fasziniert, nicht IQ 120. Vernünftige Kleidung ist ein No-Go bei der Anbahnung zwischenmenschlicher Beziehungen. Womit wir beim zweiten Punkt wären: Inszenierung.«

Rita winkt den Barkeeper heran, schürzt die Lippen, saugt gekonnt an ihrem Strohhalm und legt anschließend, wie zufällig, den Zeigefinger auf sein Handgelenk.

»Der ist viel besser«, schnurrt sie und schlürft die verbleibende Flüssigkeit aus dem Glas. Der Barkeeper blickt unsicher auf ihre Hand.

»Wollt ihr noch einen?«

Ich will abwinken, doch Rita ist schneller. Sie setzt ein perfektes Lady-Di-Lächeln auf.

»Wenn der wieder so gut wird.«

Beim Gedanken an weitere Cocktails macht sich meine Blase bemerkbar. Ich muss dringend aufs Klo, habe aber bereits Bedenken, ob ich es schaffe, gerade zu laufen. Der Barkeeper wendet sich mit gerunzelter Stirn ab und wirft geräuschvoll Eiswürfel in den Shaker.

»Wichtig bei der Inszenierung ist, dass du den Mann die ganze Zeit in dem Glauben lässt, ein extrem toller Hecht zu sein«, flüstert Rita. »Krieg heraus, was er selbst an sich bewundernswert findet, und bewundere ihn dafür. Den Muskelprotz im Fitnessstudio für seine Ausdauer, den knackigen Bassgitarristen für seine Solos, den Drummer für seine Moves und den Bürohengst für seine Geschäftstüchtigkeit. Was immer er kann, finde es sexy!«

»Sexy Cocktails?«, frage ich ungläubig.

»Ja, Miss Überqualifiziert, auch Cocktails sind sexy, wenn du den Mann erobern möchtest, der sie produziert.«

»Ich dachte, der nächste Punkt auf deiner Liste lautet erobert *werden.*«

»Das Geheimnis des Erobertwerdens besteht darin, den Mann glauben zu lassen, dass er dich erobert.«

»Sprichst du auch Deutsch?«

»Ach, Dotti. Siehst du den Typen auf neun Uhr?«

Ich drehe den Kopf in die entsprechende Richtung.

»Nicht so auffällig!«

Rita hebt in ihrer Verzweiflung beide Augenbrauen, was sie sonst wegen der Faltenbildung explizit verweigert.

»Wie soll ich denn unauffällig schauen?«

»Schweifiliere.«

»*Was* soll ich?«

»Lass deinen Blick über die Menge schweifen, und mach dir so ein Bild von Herrn Neun-Uhr.«

Ich folge gehorsam der Anweisung. An einem Tischchen mitten im Raum präsentiert ein einzelner Mann in enganliegender schwarzer Lederhose breitbeinig seinen Schatzbeutel und starrt gedankenverloren in ein Bierglas. Sein Friseur scheint in den Sechzigern stecken geblieben zu sein, dafür kommt sein zerknautschtes Gesicht Jahrzehnte aus der Zukunft.

»Angenommen«, sagt Rita leise, »du hättest Interesse an ihm, wie würdest du vorgehen?«

»Um Interesse an ihm zu haben, gibt es kein Vorgehen, sondern nur ein Runterkippen.«

Humphrey Bogart nebenan lacht. Ein warmer Laut, der so gar nicht in die kühle Schickimicki-Bar passen will. Rita wirft ihm einen bösen Blick zu und senkt augenblicklich die Stimme.

»Nicht ablenken, wir bewegen uns auf einem rein hypothetischen Level. Also?«

Ich zucke mit den Schultern.

»Blickkontakt aufnehmen?«

»Nicht schlecht. Und weiter?«

»Ihn anlächeln?«

»Falsch. Wenn du zuerst lächelst, ist die Sache schon gelaufen. Er wird sofort woanders hinschauen und nach einem tiefen Schluck Bier keinen Kontakt mehr suchen.«

»So ein Schwachsinn.«

»Bitte, probier es aus.«

»Sicher nicht.«

»Hey, ich hab gesagt, dass ich dir nur unter der Bedingung helfe, dass du tust, was ich dir sage. Das war der Deal.«

»Und was mach ich, wenn Knautschi was von mir will?«

»Vertrau mir, Dotti.«

Ich gebe mir einen Ruck und konzentriere mich auf neun Uhr. Tatsächlich hebt Lederhose den Blick und glotzt mich aus nicht mehr ganz klaren Augen an. Widerwillig verziehe ich meine Lippen zu einem verkrampften Lächeln. Der letzte Funke Wachheit verschwindet innerhalb einer Zehntelsekunde aus seinen Pupillen. Mit einem Griff zum Bierglas wendet er sich von mir ab. Wie einen Rettungsanker hält er das Glas umklammert.

»Faszinierend«, raune ich Rita zu. »Und wie funktioniert das nun mit dem Erobern?«

»Sieh zu und lerne!«

Rita lässt ihren Blick gekonnt durchs Lokal *schweifilieren.* Als er Neun-Uhr streift, lässt sie ihn kurz auf ihm ruhen. Lederhose, von derart viel weiblicher Aufmerksamkeit sichtlich überfordert, blickt sich um, um sicherzugehen, dass die Anmache ihm gilt. Rita hält den Blickkontakt, zeigt aber um die Mundwinkel nicht die winzigste Regung. Schließlich zucken Lederhoses Brauen nach oben, und er bleckt die Zähne, was vermutlich ein aufforderndes Lächeln sein soll. Rita wendet sich achtlos ab und nimmt den frischen Cocktail vom Barkeeper in Empfang.

»Und? Was hast du gelernt?«

Ich sehe das Unheil aus dem Augenwinkel.

»Dass neun Uhr manchmal verdammt knapp ist.«

»Wieso …?« Weiter kommt sie nicht. Das zerknautschte Gesicht taucht zwischen uns auf, und ich spüre die Berührung einer grobschlächtigen Hand im unteren Drittel meines Rückens.

»Na, die Damen«, haucht Lederhose Biergeruch in den Raum. »Kann ich den Hübschen was Hübsches spendieren?«

»Nein danke«, sagt Rita und löst sich aus seinem Griff. »Wir sind versorgt.«

»Hey, willst du mich verarschen? Erst machst du mich an, und dann läuft nichts?«

Ich deute mit dem Finger auf Punkt vier der Liste. »Sie lässt sich bitten.«

Er betrachtet mich eindringlich. Hinter seinem Rücken schüttelt Rita heftig den Kopf. Ich ignoriere sie.

»Hä?«

»Ich nehme an«, glücklich wedle ich mit der Serviette, worauf Rita mit dem Finger an ihre Stirn klopft, »das soll die Erwartung schüren. Wirklich faszinierend!«

Neun-Uhr richtet sich zu voller Größe auf, nimmt mir die Serviette aus der Hand, studiert die Lippenstiftbuchstaben, zieht hörbar den Rotz hoch und schneuzt sich schließlich in die Liste. Als er damit fertig ist, knüllt er die Serviette zusammen und lässt sie in meinen Cocktail fallen.

»Schlampen«, murmelt er und verlässt schwankend die Bar Richtung Toilette. Sofort muss ich noch dringender und rutsche unruhig hin und her.

»Spinnst du?« Rita reibt sich die Hüften, als könnte sie die unangenehme Berührung dadurch wegwischen. »Wir *reden* nicht über die Liste. Topsecret! Code *Pink* der Vereinigung zukünftiger Bräute. Das Beutetier darf nichts von den geheimen Angriffsplänen wissen, kapiert?«

»Ich dachte, du wolltest mir das Daten erklären.«

»Hab ich ja auch.«

»Bis auf eine Sache.«

»Und die wäre?«

»Wozu das Ganze? Was habe ich davon?«

»Einen Ehemann, wenn du es richtig anstellst.«

»Ich will aber keinen Ehemann. Ich will gar keinen Mann.«

Rita sieht mich an, als hätte ich mich vor ihren Augen in einen rosa Elefanten verwandelt.

»Aber ich dachte … Ich meine, warum datest du überhaupt?«

»Ich date nicht, ich recherchiere.«

»Richtig. Dotti tut es. Und falls du Lust auf Sex kriegst, tust du es dann zur Recherche?«

»Männer sind im weiblichen Sexualleben überbewertet.«

»Und was ist mit der Fortpflanzung?«

»Rita, kaufst du dir einen Baum, wenn du einen Apfel möchtest? Der ganze Datingzirkus ist eine Farce. Sofern du ein Kind willst, lass dir eines machen, ob von einem Typen mit großen Ohren oder zerknautschter Stirn ist doch völlig egal. Und wenn es um Sex geht, gibt es sehr effektive …«

»Verarschen könnt ihr jemand anders!«

Neun-Uhr ist zurück und hat sich auf drei Uhr neben uns aufgebaut.

»Rita, pass auf!«

Mit einem erschrockenen Quieken springt meine Freundin von ihrem Barhocker, um Lederhose auszuweichen, der nach ihren Brüsten grapscht. Ich kann sie gerade noch auffangen, stoße dabei jedoch, eingeschränkt, wie meine Sicht mit den Linsen ist, den Rotztuchcocktail um, der sich über die Theke ergießt und mit dem Salz der Nüsschen mischt. Mehrere Damen bringen ihre Handtäschchen in Sicherheit, und empörtes Stimmengewirr bricht aus. Lederhose wendet sich Rita zu und macht Anstalten, sie am Arm zu packen.

Danach gelingt es mir kaum, den Ereignissen zu folgen. Der Barkeeper stürzt hinter seiner Theke hervor, baut sich breitbeinig zwischen Rita und Lederhose auf, krempelt die Ärmel hoch und deutet auf die schmale Brust seines Gegenübers.

»Wenn du die Ladys nicht sofort in Frieden lässt, fliegst du raus, Alter!«

Rita boxt mich grinsend in die Seite und raunt mir zu: »Siehst du, es wirkt!«

Der kleine Rempler genügt schon, und ich verliere das

Gleichgewicht. Ehe ich direkt in die Rotzcocktailsuppe auf der Bar falle, werde ich von zwei Armen gestützt.

»Sie daten wohl nicht so häufig?«, fragt Humphrey Bogart amüsiert und liest meine Baskenmütze vom Boden auf. Bevor ich Zeit habe, ihn mir genauer anzusehen oder mir eine gute Antwort zu überlegen, holt Lederhose mit dem rechten Arm aus und boxt dem Barkeeper mitten in dessen Sixpack. Innerhalb von Sekunden geht die Schlägerei los, und Chaos bricht aus. Während Rita mich am Ärmel meines Rollkragenpullis Richtung Ausgang zieht, sehe ich über die Schulter zurück. Mehr als ein verschwommenes Gerangel und die Umrisse eines Filzhuts kann ich nicht erkennen.

»Ich übe noch«, brülle ich, um das Geschrei von Ritas Kavalieren zu übertönen. Ein helles, warmes Lachen ist das Letzte, was ich höre, ehe wir durch die Tür auf die Straße stolpern.

Liebst du schon oder lebst du noch?

Daten für Anfänger

Freitag, 14. Oktober

In der freien Wildbahn des Datingdschungels herrschen die alten Gesetze: Der Tiger brüllt am lautesten, ist jedoch feige, wenn es um offenes Feuer geht. Der Bär hockt sabbernd vor dem Bienenstock. Der Affe kratzt sich das Brustfell, langt sich an die Banane und grinst schief. Doch es ist die Schlange, die bei der Jagd die beste Figur macht.

»Daten ist nichts für Anfänger«, erklärt mir meine Freundin Rita bei einer Super-Size-Portion Pommes um Mitternacht

bei McDonald's. An ihrem erhobenen Zeigefinger glänzt fettiges Salz. »Der Mann denkt durchschnittlich alle sieben Sekunden an Sex. Die Kunst ist es, ihn in den sechseinhalb Sekunden dazwischen dazu zu bringen, an Sex mit dir zu denken.«
Womit wir bei meiner heutigen Frage wären: Was denken Männer in den sechseinhalb Sekunden, in denen sie nicht an Sex denken? Ich habe mehrere Theorien.

1. *Männer denken an Nahrungsaufnahme. Das würde bedeuten, dass die Frau, die ihnen im richtigen Moment ein dreigängiges Menü vorsetzt, die besten Chancen hat, zum Nachtisch vernascht zu werden.*

2. *Männer denken über die Relativitätstheorie und andere naturwissenschaftliche Problemstellungen nach. Es ist eigentlich relativ egal, was das Weibchen dazu sagt, Hauptsache, es sieht dabei hübsch aus und nickt immer wieder mal zustimmend. Dann ist als Abschluss zumindest die Missionarsstellung möglich.*

3. *Männer lassen das letzte Match ihres Lieblingsfußballvereins Revue passieren. In dem Fall ist es sinnlos, auf die siebte Sekunde zu warten, weil es allein fünftausendvierhundert davon dauert, bis das Objekt der Begierde versenkt wurde. Schlimmer ist es lediglich, wenn der Mann Basketballfan ist, denn dabei geht es darum, vier mal zehn Minuten lang möglichst viele Körbe auszuteilen.*

4. Männer denken gar nichts, ihre Hirne befinden sich einfach im Leerlauf, und es liegt an der geschickten Führung der Frau, ausreichend Gas zu geben, um den Boliden auf die alles entscheidende siebte Sekunde hinzusteuern.

5. Männer denken auch in den sechseinhalb Sekunden dazwischen an Sex, nur stellen sie sich dabei Monica Bellucci, Scarlett Johansson oder Orlando Bloom vor, was sie aber selbst unter Androhung von Verbannung aus dem Paradies nicht zugeben würden.

Das perfekte Date besteht also aus der Herausforderung, die sechseinhalb Sekunden Gehirntätigkeit so zu beeinflussen, dass es am Ende der siebten Sekunde auch zu realem Sex kommt. Womit wir bei der Schlange wären.
Die fortgeschrittene Datingexpertin versteht es, sich so unauffällig um ihr Opfer zu winden, dass dieses hilflos in ihrer Umarmung zappelt und sich im schwarzen Tuscheblick ihrer Augen verliert.
Anfängern wie mir bleibt nur die Erkenntnis, die Rita so wunderbar zusammenfasst, während sie lasziv am Strohhalm ihrer Cola Light saugt:
»Wenn du einen tollen Mann in dein Bett kriegen willst, Dotti, gibt es nur eine Möglichkeit: Wirf die Stricksocken, die Plüschtiere und den Kater raus!«

(follow @dottiliest bei Twitter)

Ich drücke die Klinke runter und öffne die Logentür ein kleines Stück. Sofort geht der Lärm wieder los. Das Orchester klimpert, geigt, flötet und posaunt, vom wild fuchtelnden Dirigenten dazu animiert, noch lauter zu klimpern, geigen, flöten und posaunen. Dazu schmachtet eine Frau in Männerkleidern eine Frau in Frauenkleidern an, was vermutlich ein Insidergag ist, den ich nicht verstehe, weil der angeblich deutsche Text, den sie dabei brüllen, nur aus Vokalen besteht.

Musik an sich ist mir ein Rätsel, aber ich halte es aus, wenn sie, wie der aktuelle Radiopopbrei, uniform im Hintergrund bleibt. In Fahrstühlen, Supermärkten oder Einkaufszentren wird man damit berieselt, weshalb das menschliche Ohr einen Mechanismus entwickelt hat, der das Gedudel ausblendet, solange es nicht zu sehr von der Norm abweicht.

Schon der Jazz mit seinen Zuckungen macht mich schrecklich nervös, und kreischende Rockgitarren klingen für mich ähnlich wie ein Presslufthammer vor dem Fenster. Doch nun weiß ich, dass sich Oper besonders schlimm anfühlt. Das ist Musik, der jede Beiläufigkeit fehlt. Die sich erzählerisch in den Vordergrund drängt. Musik, die Aufmerksamkeit will und riesige, schweißnasse Hände nach einem ausstreckt, vergleichbar einem Roman von Stephen King. Hör mich, lies mich, sonst dringe ich auf anderem Weg in dich ein und fresse dich von innen heraus auf!

Erschrocken zucke ich zusammen. Hinter mir tönen hastige Schritte auf dem Flur, doch zum Glück ist es nur ein älterer Herr, dessen Prostata die Länge des ersten Aktes nicht verkraftet. Von den Platzanweisern ist keine Spur zu sehen. Ich nutze meine Chance, schlüpfe ungesehen in die Loge und ziehe die gepolsterte Tür vorsichtig hinter mir zu. Die Menschen auf ihren Stühlen lauschen gebannt der lautstarken Arie, die die Sopranistin in Frauenkleidern soeben produziert. Bisher hat mich niemand bemerkt. Sehr gut.

Ich erspähe einen einzelnen, freien Stuhl in der ersten Reihe der Loge. Wenn es mir gelingt, mich dort zu plazieren, bin ich womöglich in Sicherheit. Nicht, weil ich das Bedürfnis habe, den *Rosenkavalier* von der besten Position aus zu erleben, sondern weil das die günstigste Location ist, um vom Galeriestehplatz aus höchstens mit Feldstecher entdeckt zu werden. *Falls* er dorthin zurückgegangen ist, denke ich und lausche mit angehaltenem Atem an der Logentür. Würde er näher kommen, könnte ich ihn bestimmt auf zwanzig Schritte Entfernung riechen. Der Kinofilm in meinem Kopf ist ein Western, und alles beginnt mit ein paar Notenblättern, die von einem fiesen Wind durch die Gänge des Opernhauses geweht werden. Die elektrostatische Aufladung der Luft entlädt sich, die Notausgangslichter beginnen zu flackern, und ich erwarte den feindlichen Supergau mit geblähten Nüstern. Aber die Luft ist rein. Es sieht also ganz danach aus, als hätte ich ihn abgehängt. Mein Puls rast immer noch.

Das allererste Blind Date meines Lebens begann schon am Vormittag. Da wurde ich nämlich von meinen Freundinnen zu einer Shoppingtour durch die Kärntner Straße verdonnert, nachdem die via Skype einberufene Krisensitzung am vergangenen Abend nicht zu ihrer Zufriedenheit abgelaufen war.

»Was willst du überhaupt anziehen«, fragte Rita, die gerade ihre Fingernägel mit knallrotem Lack verunstaltete und zu einer CD von Wolfgang Petry absackte. Dank der technischen Errungenschaft Videotelefonie hat man heutzutage am geheimen Leben der anderen live teil. Datenvolumen sowie Peinlichkeiten sind unbegrenzt.

»Die schwarze Hose kombiniert mit dem dunkelgrünen Blazer, wie immer«, antwortete ich und posierte im Blazer vor dem Computer.

»Hübsch«, befand Katharina.

Neko riskierte ein müdes Auge, und Christine, damit beschäftigt, eines ihrer Aquarien zu säubern, stöhnte auf. Im Gegensatz zu Rita, die mich seit der Schule kennt, ist Christine immer noch verblüfft über so viel Ignoranz gesellschaftlichen Konventionen gegenüber. Als ich sie vor zehn Jahren auf einer Unidemo kennengelernt habe, wollte sie Schildkrötenforscherin auf den Galapagosinseln werden, doch ihre Eltern verlangten eine klassische Ausbildung. Sie rächte sich, indem sie alibihalber Theaterwissenschaften studierte, nebenbei Gesangsunterricht nahm und schließlich Musicaldarstellerin wurde. *Klassisch,* hatte es geheißen. Es ist mir ein Rätsel, wie man tagaus, tagein Andrew Lloyd Webber singen und bei Verstand bleiben kann.

»Das kannst du vergessen«, säuselte sie mit ihrer Mezzosopranstimme. »Das ist eine Premiere in der Wiener Staatsoper, Dotti, keine Slytherin-Convention für *Harry-Potter*-Nerds.«

»Selber Nerd«, konstatierte Katharina beleidigt.

»Was habt ihr gegen meinen Blazer?«

»Nichts. Sag ihm, er muss sich keine Gedanken machen. Er kann zurück in die Grotte.«

»Wenn du bei deiner *Recherche* erfolgreich sein willst«, sagte Rita und fächelte mit der lackierten Hand im Takt vor ihrer Kamera herum, »dann musst du dich schon schicker ausstaffieren.«

»Mein Blazer *ist* schick. Mit fettem I-Punkt, meine Liebe.«

Das ist gelogen. Kleidung ist bekanntermaßen ein ewiges Thema in meinem Leben. Wenn Lady Lydia mir Blusen in Farben schenkt, die angeblich meinen Teint vorteilhaft betonen, hat das bereits zu dem einen oder anderen weihnachtlichen Debakel geführt. Die Wahrheit ist: Ich will meinen Teint nicht betonen. Kleidung hat eine verhüllende und eine wärmende Funktion. Darüber hinaus fehlt mir offensichtlich jenes weibliche Gen, das lange Aufenthalte in grässlichen Modesalons erträglich macht.

Ein solch unmenschlicher Ort, genauer eine winzige, hellerleuchtete und von Fahrstuhlmusik beschallte Umkleidekabine wurde mir jedoch am herrlichsten Samstag-Lesevormittag von Rita und Christine zugeteilt. Dort probierte ich gottergeben ein unbequemes Kleidungsstück nach dem anderen an. Ich kam mir vor wie eine eins sechzig kleine Barbie aus einem weit entfernten Universum. Die zunehmend genervte Verkäuferin zog sich bald hinter den Tresen des Shops zurück und warf uns nur hin und wieder feindselige Blicke zu.

Schweißüberströmt knöpfte ich Blusen, zupfte Röcke, zippte Kleider und schnürte Mieder, während ich eine gewaltige Sehnsucht nach einem Ort mit Freikörperkultur entwickelte. Inklusive einer Gruppe eingeölter Bodyguards, die mir bösartige Kleidungsstücke vom Leib halten würden. Ich bekam kaum Luft und erste klaustrophobisch bedingte Hautrötungen an meinem Hals. Christine, die ihrerseits genervt von einem Bein auf das andere hüpfte, weil sie viel lieber im Aquaristikshop vorbeigeschaut hätte, trug nicht zu meiner Entspannung bei. Rita wiederum war total in ihrem Element. Sie huschte zwischen den Kleiderständern herum und brachte mir jedes premierentaugliche Stück, das in meiner Größe vorrätig war. Kein einziges davon konnte ich leiden. Inbrünstig stellte ich mir vor, wie ich eine frischgeschliffene Schere zückte wie ein Polizist seine Dienstwaffe und – irre lachend – das Sortiment der Boutique in kleine, ungefährliche Stofffetzen zerschnitt, auf denen ich genüsslich herumtrampelte, während die Bodyguards die Angestellten mit Rufen wie »Haltet die Maßbänder im Zaum, ihr Modepuppen« in Schach hielten.

»Dotti, träumst du schon wieder?«

Rita warf noch mehr Kleidungsstücke über die Tür der Kabine.

»Bist du bald fertig?«, nörgelte Christine.

Als die Verkäuferin zum fünften Mal nachfragte, ob wir endlich etwas gefunden hätten, und dabei das ganze Gesicht in dicke Mopsfalten legte, entschied ich mich spontan für das, was ich eben anhatte, um das Drama zu beenden. Das war ein Fehler. Denn es schien in der gesamten Wiener Innenstadt kein Paar Schuhe zu geben, das zu dem speziellen Granny-Smith-Grün des Kostüms passte, das Alien-Barbie erworben hatte. Erst in der teuersten Boutique, in der schmalsten, verstecktesten Gasse hinter dem Stephansdom wurden wir fündig. Ich kaufte zähneknirschend Granny-Smith-grüne Pumps mit beunruhigend hohen Absätzen zum Preis einer Wagenladung Katzenfutter und hastete nach Hause.

Ausstaffiert wie ein polierter Apfel und mit Unmengen an Silberschmuck behängt, saß ich einige Stunden später im Café Tirolerhof und wartete auf Geraldo. Als Erkennungszeichen hatten wir Operngläser vereinbart. Ich kam mir ziemlich bescheuert vor, wie ich so im Kaffeehaus saß und den uralten perlmuttverzierten Operngucker meiner Mutter in der rechten Hand hielt. Mit der Linken blätterte ich im *Österreichboten,* um mir die Zeit zu vertreiben. Ich war zu früh dran. Ich bin meistens zu früh, das ist meine ganz persönliche Überpünktlichkeitsdiarrhö. Dabei hatte Rita mir extra noch geraten, gute fünf Minuten zu spät zu kommen, um mir den Auftritt nicht zu vermasseln.

»Welchen Auftritt?«, hatte ich gefragt. »Der etwas zu grüne Wald von Dunsinan steigt die Stufen empor?«

»Herr der Ringe?«, fragte Rita irritiert.

»Macbeth«, antwortete ich.

»Dotti, in all der Zeit, die du Shakespeare gelesen hast, hatte ich Sex.«

»Na, hoffentlich bist du da nicht immer fünf Minuten zu spät gekommen.«

Fünf Minuten zu früh, ohne Auftritt, sah ich mich im Café um. Niemand der Anwesenden entsprach dem Profilfoto bei *Literally in Love.* Etwa achtzig Prozent der Kaffeehausbesucher war jenseits der siebzig, die anderen zwanzig Prozent waren Intellektuelle in Rollkragenpullovern oder Pullundern, die riesige Zeitungen lasen. Einer mit besonders großflächigen Brillengläsern schien mich zu beobachten, verschwand aber nach kurzer Musterung wieder hinter seinem Journal. Seufzend las ich die Gesellschaftsseite des *Österreichboten,* um mich abzulenken. Dabei blieb mein Blick an einem Artikel von Beatrice Kleidermann hängen, und der Schock war so groß, dass ich beinahe meine Kanne mit Rooibostee umgestoßen hätte.

Das Mauerblümchensyndrom stand in fetter Schrift über dem Foto von drei alten, dicken Frauen, die wie aufgefädelt nebeneinander auf einer Parkbank saßen. Mit angehaltenem Atem las ich den Text darunter.

QUICKIE: Schön einsam! *Im Trend sind derzeit die sogenannten freiwilligen Singles. Menschen, die sich bewusst dafür entscheiden, keine Beziehung zu haben, sich stattdessen mit mehr oder weniger exotischen Haustieren umgeben und den Psychiater bereits zum engeren Familienkreis zählen. Der biologisch unnatürliche Zustand der Kinder- und Partnerlosigkeit führt dazu, dass Ersatzbefriedigung gesucht wird. Shoppingwahn, übertriebener Ehrgeiz im Job, Fettsucht und Sammelleidenschaft an der Grenze zum Messietum sind nicht selten die Folge.*
Sind vielleicht die glücklichen Singles unserer Gesellschaft nichts anderes als frustrierte Übriggebliebene, die sich ihren Zustand schön-kaufen, schön-schuften oder schön-essen?

Ich las den Artikel dreimal, viermal, fünfmal und konnte es nicht glauben, dass der Text gedruckt worden war, für ganz Österreich lesbar und offensichtlich. »Dotti Wilcek, diese frustrierte Übriggebliebene«, dachte bestimmt das gesamte Land. Nun würde die Bundeshymne endgültig umgeschrieben werden müssen: *Heimat bist du alter Jungfern, frigider Singles und depressiver Frustfresserinnen.*

Ich studierte das Foto der drei dicken Damen. Eine von ihnen, die links außen, hatte etwas in der Hand. Nur was? Ein Foto? Hastig blickte ich durch das Opernglas und drehte an dem kleinen Rädchen, um die Schärfe einzustellen. Da! Wütend schnaufte ich die Zeitung an. Bei der Fotografie, die die fette Tante Nummer eins in ihren Wurstfingern hielt, handelte es sich um exakt jene grässliche Fotomontage aus Topmodelbrüsten und meinem Schädel, die seit Beginn der Woche die Anzeigen von *Literally in Love* zierte.

»So ein Biest!«

»icherzählerin?«

»Wie bitte?«

Ich hob das Opernglas und blickte in ein Paar überdimensional vergrößerte blaue Augen. Mit einem Aufschrei ließ ich das Glas fallen. Der Mann vor meinem Tisch konnte es gerade noch auffangen.

»Bist du nicht ganz bei Sinnen? Das ist ein wertvoller Kunstgegenstand.«

Wie zur Unterstreichung seines Standpunktes hielt er es neben sein eigenes Opernglas und grinste mich mit blitzend weißen Zähnen an. So lernte ich Geraldo kennen und *nicht* lieben.

Das ist untertrieben. Ich konnte ihn vom ersten Augenblick an nicht ausstehen. Geraldo ist, wie er mir mehrfach unter die Nase rieb, ein wohlerzogenes Einzelkind. Seine übersichtliche, kompakte Intelligenz unterstrich er nicht etwa mit einer Nickelbrille, sondern indem er farbige Kontaktlinsen trug, die seinen Pupillen einen unnatürlichen Fischschuppenglanz gaben. Überhaupt steckte hinter seiner hübschen Ausstattung – dem schicken Smoking, der modisch violetten Krawatte und dem gegelten Lackaffenhaarschnitt – ein oberflächlicher Snob von optisch beeindruckender Durchschnittlichkeit. Sein richtiger Name lautete Gerald Sowinetz, aber in seiner »Stehplatz-Clique«, wie er das sonderbare Nerd-Grüppchen nannte, zu dem er gehörte, wurde jeder Name italienisiert.

»Wusstest du, dass Dotti ein relativ häufiger italienischer Nachname ist?«, erklärte er mir, während er in seiner Melange rührte. »Wenn wir zwei heiraten sollten, habe ich kein Problem, deinen Namen anzunehmen. Geraldo Dotti! Wie das klingt.«

»Ich bedaure, dass unsere Ehe von Anfang an unter keinem guten Stern steht. Dotti ist mein Vorname. Ich heiße W...Wagner.«

Fast hätte ich meinen Realnamen verraten. Wie datinguntauglich kann man sein?

»Wagner?«

Ich vermute, das war der Moment, in dem ich auf Geraldos Liste emporkletterte. Jene Liste, die er als iPhone-App ständig dabeihat und auf der die aktuelle Rangfolge seiner pBps (potenziellen Beziehungspartnerinnen) präzise vermerkt ist. Ich lag ja zu Beginn nur im Mittelfeld, gestand er mir, hinter so außergewöhnlichen pBps wie blondine80D, schnuckelchen und primadonna33.

»Wagner«, schwärmte er sofort, »wie mein Lieblingskomponist. Der große Richard Wagner. Bist du zufällig mit ihr verwandt?«

Ich verneinte. »Wagner ist in Wien recht verbreitet.« Das kostete mich sicher wieder die Top-drei-Plazierung.

Geraldo beugte sich über den Tisch zu mir, sah mir tief in die Augen, öffnete den Mund und hauchte: »Dotti Wagner, ein wunderhübscher Name.«

Fünf Wörter, elf Silben, die in einer Geruchswolke auf mich prallten, deren Zusammensetzung man mit Kuhfladenknoblauchshrimps beschreiben kann. Meine Mundwinkel verkrampften sich beim Versuch, mir nichts anmerken zu lassen, während ich mich darauf konzentrierte, nicht mehr durch die Nase zu atmen. Geraldo schien sich seiner Ausdünstungen nicht bewusst zu sein, denn wenn er sprach, öffnete er die Lippen so weit, dass sich die Mischung aus der Grotte besonders gut verbreiten konnte.

Bei Männern, das hat mir Lady Lydia schon beigebracht, als ich zwölf war, gibt es die akzeptablen und die nichtakzeptablen Trollattribute. Lautes Schnarchen, zu üppige Körperbehaarung, rauer Bartwuchs und an Umfang stetig zunehmender Bauch sind von der akzeptablen Sorte. Zwar nicht angenehm, aber man kann damit leben, wenn die positiven Eigenschaften überwiegen. Völlig inakzeptabel ist hingegen jede Form der Geruchsbelästigung. Sauer riechender Schweiß, lästiger Mundgeruch und exzessives Furzen sind Beziehungs-No-Gos.

Ich muss an Paul denken, meinen Ex, der stets mit Deodorant, Aftershave, Mundwasser, Zahnseide, Bodylotion und feuchtem Toilettenpapier bewaffnet verreiste. Alle Arten von natürlichem Körpergeruch waren ihm verhasst. Er aß nur Speisen ohne Knoblauch oder Zwiebel. In einem kleinen, sauteuren Café bei der Rialtobrücke in Venedig hatte ich einmal einen Heißhunger auf Spaghetti aglio e olio entwickelt. Die rochen schon auf dem Weg von der Küche zum Tisch so, als hätten etwa dreißig Knoblauchzehen ihr Gemüseleben lassen müssen. Den Rest des Tages zwang mich Paul, Tic Tac zu lutschen, bis meine Zunge ganz taub war. *Pfefferminzgeschmack und das Geräusch von Wellen am Bug des Vaporetto.* Mein Herz begann, schneller zu klopfen, und ich drängte die Erinnerung mit aller Gewalt zurück.

Geraldo Kuhfladenknoblauchshrimp bezahlte anstandslos die Rechnung, und wir spazierten zur Staatsoper, wo wir eine geschlagene Stunde in der Schlange vor der Stehplatzkasse anstanden. Meine Füße in den Granny-Smith-Pumps taten höllisch weh, ich fror in meinem schicken Rock und verfluchte Ritas grandiosen Kleidergeschmack. Einziger Vorteil war, dass sich an der frischen Luft der Atem meines Begleiters in Wölkchen verwandelte, sichtbar, aber wenigstens schnell verdunstend. Als wir endlich unsere Plätze im Opernhaus einnahmen, am denkbar weitesten von der Bühne entfernt (da ist die Akustik am besten, erklärte mir Geraldo), lernte ich seine Clique kennen: Michele Salamizwiebel, Nino Kompostsauermilch und Andrea Dönerschimmelkäse. Ich weiß nicht, ob die Eigenschaften Opernfan und Atemtroll in irgendeinem ursächlichen Zusammenhang stehen, aber die Luft dort oben auf der Galerie war definitiv dünn und muffig.

Dünn und muffig, das konnte man von der Primadonna nicht behaupten. Kaum hob sich der Vorhang, sah man eine unförmige Frau im Puffärmelchennegligé auf ein Bett drapiert. Sobald sie den Mund aufmachte und die ersten Töne produzierte, ging ein kollektiver Seufzer durch die Stehplatzreihe. Das war zu viel Geruchsbelästigung für mich. Mit einem gemurmelten »Ich muss mal … wohin« verließ ich fluchtartig meinen Platz und stürmte ins Foyer, um tief Luft zu holen. Eine Minute später stand Geraldo neben mir, eine steile Falte zwischen den Augenbrauen, und deutete energisch Richtung Zuschauerraum.

»Du verpasst ja alles. Der erste Akt ist das Beste im *Rosenkavalier.* Die berühmtesten Sätze der Marschallin kommen gleich. *Die Zeit, die ist ein sonderbar Ding.*«

Du bist ein sonderbares Ding, dachte ich, mittlerweile extrem frustriert von meinem Blind-Date-Debüt. Ich riss mich jedoch zusammen und erklärte Geraldo: »Ich hab zu viel Tee getrunken, ich muss mal aufs Klo, bin gleich zurück.« Die Falte vertiefte sich, doch er war ganz Gentleman und wies mir den Weg zu den Ladys.

»Die Damentoilette ist dort drüben. Ich warte hier auf dich.«

Schweiß brach mir aus allen Poren. Wie konnte man den wieder loswerden?

»Nicht nötig. Ich will ja nicht, dass du deine Arie verpasst.« Ich deutete auf meine *Beads*-Uhr. »Die Zeit ist ein sonderbar Ding.«

Er sah mich irritiert an. Humor zählte offenbar auch nicht zu seinen Stärken. Vermutlich musste man in Puffärmelchen ein hohes C singen können, um ihm eine enthusiastische Reaktion zu entlocken. Ich nickte ihm zu und bog um die Ecke Richtung Klo.

Zuerst sah ich keine Möglichkeit, aus der Oper zu fliehen, ohne an ihm vorbeizugehen, entdeckte dann aber eine Tür neben der Toilette. Von dort führte eine Treppe abwärts, was für ein Glück. Leider war nach zwei Stockwerken Endstation. Eine Reihe nebeneinanderliegender Türen verriet mir, dass ich mich bei den Logen befand. Viel Zeit, mir das weitere Vorgehen zu überlegen, hatte ich nicht, denn von oben hörte ich Geraldos Stimme:

»Dotti? Hast du dich verlaufen?«

Mir blieb nur eine einzige Möglichkeit, und so streckte ich die Hand nach der Klinke der erstbesten Loge aus.

Was sich als schwer bis unmöglich herausstellt, ist der Versuch, in einem engen Granny-Smith-grünen Kostüm unauffällig in die vorderste Logenreihe zu schlüpfen, während das Geschehen auf der Bühne dramatische Formen annimmt. Ich vermute, das Geseufze der Frau in Männerkleidern ist von weltgeschichtlicher Bedeutung, denn die Insassen der Opernloge murren lautstark, als ich mich durch die engstehenden Stühle zwänge. Dabei knicke ich auf den viel zu hohen Absätzen um und lande beinahe auf dem Schoß eines älteren, nach Lavendel müffelnden Herren. Ich flüstere Entschuldigungen, was zu noch mehr Aufregung führt, und als ich endlich sitze, sind sechs bitterböse Augenpaare auf mich gerichtet.

Zum Glück kommt es genau in dem Moment zu einem Bühnenkuss zwischen den beiden Sängerinnen, so dass sich die allgemeine Aufmerksamkeit wieder dorthin verlagert. Für mich die Gelegenheit, tief durchzuatmen. Hier wird er mich wohl nicht finden, und sobald die Menschenmenge in der Pause ausschwärmt, kann ich – so unauffällig das in Granny Smith eben geht – die Flucht aus dem Opernhaus in Angriff nehmen. Und danach nie mehr daten, das schwöre ich!

»Und das soll ich dir glauben? Hältst du mich für blöd, oder was?«

Ich erstarre. Die Frauenstimme, die etwas gedämpft, aber deutlich genug an mein Ohr dringt, löst spontane Hassgefühle aus. Ein schrecklich bekannter Tonfall, an der Grenze zur Hysterie. Ich beuge mich ein wenig vor. Tatsächlich. In der Loge nebenan, nur eine dünne halbhohe Wand von mir getrennt, identifiziere ich den vertrauten schwarzen Haarschopf. Sorina Loos. Aber das ist noch nicht alles. Sorina Loos in männlicher Begleitung. Ich kann ihn im Dunkel der Loge lediglich schemenhaft erkennen, doch seine Antwort verstehe ich gut genug, obwohl er sich bemüht, leise zu sprechen.

»Ich sagte, es geht nicht!«

Österreicher, nicht jung, nicht alt. Der Tonfall ist scharf und eindringlich. Kein Zweifel, irgendetwas ist hier im Busch. Vielleicht hat der unbekannte Mann mit ihrer völlig übertriebenen Reaktion und dem Heulkrampf letztens zu tun? Offensichtlich will die Loos etwas von dem Typen, doch der Deal scheint zu platzen.

Augenblicklich gewinnt meine Neugier die Oberhand, und alle Kuhfladenknoblauchshrimps dieser Welt sind vergessen. Ich lehne mich noch ein Stück weiter vor und spähe in die Nachbarloge. Sorina Loos und ihr Gegenüber sind einander zugewandt und bemerken mich nicht. Was auch immer da läuft, es ist in vollem Gange.

Die Dame neben mir räuspert sich vernehmlich, und der Mottenschutzduft-Senior tippt mich von hinten an. Ich setze mich wieder aufrecht hin, schmiege mich aber näher an die Trennwand, um dem Gespräch folgen zu können.

»Warum?«, zischt die Loos gerade. »*Warum* geht das nicht?«

Er seufzt.

»Wegen *Ali Baba.*«

Ali Baba? Ohne Zweifel ein Codewort! Mein Kopfkino spielt erneut seine eigene Oper. Und die hat nichts mehr mit Datingscharmützeln zu tun. Vielleicht lässt sich etwas davon gegen meine neue Chefin verwenden?

Ich denke angestrengt darüber nach, ob es in letzter Zeit kulturpolitische Einflüsse aus der arabischen Welt gegeben hat. Vielleicht ist der Mann eine Art internationaler Kulturlobbyist? Die Loos versorgt ihn mit Informationen zur

Crème de la Crème der österreichischen Kulturszene. Ein superreicher Scheich als Mäzen? Vielleicht ein großes Bollywood-Projekt oder die Wahl des nächsten Literaturnobelpreisträgers? Es geht ganz sicher um Ideenklau oder Fördergelder, und ich male mir aus, wie im Europäischen Gerichtshof Tumulte ausbrechen, während sich die Bundesregierung gigantisch zerstreitet.

»Ali *wer?*«

Offensichtlich tappt die Loos genauso im Dunkeln wie ich. Es könnte sich um eine Verschwörung handeln. Die nächsten Worte scheint er ihr ins Ohr zu flüstern, denn ich verstehe nur Bruchstücke.

»Du … schon. Sesam … die … Räuber.«

Ich runzle die Stirn. Die Loos und ihr Geschäftspartner sind per du, und es geht um Samen? Gestohlene Samen? Gewürzdiebstahl?

»Das ist dir also wichtiger?«

Sorina Loos klingt weinerlich. Die Männerstimme redet tröstend auf sie ein.

»Bitte, Sori, ich mach es wieder gut. Die Kinder haben nur einmal im Jahr Schulaufführung. Wir holen das nach. Versprochen!«

In dem Moment legt der Unbekannte seine Hand auf die Balustrade der Loge. Ich sehe den goldenen Ring an seinem Ringfinger, und als Folge der plötzlichen Erkenntnis entfährt mir ein lautes »Ha!« mitten in eine dramatische musikalische Pause hinein. Die Dame neben mir springt empört auf, Mister Lavendel reißt die Logentür auf und schreit lauthals nach den Billeteuren.

Jetzt nichts wie weg. So schnell das auf zehn Zentimeter hohen Absätzen möglich ist, dränge ich mich an dem alten

Mann vorbei, husche aus der Loge und flüchte ins Foyer, auf der Suche nach dem Weg hinaus. Nur weg, ehe die Loos mitkriegt, wer hier gerade ihr Techtelmechtel mit angehört hat. Oder Ritter Kuhfladenknoblauchshrimp meine Fährte aufnimmt. Ich haste den Gang entlang, einen Stock tiefer, durch die Tür und endlich zur Feststiege.

Was mir zum Verhängnis wird, ist eine unglückliche Kombination allzu neuer Schuhsohlen auf einem allzu abgetretenen grünen Teppichläufer, der die Marmorstufen in die Eingangshalle hinab bedeckt. Ich rutsche aus, stolpere und lande sehr unsanft auf meinem Hintern, während ein Haufen Silber der Erdanziehungskraft noch stärker nachgibt und sich auf den Stufen verteilt. Verdammt! So schnell ich kann, sammle ich die diversen Schmuckstücke ein und stopfe alles in meine Handtasche.

Mein Gesichtskreis ist plötzlich irgendwie unscharf, aufgeweicht.

»Alles in Ordnung?«

Ein Paar Männerbeine schiebt sich in mein verschwommenes Sichtfeld.

»Die Kontaktlinsen«, keuche ich.

»Sie haben Ihre Kontaktlinsen verloren? Warten Sie, ich helfe Ihnen.«

Eine Männerhand streckt sich mir entgegen. Die dazugehörige Stimme kommt mir irgendwie bekannt vor. Kräftig genug zieht mich die Männerhand vom Boden hoch.

»Warten Sie, Frau …«

»Wilcek«, ergänze ich automatisch.

»Frau Wilcek.« Auch die Art, wie er den Namen ausspricht, kommt mir bekannt vor. Ich hasse diese Momente, wenn ich nicht darauf komme, woher ich jemanden kenne.

Die Hand, die auf meiner Schulter liegt, ist warm, und ein nicht unangenehmer Duft nach Rasierwasser umgibt mich. Interessant, wie man, von den Augen im Stich gelassen, automatisch die anderen Sinne zu Hilfe nimmt, um sich zurechtzufinden.

Ich blinzle, aber es wird nicht besser. Ich nehme die Konturen des Mannes vor mir nur verschwommen wahr. Warum habe ich auch die Brille daheim gelassen?

»Können Sie stehen?«

Ein besorgter Tonfall und noch etwas. Verunsicherung? Zögern?

Ich nicke, schließe meine Tasche und hänge sie mir über den Arm.

»Gut.« Er lässt mich los. »Ich suche jetzt Ihre Kontaktlinsen. Bleiben Sie, wo Sie sind!« Kaum dass er in die Knie gegangen ist und am Boden herumkrabbelt, höre ich die knarzende Stimme des alten Mannes aus der Loge.

»Da! Das ist sie. In dem grellgrünen Kostüm.«

»Dotti?«

Ich kann es nicht erkennen, doch ich wette, der Mottenschutztyp deutet auf mich, und Geraldo ist bereits auf dem Weg zu mir. Das Geräusch von näher kommenden Schritten auf den Stufen über mir sowie ein lautes »He!« des knienden Helfers überzeugen mich davon, dass es besser ist, schleunigst die Flucht zu ergreifen. Ich schlüpfe aus den Granny-Smith-Schuhen, nehme sie in die linke Hand und laufe, wie Aschenbrödel kurz vor Mitternacht, in Strümpfen die Treppe hinunter, halb blind, immer dem grünen Teppichläufer nach. Jemand versucht sich mir in den Weg zu stellen, ein Billeteur vermutlich. Ich schlage einen Haken, der fast für eine Kollision mit einer Marmorsäule sorgt.

Zum Glück spüre ich den kalten Luftzug der Freiheit auf der Haut und folge ihm unverzüglich Richtung Ausgang.

Mein Helfer ruft mir etwas nach, das ich nicht mehr verstehe, weil ich genau in dem Moment die Tür erreiche und, ohne zu zögern, aus dem Opernhaus hinaus – und auf die dort wartende Taxischlange zustürme. Erst als ich im Taxi sitze, ziehe ich die Pumps wieder an, atme erleichtert aus und muss grinsen.

Liebst du schon oder lebst du noch?

Supermänner

Sonntag, 16. Oktober

Ich weiß nicht, welcher Typ Mann schlimmer ist: derjenige, der sich gar nicht erst die Mühe macht, sich vorteilhaft zu präsentieren, sondern bartstoppelig, aufgequollen und mit tiefen Augenringen hoffnungs- und orientierungslos in ein viel zu grelles Blitzlicht glotzt und mit verschreckten Kaninchenaugen darum bettelt, dass jemand ihm sein Leben aus den grobschlächtigen Händen nimmt? Oder derjenige, der auf professionell im Fotostudio angefertigten Hochglanzaufnahmen seinen Bierbauch in einem modisch engen violetten Hemd nach vorne reckt und trotz kahlem Haupt und Kassengestell mit Superman-Selbstbewusstsein in die Kamera smilt?
Diese beiden Prototypen machen etwa neunzig Prozent der männlichen Online-Dating-Gemeinde aus. Man erkennt sie unter anderem daran, dass sie seit Jahren einen Account haben und jedes weibliche Wesen innerhalb der ersten halben Stunde nach erfolgter Anmeldung kontaktie-

ren, in der irrigen Annahme, Neuankömmlinge könnten nicht so schnell auf Bäume flüchten.
Irrtum, Männer: Wo ein Wille ist, ist auch ein Wald!

Die erste Nachricht seit meiner Literally-in-Love-Existenz erhielt ich von willistark6, der bei »Alter« sechsunddreißig eingetragen hat, auf dem sehr unscharfen Profilfoto aber eher wie sechsundfünfzig aussieht und stolz ein Herzchentattoo auf dem muskelfreien Oberarm präsentiert. Gleich danach schrieb mich TheRealKurti1 an, der sich irrtümlich um fünfzig Kilogramm abwärts verschätzt hat, wenn es nach den ächzenden Knöpfen seines pastellrosa Hemdes geht. Kurz darauf folgte eine Nachricht von killerdonjuan, an dem das einzig Tödliche sein gelangweilter Gesichtsausdruck ist.
In freier Wildbahn stehen diese stolzen Recken am unappetitlichen Ende der Nahrungskette in Sachen Vernaschen, doch das weltweite Web mit seinen Möglichkeiten ist ihr Revier. Keiner von ihnen hätte ein weibliches Wesen in einem Lokal oder auf der Straße angesprochen, aber daheim im Schutze des Bildschirms mutieren sie zu Superman und Prince Charming.
Die Frage lautet deshalb: Sind wir Frauen oberflächlich, weil wir die Anfragen der einsamen Helden des Cyberspace unbeantwortet lassen? Messen wir dem optischen Erscheinungsbild unseres Ritters zu viel Bedeutung zu und sind darum blind für die inneren Kostbarkeiten, die er zu bieten hat? Dazu wäre zu klären, ob einer von ihnen uns bei YouPorn anklicken würde, wenn wir nicht aussehen wie Barbiepuppen auf Ecstasy.
(follow @dottiliest bei Twitter)

Sonntag, 16. Oktober

Ich prüfe den Text ein letztes Mal, klicke auf »Post veröffentlichen«, klappe das Notebook zu, lege mich bäuchlings auf die Couch und schließe meine Augen. Das tut gut! Die Nachwirkungen meines gestrigen Opernabends stecken mir nämlich noch in sämtlichen Körperteilen. Meine Pupillen brennen höllisch von den ungewohnten und zum Glück für immer verlorenen Kontaktlinsen, meine Füße sind mit cranberryroten Blasen übersät, und mein Hintern schmerzt da, wo ich beim Sturz gelandet bin. Außerdem habe ich schlecht geschlafen, weil in wüsten Alpträumen alte Männer in lavendelfarbenen Nachthemden mit hohen Sopranstimmen und grottigem Atem über mich hergefallen sind, während Sorina Loos, in einen Männerfrack gekleidet, mit mir gemeinsam zum Traualtar schritt und dabei wie eine Katze miaute.

»Auw!«

Nicht schon wieder.

»Auwauw!«

Ich will nicht! Ich bin weder gefragt worden noch einverstanden, diese Frau – also ich meine diesen Mann – zu ehelichen. Das ist Nötigung unter besonders grausamen Umständen! Angstschweiß durchweicht mein Brautkleid. Die Loos schnurrt, packt mich am Arm, zieht mich zu sich und leckt meine Nasenspitze ab. Nicht! Aufhören! Hilfe!

Ich schlage wild um mich und erwische dabei den Kater, der in hohem Bogen von der Couch fliegt.

»Auwuuu«, jault er anklagend.

Ich stöhne. Ich brauche dringend etwas traumlosen Schlaf, sonst werde ich noch verrückt. Vorsichtig, um meinen Hintern zu schonen, rapple ich mich auf alle viere hoch. In dieser Position verharre ich kurz. Neko, für den das offenbar eine Aufforderung ist, nähert sich misstrauisch, bleibt mit angelegten Ohren neben der Couch hocken, sieht mir tief in die Augen und furzt. Mein Kater furzt immer, wenn er Hunger hat. Das ist wahrscheinlich eine chemische Reaktion oder seine Methode, einem »Auw« mehr Nachdruck zu verleihen. So wie unsereins die Stimme hebt, lauter wird und den passenden Gesichtsausdruck aufsetzt. Ich habe mich daran gewöhnt, und es ist immerhin besser als Kuhfladenknoblauchshrimps.

»Schon gut«, seufze ich, stehe von der Couch auf und hinke auf meinen schmerzenden Füßen zum Katzenfutterschrank.

Ja, ich habe einen Katzenfutterschrank. Er ist nicht ganz so groß wie mein Kühlschrank, dennoch etwa brusthoch, besteht aus Mahagoni und beherbergt eine Hotelminibar. Eine Kundin meiner Mutter ist die Geschäftsführerin einer stattlichen Hotelkette und hat uns eine ausgemusterte Minibar samt Einbauschrank überlassen. Der Grund für die Anschaffung, hat mir Lady Lydia erklärt, ist der, dass die Temperatur handelsüblicher Kühlschränke zu niedrig ist, um Katzenfutter dort aufzubewahren. Zu kaltes Futter ist erstens nicht gut für die sensible Verdauung und wird zweitens auch nicht gefressen. Steht es wiederum zu lange bei Zimmertemperatur herum und trocknet an, wird es erst recht nicht gefressen. Daher hat Tiernahrung stets richtig temperiert zu sein, kühl genug, dass sie frisch bleibt, aber nicht zu eisig. Besonders Lady Lydias spezieller Katzenkuchen, der einer Kidney Pie ähnelt und zum Großteil aus frischem Putentatar besteht, bedarf der korrekten Aufbewahrung. Leider ist er alle, weshalb ich die Qual der Wahl zwischen etwa fünfunddreißig verschiedenen Katzenfuttersorten habe.

Die Nahrungsaufnahme meines Katers ist ebenso kompliziert wie seine Persönlichkeit. Es gibt Tage, da schlingt er eine Sorte runter, die er konsequent zwei Monate lang verweigert hat, und andere, an denen er selbst Lady Lydias Enkelkaterkuchen verschmäht. In den ersten verzweifelten Wochen habe ich das Katzenfutterorakel erfunden, das inzwischen präziser funktioniert als die Wettervorhersage.

Schüssel leer: Der Tag wird gut.
Schüssel voll: Sei auf der Hut!
Angepatzt heißt: Du kommst weiter.
Ausgepatzt heißt: Es wird heiter.
Ist der Napf jedoch halb leer,
hilft dir wirklich gar nichts mehr.

Jeden Morgen spielt sich in meiner Wohnung dasselbe Ritual ab. Der Kater meldet, dass er hungrig ist, und bekommt daraufhin einen Napf mit sorgfältig ausgewähltem, richtig temperiertem, hochwertigem, nach biologischen und ökologischen Kriterien einwandfreiem Katzenfutter, dessen Anschaffungspreis dem eines hochkarätigen Schmuckstückes entspricht. Anschließend steckt er die Nase hinein, nimmt einen Bissen, schmatzt ausgiebig, wie ein Weinkenner beim Verkosten in der Vinothek, und schenkt mir einen traurigen Blick, der mich an den des Prüfers nach meiner Fahrprüfung erinnert.

»Sie beherrschen zwar theoretisch die Technik, Frau Wilcek, aber lenken Sie um Gottes willen nie ein Fahrzeug, außer vielleicht in einem Autoscooter.«

In den seltensten Fällen folgt darauf das Leeren von besagtem Napf durch besagten Kater. Entsprechend feierlich werden Leere-Schüssel-Tage begangen und präzise im Kalender vermerkt. Meist nimmt er ein paar Bissen, immer an der tiefsten Stelle, wodurch einzelne Brocken dekorativ über den Rand hinausrutschen, um sofort, mit gekränkter Miene, davon abzulassen. Ab und zu – das sind die erfreulichen Tage – findet er das Futter passabel genug, um sich bis über die Barthaare zu bekleckern. Aber oft hat er schon nach dem ersten Bissen die Schnauze voll. An solchen Tagen ist es besser, das Haus nicht zu verlassen, die Jalousien zu schließen und unter keinen Umständen zu öffnen, wenn es an der Tür läutet. Ich weiß, wovon ich rede.

Gerade als ich den Napf mit einer Pampe namens *Junghühnchensoufflé mit Freilandei an biologischen Gartenkräutern* fülle, klingelt mein iPhone. Nachdem musikalische Ruftöne nicht in Frage kommen, habe ich meinen Kontakten Alltagsgeräusche zugeteilt, an denen ich sie einwandfrei identifizieren kann. Entsprechend warnt mich jetzt das hohe Ding-Ding eines Löffels, der gegen eine Teetasse schlägt – Lady Lydia!

»Ja?«

Ich klemme mir das Gerät zwischen Schulter und Ohr, um den Futternapf in der Halterung, die für den korrekten Fresswinkel sorgt, plazieren zu können.

»Darling«, flüstert Lady Lydia, »wir haben schlechtesten Käse.«

Ich frage mich manchmal, wie meine Mutter mit Menschen kommuniziert, die sie nicht seit über dreißig Jahren kennen. *Worst Case* bedeutet auf Englisch, dass die Dinge schlimmstmöglich stehen. Nachdem Lady Lydia Käse nicht ausstehen kann, benutzt sie diese Formulierung oft und gern, um mir mitzuteilen, dass die Kacke am Dampfen ist.

»Was ist passiert?«

»Sheila Sheridan hat abgesagt.«

Verdammte Scheiße! Der *Afternoon Tea.* Ich habe völlig vergessen, dass heute der traditionelle Literaturtee im *Lady's Pies & Pages* stattfindet. Einmal im Monat, sonntags, finden sich etwa zwei Dutzend ältere Damen, alles Kundinnen meiner Mutter, zu einem original englischen *Afternoon Tea* im Lokal ein. Es können Teesorten verkostet werden, meine Mutter reicht Gurkensandwiches, serviert ihre stadtbekannten Mince Pies zu und macht Werbung für ihre Kochkurse. Dazu gibt es eine Lesung, meistens aus einer kitschigen Liebesschnulze, die in Cornwall spielt, untermalt von Lautenklängen.

»Dotti«, flüstert meine Mutter, »bist du noch dran?«

»Ja«, flüstere ich zurück, »aber warum flüstern wir?«

»Es sind Gäste präsent.«

Ich will einen Blick auf meine Uhr werfen, stelle jedoch fest, dass sie sich nicht an meinem Handgelenk befindet. Ich nehme das Handy vom Ohr, um darauf die Zeit zu checken. Mist. Ich habe noch genau dreißig Minuten, um zu duschen, meinen schmerzenden Hintern in ein passables Outfit zu quetschen und auf blasenversehrten Füßen zum *Pies & Pages* zu humpeln. Denn, wenn es etwas gibt, das meine Mutter absolut nicht toleriert, dann ist es sträfliches Fehlen beim *Afternoon Tea.*

»Mummy, ich weiß wirklich nicht, ob ich heute …«

»Hast du mir nicht zugehört?«, zischt sie.

»Ich …«

»Sheila Sheridan hat *abgesagt.* Ist das zu glauben? Eine Stunde vor ihrem Auftritt.«

Sheila Sheridan heißt im echten Leben Evelyn Scherkovski und ist die Zahnärztin meiner Mutter. Unter ihrem eindrucksvollen Pseudonym veröffentlicht sie grauenhafte Romantikkurzgeschichten und schreibt seit zwanzig Jahren an ihrem ersten Roman. Immer, wenn ich zur Zahnkontrolle muss, werde ich genauestens über Plot, Figuren und Settings des zukünftigen Bestsellers informiert, während Dr. Scherkovski Zahnstein entfernt. Aufgrund einer undurchsichtigen Abmachung, die etwas mit den Kosten für Lady Lydias letzte Rundumgebisserneuerung zu tun hat, darf »Sheila Sheridan« ihre literarischen Ergüsse von Zeit zu Zeit im *Pies & Pages* vorstellen.

»Mit welcher Begründung hat sie abgesagt?«

»Darling, du weißt doch, dass sie immer wieder *depression* hat. Aber *depression* ausgerechnet zum *Afternoon Tea,* das ist schlechtes Timing.«

Ich verdrehe die Augen, während ich in meiner Handtasche nach der Uhr suche. Ich muss sie gestern in der Oper mit dem restlichen Schmuck da hineingestopft haben.

»Eine Depression hat nichts mit Timing zu tun, Mummy.«

»O doch, es kommt nur auf die Einstellung an. Depressionen hebt man sich für die Zeit auf, in der man keine Termine hat. Nebenbei gesagt …«

Ehe meine Mutter noch tiefer in die Thematik einsteigen kann, unterbreche ich sie rasch.

»Und was hast du jetzt vor?«

Noch ehe ich die Frage vollständig ausgesprochen habe, weiß ich, dass sie mich wieder mal reingelegt hat. Ich war abgelenkt. Mit einem Auge beobachtete ich den Kater, während ich die Handtasche ausleerte und zunehmend hektisch im Silberberg wühlte. So kann sich kein Mensch darauf konzentrieren, die eigene Mutter in Schach zu halten.

»Gut, dass du fragst, *Darling*«, haucht Lady Lydia mit genau der richtigen Dosis Verzweiflung in der Stimme. Sie ist bühnenreif, das muss man ihr lassen.

»Du musst mir einen *stand-in* besorgen. Du weißt schon, einen Surrogatautor.«

Dieser Begriff bekommt einen Top-Five-Platz auf der *Best-of-Lydia*-Liste.

»Wieso ich? Ich kenne privat keine Autoren. Ich mag sie nicht mal beruflich.«

»Dorothy«, ein dramatischer Seufzer, »du kannst mich jetzt nicht runterlassen.« (Das steht schon auf Platz neun!) »Du bist doch meine intelligente, phantasievolle Tochter. Dir muss etwas einfallen.«

Ich korrigiere: Sie ist nicht bühnenreif, sie ist hollywoodreif.

»Ich sagte bereits, ich kenne keine *Autoren. Autoren* sind asoziale Sonderlinge. Sie sind wie diese Klugscheißer im Sandkasten, mit denen niemand spielen will, weil sie weder Burgen noch Torten fabrizieren, sondern heulen, weil alles nur Sand und Wasser ist.«

Ich schnaufe und denke an diesen schrecklichen Typen mit dem stummen H, der mir seine Bücher aufdrängt. Glahnz. Florian Glahnz. Dessen Romantikbestseller ich immer noch nicht rezensiert habe. Oder an den erfolgreichen Fantasyautor, den ich zuletzt interviewen musste und der dabei ständig seine dicken, schwarzen Kajallinien im Spiegelbild des Fensters überprüfte und Mokka mit Whiskey trank. An den arroganten Literaturpreisträger, der auf junge Mädchen steht. Und besonders an den erfolglosen Selbstvermarkter Jonathan Asche, der mir als Vertreterin der Literaturmafia mit seinem Anwalt gedroht hat, weil ich sein Machwerk nach der Lektüre der ersten neunzig Seiten verrissen habe. Ganz zu schweigen von der Exkollegin aus der Auslandsredaktion, die sich nach einem mehrtägigen Qi-Gong- oder Kreativitätsseminar zur Krimiautorin berufen fühlt und mich seither permanent um eine Rezension für ihre Regionalkrimis anbettelt. Ich liebe Bücher, aber Autoren kann ich nicht leiden.

»Dorothy, du musst wirklich an deinem Sarkasmatismus arbeiten. Du bist negativ. Du brauchst positive Gedanken. Außerdem warst du es, mit der die anderen Kinder im Sandkasten nicht spielen wollten, weil du immer ihre Kuchen und Burgen kritisiziert hast. Du kannst also genauso gut mit den Autoren spielen gehen.«

Die Logik von Lady Lydia.

»Und?«

»Was und?« Ich schleudere die leere Handtasche in die Ecke. Wo ist die verdammte Uhr? Ohne meinen Kompass bin ich aufgeschmissen.

»Ich brauche eine neue Sheila Sheridan.«

»Fein.« Ich schalte das Handy auf Lautsprecher und lege es auf dem Hocker neben dem Sofa ab, um mit beiden Händen das Innenfutter der Handtasche abtasten zu können. »Ich habe eine Idee«, beruhige ich meine Mutter. »Mach dir keine Sorgen. In spätestens einer Stunde hast du Ersatz für Sheila Sheridan. Du kannst ja so lange Anekdoten über Gurkensandwiches erzählen.«

»Und wen soll ich ankündigen?«

Ich lächle, zum ersten Mal heute.

»Einen Überraschungsgast.«

Dann gefriert mein Lächeln. Nichts. Weder im Berg aus Silberschmuck noch im Innenfutter. Die Uhr ist verschwunden.

»Aber *Darling* …«

Der Rest von Lady Lydias Protest ist nicht mehr zu hören. Der Kater ist mit einem Satz auf den Hocker gesprungen, hat mich aus riesigen Kulleraugen angeschaut und sich genau auf mein iPhone übergeben. Der Napf ist halb leer.

»Seine großen, kräftigen Hände schlossen sich um meine festen Apfelsinenbrüste und massierten die empfindlichen Nippel. Ich erschauderte vor Schmerz und Lust, meine Beine schlangen sich wie hungrige Kobras um seine Hüfte. Sie zwangen ihn dazu, noch tiefer in den glühenden Vulkan einzudringen, bis heiße Lava …«

»Eine Anspielung auf die isländische Naturkatastrophe«, höre ich Lady Lydia halblaut sagen. Einige der anwesenden älteren Damen nicken zustimmend und lauschen mit roten Wangen weiter den adjektivreichen Beschreibungen von Stella, die dankenswerterweise bereit gewesen war, für den *Afternoon Tea* einzuspringen. Sie liest Auszüge aus ihrem Erotikroman *Vesuvia,* den sie vor über zehn Jahren als *Stella Samt* geschrieben hat, ehe sie als *Lust-und-Liebe-*Redakteurin beim *Boten* anfing. Es war ein Kultbuch der späten Neunziger. Da Stella ein großer Fan des *Pies & Pages* ist, war es nicht schwer, sie zu überreden, kurzfristig aus ihrem Werk zu lesen. Im Gegensatz zu Liebesschnulzen, die in Cornwall spielen, mag ich gute Erotik, die sich nicht allzu ernst nimmt. Und ich liebe Stellas Humor.

»Dotti, *kardia mou*«, hat sie einmal zu mir gesagt, die griechische Koseform weich, rund und zärtlich wie sie selbst, »in Griechenland hat man entweder Geld oder Humor. Frag meine Oma. Mein Opa hatte beides, aber er hat mir nur eines vererbt. Sein Geld hat er mitgenommen, als er in den Achtzigern mit dieser minderjährigen Berliner Punkgöre abgehauen ist, der Mistkerl. Den Humor hat er mir gelassen. Und der ist das Beste, was ich habe.«

Heimlich war ich seit jeher neidisch auf Stellas Aussehen. Sie wirkt kein bisschen wie eine Frau von Anfang vierzig, denn sie ist eine jener molligen Diven, die ihre breiten Hüften und ihren wogenden Busen geschickt in Szene zu setzen wissen. Dazu die dunkle Lockenmähne und der große Mund, der fast immer herzlich lächelt. Sie lacht oft, laut und dröhnend, nicht selten über sich selbst. Es ist dieser natürliche Zauber, den ich im Stillen bewundere. Als könnte sie meine Gedanken lesen, sieht sie mich just in dem Moment an. In ihren schwarzen Augen blitzt es, während sie die versammelte Zuhörerschaft mustert und mit abwechselnd tiefer Alt- und hoher Sopranstimme den Dialog liest.

»Wer bist du?«, stöhnte er.

»In deiner Sprache nennt man mich Vesuvia. Die alles verschlingende Feuergrube.«

Ich bohrte meine Fingernägel in seine muskulösen Oberarme. Er zitterte vor Schmerz und Anstrengung. Seine Hüfte zuckte von meiner fort, doch die Lava brannte bereits an seinen Schenkeln.

»Was …« Er schrie, als ich mich noch fester an ihn presste, »was hast du mit mir vor, Göttin?«

»Ich werde dich töten. Dein Volk hat uns Feuerwächterinnen lange genug ausgebeutet. Ich räche meine Mutter, die von den Kriegern deines Vaters verschleppt wurde, am Tag der großen Finsternis.«

Seine vollen, roten Lippen waren leicht geöffnet, und in seinen hellen Augen erkannte ich den Stolz der Eroberer aus der Kälte. Mit einem wilden Schrei drang er noch tiefer in mich ein, erwiderte meinen Blick und flüsterte:

»Dann lass mich lieben, bevor ich sterbe.«

Lächelnd klappt Stella das Buch zu, erhebt sich vom Sofa und verneigt sich.

Ich schicke mich gerade an, den Applaus anzustoßen – einer muss immer den Anfang machen –, als eine der alten Damen ganz vorne aufsteht und begeistert in die Hände klatscht. Frenetischer Jubel bricht aus. Als hätte Andy Borg die Chorleitung der *Silver Haired Ladies* im Altenheim übernommen und Dieter Bohlen sie zum Supertalent gekürt. »So viel Gefummle« heult ein imaginierter Bruce Darnell in meinem Kopf. Miki, die damit beschäftigt ist, Teekannen durch die Gegend zu balancieren, hat den Mund zu einem erstaunten »o« geöffnet, und Lady Lydia, einigermaßen irritiert, blickt verunsichert von einer Kundin zur anderen. Erst als sie merkt, dass es sich nicht um einen Scherz handelt, stimmt sie in den Applaus ein und gibt der Kellnerin ein Zeichen, sich um die Organisation der Signierstunde zu kümmern. Die enthusiastischen Zuhörerinnen, von denen keine unter sechzig ist, drängen sich um das Lesetischchen und reißen Stella die wenigen *Vesuvia*-Exemplare, die sie mitgebracht hat, förmlich aus der Hand. Lächelnd signiert die Griechin und wird sofort von Frau Stipsits in Beschlag genommen, einer eleganten Dame von Mitte siebzig, die selbst schreibt, hauptsächlich blutige Kurzthriller.

Schon immer hat das *Lady's Pies & Pages* auf den literarischen Teil der Wiener Bevölkerung eine magische Anziehungskraft ausgeübt. Täglich sieht man sie hier ein und aus gehen. Berühmte Dramatiker, auf dem Weg zu ihren Uraufführungen im Burgtheater. Weniger berühmte Liebesromanautorinnen und Phantasten, die darauf hoffen, sich mit Hilfe der Magie englischer Mince Pies in die nächste Rowling oder Pilcher zu verwandeln. Brotlose Poeten, verträumte Romantikerinnen, satirische Essayisten und lässige Drehbuchautoren.

Sie alle geben sich Tag für Tag die Klinke in Form eines Messingäffchens in die Hand und treten durch die unscheinbare Glastür in der Wiener Schleifmühlgasse, hinein in das Königreich von Lady Lydia Rocksbridge.

Der Laden ist nicht groß. Doch die Enge, gepaart mit dem Zauber des Lichtes, das durch die hohen Fenster mit der Buntglasverzierung fällt, verleiht ihm eine wundervoll heimelige Atmosphäre. Eine Verkaufstheke mit Glasvitrine, in der die nach englischem Originalrezept gebackenen Kuchen, Scones, Cookies und Sandwiches ausgestellt sind, befindet sich linker Hand. In hübschen, alten Dosen dahinter lagert der immense Bestand an englischem Tee, den Lady Lydia als Kennerin aus den verschiedenen Grafschaften ihrer Heimat importiert.

Im hinteren Bereich, durch drei Stufen etwas erhöht, gibt es mehrere Bücherregale mit einer Auswahl an britischen Literaten, zeitgenössischen Wiener Autoren, Klassikern sowie diversen englischen Kochbüchern. Attraktion dieser Miniaturbibliothek ist ein winziger Kamin mit gemütlicher Sitzgarnitur und Tiffany-Stehlampe.

Vorne, direkt hinter dem stets blitzblank geputzten Schaufenster, sind bequeme Stühle an kleinen, runden Tischchen mit roten Spitzendecken verteilt. Der beste Platz, um die Passanten in der Schleifmühlgasse zu beobachten, die mit ihren Einkäufen vom nahen Naschmarkt kommen, oder um sich Lady Lydias Spezialität servieren zu lassen: das *Pies & Pages Literaturmenü,* bestehend aus der bevorzugten Schwarzteemischung, dem *Pie of the Day* sowie einem persönlichen Buchtipp der Gastgeberin.

Meine Mutter hat eine ausgezeichnete Menschenkenntnis. Sie sieht den Kunden auf den ersten Blick deren Buchgeschmack an, weshalb das Menü bei begeisterten Lesern so beliebt ist. Für die armen Dichter gibt es das *Pies & Pages Poetenmenü,* das aus einer Kanne Leitungswasser mit frischer Minze, Waldhonig und Ingwer, einer großen Portion *Pie of Yesterday* sowie einem Büchlein besteht, in welchem der Künstler, als Bezahlung, ein Gedicht hinterlässt.

Die mittlerweile etwa fünfzig Bände der *Pies & Pages Poetry* stehen in einem Regal neben der Verkaufstheke und sind hochgeschätzte Schmöker. So mancher heute berühmte Name ist darin zu finden.

Hinter der Theke führt eine eTür in die geräumige Schauküche, wo Lady Lydias Kochkurse stattfinden, daneben ein Esszimmer für fünfzehn bis zwanzig Personen, populärer Treffpunkt der kochenden Elite Wiens. Mikis Single-Fusion-Sushikochen ist immer auf Monate voraus ausgebucht. Meine japanische Freundin ist ein Naturtalent, wenn es darum geht, unterschiedliches Rohmaterial zusammenzuführen, seien es nun Fische oder einsame Herzen.

Im Winter, sobald im Kamin ein Feuer flackert, ist das Lokal täglich von neun Uhr früh bis sieben Uhr abends voll. Dann brodelt in der Küche stets ein riesiger Topf mit *Lydias Spezialporridge,* und sie und Miki kommen kaum mit Servieren, Plaudern und Beraten nach.

Ich schrieb fast alle meine Hausaufgaben an einem Kindertischchen zwischen den Bücherregalen des *Pies & Pages* und schlief an so manchem Abend, wenn Lady Lydia Kochkurse abhielt oder Abrechnungen machen musste, über einem Buch auf dem Sofa vorm Kamin ein. Unsere Wohnung befand sich zwar nur zwei Häuser weiter im ersten Stock, doch sie war lediglich vierzig Quadratmeter groß, verteilt auf drei Zimmer. Daher diente uns der Laden zugleich als Salon und Esszimmer. Lady Lydia hat ihn und die Wohnung seinerzeit für das Geld gekauft, mit dem mein Vater, der gut verdienende Profifußballer, sich von seiner Verantwortung freigekauft hatte. Bis auf den Adelstitel konnte die Familie Rocksbridge nämlich keine Vermögenswerte vorweisen, weshalb meine Mutter sich alles hart erarbeiten musste.

Das *Pies & Pages* ist die Erfüllung ihres Traumes, in den sie jeden Cent sowie jede freie Minute der letzten dreißig Jahre investiert hat. Inzwischen könnte sie sich längst ein Penthouse in der Innenstadt leisten, bei den Umsätzen, die sie so macht, aber sie steckt ihr Geld lieber in luxuriöse Reisen in exotische Länder, die sie sich dreimal im Jahr gönnt. Die kleine Wohnung hat sie behalten, sie ist ohnehin nur zum Schlafen dort.

An meinem achtzehnten Geburtstag überreichte sie mir ein Sparbuch mit mehr als hunderttausend Euro – die exakte Summe aller Alimente, die sie je für mich bekommen hatte – und sagte: »Darling, dieses Buch ist dein Daddy. Mach damit, was du willst. Wenn du möchtest, reise um die Welt, fang eine teure Ausbildung an, fahre in einem Balloon über die Erde, aber versprich mir, dass du nie von einem Mann abhängig sein wirst.«

Ich kaufte mir eine Wohnung nicht weit vom *Pies & Pages,* und wer mich fragt, warum ich meine verrückte, chaotische, anstrengende Mutter so abgöttisch liebe, dem erzähle ich diese Geschichte.

»*Darling*, glaubst du, diese netten alten Damen haben *Sex?*«, flüstert sie mir nun zu, während sie den Pulk von Menschen um Stellas Tisch beobachtet.

»Mummy!«

»Ich frage ja nur. Hast du gesehen, wie ihre Augen leuchteten, als es um die Lava ging?«

»Vielleicht stehen sie auf Naturkatastrophen.«

Sie sieht mich von der Seite an und streicht mir eine Haarsträhne hinters Ohr.

»Dorothy?«

»Was?«

Ich zupfe mir die Strähne wieder ins Gesicht. Sie zögert.

»Hast *du* Sex?«

»Können wir bitte das Thema wechseln?«

»Es ist nur …«, sie dreht mich zu sich und lächelt mich unsicher an, »manchmal mache ich mir Sorgen. Eine Frau hat – wie sagt man – Bedarf?«

»Du meinst Bedürfnisse.«

»Bedürfnisse, ja. Du arbeitest zu viel. Und du hast deine Nase immer in Büchern. Das war schon in der Schule so. Die anderen Mädchen haben geküsst, und Dotti hat über das Küssen gelesen. Dotti saß in der Ecke mit Kipling und Hesse statt mit Bobby und Joe.«

Miki, die gerade mit einem Tablett voller Teetassen vorbeihuscht, schenkt mir ein mitleidiges Lächeln.

»Mummy, kein Mensch heißt hier Bobby oder Joe.«

Sie ignoriert meinen Einwand.

»Erinnerst du dich an diesen netten Jungen, Gerry oder Greg oder so, der täglich in den Laden kam, um *Chocolate Cookies* zu kaufen?«

»Gregor, Mummy.«

Sie strahlt.

»Ja, Gregor Melzer. Der hat immer zu dir rübergeschaut. Aber hast du einmal die Nase aus *Dorian Gray* gehoben?«

»Das ist fünfzehn Jahre her, Mummy. Ich musste ein Referat über Oscar Wilde halten.«

Meine Mutter seufzt und legt die Stirn in lauter kleine Falten. Stellas tiefes, dröhnendes Lachen erfüllt den Raum, doch mir ist plötzlich ziemlich kalt. Daran ändert auch das flackernde Kaminfeuer nichts.

»Dorothy, ich will, dass du *happy* bist.«

»Es geht mir gut, Mummy.«

Sie nimmt mich in den Arm.

»Ich bin vielleicht fünfundzwanzig Jahre älter als du, aber ich weiß, was eine Frau braucht, damit es ihr gutgeht.«

Ich will mich losmachen, doch sie hält mich fest.

»Man kann lieben und trotzdem unabhängig sein, *Darling*«, sagt sie sanft. »Ich weiß, wovon ich rede.« Sie küsst mich auf die Wange und lässt mich los. »Und jetzt brauche ich auch so ein *Vulkania*-Buch.«

»*Vesuvia*, Mummy.«

Sie hört mich nicht mehr, denn sie ist bereits auf dem Weg

zu Stella und den Freundinnen der quellenden Lava. Ich sehe ihr kopfschüttelnd nach.

»Vollmilchschokolade«, sagt eine Stimme hinter mir. Ich drehe mich um. Am hintersten Tischchen, gleich beim Schaufenster sitzt eine alte Frau und lächelt mich an. Sie trägt ein lilageblümtes Kleid, hat darüber einen beigen Wollmantel an und eine riesige Brille auf der Nase. Ihre dünnen, graubraunen Haare sind adrett zu Löckchen gedreht. Neben ihren Füßen hockt ein kleiner, brauner Pekinese, dessen Knopfaugen den Kuchen auf dem Teller der Dame fixieren.

Ich sehe mich irritiert um.

»Äh, sprechen Sie mit mir?«

Sie nickt, immer noch lächelnd.

»Die Milchschokolade wurde 1839 in Dresden erfunden. Es gibt nichts Besseres für die Bedürfnisse einer Frau.«

»Milchschokolade?«

»Am besten die Sorte, die auf der Zunge schmilzt. Ich hatte in meinem Leben eine ganze Menge davon. Leider habe ich Diabetes bekommen, seither kann ich nur noch die Spezialsorten essen. Ekliges Zeug. Aber ich erinnere mich an richtige Milchschokolade. Und an Kuchen.«

Sie teilt mit der Gabel ein Stück vom Kuchen auf ihrem Teller ab, nimmt es zwischen Daumen und Zeigefinger, riecht kurz mit geschlossenen Augen daran und reicht es dem Pekinesen, der es gierig schluckt.

»Ich bin Annili«, sagt sie, indem sie mir die andere, nicht hundesabberkontaminierte Hand hinstreckt, »und Sie müssen Dotti sein.«

Ich schüttle die Hand, die sich sehr weich und warm anfühlt.

»Kennen wir uns?«

»Ich habe Ihre Kolumne gelesen. Leider weiß ich nicht, wo Twitter liegt, sonst wäre ich Ihnen dorthin gefolgt. Also hat mein Neffe für mich in der Zeitungsredaktion angerufen. Er meinte, um Ihren – wie sagt man – Blog zu lesen, braucht man einen Computer oder ein Smartphone. Weil ich beides nicht besitze, war die Dame an der Hotline so nett, ihm zu sagen, dass Sie sehr oft in diesem Lokal anzutreffen sind.«

Toll. Die Redaktion des *Boten* hat anscheinend noch nie etwas von Stalking gehört.

»Ja, meine Mutter ist die Besitzerin«, antworte ich zögernd und sehe mich um. Rettung durch Lady Lydia ist unwahrscheinlich, da sie, umringt von mehreren Stammkundinnen gerade in ihrem signierten Exemplar von *Vesuvia* blättert. Miki ist von Frau Stipsits in Beschlag genommen, die sich eine anregende Schwarzteemischung zusammenstellen lässt.

»Setzen Sie sich doch kurz zu mir, Dotti. Ich möchte Ihnen etwas erzählen.«

»Das ist sehr freundlich, Annili, aber ich sollte …«

»Es geht um das *Mauerblümchensyndrom*«, unterbricht sie mich und blinzelt mir verschwörerisch zu. Augenblicklich kribbelt es in meinem Magen, und ich denke an die drei Damen auf der Parkbank.

Annili lächelt. Sie deutet auf den freien Stuhl an ihrem Tisch, während sie dem Pekinesen ein weiteres Stück Kuchen hinabreicht, was dieser mit freudigem Schwanzwedeln quittiert. Ich setze mich. Annili schiebt ihren Kuchenteller beiseite und lehnt sich über den Tisch zu mir. Sie spricht mit gesenkter Stimme, so dass auch ich mich zu ihr beugen muss, um sie zu verstehen.

»Ich nehme an, Sie haben den Artikel gestern gelesen. Es war nicht der erste seiner Art und wird nicht der letzte sein. Beatrice Kleidermann hat sich schon öfters öffentlich dafür stark gemacht, unverheiratete Menschen zur Kasse zu bitten, um die Familien zu unterstützen.«

»Warum erzählen Sie mir das?«

Annili lächelt wieder, reicht dem Pekinesen das letzte Stück Kuchen und wischt sich die Hände sorgfältig mit einer Serviette ab.

»Ihre Kolumne macht vielen jungen Frauen Mut. Frauen, die andere Erfüllung suchen und kennen als einen Ehemann. Frauen, die schief angeschaut werden, weil sie keinen Partner haben, und die man mitleidig ›Mauerblümchen‹ oder ›Übriggebliebene‹ nennt. Wenn sie Haustiere haben, wird gefeixt, dass sie mit dem Tier etwas ersetzen. Es gilt als wider die Natur, keine Familie gründen zu wollen. Dabei gibt es viele solcher Frauen. Frauen wie Sie, Dotti. Und wie mich.«

Annili berührt mich vorsichtig am Handgelenk.

»Sie haben Worte dafür gefunden. Machen Sie weiter. Ich bin nur gekommen, um Ihnen das zu sagen. Und nehmen Sie sich vor Beatrice Kleidermann in Acht. Komm, Orange, wir gehen noch eine Runde Gassi.«

Sie tut sich schwer mit dem Aufstehen, und ich helfe ihr aus dem Stuhl hoch. Sie riecht selbst ein wenig wie Tee und Kuchen: süß und blumig. Der Pekinese bellt einmal kurz und wedelt mit dem Schwanz.

»Der Hund heißt Orange?«

»Orange Pekoe, wie das ganze flaumige Teeblatt.«

Bei der Nennung ihres Namens macht Orange Männchen. Annili streichelt über den Kopf des Tieres, das sich an ihr Bein drückt. Dann nickt sie mir zu.

»Auf Wiedersehen, Dotti, es war schön, Sie kennenzulernen. Und wenn Sie das nächste Mal Milchschokolade essen, denken Sie an mich.« Sie zwinkert.

Als die Tür hinter ihr zufällt, blicke ich verwirrt auf den verlassenen Stuhl, wo sie eben noch saß. Eine sonderbare Frau.

»*Darling*, wer war das denn?«

Meine Mutter sieht Annili durchs Schaufenster nach. Neue Kundinnen wecken stets ihr Interesse.

»Dorothy?«

»Was?«

Ich nehme Annilis leere Tasse und den Kuchenteller und räume beides ab.

»Wer war die nette Dame?«

Meine Gedanken sind längst woanders.

»Ein Mauerblümchen, Mummy. Ein echtes Mauerblümchen.«

Liebst du schon oder lebst du noch?

Der Mauerblümchentest

Montag, 17. Oktober

1. Es ist Samstagabend, alle deine Freunde sind entweder im coolen städtischen Nachtleben unterwegs, daheim, um Ehemann und Nachwuchs zu verpflegen, oder nicht erreichbar. Wo bist du?
   a) Bei einem romantischen Date mit der zukünftigen Liebe meines Lebens. Wo sonst?
   b) In einer angesagten Bar, um neue Freunde zu finden.

c) Natürlich mit einem guten Buch oder einem guten Film auf der Couch.

2. Du sitzt allein im Café deines Vertrauens, und ein attraktiver Fremder beobachtet dich die ganze Zeit vom Nebentisch aus. Was tust du?
   a) Ich tue so, als würde ich ihn nicht bemerken, lasse total unabsichtlich meine Serviette fallen, und wenn er sie aufhebt, huch, stecke ich ihm mit einem Lächeln im Gehen meine Karte zu. Daheim werfe ich einen Blick auf die aktuellen Brautmodenkataloge und rufe alle meine Freundinnen an.
   b) Ich fühle mich durchaus geschmeichelt, das teure Permanent-Make-up hat sich gelohnt! Ich lasse mir mein Getränk bezahlen, gebe ihm aber natürlich nicht meine Nummer, wäre ja noch schöner!
   c.)Welcher Fremde?

3. Wieder einmal Urlaubszeit. Du bist Single und studierst die neuesten Reiseangebote. Wohin fährst du?
   a) In einen Singleclub auf Fuerteventura, wo man andere Singles kennenlernt und mit ein wenig Glück verliebt und verlobt nach Hause zurückkommt.
   b) Natürlich mit meinen Eltern in ihre Villa am Meer oder ihr Châlet in den Bergen. Sie zahlen alles.
   c) Entweder nach London, Berlin oder Rom, ausgestattet mit dem dicksten Reiseführer, um dort ein gigantisches Kulturprogramm zu absolvieren und müde, aber bereichert, nach unzähligen Theater-, Museen- und Starbucks-Besuchen in den Alltag zurückzukehren.

4. Es ist dein Geburtstag. Wer gibt das meiste Geld für ein Geschenk für dich aus, und was ist es?
   a) *Mein Beziehungspartner. Zumindest will ich ihm das raten. Er schenkt mir ein romantisches Wellnesswochenende im brandneuen Thermalbad und vielleicht auch den Ring, den wir unlängst in der Auslage sahen, als wir Hand in Hand …*
   b) *Bekomme kein Geschenk. Komisch. Doch, da! Mein Chef schenkt mir einen Füller mit Firmenlogo.*
   c) *Meine Freundinnen legen zusammen und schenken mir einen Hundert-Euro-Gutschein für den Buchladen, die Limited-Edition-Sammelbox aller* Columbo-*Folgen sowie eine große Tafel Milchschokolade! Ich liebe sie!*

5. Das Wohnhaus brennt, und du kannst nur einen auf deiner Flucht nach draußen mitnehmen. Wen rettest du aus den Flammen?
   a) *Den gutaussehenden Nachbarn.*
   b) *Nur mich selbst. Bloß kein Risiko!*
   c) *Die Katze.*

Welchen Buchstaben hast du überwiegend angekreuzt?

Typ A: *Du bist unverbesserlich beziehungssüchtig. Ohne Partner fühlst du dich verloren. Dein gesamtes Denken dreht sich darum, einen Ehemann zu finden, dafür bist du bereit, auch dein Leben und dein Wohlbefinden aufs Spiel zu setzen. Du solltest dir einen Therapeuten suchen. Nein, nicht zum Heiraten!*

Typ B: *Du bist eine Egoistin! Nicht einmal deine Eltern mögen dich, Haustiere neigen dazu, abzuhauen, und deine Kollegen (Freunde hast du keine) werden von dir gemobbt. Deine bevorzugte Beziehungsart sind One-Night-Stands.*

Typ C: *Du bist ganz eindeutig ein modernes Mauerblümchen. Glückwunsch! Du genießt dein Singleleben, hast wahrscheinlich mindestens ein Haustier, bist erfolgreich im Beruf und/oder künstlerisch tätig, hast viele Hobbys, einen großen Freundeskreis und findest Männer nur aus sicherer Entfernung interessant. Auf der Kinoleinwand etwa oder dem neuen CK-Plakat. Willkommen im Club!*

(follow @dottiliest bei Twitter)

Donnerstag, 20. Oktober

djfleming an icherzaehlerin 19. Okt. 21:47

Bekannte Unbekannte,
es ist Zeit, Dir zu schreiben. Du kennst mein wahres Gesicht nicht und ich Deines nicht, obwohl sich unsere Wege gekreuzt haben. Aber auch über die Distanz, die uns trennt, habe ich erkannt, was uns verbindet. Kaufst Du Dir Deine Schuhe auch lieber eine halbe Nummer zu groß, weil Du immer noch nicht aufgehört hast, an das dauernde Wachstum zu glauben? Dann lass mich Dir eine Geschichte erzählen:

Ich habe heute Morgen wie jeden Tag einen Spaziergang gemacht. Ich wohne am südlichen Rand der riesigen Stadt, da, wo man den Horizont sehen kann und wo es trotzdem nicht nach Freiheit riecht. Ich nehme stets den gleichen Weg. Vorbei am grauen Fuhrpark mit den rot-weiß-roten Buchstaben. An den stillgelegten Bahngleisen entlang, bis zu einem großen, freien Gelände, wo früher ein gigantischer U-förmiger Wohnkomplex stand, der vor etwa zwei Jahren abgerissen wurde. Ich gehe jeden Tag dorthin, seit ich die Halme entdeckt habe.
Du musst wissen, in dem Wohnkomplex bin ich aufgewachsen. Wenn ich in den ersten zwanzig Jahren meines Lebens aus dem Fenster geschaut habe, sah ich nur andere Fenster und unter mir eine Betonfläche. Diese Betonfläche war der Mittelpunkt meiner Welt. Dort trug ich die frühen Kämpfe aus, gewann, verlor, erlebte den ersten Kuss, weinte vor Schmerz, lachte vor Glück und

saß oft einfach nur da und blickte zu meinem Fenster in der zwölften Etage hinauf. Ich kam mir klein vor, und das änderte sich auch nicht mit zunehmender Körpergröße.

Dir kann ich es ja sagen, Du verstehst bestimmt, was ich meine: Man sieht sich selbst nicht wachsen. Sogar, wenn man tagelang vor einem Spiegel ausharren würde, man könnte keinen Unterschied feststellen. Da waren also nur die Betonfläche, die Betonhäuserblocks und mein unbemerkt wachsendes Ich. Damals hätte ich beinahe aufgehört, an das dauernde Wachstum zu glauben. Erst als sie den Wohnkomplex abrissen und ich nach all den Jahren wieder zu der großen Betonfläche spazierte, bemerkte ich die Risse. Überall war der Beton gebrochen, und in diesen Bruchstellen, Du ahnst es, begann Gras zu sprießen. Seither kehre ich jeden Tag zurück, und jeden Tag ist es ein Stück gewachsen. Es ist nun fast schon so hoch wie meine Hand lang ist. Und heute Morgen, als ich dort auf dem rissigen Betonplatz stand, begriff ich, dass es nicht nur das Gras ist.
Alles wächst, auch wenn wir es nicht sehen können. Unsere Gedanken, unsere Ideen, unsere Gefühle und vielleicht sogar unsere Füße.
Lass uns weiter Schuhe kaufen, die ein wenig zu groß sind, und an das Wachstum glauben. Immerhin wissen wir nun voneinander; das ist mehr, als wir gestern wussten.

Dir verbunden,
djfleming

»Schuhe? Du sollst dir Schuhe kaufen? Zu große Schuhe?«

»Ich soll nicht, sondern ich tue es seiner Meinung nach schon.«

»Und?«

»Was und?«

»Tust du es?«

Christine sieht mich über den Rand ihrer riesigen Teetasse hinweg gespannt an. Dabei hat sie die Lippen gespitzt, wie sie es immer tut, wenn sie auf eine Antwort wartet.

»Nun ja, das ist nicht meine Schuld«, verteidige ich mich, »als Kind habe ich dauernd zu große Schuhe getragen, weil meine Mutter meinte, dass ich da hineinwachse. Du kennst sie ja, alles muss möglichst praktisch und mehrfach verwendbar sein. Meist haben die Schuhe jedoch bereits vor dem Stadium der perfekten Passgröße die Sohlen gestreckt. Aber ich bin diese Angewohnheit nie losgeworden. Jeans zum Beispiel: Ich kaufe immer Jeans, die schon im Geschäft bequem sitzen. Verkäuferinnen haben mich schon angefleht, eine Größe kleiner zu nehmen, weil Jeans sich beim Tragen nun mal dehnen, doch ich schlage alle Ratschläge in den Wind. Darum brauche ich Gürtel.«

»Aber Schuhe?«

»Ich gehe vom Worst-Case-Szenario aus«, verteidige ich mich weiter. »Also vom denkbar kältesten Wintertag, an dem, sagen wir, minus zwanzig Grad herrschen. Dann wäre ich gezwungen, zwei Paar dicke Socken über den Strümpfen zu tragen. Ergo kaufe ich Schuhe immer so, dass sie mir auch mit einer Dreifachschicht Fußbekleidung noch passen, verstehst du?«

Christine schüttelt den Kopf und füllt unsere Tassen nach. Der Tee nennt sich »Guten Morgen, Sonnenschein«.

Es handelt sich um eine jener parfümierten Früchtemischungen im Beutel, die meine Mutter für den Untergang jeglicher Teekultur hält. »Metallklammern, guter Gott«, höre ich förmlich ihr entsetztes Quieken.

Mir ist es gleich, selbst die Tatsache, dass Christine das Teewasser im Mikrowellenherd heiß macht, mit bereits darinhängenden Teebeuteln, entlockt mir nicht einmal ein Seufzen. Erstens kenne ich meine Freundin nun schon lange genug, um mich über solche Kleinigkeiten nicht mehr aufzuregen. Zweitens bin ich seit dem Wochenende in einem zutiefst verstörten Zustand, aus dem mich nur ein Vormittag mit dem schlechten Tee und dem wunderbaren Pragmatismus einer guten Freundin zu retten vermag.

Was am Montag im Büro los war, nachdem mein *Mauerblümchentest* im Blog erschienen ist, lässt sich nur schwer erklären. Es begann damit, dass mich sämtliche Kolleginnen mit Buchstaben begrüßten und es Diskussionen darüber gab, wer ein echtes Mauerblümchen war und wer nicht. Praktisch über Nacht hatte ich eine vierstellige Summe von Blog-Abonnenten, an die dreihundert Kommentare unter dem letzten Artikel, Hunderte neuer Follower auf Twitter und – wie mir *Literally in Love* per E-Mail mitteilte – eine enorme Userexplosion auf der Plattform. Ganz Österreich schien plötzlich im Online-Datingfieber zu sein. Es gab Berichte über das Mauerblümchenphänomen in mehreren Zeitungen, eine Kurzmeldung im Vorabendmagazin des öffentlich-rechtlichen Fernsehens sowie ein einstündiges Special zum Thema Singles in der Sendung eines der populärsten Radiomoderatoren des Landes.

Ramy Kareem, der dank einer TV-Tanzsendung die Ehren eines B-Promi-Status errungen hat, will sogar am Montag einen Livechat für ein riesiges Online-Informationsportal mit mir veranstalten.

»Das wird großartig, Frau Wilcek«, schleimte er am Telefon, »die User können Ihnen direkt Fragen stellen, ich werde ein bisserl moderieren, alles ganz leger.«

»Leger« klang aus seinem Mund wie eine Drohung.

»Herr Kareem, ich weiß nicht, ich mag Chats nicht besonders.«

»Machen Sie sich keine Sorgen, Frau Wilcek. Ich bin ja bei Ihnen. Wir kriegen das schon hin.«

Er kicherte und hörte sich so an, als hielte er mich für komplett bescheuert. Und so kam ich mir auch vor. Alle Welt erklärt mich zu Kult, dabei habe ich lediglich Beatrice Kleidermanns Mauerblümchen-Seitenhieb auf meine Weise beantwortet.

Die Kleidermann selbst ist mir am Dienstag in der Redaktion ebenfalls über den Weg gelaufen. Mit einem undurchsichtigen Lächeln hat sie mir zugenickt, um dann rasch in ihrem Büro zu verschwinden. Dafür lief die Loos theatralisch mit dunkler Sonnenbrille herum und zuckte bei jedem lauten Geräusch zusammen.

Als wäre all das nicht schon schlimm genug, platzte mein *Literally-in-Love*-Posteingang aus allen Nähten. Als hätte sich eine Heerschar eifriger Ritter aufgemacht, die Frauen dieser Welt von ihrem Mauerblümchentum abzubringen. Stella kam mit dem Sortieren kaum nach. Obwohl ich ihr versichert hatte, dass weitere Blind Dates nicht in Frage kamen, bestand sie darauf, die Nachrichten weiterhin in Ordnern zu sammeln. Inzwischen gab es eine Menge Ordner. Zum Beispiel den namens »Primaten«, den für »hoffnungslose_Fälle«, den, der »nicht mal_im_Alptraum« getauft wurde und Stellas Lieblingsordner »S&M«, was so viel hieß wie »sexy, aber minderbemittelt«.

Die Frage jedoch, die ich mir seit gestern Abend 21:47 Uhr stelle, ist: In welchen Ordner passt djfleming, und woher, zum Teufel, weiß er so viel über mich?

»Ganz langsam, Dotti«, probiert es Christine mit der Stimme der Vernunft. »Ich verstehe immer noch nicht, wie genau diese Internetplattform funktioniert. Du bist dort völlig anonym, richtig?«

»Ja.«

»Trotzdem bekommst du diese Nachricht von einem Typ, der behauptet, dich zu kennen.«

»Unsere Wege haben sich gekreuzt. Schreibt er.«

»Und er ist ebenfalls anonym angemeldet?«

»Genau.«

»Also ist das entweder ein Spinner, der zufällig gut geraten hat, was deinen Schuhtick betrifft, oder jemand, der dich trotz Anonymität gefunden hat. Wer weiß alles davon, dass du dort angemeldet bist?«

»Ganz Österreich? Der Blog, du erinnerst dich?«

»Schon, aber du hast ja deinen Accountnamen nicht verraten. Wenn du nicht ausgerechnet dottiliest genommen hast, kann man dich doch unmöglich finden.«

Da ist was dran.

»Ich bin icherzaehlerin, wie bei meiner Gmail-Adresse.«

»Verwendest du diesen Nickname noch anderswo?«

»In ein paar Bücherforen, aber immer anonym.«

»Wer weiß davon?«

Ich denke darüber nach.

»Katharina. Sie leitet ein *Harry-Potter*-Forum, in dem ich als icherzählerin angemeldet bin.«

»Sonst niemand?«

»Na ja. Mein Chef vermutlich.«

»Pohl?«

»Ja. Der weiß alles, was in der Redaktion vorgeht. Außerdem hat er meine Gmail-Adresse.«

»Wer noch?«

»Die Loos. Sie wollte einen genauen Bericht über meine Anmeldung bei *Literally in Love.* Und Lorenz. Der hat schließlich meinen Account eingerichtet.«

»Lollo der Große?«

Christine grinst breit. Sie ist ihm einmal über den Weg gelaufen, als wir uns nach der Arbeit auf einen Kaffee bei *Starbucks* verabredet hatten. Mein ganz persönlicher Protest gegen meine Mutter, die Koffein sowie jede Form von Selbstbedienungslokal hasst. Lorenz war auch dort und holte Coffee to go für alle, die noch in der Redaktion saßen. Er balancierte zwei Tabletts mit sechs verschieden großen Bechern und musste die Tür mit dem Knie öffnen, was bei seinen langen Beinen kein Problem war. Das hat Christine irgendwie imponiert.

»Traust du ihm so eine E-Mail zu?«

Ich denke darüber nach. Lorenz hat keine Freundin, das weiß ich, er ist ja auch mehr oder weniger ein Nerd. Zumindest kennt er sich mit Netzwerken aus und hat meinen Account eingerichtet.

»Ausgeschlossen ist es nicht. Obwohl ich ja eher auf eine Racheaktion von der Loos tippe. Ich wette, sie hat sich über mich erkundigt, womöglich hat sie Stella ausgequetscht und dann diesen hochtrabenden Unsinn formuliert. So wird es sein.«

»Und was ist mit Pohl?«

Ja, was ist mit Pohl? Er war mein Mentor seit der Uni. Er hat mich gefördert und mir überall die besten Noten gegeben. Ist es möglich, dass er noch ein anderes Interesse an mir hat? Verbirgt sich hinter der harten, cholerischen Fassade ein sentimentaler Schwärmer? Er war für mich stets so etwas wie ein väterlicher Freund, ein bewundertes Idol. Ich kann mir einfach nicht vorstellen, dass er mir gegenüber romantische Gefühle hegt.

»Auf keinen Fall.«

Ich nehme einen Schluck Sonnenschein und betrachte scheinbar interessiert das Plakat von Christines letztem Auftritt, das sie an ihren Kühlschrank geklebt hat. Eine Sommerproduktion von *Les Misérables* in irgendeinem Burghof hinter den sieben Bergen. Christine singt im Musicalchor, was ihr wegen ihres Namens schon diverse humoristische Bemerkungen beschert hat. Ob sie denn mit dem Phantom der Oper näher bekannt sei, wollte mal ein Regisseur von ihr wissen. Ihre Demonstration mit dem indischen Lasso hat ihn zu Tode erschreckt.

»Vielleicht solltest du djfleming via Annonce suchen. Überschrift: Große Schuhe, was nun?« Sie grinst.

Mir ist nicht nach Humor zumute. Ich habe von Anfang an gewusst, dass diese Internetdatinggeschichte keine gute Idee ist. Ich glaube nicht an Datenschutz. Irgendein Missbrauch wird immer getrieben. Wie ist es sonst möglich, dass ich seit meiner Anmeldung bei *Literally in Love* bereits mehr Post im Spamfilter habe als Sommersprossen im Juli? Diese Nachricht von dem mysteriösen djfleming war der letzte Tropfen in dem verflixten Fass der vergangenen zwei Wochen.

»Es waren wirklich über vierhundert Kontaktanfragen seit gestern Abend?«

Christine sieht mich ratlos an.

»Vierhundertvierzig. Einundvierzig mit unserem djfleming, um genau zu sein. Mein Blog scheint die Userzahlen von *Literally in Love* dermaßen erhöht zu haben, dass allein die heutige Tagesaktivität oberhalb der Gesamtaktivität der letzten drei Monate liegt. Kannst du dir das vorstellen?«

»Beim besten Willen nicht.«

Christine schüttelt den Kopf. Sie ist siebenunddreißig, kinderlos und ohne jegliche Ambition, einen Mann in ihr Leben zu lassen. Das höchste der Gefühle ist ein Handwerker, den sie an ihre Installationen lässt, oder ein Möbelpacker, der Kisten schleppen darf. Mit einigen männlichen Kollegen im Musicaltheater ist sie befreundet, selbstverständlich phantastisch aussehend und ebenso selbstverständlich homosexuell. Sie findet Liebe total überbewertet. Ihren Kitzel holt sie sich vorzugsweise in den fiktiven Welten von Romanen oder TV-Serien, wobei sie einen Hang zu den zweitinteressanten Charakteren hat, um ihre eigentlich romantische Natur auszuleben.

Ein Kalender mit nackten Männeroberkörpern schmückt ihr Badezimmer, einziger Hinweis darauf, dass sie dem anderen Geschlecht überhaupt etwas abgewinnen kann.

»Dotti«, hat sie einmal zu mir gesagt, »ich habe ein fettes Sparbuch sowie mehrere lukrative Fonds nur für den Fall, dass irgendein kluger Japaner den perfekten Männerroboter erfindet. Optisch ansprechend, akkubetrieben und zusammenklappbar neben dem Bügelbrett zu verstauen.«

Christine ist eine Plusnull aus Überzeugung. Dafür teilt sie ihre Wohnung mit etwa dreiundzwanzig Süßwasserfischen, einer Wasserschildkröte namens Calcutta und mit etwas, das ich noch nicht wirklich identifiziert habe, das jedoch in einem mannshohen Terrarium haust. Ich studiere das Grünzeug, das den Behälter von oben bis unten füllt.

»Sag mal, was ist da drinnen? Züchtest du jetzt Blätter?«

»So ist es. Wandelnde Blätter, um genau zu sein. *Phyllium Giganteum.*«

»Das sind *Tiere?* Amphibien oder so etwas?«

»Insekten, Dotti, Insekten. Aber weißt du, was das Beste an ihnen ist?«

Ich trete näher und versuche erfolglos, Lebewesen von Botanik zu unterscheiden. »Dass sie einander auffressen, weil sie sich nicht einmal gegenseitig von Blättern unterscheiden können?«

»Unsinn!« Christine zählt, etwas besorgt, unauffällig ihr Blattwerk. »Das Beste ist, dass sie keine Männchen brauchen.«

»Wie bitte?«

»Sie pflanzen sich eingeschlechtlich fort. Man sagt Jungfernzeugung dazu.«

»So wie Maria mit Jesus?«

»So ähnlich. Die Eizellen müssen nicht befruchtet werden. Verstehst du?«

»Willst du damit sagen, dass deine Phyllidingsda lauter alte Jungfern sind, die sich ohne Sex vermehren?«

»Richtig. Ist das nicht großartig? Es gibt so gut wie keine männlichen Wandelnden Blätter, Phyllium Giganteum, nicht Phyllidingsda. Was beweist, dass die Daseinsberechtigung von Männern sich auf die Fortpflanzung beschränkt. Fällt diese Funktion weg, werden sie, schwupps, wegevolutioniert.«

O mein Gott! Steuern wir Frauen auf ein Phyllium-Giganteum-Dasein zu, ohne es zu wissen? Und würde das, sollte diese Information je in maskuline Hände gelangen, den größten Weltkrieg von allen auslösen? Phyllium-ageddon?

»Aber«, wende ich ein, »wir Menschen können uns nicht eingeschlechtlich fortpflanzen.«

»*Noch* nicht.«

Christine lächelt versonnen.

»Denk es mal anders, Dotti: Angenommen, wir bräuchten Sex nicht weiter zur Fortpflanzung, sondern nur noch zum Vergnügen, was wäre das Resultat?«

»Keine Ahnung. So etwas Ähnliches wie bei den Hippies? Freie Liebe? Anarchie?«

»Anfänglich vielleicht. Die Partnerwahl wäre nicht mehr auf Nestbau und Familienerhaltung ausgelegt, sondern würde auf purer Lust und Liebe basieren. Damit würden die Männer ausscheiden, die einfach nicht gut darin sind. In unseren Betten landen nur noch die, die die Kunst beherrschen, uns zu befriedigen.«

Ich sehe eine Kopfkinoversion von Jude Law, Patrick Dempsey und Michael Fassbender vor mir, die, an Samtkordeln angeleint in einer riesigen Arena voller Frauen um die Gunst der Phylliumkönigin wrestlen. Christine scheint Ähnliches zu beschäftigen. Wir sehen uns an und müssen grinsen.

»Keine schlechte Vorstellung.«

»Richtig. Aber auf lange Sicht gesehen, wäre Sex für die Evolution nicht mehr nötig. Und du weißt, was mit Dingen passiert, die evolutionstechnisch überholt sind?«

Sie streckt den Zeigefinger aus und knickt ihn in der Mitte ab.

»Das Bedürfnis danach würde mit der Zeit verschwinden. Nach, sagen wir, fünf bis sechs Jahrhunderten. Dann sind die Frauen längst in der Überzahl, weil sie die körperlichen Voraussetzungen zur Vermehrung mitbringen. Und die Männer?« Christine schnippt mit den Fingern. »Futsch!«

»Das ist verrückt.«

»Aus jetziger Sicht schon, klar, es scheint bei Säugetieren schwierig zu sein, wegen der ganzen Vererbungssache mit den männlichen und weiblichen Chromosomen. Aber die Forscher sind am Ball, darauf kannst du dich verlassen.«

»Wohl eher die Forscher*innen.*«

Ich entferne mich so weit wie möglich vom Terrarium. Womöglich ist Jungfernzeugung ansteckend.

»Noch Tee?«

Ich nicke und setze mich wieder an den Tisch, wo Christine fröhlich summend mehr Sonnenschein in meine Tasse gießt. In meinem Kopf arbeitet es.

»Und was ist mit der Liebe?«

»Was soll damit sein? Liebe ist ein paarungsunabhängiges Gefühl. Nicht zu verwechseln mit Lust. Du musst das globaler sehen.«

Das ist er, der Moment! Nicht einfach einer von vielen Momenten oder eine neue Version von Dottis Kopfkino, sondern ein ganz konkreter, entscheidender Moment. Ich habe nicht umsonst Germanistik studiert, aber ich hätte nie gedacht, dass es ihn im realen Leben geben könnte.

»Katastase«, flüstere ich.

»Nein, *Teekanne,* glaube ich«, antwortet Christine und begutachtet die Verpackung von Sonnenschein.

»Das erregende Moment, verstehst du?«

»Bahnhof, Dotti, nichts als Bahnhof.«

»Als du gerade von den Phyllium-Tieren gesprochen hast, da hat es in meinem Hirn mehrfach laut geklingelt.«

»Du solltest das untersuchen lassen. Ich hatte mal einen Hörsturz, mit Tinnitus in höchster Frequenz, du, ich sag dir …«

»Nicht so ein Klingeln. Mehr ein Gong, wie er in den japanischen Shinto-Schreinen hängt und den man schlagen muss, um die Aufmerksamkeit der Götter zu erlangen.«

»Hast du irgendwas in deinen Tee getan?«

»Nein. Aber gerade, als ich mich wieder hinsetzte, hatte ich auf einmal eine Eingebung, die etwas mit deinen Wandelnden Blättern zu tun hat. Hör zu, ich frage mich schon seit ein paar Tagen, was dieser ganze Hype um meine Kolumne und meinen Blog soll. Pluskatze, ich bitte dich, Showjournalismus von der übelsten Sorte, inspiriert von einem Kater, der sich besser mit meiner Computertastatur auskennt als ich. Aber das war es gar nicht. Es ging um was anderes.«

»Und zwar?«

Ich beuge mich über den Tisch zu Christine. Vor Begeisterung und Aufregung zittert meine Stimme, als ich es laut ausspreche:

»Meine Kolumne, meine blöde, kleine Pluskatze-Kolumne war so etwas wie die Katastase für die Frauenwelt.«

»Katawas?«

»Hast du im Deutschunterricht geschlafen? Der verdichtete Knoten des griechischen Dramas, das erregende Moment, der Punkt der Geschichte, wo die Komplikationen beginnen.«

»Du meinst eine Art Offenbarung?«

»Nein, nicht im religiösen Sinn, sondern eher so, wie ihn

geschickte Dramaturgen in Filmdrehbüchern plazieren. Plotpoint eins. Du weißt schon, die Stelle, wo Bruce Willis in *Stirb Langsam* jeweils die Nachricht des geisteskranken Genies findet und von diesem Moment an hinter ihm herjagt.«

»Warte mal, du bist die Geisteskranke in diesem Szenario?«

Ich klopfe ungeduldig auf die Tischplatte.

»Das war ein schlechtes Beispiel. Versuchen wir es mit Shakespeare. Ehe es ihm die Hexen vorhersagen, denkt Macbeth nicht darüber nach, ob er König werden will. Erst als es ihm als Möglichkeit vor Augen geführt wird, trifft er die Entscheidungen, die ihn diesem Ziel näher bringen.«

»Also bist du die Hexe?«

»Nein. Ja. Von mir aus, so in etwa. Du könntest auch an den Buchhändler Koreander denken, der Bastian vor der *Unendlichen Geschichte* warnt, oder an das Mädchen, dessen Duft Jean Baptiste Grenouille durch den Gestank von Paris folgt, bis er seinen ersten Mord begehen muss.«

»Jean wer? War das in den Nachrichten?«

»Nein, in Süskinds *Parfum.*«

»Ach, Dotti, du weißt, dass ich keine gehypten Bücher mag. Zauberer, die mit Eulen sprechen, genauso wenig wie irre Parfumeure oder beißende Schönlinge.«

»Ich weiß. Aber darum geht es gar nicht. Christine, da draußen sind Tausende, vielleicht zig Tausende Frauen, die leben wie wir. Zufrieden allein. Doch in den Medien und der Öffentlichkeit wird ihnen zeitlebens vorgemacht, Partner plus Familie, das sei das Ideal. Überall sind sie mit dem Problem der Zweisamkeit konfrontiert: Hotels ohne Einzelzimmer oder mit Einzelzimmerzuschlägen, doppelt eingedeckte Tische in Restaurants, Familienermäßigungen, Zwei-zum-Preis-von-einem-Angebote. Sogar die geschmacklich fragwürdigsten Fertiggerichte gibt es immer noch meist als Zweier-Portionen. Schau dir Strände in Urlaubsländern an: ein Sonnenschirm …«

»… zwei Liegen«, ergänzt Christine. »Aber das ist normal, ich meine, wir Menschen sind im Grunde keine Einzelgänger.«

»Und wieso nicht? Weil wir es nicht sein sollen. Die Werbung, die gesamte Unterhaltungsindustrie und zu guter Letzt auch solche Partnerbörsen wie *Literally in Love* lassen uns wissen, dass wir *einzeln* nur *halb* sind. Zur Komplettierung fehlt uns der Mensch, der uns ergänzt. Folglich hören wir nie auf, uns schlecht zu fühlen, selbst wenn wir ein erfülltes Leben, einen tollen Job, einen riesigen Freundeskreis und anschmiegsame Haustiere haben. Das kann doch nicht alles sein. Da fehlt doch etwas … Aber fehlt es wirklich, oder wird uns nur erfolgreich eingeredet, dass es uns zu fehlen hat?«

Christines Augen sind kugelrund.

»Lass mich raten: Da kommst du ins Spiel, richtig?«

»Ja. Es hätte jeder sein können. Jemand outet sich in den Medien. Jemand erklärt in der Öffentlichkeit, dass er gar kein Interesse am Doppelzimmer oder dem Familienticket hat. Jemand sagt: ›Ich bin überzeugte Pluskatze‹, und alle, die so etwas immer schon heimlich gedacht haben, fühlen sich angesprochen.

Damit hast du die Katastase, das erregende Moment. Was folgt, ist der völlig berechenbare Gegenschlag jener Industrie, die davon lebt, dass Menschen Partner suchen. Und – Bumm – sofort wird es ein Thema, das polarisiert und eine Bewegung in Gang bringt, die unwiderruflich ist.«

»Eine Bewegung? Bist du dir sicher?«

Zum ersten Mal in meinem Leben bin ich mir einer Sache hundertprozentig sicher.

»Die Wahrheit ist: *Literally in Love* oder andere Datingfirmen locken uns mit der Vorstellung, dass es für jeden irgendwo den perfekten anderen gibt. Er wartet da draußen auf uns, quasi in Hörweite. Alles, was wir tun müssen, ist, unsere Wünsche äußern, eine Bestellkarte ausfüllen, einen Mitgliedsbeitrag zahlen, und schon wird er uns nach wissenschaftlichen Kriterien auf dem Silbertablett serviert. In nur zwei Monaten. So simpel ist das. Wenn man das Ideal genügend abstrahiert, analysiert und in Excel-Dateien einsortiert, kommt unterm Strich ein Übereinstimmungswert heraus. Das System bestimmt, wer zu mir passt. Das Resultat ist ein einfaches Rechenergebnis.« Ich mache eine kurze dramatische Redepause. »Und ich werde beweisen, dass es völlig an den Haaren herbeigezogen ist!«

»Wie willst du das anstellen?«

Christine füllt die Teekanne mit Wasser und stellt sie in die Spüle.

»Ich melde mich als Mann an und beantworte alle Fragen genau so, wie mein perfekter Partner es tun würde. Danach überprüfe ich unser Matchingergebnis. Genial, oder? Und apropos genial, ich weiß auch schon, wer mir dabei behilflich sein darf.«

»Da hast du ja einiges vor.«

»So ist es. Ich muss los, Tini. Danke für den Tee und das Gespräch. Gib den Phylliums eine Extraportion Grünzeug von mir.«

Christine begleitet mich zur Tür ihrer gemütlichen, kleinen Dreizimmerwohnung. Sie verdient nicht schlecht, steckt allerdings das meiste Geld in exotische Haustiere und Pflanzen. Im winzigen Flur sieht sie mir dabei zu, wie ich in meine Schuhe schlüpfe.

»Du, Dotti, was unternimmst du jetzt eigentlich wegen djfleming?«

»Nichts. Erstens bin ich davon überzeugt, dass mich irgendwer verarschen will, und zweitens steht *High Fidelity* ganz oben auf meiner Liste der meistgehassten Bücher. Rob Fleming, der Protagonist, ist ein in Selbstmitleid badender, beziehungsunfähiger Geek mit einer akribisch sortierten Plattensammlung, der permanent über Musik spricht, als wäre sie das A und O der Welt.«

»Musik ist das A und O der Welt.«

»Nicht für mich.«

In dem Moment beginnt mein Handy zu vibrieren. Mist! Mühsam fische ich es aus der Tiefe meiner Jackentasche. Unbekannte Nummer.

»Ja, bitte?«

»Spreche ich mit D…Dorothy Wilcek?«

»Dorothy ohne Doppel-D«, antworte ich und verabschiede mich mit einem Augenrollen von Christine.

»Frau Wilcek, hier spricht Anton Fischler. M…mit F. Ich war heute im Geschäft Ihrer werten Frau M…Mama, die so freundlich war, m…mir Ihre Nummer zu geben. Vielleicht hätten Sie einen Termin für ein Blind Date?«

Ich schalte das Handy wortlos aus, ohne die zwei Dutzend Nachrichten abzuhören, die meine Mobilbox anzeigt.

Das könnte eine verdammt lange Zeit werden, bis die Evolution endlich zuschlägt.

Phyllium Giganteum

Donnerstag, 20. Oktober

Die Evolution verfügt über einen Mechanismus namens Natürliche Selektion. *Individuen mit Merkmalen, die für die Fortpflanzung von Vorteil sind, werden häufiger reproduziert als Individuen ohne besagte Merkmale.*
Bei den meisten Gattungen leisten die Männchen, egal, wie schrill und bunt sie gestaltet sind, zur eigentlichen Arterhaltung nur einen winzigen Beitrag, der, einmal auf andere Weise ersetzt, nicht weiter fehlt. Was haben zum Beispiel das Truthuhn, die Kopflaus, der Gecko und das Große Wandelnde Blatt gemeinsam? Sie vermehren sich komplett ohne Zutun der Männchen, was dazu führt, dass diese der natürlichen Selektion zum Opfer fallen. Rein evolutionstechnisch betrachtet sind männliche Kopfläuse einfach nicht mehr zeitgemäß. Wir leben sozusagen im Jahrtausend des Penissterbens.
Beim Homo sapiens war der erste und bisher einzige dokumentierte Fall von Jungfernzeugung jene von Jesus Christus, ist also bereits ein Weilchen her und von der Beweislage her problematisch. Daher bestreitet bisher niemand, dass der Mensch zur Fortpflanzung immer noch einen Partner braucht, selbst wenn es in sehr vielen Kulturen inzwischen nicht unüblich ist, den Nachwuchs allein großzuziehen.
Die Partnerwahl der obersten Primaten zeichnet sich folglich durch besondere Sorgfalt aus. Im Gegensatz zum Tierreich, wo meist die Männchen das schöne Gefieder und

die prächtige Mähne besitzen, dominiert die Menschenfrau optisch und farblich das Bild. Männer müssen daher mit anderen Fähigkeiten punkten – sei es, indem sie ihre Muskeln stählen, ihren Intellekt trainieren oder in sportlichen und beruflichen Wettkämpfen ihren Todesmut beweisen.

Der neueste Trend bei der Partnersuche ist das sogenannte Matching. *Männchen und Weibchen füllen Testbögen aus, beantworten Fragen und finden sich am Ende, wissenschaftlich abgesichert, zu perfekt gematchten Paaren zusammen.*

Mein Testresultat bei Literally in Love *besagt, dass mein Matchingergebnis mit Skydiver65 bei soliden fünfundsiebzig Prozent liegt, während SartreJP und mich nur mickrige einundsechzig Prozent verbinden. Das heißt, Sartre scheidet für mich als potentieller Fortpflanzungspartner aus. Diesen Vorgang könnte man auch* Web 2.0-Selektion *nennen.*

Was mich zu der Schlussfolgerung führt: Wenn man kein Großes Wandelndes Blatt und kein Truthuhn ist, sondern ein Homo sapiens, sollte man die Evolution im Auge behalten. Der männliche Teil unserer Spezies könnte ein Fake sein oder einen Virus enthalten!

(follow @dottiliest bei Twitter)

Freitag, 21. Oktober

»Dotti, koste mal!«

Ich fische mir einen Löffel aus der Besteckschublade und tauche ihn in den blubbernden, saucenähnlichen Inhalt des Kochtopfes, den Lorenz sein »großartiges, geheimes und allseits beliebtes Chicken Tikka Masala« nennt.

»Irgendetwas fehlt, oder?« Lorenz steht mit gerunzelter Stirn neben dem Topf und kratzt sich mit dem Stiel des Kochlöffels am Kopf. Er ähnelt dabei ein wenig Daniel Düsentrieb, nur größer und ohne Schnabel.

»Salz vielleicht?«, rate ich. Nachdem ich Chicken Tikka Masala in meinem bisherigen Leben weder gekocht noch gegessen habe, ist das die beste Auskunft, die ich geben kann.

»Ich glaube nicht. Koriander möglicherweise. Und etwas Zimt.«

Das hört sich mehr nach Lebkuchen an.

»Wenn du meinst.«

Ich lege den Löffel vorsichtig in die Spüle, die so blitzblank geputzt ist wie bei mir daheim höchstens zu Weihnachten. Weder schmutzige Teller noch halbvolle Tassen mit darinhängenden Beuteln oder Kaffeerändern stehen daneben. Lorenz' Küche ist so sauber und aufgeräumt, dass man hier problemlos ein Kind zur Welt bringen oder einen chirurgischen Eingriff durchführen könnte.

Ich bin zum ersten Mal in seiner Wohnung und hatte eine komplett andere Vorstellung. Ich wusste zum Beispiel nicht, dass mein Computer-Nerd-Kollege in seiner Freizeit indische Gerichte zubereitet, perfekt ausgestattet mit einer Kochschürze, auf der »Beam me up, Scottie!« händisch aufgestickt ist.

»Hast du die alle selbst gezogen?«, frage ich und streiche bewundernd über eine Reihe von Kräutertöpfen. Ich muss Nekos Katzengras wöchentlich erneuern, da ich nicht fähig bin, eine Pflanze länger als fünf Tage am Leben zu erhalten.

»Klar, das ist doch viel billiger. Weißt du, was getrocknete Kräuter kosten, abgesehen davon, dass sie weit weniger *tasty* sind? In Töpfen wachsen sie nach, man hat immer frische Zutaten und bezahlt nur ein einziges Mal für die Samen. Das ist ökonomischer Zeitgeist. Genial, oder?«

»Ach ja?«

Langsam wird er mir unheimlich. Er lächelt so breit, dass seine Zähne blitzen, und erinnert mich so an den »Hausverstand« aus der Billa-Werbung. Ich schlendere in den Nebenraum, der schon eher meiner Vorstellung von Lorenz' Persönlichkeit entspricht. Freilich ist auch hier alles blitzsauber, als litte er am Meister-Proper-Syndrom. Doch zumindest macht sich der Mangel an Stauraum in seiner dreißig Quadratmeter kleinen Stadtwohnung in diversen Stapeln von Büchern, DVDs und CDs bemerkbar. Diese sind zwar, wie ich erschrocken feststelle, thematisch geordnet, lassen aber wenig Bewegungsfreiheit zu. In einer Ecke befinden sich eine schmale minimalistische Couch, eine Ikea-Stehlampe und ein umso größerer Plasmafernseher. Unter einem – dank des Altbaus in über zwei Metern Höhe angebrachten – Hochbett ist die Schaltzentrale in Form diverser Computer, USB-Geräte, Kabel, Stecker sowie einer Art Schreibtisch, der komplett mit Hightech übersät ist.

»Ready«, ruft Lorenz fröhlich aus der Küche, während ich einen Stapel beiseiteschiebe, der mit »LOST Staffel 1–5; HEROES Staffel 1–3 etc.« beschriftet ist, und mich auf die Couch setze. Lorenz, immer noch in der Trekkie-Koch-

schürze, betritt das Zimmer, quetscht sich neben mich und reicht mir einen Teller voll dampfendem Chicken Tikka Masala mit Basmatireis. Seine Knie hat er, weil er so tief sitzt, beinahe in Augenhöhe. Auf den Knien steht sein Teller, aus dem er enorm schnell das Essen in sich hineinschaufelt.

»Also, wobei wolltest du, dass ich dir helfe?«, fragt er zwischen zwei Bissen.

»Nun«, ich suche ein Hühnchenstück aus dem Masalamatsch heraus und spieße es mit der Gabel auf, »es geht um eine Recherchesache. Für den Blog möchte ich das Matchingsystem von *Literally in Love* überprüfen. Dazu will ich ein männliches Profil anlegen, das genau meinen Wünschen entspricht.«

Lorenz macht große Augen hinter seiner vom Essensdampf angelaufenen Brille.

»Du hast *Wünsche*? Nach all deinen Ausführungen über die Evolution war ich der Meinung, dass du lieber ein zwittriges grünes Insekt wärst.«

Er grinst.

»Erstens, Lorenz, handelte der Text von Jungfernzeugung, nicht von Hermaphroditismus. Zweitens geht es in der Kolumne nicht um mich, sondern um die Beobachtung gesellschaftlich relevanter Themen.«

»Ach so.« Er vergisst zu schlucken, weshalb es sich mehr nach »Ach fo« anhört. »Dann bist du also doch auf der Suche? Vielleicht meldet sich dein Seelenpartner ja über *Literally in Love* bei dir.«

Ich sehe ihn misstrauisch von der Seite an. War da ein wenig Sarkasmus in seiner Stimme? Ich habe ihm nichts von djfleming und der Schuhgrößenmail erzählt. Will er mit seiner Bemerkung etwas andeuten? Steckt womöglich doch er dahinter, nicht die Loos? Ich navigiere das Hühnchenstück in meinen Mund. Es ist wider Erwarten nicht trocken und zäh, sondern wunderbar weich. Er beherrscht tatsächlich die Kochkunst.

»Ich meine ja nur«, fährt er hastig fort, als er meinen Blick bemerkt, »du solltest die Chose langsam mal ernst nehmen. Solche Datingplattformen haben eine hohe *success rate,* das kannst du nachlesen. Willst du das auch wegerklären? Es ist ein Fakt, dass heute viele gute Beziehungen im Internet starten. Wir sind nun mal die Generation Vernetzt. *Social Networking* bestimmt unser Leben. Das muss keine schlechte Sache sein. Es ist eher ein Zeichen von Wachstum.«

Ich erstarre mitten im Masalaschaufeln. Das Stichwort ist gefallen. *Alles wächst, auch wenn wir es nicht sehen können.*

»Wachstum? Wie meinst du das?«

»Unser Horizont erweitert sich durch das Web, jeden Tag. Wir sind Teil vieler kleiner *Communities,* die zusammen die große *Community* der *Networkuser* bilden. Der Bereich *Home* besteht nicht mehr aus dem lokalen Umfeld unseres Zuhauses oder aus der Kleinstadt beziehungsweise dem Stadtteil, wo wir leben, sondern aus unserer *Community.* Dadurch erhöht sich der *News*-Konsum kontinuierlich, auch wenn er kaum noch über die klassischen Kanäle wie Nachrichten oder Zeitungen läuft. Ist dir klar, dass wir beim *Österreichboten* permanent hinterherhinken? Was wir heute drucken, konnte man gestern bereits bei Twitter und Facebook lesen.«

Lorenz' Augen leuchten vor Begeisterung. Natürlich. Ein typisch männliches Computer-Nerd-Thema.

»Und was hat das mit *Literally in Love* zu tun?«

»Mensch, Dotti, das liegt doch auf der Hand: In unserem Realleben herrscht das Zufallsprinzip. Rein statistisch gesehen begegnest du nur einem verschwindend kleinen Teil der Menschheit *face to face,* und diese Begegnungen sind beliebig sowie total unkalkulierbar. Die Auswahl im Netz ist viel größer. *Permanent streaming.* Das ist eine komplett ökonomische Denkweise. In der Datingplattform kann ich Hunderte potentielle Partner gleichzeitig kennenlernen, unproblematisch, clean und zeitsparend, bequem von zu Hause aus, während ich einhändig Cheeseburger konsumiere. Um diese geniale Auswahl zu haben, müsste man als Single praktisch rund um die Uhr durch Lokale ziehen. Welcher normal arbeitende Mensch hat die Zeit und die finanziellen Ressourcen dazu? Du bräuchtest eine TARDIS.«

»Eine *was?*«

»TARDIS. Aus *Doctor Who. Trips aufgrund relativer Dimensionen im Sternenzelt.* Eine Raum-Zeit-Maschine. Dann könntest du vermutlich ähnlich vielen Menschen begegnen wie im Internet. Inklusive Kurt Cobain.«

Er hat recht. Das ist das wirklich Beängstigende daran. Vor meinem geistigen Auge sehe ich lauter einzelne Menschen mit Takeaway-Food an ihren Computern sitzen, User, die so lange Daten austauschen, bis sich zwei zusammenfinden. Im Dotti-Kopfkino tun sie das mit einem geräuschvollen Pling. Ihr Beziehungsstatus auf Facebook ändert sich automatisch von »Single« zu »in einer Beziehung«, und via Newsletter geben sie ihre virtuelle Vermählung bekannt. Womöglich trennen sie sich, ehe sie sich je getroffen haben. Scheidung 2.0, komplett ökonomisch.

»Dotti?«

»Hm?«

»Ich habe gefragt, ob es dir geschmeckt hat.«

Offensichtlich habe ich den Teller mit Heißhunger leer gegessen, während ich in Gedanken war.

»Ja danke, sehr gut.«

»Magst du einen Nachschlag?«

»Nein danke, ich bin satt.«

Im wahrsten Sinn des Wortes, vollgestopft mit Huhn und Realität. Ich stelle mein Geschirr auf einen Stapel CDs, der mit »Singer-Songwriter, female« gekennzeichnet ist. Scheinbar interessiert sich Lorenz auch für Musik. Noch so ein Detail, das ich nicht über ihn wusste.

Wie Daniel Düsentrieb, wenn er eine Idee hat, springt er nun auf und räumt beide Teller in die Küche. Bloß keine Kontaminierung mit Chaos in Pedantenhausen.

»Können wir jetzt ein männliches Profil bei *Literally in Love* einrichten?«, rufe ich ihm nach.

»Gleich. Lass mich das nur schnell spülen.«

Ich lehne mich in der Couch zurück und schließe die Augen. Es war ein verdammt langer Tag. Nachdem in der Früh der Phyllium-Blog-Beitrag erschienen war, musste ich viertelstündlich Anrufe von Fernseh- und Radiostationen, anderen Zeitungsredaktionen, katholischen, feministischen, ultrakonservativen Organisationen und vom Familien- sowie Frauenministerium entgegennehmen, die miteinander in erbittertem Clinch liegen. Teils wurde mein Text als »Befreiung der Frau« und »neuer Maßstab für die Frauenpolitik« bezeichnet, teils als »Hasspamphlet gegen die bürgerlichen Werte der Familie«. Selbst in der heutigen Parlamentssitzung hat man mich zitiert. In den Blog-Kommentaren wurde ich von den einen als »Insektenemanze«, »trockene Blattfotze« und »arme Sau« beschimpft. Die andere, nicht weniger schlimme Fraktion forderte mich auf, ein Mauerblümchenvolksbegehren zu starten oder eine Frauenkommune zu gründen.

Pohl erschien mindestens einmal die Stunde in meinem Büro, um mir, zunehmend enthusiastisch, die Absätze, die Besucherzahlen unserer Online-Plattform, die Höhe der Anzeigeneinnahmen oder die Erwähnungen des *Österreichboten* in anderen Medien vorzurechnen.

Als wäre das nicht genug, rief dank meiner Mutter ein Großteil der männlichen Bevölkerung Wiens bei mir an, um sich mit mir zu verabreden. Ich habe mich schließlich breitschlagen lassen, morgen Nachmittag Anton Fischler zu treffen, nachdem er am Telefon wahre Hartnäckigkeit bewiesen hat. Er ist Stammkunde im *Pies & Pages,* trinkt, wie Lady Lydia mir berichtet hat, seinen Earl Grey ausschließlich mit Kandiszucker und Obers, ist äußerst belesen und bis auf eine gewisse Schüchternheit ein sehr ansprechender Mann.

Nebenbei füllt sich mein *Literally-in-Love*-Posteingang weiter, wenn auch keine neue Nachricht von djfleming darunter ist. Dafür schrieb mir hansibaer136 (gibt es tatsächlich irgendwo auf dieser Welt verteilt einhundertfünfunddreißig andere hansibaeren, oder ist das ein Rechenfehler?): »Du bist hüpsch! Darf ich deine FIP-Rechte haben?«

Ich muss gestehen, dass ich Lorenz nach dem Erlebnis mit Geraldo dazu gebracht habe, in Photoshop ein Profilfoto für mich herzustellen, das aus Steffi Grafs Augen, Alice Schwarzers Mund sowie Sarah Jessica Parkers Nase besteht. Eine Kombination, die, von Meg Ryans struppigster Frisur umrahmt, scheinbar großartig funktioniert, auch wenn ich der Meinung bin, es sieht ein wenig so aus, als hätten sich

Vitali und Wladimir Klitschko gemeinsam auf mein Gesicht gesetzt.

Aber hansibaer136 gefiel es. Blondinen bevorzugt. Als ich ihn darauf hinwies, dass sein Profil praktisch unbeschrieben ist, gab hansibaer der hundertsechsunddreißigste, zunehmend verzweifelt, sein Bestes. Er argumentierte: *»Schreiben is nicht so mein Ding. Frag mich doch einfach beim ersten Date! ;-) ich bin im Musikbereich tehtig. Hab sogar mal Klavier gelernt.«* Na, das ist natürlich was anderes! Ein studierter Klavierspieler mit orthographischen Schwächen, das Ziel meiner Wünsche, der ultimative Fiebertraum meiner schärfsten Kopfkinofilme. Womöglich kann er mir gar *Für Elise* vorspielen, wenn ich Glück habe, einhändig!

Als ich mit »Ich hasse Musik« antwortete, riet mir der plötzlich überhaupt nicht mehr kuschelige hansibaer, meine Prioritäten zu überdenken, weil ich sonst

a) keinen so tollen Partner wie ihn finden,
b) ein freudloses Dasein fristen und
c) einsam und ungeliebt sterben werde.

»Lorenz?«, frage ich, weiterhin mit geschlossenen Augen, als ich höre, wie er zurück ins Zimmer kommt und den Computer einschaltet.

»Ja?«

»Warum gehen Männer eigentlich grundsätzlich davon aus, dass eine Frau mit ihnen immer noch besser dran ist als allein?«

Er schweigt. Ich öffne die Augen und merke, dass er mich nachdenklich ansieht.

»Weil niemand gern allein ist, Dotti. Das ist die Wahrheit. Egal, was du für Theorien zu Geckos, Truthühnern und Insekten aufstellst, Menschen wollen sich paaren, in jeder Hinsicht. Was möchtest du jetzt genau recherchieren?«

Etwas verlegen stehe ich auf und nähere mich dem Schreibtisch. Ab und zu vergesse ich, dass Lorenz auch ein Mann ist, und vor allem, dass er einsam ist.

»Äh, nun ja, ich bräuchte dich quasi als Sachverständigen. Ich habe vor, ein männliches Profil bei *Literally in Love* einzurichten. Die Fragen werde ich so beantworten, wie es jemand täte, der meiner Ansicht nach zu mir passt. Ich wette mit dir, dass das Matchingergebnis viel niedriger sein wird.«

»Und was willst du damit beweisen?«

»Dass es Quatsch ist. Diese ganze wissenschaftliche und literarische Pseudoanalyse ist nichts als ein Fake. Die sogenannten Matchingpunkte sind reines Zufallsprinzip. Es geht einzig und allein darum, den Kunden das Geld aus der Tasche zu ziehen.«

Lorenz seufzt und tippt auf seiner Computertastatur herum. Ich setze mich auf die Armlehne seines Schreibtischsessels und beobachte, wie sich die bereits vertraute pflaumenfarbene Seite mit der weißen Schrift öffnet. *Du bist die Hauptfigur deines Lebens.* Wie wahr. Dann wollen wir mal eine schöne Hauptfigur erfinden.

»Username?«, fragt Lorenz.

»Dritteperson«, antworte ich, »in einem Wort.«

»Dritteperson? Findest du das originell?«

»Mach einfach.«

»E-Mail-Adresse?«

»Nimm deine.«

»Na großartig!«

Lorenz sieht mich zunehmend traurig an.

»Irgendeine, die du für Spam verwendest.«

Er tippt. Ich habe sogar ein wenig Mitleid mit ihm.

»Okay. Passwort?«

»Trekkie«, antworte ich, wie aus der Pistole geschossen.

»Muss das sein?«

»Komm schon, es ist völlig egal.«

Ich schenke ihm mein strahlendstes Lächeln.

»Gut, gut.« Er tippt lauter als nötig. »So, angemeldet bist du, also, ich meine, *er.* Erste Frage: Welches ist dein Lieblingsbuch?«

Darüber habe ich nachgedacht. Einerseits wäre ein intellektueller Mann wünschenswert, der Thomas Bernhard, Max Frisch oder Albert Camus zu schätzen weiß. Andererseits spricht auch viel für einen Phantasten, der seinen Tolkien und Carlos Ruiz Zafón liebt. So jemanden stelle ich mir immer in einer altmodisch eingerichteten Bibliothek im Ohrensessel, aber mit Calvin-Klein-Jeans vor. Schwierige Entscheidung.

»Auf gar keinen Fall darf es *Der Alchimist* oder *Hectors Reise* sein. Das sind Bücher für penetrante Glückssucher mit Hang zur Esoterik.«

»Ich mag Coelho.«

Lorenz sieht gekränkt aus.

»*Der Alchimist?* Ich bitte dich, eitles Geschwafel. *Elf Minuten* war ganz okay. Seither vermute ich, dass Paulo Coelho in Wahrheit das Pseudonym von Alice Schwarzer ist.«

Wir sehen uns an und müssen gleichzeitig grinsen. Ab und zu, wenn er Humor beweist, ist Lorenz eigentlich nett.

»Wie wäre es mit *Das Schweigen der Lämmer?*«

»Besser, bloß ist ein Mann, der gern Thriller liest, auch

nicht mein Ideal. Zu geringe Schmerzgrenze, zu viel masochistische Schaulust. Hin und wieder mal einen Fitzek oder was vom guten alten King, in Ordnung, aber nicht als Lieblingslektüre.«

»Was hast du denn angegeben?«

»*Kitchen* von Banana Yoshimoto.«

»Ist das nicht diese japanische Kultautorin?«

»Genau.«

»Und welches Buch soll ich jetzt für dritteperson eintragen?«

»Schreib *Wilde Schafsjagd* von Haruki Murakami. Das müsste am besten zusammenpassen. Ein Krimi, aber irgendwie doch verrückt phantastisch. Ein Lieblingsbuch für einen mutigen, unkonventionellen und phantasievollen Buchliebhaber.«

»Wie du meinst.«

Er tippt.

»Nächste Frage: Welches wäre deine bevorzugte Adresse: a) Baker 221b Street, b) Mengstraße 4, c) Beutelsend, Bühlstraße, d) Plomb du Cantal, e) 33 The Close, Salisbury.«

Ich muss nicht mal überlegen.

»Ganz klar die Baker Street. Nicht, dass ich besonders auf Sherlock Holmes stehe, aber jeder charmante Mann sollte es tun. Und sich dabei ein bisschen wie ein kleiner Junge fühlen, der später mal ein berühmter Detektiv werden will. Schade eigentlich, dass diese Option bei uns Frauen nicht im Angebot war.«

»Also a?«

»Definitiv. Meine Antwort war übrigens Greenway House. Agatha Christie«, ergänze ich, als ich Lorenz' ratlosen Blick bemerke.

»Das war mein Kleinmädchentraum. Krimischriftstellerin, die Morde aufklärt. Ich liebe Jean Stapleton als Ariadne Oliver. Meine Mutter besitzt alle Agatha-Christie-Verfilmungen auf VHS. Sie kann sie immer noch auswendig mitsprechen.«

Beim Gedanken an Fernsehnachmittage mit meiner Mutter muss ich lächeln. Wir beide in Pyjamas mit dicken, bunten Wollsocken an den Füßen, dampfender Earl Grey mit viel Milch und Kandiszucker, dazu Scones, frisch aus dem Backofen, mit *Clotted Cream* in einer Porzellanschüssel. Und meine kleine, starke Mutter, die die Lippen zu Jean Stapletons Text bewegt, als wäre es ein Gebet. An diesen Nachmittagen liebe ich sie mit riesengroßer Kinderliebe.

Ich reibe mir die Augen, die feucht geworden sind.

»Alles okay, Dotti?«

»Klar. Lass uns weitermachen.«

Gemeinsam füllen wir das restliche Profil aus. Während Lorenz geduldig Antwort um Antwort anklickt, entsteht in meinem Kopf ein immer deutlicheres Bild von meinem literarischen Äquivalent. Er besitzt eine baufällige, aber geschickt renovierte Villa außerhalb Wiens, so eine mit riesigen Hecken und einem Garten voll alter Bäume. Im Sommer erntet er eigene Nüsse, die er mit einem altmodischen Nussknacker knackt. Er liebt das Geräusch, das sie dabei machen. Im Herbst riecht es überall nach feuchtem Laub und Nebel. Er hat einen Beruf, der etwas mit Büchern zu tun hat, vielleicht Bibliothekar oder Besitzer eines kleinen, gut sortierten Antiquariats. Das Erste, was er tut, wenn er ein Buch in die Hand bekommt, ist, es in der Mitte aufzuschlagen und daran zu riechen. Ein Genießer. Er legt Wert auf modische, aber lässige Kleidung, trinkt seinen Tee mit

Milch, seinen Rotwein dekantiert, liebt lange Spaziergänge sowie die Ruinen alter Burgen und Schlösser. Womöglich interessiert er sich sogar für Ornithologie und hockt mit einem Fernrohr in der Nähe einer gemauerten Tränke. Jeden ungewöhnlichen Vogel, den er dabei sieht, vermerkt er in einem schwarzen Moleskine-Tagebuch. Ferner sammelt er etwas, Briefmarken oder Theaterprogrammhefte vielleicht. Wenn er verreist – und er verreist viel – begibt er sich stets auf die Suche nach wichtigen Schauplätzen aus Literatur und Geschichte. Außerdem …

»Huhu! Dotti!«

»Hm?«

»Träumst du? Wir sind fertig. Du musst nur noch deine Kreditkartendaten angeben. Hier.« Er schiebt mir die Tastatur hin. Nachdem ich zum zweiten Mal innerhalb kürzester Zeit einen Account bei *Literally in Love* erworben habe, schiebe ich sie zurück. Er betrachtet mich nachdenklich.

»Soll ich auf Senden klicken?«

Ich nicke und starre gebannt auf den Bildschirm. Welche fiktive Figur wird mein perfekter Mann wohl sein? Wie viele Matchingpunkte werden wir haben?

»Schnell, schau in deinen E-Mails nach! Du müsstest eine Mail von *Literally in Love* bekommen haben.« Aufgeregt zwicke ich Lorenz in den Arm.

»Au! Schon gut, hier ist eine E-Mail.«

»Und? Was steht da?«

»Du bist Gilderoy Lockhart!«

»Na hör mal.«

»Nicht du. DU!«

»Was?«

»Das steht da. Du legst viel Wert auf Äußerlichkeiten, bla

bla, hältst dich gern für mutiger und klüger, als du bist. Weiters kannst du andere Menschen mit Charme und Ausstrahlung für dich gewinnen. *Wicked.*« Er feixt.

»Ist das alles?«

»Ja. Nein, warte, da steht, dass du einen Partner brauchst, der verständnisvoll ist und nicht versuchen sollte, dich zu ändern. In Wahrheit liebst du deine Freunde, doch dich liebst du ein bisschen mehr.«

»Soll das ein Witz sein? Wird diese Plattform vom Verlag gesponsert, oder handelt es sich um *Potter*-Wiki für Anfänger? Hat auch nur eine meiner Antworten in Richtung eingebildeter Zauberbuchautor gedeutet? Die sollten sich umbenennen in *Potterly In Love – Welcher Harry-Potter-Charakter sind Sie?*«

»Lass mich raten: Du bist Hermine.« Lorenz grinst von einem Ohr zum anderen. »Schau mal, Dotti, damit so eine Seite breitenwirksam bleibt, müssen sie sich an den meistgelesenen Büchern im deutschsprachigen Raum orientieren. Ich wette, die Fragen sind alle darauf ausgelegt, dass man am Ende eine Figur von Rowling, Tolkien, Follett, Meyer, Funke oder Coelho ist.«

»Aber das ist völliger Schwachsinn.«

»Sei froh, dass dein Traummann kein blutsaugender Vampir oder blondgelockter Elf ist.«

»Ha, ha, sehr komisch. Schau lieber nach, welches Matchingergebnis herauskommt.«

Lorenz loggt sich in meinen Account ein und sucht nach dritteperson.

»Gar nicht so schlecht, Dotti. Hermine und Gilderoy passen zu zweiundsechzig Prozent zusammen. War es nicht das, was du beweisen wolltest?«

Seltsamerweise will sich der Triumph nicht wirklich einstellen. Ist es tatsächlich so, dass meine Idealvorstellung etwas mit einem *Harry-Potter*-Charakter zu tun hat? Was ist mit meinem schönen Bild vom lässigen, intellektuellen, bibliophilen Ornithologen? Habe ich vielleicht eine völlig falsche Erwartungshaltung? Und warum kratzt mich das überhaupt?

»Hey, Dotti, aber einen User gibt es, mit dem du zu neunundneunzig Prozent zusammenpasst. Hast du das schon gesehen?«

»Nein. Wie heißt er denn? Ronald Weasley der Zweite?«

»Nein. Er nennt sich djfleming.«

Liebst du schon oder lebst du noch?

Spock sucht Uhura.

Freitag 21. Oktober

Nerd ist das neue sexy.
Ging es in früheren Generationen noch darum, die eigenen optischen Vorzüge hervorzuheben, um damit die Aufmerksamkeit des anderen Geschlechts auf sich zu ziehen, regiert im Bereich des Internetdatings die Nerd-Attitüde. Nicht mehr die körperliche Attraktivität steht im Zentrum der Partnersuche, sondern immer stärker der Wunsch nach Gleichgesinnung. Spock sucht Uhura. Also flirten Linuxuser mit Linuxuserinnen, Vampire mit Vampirinnen, Theaterwissenschaftler mit Theaterwissenschaftlerinnen und Rollenspieler mit Rollenspielerinnen.
In der ersten Kontaktaufnahme wird die Frage nach Größe, Gewicht und Haarfarbe vernachlässigt, dafür geht es dar-

um, den perfekt designten Freizeitpartner aus dem Pool potentieller Gefährten zu extrahieren.
»Spielst du Tennis?«, will racketman99 von mir wissen. Als ich verneine, löscht er mich von seiner Favoritenliste. Was dem Break Point eine ganz neue Bedeutung gibt. Ich tanze auch nicht Polka, interessiere mich null für seltene Krabbeltiere und spiele nicht World of Warcraft.
»Ich lese gern«, antworte ich stets.
»Klar, wir sind ja bei einer Literaturplattform«, werde ich belehrt. »Aber was machst du sonst so?«
Mir geht ein nerdiges Hobby ab. Vielleicht sammle ich fortan tote Fliegen oder Fotos von mir mit Dingen auf dem Kopf.
Dating im dritten Jahrtausend bedeutet: Es genügt nicht mehr, ein passabel aussehendes Lebewesen ohne gröbere Mängel zu sein. Man sollte einer angesagten Freizeitbeschäftigung nachgehen, einer bestimmten Vereinigung angehören. Egal, ob Terry-Pratchett-Fanclub, Freunde der Wiener Oper, Meerschweinchenforum oder Golferstammtisch. Und man sollte sich hobbymäßig schubladisiert haben, ehe man zu daten beginnt. Wer nicht mit-nerdet, bleibt auf der Strecke. Denn wir suchen in Wahrheit gar nicht nach einem Lebensgefährten, sondern nach dem perfekten Klon von uns selbst.
Woher kommt der Irrglaube, dass man zu einem glücklichen Erdenbürger wird, wenn man sich mit jemandem paart, der identische Vorlieben, Abneigungen, Essgewohnheiten, den gleichen Musikgeschmack und womöglich auch noch denselben Haarschnitt hat?
Diese verzweifelte Suche nach dem mustergültigen Ebenbild führt doch am Ende nur zu einer einzigen logischen

Schlussfolgerung: Wir wollen unsere Freizeit am liebsten mit einer einzigen Person *verbringen, unser Bett mit* ihr *teilen, unsere Urlaube mit* ihr *planen und lieben* sie *über alles:* Uns selbst!

(follow @dottiliest bei Twitter)

»Das Auftreten eines bösen Gedankens ist eine Krankheit. Ihn nicht fortzuspinnen ist die Medizin.«

»Freud?«

»Zen.« Miki ist bei Buchstabe H angekommen, nimmt Hemingways *Haben und Nichthaben* aus dem Regal und wischt mit dem Staubtuch übers Cover. Lady Lydia besteht darauf, dass alle Bücher im *Pies & Pages* mindestens einmal in der Woche abgestaubt werden.

»Bücher haben ein Bücherfell«, hat sie mir als Kind klargemacht. »Nur wenn man sie streichelt, bleibt ihre Seele schön.« Hemingways Seele glänzt in feinstem Weinrot, und Miki stellt ihn vorsichtig an seinen Platz zurück. Dabei schenkt sie mir ein herzliches Lächeln.

»Und hat dein Zen auch eine Lösung dafür, wie man den bösen Gedanken vollständig loswird?«

Sie denkt darüber nach, während sie Hesses *Siddhartha* schön streichelt.

»Hm. Ein asiatisches Sprichwort sagt: Achte auf deine Gedanken. Sie sind der Anfang deiner Taten.«

»Und was willst du mir damit sagen?«

»Du denkst zu viel.«

Ich werfe einen vorsichtigen Blick zwischen zwei Bücherregalen hindurch. Der böse Gedanke hockt unverändert auf dem Lesesofa. Sein dünnes, rotblondes Haar reflektiert die Farben der Tiffany-Lampe. Anton Fischler trägt einen tadellosen Anzug, selbst sein Hemdkragen ist sorgfältig gebügelt. Mutti wäre stolz auf ihn. Kerzengerade sitzt er da und zupft seine Ärmel zurecht, als gäbe es etwas zu korrigieren.

»Du solltest ihn küssen, Dotti.«

»Damit er mal den Mund aufmacht?« Ich sehe Miki von der Seite an. Sie betrachtet nachdenklich die Pastellrücken von Anne Hertz' gesammelten Werken. Ich senke die Stimme, denn ein Kunde ist gerade neben uns getreten und studiert die Bücher unter »G«.

»Weißt du, was ich glaube? Die großen Liebesgeschichten der Weltliteratur funktionieren nur deshalb so gut, weil talentierte Dichter den Protagonisten die Worte in den Mund gelegt haben. Sonst wären sie allesamt *stumm wie die Fischlers.*«

»Unsinn«, meint Miki, »sie funktionieren, weil sich die Protagonisten immer küssen, bevor ihnen die Worte ausgehen.«

»Meinst du?«

Ein verträumtes Lächeln zeigt sich auf ihren Lippen.

»Ein guter Kuss erzählt mehr über den anderen Menschen als jedes Gespräch.«

»Wohl kaum.«

»Dann hattest du noch keinen guten Kuss.«

Ich will etwas antworten, verkneife es mir aber im letzten Moment. Der Boden scheint unter meinen Füßen zu schwanken, als wären es nicht länger die alten Dielenbretter vom *Pies & Pages* sondern ein wackeliger Steg an der Einstiegstelle San Marco.

Das Vaporetto war gerade eingefahren, und wie immer griff Paul automatisch nach meiner Hand, als wäre ich gefährdet, ins Meer zu kippen oder ihm anderswie verlorenzugehen. Er war eben ein perfekter Freund. Genau in der Sekunde, als ich vom Steg in das Boot stieg, hob eine Welle es an, und ich sprang das letzte Stück vorwärts, direkt in seine Arme. Er lachte, zog mich näher an sich, und unsere Lippen berührten sich nur ein kleines bisschen. Zärtlichkeit durchströmte mich durch und durch. Eine dicke italienische Mamma schimpfte hinter uns, weil wir den Einstieg blockierten, doch uns war es egal.

Ärgerlich schüttle ich die Erinnerung ab.

»Ich wäre besser ins Wasser gesprungen.«

»Was?« Miki sieht mich irritiert an.

»Ach, nichts.«

»So schlimm?«

»Hm?«

»Der Kuss. War er so schlimm? Oder hast du an ganz was anderes gedacht?«

Der Ärger ballt die Faust und boxt mich in die Eingeweide.

»Was habt ihr immer alle mit eurem Happy End«, sage ich, eine Spur zu laut, »Hollywoodkuss, Geigen, Abspann … das war doch früher nicht so. Die besten Werke der Weltliteratur enden mit Tod und Debakel. Julia: erdolcht. Madame Bovary: vergiftet. Ophelia: ertrunken. Gretchen: verstorben. Soll ich weitermachen? Wann hat das Happy End die Oberhand gewonnen?«

»Ich glaube an das Happy End«, sagt Miki leise. Das Lächeln ist aus dem Gesicht meiner Freundin verschwunden. Ihre Porzellanwangen sind noch blasser als sonst. Ich schäme mich für meinen Sarkasmus und will sie in den Arm nehmen, doch der Gast vor dem Bücherregal unterbricht uns.

»Entschuldigung, Fräulein, haben Sie den Roman dieses österreichischen Autors, der über Amors Feder schreibt? Von der Bestsellerliste. Ganz oder Glanz oder so ähnlich.«

Miki zuckt nur hilflos mit den Schultern. Sie ist eine begnadete Bücherstreichlerin und kennt jede Teesorte auswendig, aber mit Autorennamen hat sie es nicht so.

»Ich weiß nicht.«

»Der Roman soll ein gelungenes Happy End haben«, ergänzt der Gast. Täusche ich mich, oder sieht er dabei grinsend in meine Richtung? Die Beleuchtung hier hinten ist nicht die beste, und das Gesicht des Mannes ist kaum zu erkennen. Seine Stimme kommt mir bekannt vor, höchstwahrscheinlich handelt es sich um einen von Lady Lydias Stammgästen.

Nicht dass mich das sonderlich interessiert. Ich sollte lieber zurück und mich Anton Fischlers entledigen, schließlich muss ich einen Blog-Beitrag und mehrere Rezensionen schreiben. Unter anderem eine, die ich überhaupt nicht schreiben will.

»Glahnz«, sage ich deshalb nur abfällig. »Der Autor heißt Florian Glahnz. Das H ist stumm.«

»Können Sie das Buch empfehlen?«, fragt mich der Gast nun direkt.

»Ich habe es nicht gelesen.«

»Wie schade«, erwidert er, »ich hätte mich gern von Ihnen beraten lassen. Ich liebe gute Geschichten.« Und mit leicht verändertem Tonfall: »Vielleicht findet sich ja hier eine, in Reichweite.«

Miki macht sich eifrig daran, ihn zu beraten, und ich wende mich seufzend meinem Blind Date zu.

»Ah, da bist du ja wieder«, lautet Antons überflüssige Begrüßung. Angesichts der Tatsache, dass ich beinahe fünfzehn Minuten angeblich auf der Toilette war, wirkt er erstaunlich gelassen.

»Entschuldige«, sage ich und setze mich neben ihn aufs

Sofa. »Ich bin aufgehalten worden.« Er nickt verständnisvoll. »Bei mir dauert es auch immer.«

»Äh … was?«

»Der Stuhlgang«, fügt er hinzu. »Pflaumenshake hilft. Dörrpflaumen über Nacht einweichen und morgens in den Mixer. Das wirkt wahre Wunder.«

Er hat soeben die ersten drei zusammenhängenden Sätze des ganzen Nachmittags gesagt, und sie handeln von Verstopfung.

»Das Rezept ist von meiner Mutter. Falls du willst, schreibe ich es dir auf.«

»Nicht nötig. Wenn ich aufgehalten sage, meine ich aufgehalten, nicht sitzen geblieben.«

Er starrt mich einige Sekunden lang mit gerunzelter Stirn an und bricht dann unvermittelt in schallendes Gelächter aus, das wie das Ho-ho-ho des Weihnachtsmannes auf Ecstasy klingt.

»Du bist lustig«, stellt er fest, sobald er sich wieder erholt hat. Meine Mundwinkel sind schon ganz verkrampft vom bemühten Lächeln. Seit er mit einem Strauß rosafarbener Nelken bewaffnet das Lokal betreten hat, ist mein Gesicht wie eingefroren.

Er ist nicht hässlich, hat keinen üblen Mundgeruch und macht einen intelligenten Eindruck. Aber er erinnert mich an Paul, und das ist verboten. Das ist schlimmer als Sardellenzwiebelleberaufstrich-Atem!

Samstags um diese Uhrzeit ist nicht allzu viel los im *Pies & Pages*, weshalb Lady Lydia mit einem Sudoku-Heft hinter dem Tresen lehnt und so tut, als löse sie konzentriert ihre Rätsel, während sie uns in Wahrheit aus den Augenwinkeln beobachtet. Muttertiersyndrom.

Zwei alte Damen trinken beim Tisch am Fenster Pfefferminztee, den ich bis nach hinten riechen kann. Leider ist Annili nicht gekommen. Obwohl ich sie nur einmal getroffen habe, vermisse ich ihr Blümchenkleid und Oranges treuherzigen Hundeblick.

»Was denkst du gerade?«

»Wie bitte?«

»Du hattest eben einen so geheimnisvoll abwesenden Blick.«

Anton hat keine Mühe mit seinen Mundwinkeln, die benehmen sich absolut honigkuchenpferdig.

Ich werde nie verstehen, warum »Was denkst du gerade?« bei meinen Geschlechtsgenossinnen so hoch im Kurs steht. Im Falle eines Dates gibt es doch in Wahrheit nur zwei Möglichkeiten: Entweder denkt man an sein Gegenüber, dann ist die Frage müßig, oder man denkt über die Kosten für eine kompetente Steuerberatung, die Verdauung der letzten Mahlzeit oder die Formulierung eines Briefes an die Rundfunkgebührenabteilung nach. Aber wer wird das schon zugeben?

Ich stelle mir vor, wie ein solches Gespräch wohl ablaufen würde.

»Schatz, woran denkst du gerade?«

»Ach, nichts Besonderes.«

»An mich?«

»Nein, wirklich nichts Besonderes. Ich habe, während du mir tief in die Augen geschaut hast, nur überlegt, ob ich wegen meiner Verdauungsbeschwerden eine Endoskopie machen lassen sollte.«

Oder:

»Schatz, war es gut für dich?«

»Ach, ist es schon vorbei? Ich war noch gar nicht mit der Einkaufsliste fertig. Haben wir noch eine Zucchini im Kühlschrank, oder ist die faul?«

»Was?«

Ich blinzle die Vorstellung weg und sehe in Anton Fischlers Gesicht, das ein einziges Fragezeichen ist.

»Entschuldigung, ich war in Gedanken.«

»Du hast etwas von Zucchini gemurmelt. Bist du Vegetarierin?«

Ich setze gerade zu einer Antwort an, die den in mir aufkeimenden Lachkrampf verhindern soll, als aus der Küche ein lautes Quieken ertönt. Erschrocken stürmen sowohl Miki als auch ich fast gleichzeitig durchs Lokal und hinter die Theke zur Tür, die in die Küche des *Pies & Pages* führt.

»Alles in Ordnung, Mummy?«

»Lady Lyd…«

»Pssst!«

Miki verstummt augenblicklich und hält sich an mir fest. Meine Mutter steht am Herd, die Augen weit aufgerissen, in der einen Hand ein Gemüsemesser, die andere wie im Schwur erhoben.

»Was ist denn los?« Ich merke, dass meine eigenen Hände vor Panik zittern. Vielleicht hat sie einen Schlaganfall, oder sie hat sich mit dem Mixer elektrisiert. Aber müssten ihr dann nicht die Haare zu Berge stehen? Ihre Frisur ist tipptopp wie immer, dafür steht ihr Mund weit offen.

»Dotti«, sagt sie mit vor Erregung bebender Stimme, »du bist im Radio!«

»Ich bin *was?*«

»Schnell, lauter«, ruft sie Miki zu, die gehorsam zur Stereoanlage eilt, um die Lautstärke zu erhöhen. Eine angenehme Männerstimme, die mir vage bekannt vorkommt, erfüllt den Raum und ist schuld daran, dass sich Mikis Blick in Sekundenschnelle verklärt.

»… Generation Pluskatze. Zumindest in der Großstadt schämt sich heute nämlich niemand mehr, wenn er allein lebt und sein Haustier im Bett schlafen lässt. Der Erfolg des Blogs von Dotti Wilcek zeigt, dass das eine Lebensweise ist, die sowohl auf Seiten der freiwilligen Mauerblümchen als auch auf Seiten der Familienvertreter für Diskussionsstoff sorgt.«

»Das ist Ramy Kareem«, haucht Miki, »dieser enorm gutaussehende Typ aus *Dancing Stars.*«

»Pst«, zischt Lady Lydia, die nun das Gemüsemesser an ihre schmale Brust drückt.

»Ich habe jetzt die erste Anruferin in der Leitung, und das ist die Birgit aus Wien. Hallo, Birgit, bist du auch ein Mauerblümchen?«

Etwas fiepst aus dem Radio, räuspert sich und fährt mit Meerschweinchenhüsteln fort.

»Hallo, Ramy. Ich bin ein riesiger Fan von Dottis Blog. In der Schule haben mich immer alle gehänselt, weil ich keinen Freund abgekriegt hab. Aber man braucht gar keinen Freund. Ich habe vier verschiedene Kreditkarten und wohne auf hundertachtzig Quadratmetern.«

»Das ist toll, Birgit. Also bist du glücklich allein.«

»Klar. Aber wenn du mal Zeit hast, meine Adresse ist …«

Tuuut.

Ein hastig eingeschobenes Klingelzeichen kündigt den nächsten Anrufer an. Der Moderator hört sich ein wenig irritiert an. »Jetzt haben wir Ernestine in der Leitung. Ernestine, wie alt bist du denn?«

»Vierundsiebzig«, antwortet eine resolute Stimme.

»Und du bist Single.«

»Aber wo. Ich habe vor vier Jahren goldene Hochzeit gefeiert. Fünfzig Jahre verheiratet.«

»Und warum«, wirft Kareem ein, »rufst du heute an?«

»Um Frau Wilcek zu gratulieren. Mein Mann und ich, wir wissen schon seit zwanzig Jahren nicht mehr, worüber wir uns unterhalten sollen. Im Bett läuft seit der Fußball-WM vierundsiebzig nichts mehr, zumindest bei mir. Er hat dafür jede einzelne seiner Sekretärinnen vernascht. Unser Leben könnte Stoff für *Desperate Housewives* sein, und zu Weihnachten schenkt er mir seit vierzig Jahren Palmersgutscheine. So viel Unterwäsche kann ich gar nicht der Caritas spenden, wie ich seinetwegen kaufen müsste, dabei hat er mich in keinem Stück richtig angeschaut. Die Kinder sind aus dem Haus, und er hat eine Katzenhaarallergie. Wenn ich könnte, würde ich sein geliebtes Wiener Schnitzel mal mit Arsen panieren und …«

Tuuut.

Eine kurze Pause, ehe der Moderator sich räuspert.

»Äh, ich denke, das war es für heute … Wie? Ich höre, wir haben noch eine Anruferin in der Leitung. Hallo, Beatrice.«

Mein Herz setzt für einen Augenblick aus, als die kühle Stimme aus der Stereoanlage durch die Küche des *Pies & Pages* weht wie ein besonders frostiger Herbstwind.

»Guten Tag, Herr Kareem. Ich verstehe überhaupt nicht, was der Hype um diesen Blog soll. Wir Homo sapiens sind keine Einzelgänger, und jeder, der etwas anderes behauptet, hat eben keinen Partner abgekriegt oder war zu faul zum Suchen. Es ist keine individuelle Entscheidung, Nachwuchs zu haben. Kinder sind die Zukunft der Gesellschaft. Haben Sie eigentlich eine Ahnung, was …«

Tuuut.

»Das war es mit unserer Sendezeit auf *Radio Wien Eins*«, sagt Kareem mit professionell guter Laune. »Bleiben Sie dran bei den größten Hits der Achtziger und Neunziger bei *Wunsch um fünf.* Am Montag gibt es als ganz besonderes Highlight einen Livechat mit Dotti Wilcek exklusiv auf unserem Online-Portal um zehn Uhr vormittags. Sie wird uns von ihrer Datingrecherche berichten. Ein schönes Wochenende wünschen Ramy Kareem und das Team von *Samstagnachmittag.*« Ein Werbejingle setzt ein.

»Recherche?«, fragt eine irritierte Stimme hinter mir. Lady Lydia, Miki und ich drehen uns gleichzeitig um. Anton Fischler steht in der Küchentür und schaut von einer zur anderen.

»Wolltest du mich etwa nur zur *Recherche* treffen? Steh ich dann morgen in deinem Blog?«

»Keine Sorge«, antworte ich, »da kommen nur interessante Dinge rein.«

Ich beiße mir auf die Lippen, als Fischler prompt kehrtmacht. Lady Lydia schenkt mir einen Dotti-du-Schaf-Blick und stürmt auf Anton zu, das Gemüsemesser auf seine Brust gerichtet.

»Sie dürfen nicht gehen, Herr Fischler. Nehmen Sie noch einen Tee. Oder wollen Sie ein Sandwich? Ich habe Gurke-Ei und Thunfisch-Zucchini.«

Um das zu untermalen, hebt Lady Lydia das Gemüsemesser und fuchtelt damit vor Antons schreckgeweiteten Augen herum. Angesichts dieses Bildes und in Gegenwart einer Zucchini-Messer-Kopfkino-Situation breche ich endgültig in hysterisches Kichern aus, das in einen Hustenanfall übergeht. Miki klopft mir auf den Rücken. Anton wiederum weicht langsam rückwärts zurück, dreht sich dann blitzschnell um und verlässt fluchtartig die Küche und das Lokal.

»Na, den wären wir los«, kommentiere ich, immer noch hustend, die neue Entwicklung, worauf Lady Lydia drohend die Augenbrauen hebt. In dem Moment spricht das Radio höchstpersönlich zu mir. Die Stimme, die aus dem Lautsprecher dringt, sagt zwei Worte zur Begrüßung, doch die sorgen dafür, dass mir schwindelig wird.

»Hallo: icherzählerin …«

Liebst du schon oder lebst du noch?

Flirteratur

Sonntag, 23. Oktober

»Es ist eine allgemein anerkannte Wahrheit, dass ein Junggeselle im Besitz eines schönen Vermögens nichts dringender braucht als eine Frau.« *So lautet der berühmte erste Satz von Jane Austens* Stolz und Vorurteil. *Offensichtlich waren ihre Vorurteile dem männlichen Teil der Bevölkerung gegenüber zu groß, denn sie selbst kam nie unter die Haube, sondern blieb überzeugte Plusnull. Für Miss Marple dagegen waren die Herren ohnehin* »eine von ihrem eigenen Geschlecht ganz verschiedene Art von Menschen«. *Marie von Ebner-Eschenbach wiederum sah die Angelegenheit optimistischer:* »An Rheumatismen und an wahre Liebe glaubt man erst, wenn man davon befallen wird.« *Die Liebe ist mit Sicherheit jener Stoff, aus dem der größte Teil der Weltliteratur besteht. Fast jede Spielart menschli-*

cher Zuneigung ist zitierbar, weshalb die User einer literarischen Flirtplattform aus dem Vollen schöpfen können.
Könnten.
»Das Wesentliche ist für die Augen unausstehlich«, *schreibt mir liebeshai und hat keine Ahnung, wie recht er hat. Wunderwuzzi hingegen ist fest davon überzeugt, dass er* »für die Welt niemand, aber für niemanden die Welt« *ist, was logisch klingt. Nur hugoholiker34 weiß, wovon er spricht, wenn er in seinem Profil notiert:* »Es gibt nichts Schöneres als trotz meiner selbst willen geliebt zu werden.«
Oder auch nicht.
»Klagt, Mädchen, klagt nicht Ach und Weh«, *schrieb Shakespeare. Doch es fällt einem schwer, bei der Auswahl verfügbarer Kavaliere in den Weiten des Internets nicht den Glauben an die Liebe zu verlieren. Wo sind sie, die begabten Briefeschreiber, die Cyranos unserer Herzen, denen es gelingt, grammatikalisch sowie orthographisch einwandfreie Annäherungsversuche zu starten? Welche* Eroberung *wird von Erfolg gekrönt sein, wenn sie nicht als Nomen anerkannt und sträflich klein geschrieben wird? Wie soll ein* Interresse *mit Doppel-R geweckt werden? Und wie kann es je zu einem* Kuß *kommen, der sich den Regeln der S-Schreibung widersetzt?*
Vielen Flirtenden fehlt das Verständnis dafür, dass Intelligenz sexy ist. Intelligenz hat nichts mit höherer Bildung zu tun, sondern mit einem Grundinteresse an der eigenen Sprache und Kultur. Darum, liebe Männer, merkt euch eines: Wer einer Frau einen Orgasmus *beschert, wird vernascht, wer ihn zu schreiben weiß, vergöttert!*

(follow @dottiliest bei Twitter)

Montag, 24. Oktober

»Speed*was?*«

»Speeddating.«

»Das ist ein Scherz, oder?«

Genau genommen würden zu einem Scherz, der durch rhetorische Ironie vermittelt werden soll, entsprechende Ironiesignale gehören, damit der Zuhörer erkennt, dass der Sprecher weiß, dass das Gesagte falsch ist, das Gesagte somit als ironisch gemeint aufzufassen ist.

Pohl jedoch, der mit einem milden Lächeln vor mir auf dem Gang steht, scheint ohne Ironie auszukommen.

»Das mit dem Mauerblümchentest war ja schön und gut, Frau Wilcek, doch die Leser interessiert viel eher, wie man als Langzeitsingle dennoch die große Liebe findet. *Hope for the hopeless,* Sie verstehen? Happy End für Frau Normalo. Niemand will eine unendliche Geschichte über einsame, alte Jungfern oder Ihre abgehobenen Literatur-Abhandlungen hören. Wir brauchen mehr Action, mehr Spaß, mehr Sex!

Die Zugriffe auf den Blog sinken täglich, das kann so nicht weitergehen. Sie haben freie Hand, die Mechanismen des Datings bitterböse abzuhandeln. Aber *daten Sie endlich richtig!*«

Ich öffne den Mund zu einer sarkastischen Antwort, klappe ihn jedoch sofort wieder zu, als ich die gefährliche Doppelvertikalfalte zwischen Pohls Augenbrauen sehe. Er strafft den Oberkörper. Die beachtlichen Muskeln zeichnen sich durch sein enges Hemd ab. Mit Zeigefinger und Mittelfinger fischt er lässig ein Blatt Papier aus der Brusttasche und streckt es mir hin.

»Ihre Teilnahmebestätigung. Lorenz Kanzler war so freundlich und hat Sie bereits angemeldet. Das Event heißt POE *sucht* SIE – *literarisches Speeddating für Anfänger* und findet am dritten November um zwanzig Uhr im Café Drechsler am Naschmarkt statt. Die Veranstaltung ist seit Wochen ausgebucht, aber da sie von *Literally in Love* gesponsert wird, konnten wir dennoch einen Platz für Sie bekommen. Legen Sie sich ins Zeug, Dorothy! Ich erwarte eine Reihe von sexy Blog-Einträgen mit Insidereinblicken in die Speeddating-Szene. Machen Sie mich stolz! Anna-Maria?«

Mit einem breiten Lächeln lässt er mich vor meiner Bürotür stehen und redet leise auf Ulrike Plasnitsch ein, die ihm diensteifrig zur Seite geeilt ist.

Grandios. Nicht genug, dass seit einer Woche all die glücklich verliebten, verlobten, verheirateten Kollegen in der Redaktion demonstrativ BEZIEHUNGSSÜCHTIG-Schilder auf ihren Schreibtischen plaziert haben, nun soll ich auch noch zum Speeddating. Ausgerechnet ich.

Nach mehreren wohltuend datinglosen Jahren und zwei reichlich miserablen Blind Dates stehen mir nun – ich sehe auf meinem Teilnahmezettel nach – zehn Dates à fünf Minuten bevor. Macht fünfzig Minuten, in denen ich eigentlich wunderbar in einem guten Buch lesen, das Badezimmer putzen, *Die Bürgschaft* auswendig lernen, über meine ganz persönliche Radiobotschaft vom Samstag nachdenken, mit einem Bimsstein die Hornhaut von meinen Fußsohlen kratzen oder mir von Evelyn Scherkovski den Zahnstein entfernen lassen könnte. Mit einem Wort: Zeitverschwendung der übelsten Sorte.

Wütend reiße ich meine Bürotür auf.

»Frau Wilcek?«

»Ja?«

Ich fahre herum. Die männliche Stimme (Woher kenne ich sie bloß?) gehört zu einem von dunklen, exakt drei Tage alten Bartstoppeln malerisch umrahmten breiten, roten Mund. Dieser Mund befindet sich inmitten eines Männergesichtes, das mich, mit der Frisch-vom-Friseur-Gelfrisur darüber und dem gut trainierten Körper darunter, an Barbies Ken erinnert. Nicht, dass ich je einen besessen hätte. Manu, meine beste Volksschulfreundin, hat mir zum neunten Geburtstag so ein blondes Barbiepüppchen geschenkt. Unter den entsetzten Blicken der Geburtstagsgesellschaft verpasste ich ihr noch vor dem Kuchenessen mit der Bastelschere einen modischen Kurzhaarschnitt und taufte sie feierlich Barney Geröllheimer. Der ist auch blond und dämlich.

»Hab ich was im Gesicht? Pickel oder so?«

»Nö, warum?«

»Sie starren mich seit fünfzehn Sekunden an, Frau Wilcek.«

Kens Lippen verziehen sich zu einem schiefen Grinsen, das ihm ausgezeichnet steht. Mir fällt auf, dass es in der Redaktion still geworden ist, und besonders die weibliche Belegschaft auffällig interessiert aus diversen Bürotüren mit großen Kulleraugen zu uns herüberblickt. Einige BEZIEHUNGSSÜCHTIG-Schilder verschwinden, ebenso wie die Fotografien der dazugehörigen Beziehungspartner blitzschnell in Schubladen. Selbst Leni Treu, deren Hochzeit letzten Sommer mit viel Trara betratscht wurde, gafft ungeniert auf den Hintern des Kerls, als handelte es sich um ein Exponat im Museum für Moderne Kunst.

Ich verschränke die Arme vor der Brust.

»Kann ich Ihnen irgendwie helfen, Herr …« Wieso kommt mir Ken nur so bekannt vor?

»Kareem.« Er streckt die rechte Hand aus. In der Linken trägt er eine dieser sauteuren Neopren-Laptoptaschen in Anthrazit. »Ramy Kareem, *Radio Wien Eins,* wir haben telefoniert. Die Verabredung zum Livechat«, ergänzt er, als ich keine Anstalten mache, seine Hand zu ergreifen und zu schütteln. Mich nimmt jedoch die wundersame Wandlung seriöser Journalistinnen in errötende Fangirls zu sehr in Beschlag. In Dottis Kopfkino heben sie alle gleichzeitig von ihren Stühlen ab und flattern in Herzchenformation um Kens, also Kareems, Kopf. Dabei singen sie irgendetwas Schmachtendes aus einem Broadway-Musical und werfen mit Kusshändchen um sich.

Lorenz, der genau in diesem Moment neben mich tritt und sich zu seiner vollen Größe aufrichtet, reißt mich aus dieser grauenhaften Vision.

»Lorenz Kanzler«, sagt er und schüttelt Kareems Hand. »Ich bin Frau Wilceks Mitarbeiter«, ergänzt er, mit Betonung auf dem letzten Wort.

»Sehr erfreut, Sie kennenzulernen«, antwortet der Radiomoderator, sieht dabei aber mich an. Rosamunde Pilcher hätte in einer solchen Situation etwas von schokoladenfarbenen Glutpupillen geschrieben und das Herzchen der Hauptdarstellerin höherschlagen lassen. Warum setzt meines in unregelmäßigen Abständen aus?

»Wir haben noch«, er wirft einen Blick auf eine protzige Armbanduhr, »zwanzig Minuten bis zum Livechat. Vielleicht können wir in Ihrem Büro schon mal den Ablauf und die Technik besprechen?«

»Wenn es sein muss.«

Ich kann die neidvoll dreinschauenden Stielaugen des Fangirlchors hinter mir förmlich spüren. Ich wette, die würden jederzeit mit Ramy Kareem diverse Techniken besprechen. Irritiert trete ich in mein Büro.

»Tall Decaf Soja Latte«, sagt Kareem zu Lorenz, der Anstalten macht, uns zu folgen. »Kein Zucker.« Er schließt die Tür.

»Gott sei Dank«, stöhnt Kareem und lässt sich in meinen Schreibtischsessel fallen.

»Wie bitte?«

Ich stehe unentschlossen neben meinem von ihm okkupierten Arbeitsplatz.

»Die vielen Menschen.« Er schnappt sich ein Buch vom Liebesromanstapel und fächert sich damit Luft zu. Der Titel lautet sehr passend *Schöner Mann, was nun?*.

»Sie können sich gar nicht vorstellen, wie unangenehm das ist. Dauernd glotzen sie einen an, drängen sich um einen, legen einem ihre Hände scheinbar zufällig aufs Knie oder auf den Arm. Steht das irgendwo in Flirtratgebern? Körperkontakt suchen?«

Dunkle Augen sehen mich aus einem perfekten Ken-Gesicht hilfesuchend an.

»Herr Kareem …«

»Nennen Sie mich Ramy. Bitte. Und schauen Sie nicht so böse. Entschuldigen Sie, ich bin nicht immer so, aber heute war einfach so ein richtiger Scheißmontagmorgen. Kennen Sie das?«

»Bestimmt nicht beschissener als meiner.«

»Wollen wir wetten?«

»Gilt.«

Ich setze mich auf einen der Bücherstapel, nehme meine Brille ab, um sie zu putzen, und deute dann auf Kareems Brust.

»Sie zuerst.«

»Also gut. In der Früh ruft mich meine Mutter an. Komplett aus dem Häuschen. Meine Cousine Dina heiratet nächsten Monat. Das ist die dritte Cousinenhochzeit in diesem Jahr. Wir sind eine typische persische Großfamilie, auch wenn wir seit zwei Generationen in Wien leben. *Wen bringst du mit, Ramy, wen?*, fragt meine Mutter. Ich hasse die Frage. Ich höre sie schon seit fünfzehn Jahren ununterbrochen. Meine Cousine hasse ich übrigens auch.

Minuten später kommt eine Mail von meinem Chef. Die Einschaltquoten sind im letzten Monat gesunken. Darum soll ich an meine Fernseherfolge bei *Dancing Stars* anknüpfen und halb nackt für das Cover einer Frauenzeitschrift posieren. Ausgerechnet ich. Ich laufe nicht mal daheim nackt herum, ich hasse Schwimmbäder und gehe nie aufs Pissoir, sondern immer in die Kabine. *Mehr Action, mehr Spaß, mehr Sex,* meint mein Chef. Und auf dem Weg hierher, ich war ohnehin spät dran, hat mich in der Straßenbahn eine Frau erkannt. Sie bat mich um ein Autogramm, worauf ihr Begleiter ihr eine Szene machte und sich vor meinen Augen von ihr trennte. Sie, in Tränen aufgelöst, lag in meinen Armen, was mehrere andere Fahrgäste mit ihren Handys gefilmt haben. Ich wette, es ist schon auf YouTube und morgen in den Klatschspalten.

»Glauben Sie mir, mein Name eignet sich super für Schlagzeilen. Aber wenigstens meine Mutter wird sich freuen. Jetzt Sie.«

Er beugt sich gespannt vor und hebt erwartungsvoll die

rechte Augenbraue. Ob er die zupft, dass sie so perfekt aussieht?

»Hm, eigentlich so ähnlich«, antworte ich und lege die Brille beiseite. Wie von selbst streicht meine rechte Hand eine widerspenstige Haarsträhne hinters Ohr, als gehörte sie nicht zu mir, sondern zu Dita von Teese. »Bis auf die Sache mit der Hochzeit, dem Pocover und dem Trennungsautogramm. Ich soll zum Speeddating, damit mein Blog schärfer wird.«

»Sie haben gewonnen«, sagt Kareem, und wir müssen gleichzeitig lachen. Kein unangenehmes Geräusch.

In dem Moment öffnet sich die Bürotür, und Lorenz bückt sich unter dem Türstock durch, drei Starbucks-Becher im Arm. Er sieht von Kareem zu mir, zu meiner Brille auf dem Tisch und zurück zu Kareem.

»Hab ich was verpasst?«, fragt er finster.

»Nein, nein«, antworte ich und setze rasch die Brille wieder auf. »Wir haben nur über Montagmorgenkatastrophen gesprochen.«

»Cool, ich höre Ihre Sendung auch ab und zu.«

Hat Lorenz Kanzler soeben einen bissigen Seitenhieb plaziert? Kareem hat nichts davon mitbekommen. Er schnuppert an dem Getränk, das mein Kollege besorgt hat.

»Chai Tea, wie immer, Dotti«, sagt Lorenz und stellt einen dampfenden Becher vor mich. »Und ein Tall Decaf Latte«, ergänzt er, »Sojamilch war aus.« Ein Hauch von Zufriedenheit kehrt in Lorenz' Gesicht zurück.

»Ich hab übrigens die Kleidermann im Treppenhaus getroffen. Sie hatte einen Typ im Schlepptau, der aussah, als wäre er aus der After-Eight-Werbung und litte an einer Minzallergie.«

Seit ihrem Anruf in Kareems Radiosendung ist mir klar,

dass Beatrice Kleidermann es auf mich abgesehen hat. Ihre neue Hauptbeschäftigung ist es, mir in meinen frigiden Hintern zu treten. Ich frage mich, ob sie schon an einer entsprechenden Story dran ist. Vielleicht ist der Typ irgendein Fernsehpromi, der öffentlich auf meinem Blog herumhacken wird.

»Dotti?« Ein Hauch von Kareems Aftershave katapultiert mich wieder in mein Büro zurück. Ich blinzle. »Ich darf doch Dotti sagen, oder? Ich hasse das Gesieze.«

Ich zucke mit den Achseln.

»Von mir aus. Ist das eigentlich auch eine Anordnung von deinem Chef?«

»Was? Dass wir uns duzen?«

»Nein, der Livechat. Mehr Action und Sex für bessere Einschaltquoten?«

Ramy Kareem stützt das Kinn auf seine Hände und legt die Stirn in malerische George-Clooney-Falten.

»Keineswegs, Dotti. Der Chat war meine Idee.«

»Ach«, wirft Lorenz ein, während er in seinem eigenen koffeinfreien Kaffee rührt, »Sie haben echt ein Feeling dafür, wie man sich wo profilieren kann. Ist das angeboren, oder lernt man das im Celebrity-Training?«

»Weder noch. Ich hab's von meinem Spieglein an der Wand. Das sagt mir täglich, wie schön und toll ich bin und wie ich noch schöner und toller werde.«

Ich betrachte verblüfft die Streithähne, die sich mit geplustertem Gefieder anstarren. Kareem sieht auf seine Uhr.

»Zehn Minuten, wir sollten uns beeilen.« Er zieht einen Laptop aus seiner Neoprentasche und klappt ihn auf. »Zum Ablauf: Ich übernehme die Moderation und wähle die Fragen aus, die zum Posting freigegeben werden. Auf diese, nur auf diese Fragen antwortest du, Dotti. Wenn du eine Frage nicht beantworten möchtest, sag mir rechtzeitig Bescheid, dann nehme ich die nächste rein. Wir arbeiten auf zwei verschiedenen Browsern. Hier links ist mein Eingabefenster, in dem ich die eingehenden Fragen lese, freischalte und moderiere. Rechts ist dein Bereich. Ich habe dich mit deinem Twitter-Accountnamen registriert, dottiliest.

Siehst du die Kamera oben über dem Bildschirm? Das Video der Webcam wird auf die Plattform übertragen, allerdings ohne Ton. Die Chatteilnehmer sehen uns also die ganze Zeit.«

»Hauptsache, Sie sind im Bild«, knurrt Lorenz. Kareem ignoriert ihn.

»Hast du noch Fragen?«

»Ja, eine«, sage ich leise. »Wieso?«

»Was wieso?«

»Wenn es nicht um die Einschaltquoten oder das Profilieren geht, warum bist du auf die Idee mit dem Livechat gekommen?«

Seine dunklen Augen blitzen auf, und zwei perfekte Grübchen bilden sich auf seinen Wangen. Die Pilcher-Heldin wäre nun einer Ohnmacht nahe. Ich erinnere mich, dass das der Blick war, mit dem er bei *Dancing Stars* immer in die Kamera gestarrt hat, wenn seine Telefonnummer eingeblendet wurde. »Ruft für mich an, dann füttere ich euch in euren Träumen weiterhin mit in Schokolade getunkten Erdbeeren«, sagt dieser Blick. Mein Mund ist seltsam trocken.

»Ich liebe deinen Blog. Er ist brillant. Du schreibst, was zigtausend Menschen denken. Darum ja der ganze Wirbel: Wir wollen mehr davon, Dotti.«

»Wir?«

»Wir Großstadtsingles. Oder glaubst du, ihr Frauen habt ein Monopol auf das Mauerblümchendasein? Ich bitte dich, es gibt genauso viele männliche Mauerblümchen wie weibliche.«

Ich werfe Lorenz einen Seitenblick zu.

»Schau mich an, Dotti.«

Immer gern. Was?

»An durchschnittlichen Tagen bekomme ich fünfzehn bis zwanzig handgeschriebene Liebesbriefe, etwa die dreifache Anzahl E-Mails und Facebook-Freundschaftsanfragen. Autogrammwünsche türmen sich auf meinem Schreibtisch, und über diverse Kanäle erreichen mich zahllose Heiratsanträge. Wenn ich ausgehe, dauert es keine zwei Minuten, bis mich jede einzelne Frau im Lokal – inklusive Kellnerinnen und Reinigungskräfte – anflirtet. Dazu kommen die Radiokolleginnen, die Maskenbildnerinnen, die Garderobieren, der schwule Fernsehmoderator, ja, sogar die Nachbarinnen meiner Mutter, alle über fünfzig und frisch geschieden.«

Lorenz' Mund ist irgendwann mittendrin auf- und nicht wieder zugeklappt. Kareems Erdbeerschokoblick verwandelt sich in ein trauriges, kleines Lächeln.

»Ich habe es so satt! Ich bin gern Pluskatze. Ich will mein Tier mit niemandem teilen und möchte mir weiterhin selbst aussuchen, welches Hemd ich trage, welche Sorte Joghurt ich kaufe und warum ich es vorziehe, ein gutes Buch zu lesen, statt Sex zu haben. Boy George sagte mal einen berühmten Satz: ›Sex ist sowieso überbewertet, ich trinke lieber eine Tasse Tee‹«.‹

»Boy George ist *gay*«, wirft Lorenz ein.

»Das habe ich auch schon behauptet«, antwortet Kareem.

»Hat nichts gebracht. Anderes Ufer, andere Sorte Fisch, aber genauso zudringlich.«

Einige Sekunden lang herrscht andächtige Stille in meinem Büro. Dann piepst es aus Kareems Laptop, und er macht mir ein Zeichen, mich neben ihn zu setzen. Ich ziehe den vorbereiteten Stuhl zu mir heran und lasse mich darauf fallen.

Der Livechat beginnt.

[10:00] **Moderator_RK:** Hallo liebe *Radio-Wien-Eins*-Hörer. Ich darf euch zu einem Livechat mit der derzeit wohl bekanntesten Journalistin des Landes begrüßen, Dotti Wilcek, der Erfinderin des Mauerblümchentests.

»Winken!«

»Wie bitte?«

Kareem setzt sein charmantestes Profilächeln auf und winkt in die Webcam. Neben dem Chatfenster ist tatsächlich ein Livebild, das, etwas verzögert, ein stummes Video aus meinem Büro liefert. Ich hebe langsam die Hand und tue es Kareem nach. Die kleine Dotti im Videofenster folgt mir Sekundenbruchteile später.

[10:01] **Moderator_RK:** In der nächsten halben Stunde habt ihr die Möglichkeit, Dotti Wilcek die Fragen zu stellen, die euch brennend interessieren. Findet etwas über die Frau hinter dem Blog heraus. Wir begrüßen zunächst einmal ganz herzlich Dotti.

Schön, dass du heute hier bei uns bist. Wie geht es dir?

»Was ist denn das für eine dumme Frage?«

»Dotti, die Chatteilnehmer können dich nicht hören. Du musst etwas schreiben.«

[10:03] **dottiliest:** Hallo liebe Leser und Innen! Mir geht es gut. Ich hoffe, ihr habt spannendere Fragen als der Moderator.

Kareem lässt sich nicht aus der Ruhe bringen. Routiniert tippt er auf die Tastatur ein.

[10:04] **Moderator_RK:** Sehr schön, Dotti, dann wollen wir doch gleich mit der ersten Frage beginnen.
[10:04] **kettenleserin:** Hallo Dotti! Ich bin seit langem Fan deiner Rezensionen. Wie bist du draufgekommen, über LiLo zu schreiben?

»Lilo? Wer ist Lilo?«

»Das Akronym für *Literally in Love*«, zischt mir Lorenz zu. »So kürzt die Flirtcommunity den Namen der Plattform ab. Internetsprech«, ergänzt er, als ich stumm den Kopf schüttle.

[10:06] **dottiliest:** *Literally in Love* ist das moderne Äquivalent zu der in den späten 90ern gestarteten und bis vor einigen Jah-

ren gesendeten TV-Show *Herzblatt*. Ebenso zufällig, ebenso voller Vorurteile, aber auch ebenso erfolgreich. Nur Rudi Carrell fehlt. Gesunder Menschenverstand sagt einem, dass man nicht via Punktesystem in sportlichen zwei Monaten den perfekten Partner findet. Das fällt unter neuzeitliches Märchen. Der literarische Anspruch dahinter hat mich gereizt, darum schreibe ich darüber.
[10:07] **fixsternchen711**: Wie lange bist du schon Single?

Ich funkle Kareem an.

»Muss das sein?«

»Ach komm, Dotti, das ist doch das Thema, um das es geht.«

[10:08] **dottiliest**: Seit fünf Jahren.
[10:08] **fixsternchen711**: omg??? ^^
[10:08] **diedani**: Wie ist deine letzte Beziehung zu Ende gegangen?
[10:09] **dottiliest**: Er fiel von einem Vaporetto in den Canal Grande.

Kareem sieht mich merklich beeindruckt an.

»Ein venezianisches Ende?«

»In erster Linie ein nasses.«

»Immer für eine Überraschung gut«, neckt er mich.

[10:10] **diedani**: Wtf?

[10:10] **hasalnol**: In deinem Blog schreibst du, dass du gern Single bist. Möchtest du keine Kinder?

[10:11] **dottiliest**: Ich weiß es nicht. Aber ich weiß auch noch nicht, ob ich mal nach Asien auswandern, einen Kirschbaum pflanzen oder eine Firma gründen will.

[10:12] **kettenleserin**: Was ist denn das für eine Frage?

[10:12] **nachtgedanken**: Ist er ertrunken?

[10:13] **dottiliest**: Nein, aber sein Jackett war ruiniert.

[10:13] **hasalnol**: Hast du keine Sehnsucht nach einer Familie?

[10:14] **eliasmatthiasmami**: Gute Frage, thx! Man braucht nämlich einen Mann, um Kinder zu bekommen, oder?

[10:14] **Moderator_RK**: Rein technisch gesehen schon. Aber kommen wir zurück zu Fragen an Dotti bitte!

[10:15] **hansibaer136**: also ich bin jetzt seit 6 wochen bei lilo, aber iwie läuft es nicht so richtig. hast du viell einen tip f mich?

Hansibär, der hundertsechsunddreißigste! Auch das Web ist verdammt klein! Wie gut, dass er keine Ahnung hat, dass ich die Musikhasserin bin, die sein Klavierspiel nicht zu schätzen weiß.

[10:16] **dottiliest**: Beim literarischen

Dating sollte man vor allem die Rechtschreibung beachten. Es könnte sein, dass lesende Frauen zu viele Tippfehler unerotisch finden.

[10:16] **hansibaer136**: was denn f tipfehler?

[10:16] **sissimii**: *lol* Wos bischt'n du für ana?

[10:16] **olivia.kg**: Hallo Dotti! Ich finde deinen Blog einfach göttlich. Ich bin selbst Schriftstellerin, und glaub mir, ich war auch lange Single, komplizierte Geschichte. Was ich dich fragen möchte: Wird es ein Buch von Dotti Wilcek geben?

[10:17] **dottiliest**: Geplant ist derzeit nur der Blog über die von *Literally in Love* angekündigte Periode von zwei Monaten. Aber danke für die Anregung, Olivia!

[10:17] **hansibaer136**: hey, ich hab gefragt was f tipfehler?

[10:18] **hasalno1**: Hallo hansibaer! Ich bin Single. *kissal* Du auch?

[10:18] **naomiklon**: Ist das der Singlechat?

[10:18] **fixsternchen711**: 5 Jahre Single? In echt? :-O

[10:18] **kettenleserin**: Ist der Moderator noch da???

[10:19] **Moderator_RK**: Bitte nur Fragen an Dotti posten!

»Ich dachte, du schaltest nur Fragen frei.«

»Ja, schon, aber das Programm filtert von selbst. Posts mit Fragezeichen am Ende rutschen manchmal durch.«

»Na toll.«

[10:20] **kareemfangirl**: Hallo Ramy! Wie geht's?

[10:20] **karrierefrau**: Meine Freundinnen und ich sind dir so dankbar, Dotti! Endlich nimmt mal jemand kein Blatt vor den Mund! Hast du damit gerechnet, dass die Resonanz so groß sein wird?

[10:21] **dottiliest**: Nein, das hätte ich nie gedacht. Aber das Thema Mauerblümchen polarisiert anscheinend.

[10:21] **hansibaer136**: @hasalno1: Bist du blond?

[10:21] **kareemfangirl**: Ramyyyyyyy! Erinnerst du dich noch an mich? ^^

[10:22] **nestvogel**: Hallo Frau Wilcek. Waren Sie schon mal beim Arzt? Frigidität ist heilbar.

[10:22] **scharferwiener**: Hallo Dotti! Willst du meine Nummer haben?

[10:22] **hasalno1**: Brünett. Schlank. Du?

[10:22] **bunnyblue**: @kareemfangirl: Wer hat denn dir ins Hirn gesch***en?

[10:22] **iloveramy**: @ramy: heut ist mein geburtstag! :-) eine antwort von dir wäre mein schönstes geschenk! Schreibst du mir? <3

[10:23] **primadonna**: @nestvogel: Ist Dummheit ebenfalls heilbar?

[10:23] **kareemfangirl**: Ich liebe dich, Ramy!!! Du mich auch? ^^

[10:23] **Moderator_RK**: Ich werde alles löschen, was nicht zum Thema passt!

[10:24] **dottiliest**: Danke Ramyyyyyyy!

[10:24] **nestvogel**: Sind Mütter und Hausfrauen weniger wert als Karrierefrauen?

»Ramy?«

»Du musst das nicht beantworten, aber es war klar, dass die andere Seite sich zu Wort meldet. Ignorieren wird sie nur bestätigen.«

[10:25] **dottiliest**: Es geht nicht darum, wer mehr wert ist. Jeder hat das Recht, so zu leben, wie er möchte. Etwas anderes habe ich nie behauptet.

[10:25] **nestvogel**: Dann sollten alle den gleichen Lohn bekommen, oder?

[10:26] **eliasmatthiasmami**: Und warum kriegen wir so wenig Karenzgeld?

[10:26] **hasalnol**: hansibaer?

[10:26] **rkforever**: Ramy, darf ich dich mal was fragen?

[10:27] **karrierefrau**: Seid ihr noch ganz normal? Ich arbeite fünfzig Stunden die Woche!

[10:27] **marypoppins**: @die Mamis: Wisst ihr, wofür die Pille erfunden wurde?

[10:28] **littlemum34**: @karrierefrau: glaubst du, kindererziehung ist'n teilzeitjob oder was?
[10:28] **lizzimaus**: @karrierefrau: Selbst schuld! Was arbeitest du auch so viel?
[10:28] **scharferwiener**: @karrierefrau: brauchst du eine Massage zur Entspannung? *fg*
[10:29] **nestvogel**: @marypoppins: Weißt du, dass man die IP-Adresse zurückverfolgen kann?
[10:29] **patricklucy**: Kann hier jemand mal die Vernunft anknipsen?
[10:29] **hasalno1**: hansibaer?
[10:29] **rkforever**: Ramy?
[10:30] **bella**: Moderator???

Ich beobachte die kleine Videofensterdotti auf dem Bildschirm, so als wäre sie gar nicht ich. Wann in den vergangenen sieben Tagen bin ich mir selbst entglitten und habe den Titel »Nationaldepp« verdient?

[10:31] **Moderator_RK**: Der Chat neigt sich dem Ende zu. Kommen wir zur letzten Frage.
[10:31] **kossiswelt**: Glaubst du an die Liebe, Dotti?
[10:32] **Moderator_RK**: Dotti?

Der Cursor auf dem Bildschirm blinkt auf einmal erwartungsvoll.
Schwer vorstellbar, aber die gesamte Radiochatnation hält

den Atem an und sieht der Videofensterdotti beim Nachdenken zu.

Glaube ich an die Liebe? Dazu müsste ich wissen, was damit überhaupt gemeint ist. Natürlich glaube ich an *Elizabeth und Darcy*, an *Romeo und Julia*, an *Cathy und Heathcliff*, an *Lady Marian und Robin Hood*, an *Marguerite und Armand*, sogar an *Scarlett und Rhett.* Rein fiktiv gesehen ist die Liebe immer ein Thema für mich gewesen. Ich glaube, dass sie der wichtigste Antrieb für jede Geschichte ist. Aber die real existierende Liebe scheint mir nichts als eine Wunschvorstellung. Es gibt Verliebtheit, Freundschaft, Zuneigung und Leidenschaft. Doch Liebe selbst ist bloß eine Idee. Am Ende fällt sie ja doch immer ins Wasser.

[10:33] **dottiliest:** Nein. Die meisten Morde werden im Namen der Liebe verübt. Die meisten Tränen ihretwegen vergossen. Einen momentanen Glückszustand mit Liebe zu verwechseln, ist naiv. Ich glaube an viele verschiedene Bereiche von Interaktion, aber Liebe gibt es nur im Kopf.

[10:33] **Moderator_RK:** Das war die letzte Frage. Vielen Dank an dich, Dotti, dass du dir die Zeit genommen und die Fragen der *Radio-Wien-Eins* Online-Community beantwortet hast!

[10:34] **dottiliest:** Ich freue mich über euer Interesse und wie immer: Folgt @dottiliest bei Twitter. Ich wünsche euch eine schöne Woche.

»Winken!«

»Scheiße!« Ich winke in die Kamera.

```
[10:35] Moderator_RK: Vielen Dank auch an
euch, liebe Fans von Radio-Wien-Eins. Ab
morgen könnt ihr die Highlights des heuti-
gen Chats noch einmal nachlesen.
```

»Liebe gibt es nur im Kopf?« Amüsiert klappt Kareem sein Notebook zu. »Wird das der Titel deines Buches, oder schreibst du das deinem potentiellen Kind in die Geburtsurkunde?«

»Du brauchst gar nicht groß reden, *Ramyyyyyyy*. Was für eine idiotische Zeitverschwendung war das denn bitte? Ist *Radio Wien Eins* der Haus- und Hofsender vom Familienministerium? Oder eher dein privates Fanherzogtum?«

»Das war das perfekte Beispiel für einen Echtzeitfail, liebe Leute«, verkündet Lorenz.

Es klopft. Keiner von uns macht Anstalten zu antworten. Schließlich erhebt sich Kareem aus meinem Schreibtischsessel und öffnet meine Bürotür. Beziehungsweise will sie öffnen, doch als er die Hand nach der Klinke ausstreckt, wird diese die Tür von außen mit Schwung geöffnet und knallt ihm gegen die Nase, was für ein ziemlich ekliges Geräusch sorgt.

Der Radiomoderator schreit, macht zwei Schritte rückwärts und dann einen großen nach vorne, was ihn direkt in die Arme von Stella Charydis befördert, die mit schreckensgeweiteten Augen im Türrahmen steht.

»Soll ich den Notarzt rufen?«, feixt Lorenz.

Zwei Stunden später sitze ich mit Stella in unserer Lieblingssushibar neben dem Redaktionsgebäude und schiebe rohen Thunfisch auf meinem Teller hin und her.

Kareems Nase ist zum Glück nicht gebrochen, sondern nur geprellt. Stellas Erstversorgung in meinem Büro hat viel zu seiner Beruhigung beigetragen, vor allem weil dadurch die Fangirls nebenan keine Gelegenheit bekamen, über ihn herzufallen. Dafür machte ihm der Notarzt, statt sich um die Prominase zu kümmern, schöne Augen, was dazu führte, dass der Radiomoderator entnervt die Flucht ergriff und in Richtung Pohl so etwas wie »von meinem Anwalt hören!« zischte.

Es gab kaum jemanden beim *Boten*, der unseren misslungenen Chat nicht verfolgt hatte, und bald verbreitete sich via »Stille Post« das Gerücht, dass ich selbst Kareems Nase mit einem dicken Schmöker blutiggeschlagen hätte. Sorina Loos nutzte die Gunst der Stunde und stapelte fünf Romantikwälzer mit Blümchencovern auf meinem Schreibtisch, die für ein Special in der Donnerstagsausgabe rezensiert werden mussten. Ganz oben lag *Amors Feder.* Als wäre das Chaos nicht schon groß genug, läutete kurz vor der Mittagspause mein Telefon praktisch durchgehend. Irgendwann hob ich erbost ab und brüllte in den Hörer:

»Was?«

»Ah, werte Frau Wilcek!«

Glahnz' Worte waren sanft, als hätte er Kreide gefressen. Dennoch überschlug sich meine Stimme bei der Antwort.

»Sie schon wieder! Ich habe Ihnen bereits gesagt, dass ich Ihr Buch nicht lesen werde, da können Sie bei meinen Chefs so viel intervenieren, wie Sie nur wollen. Sie sind in der Bestsellerliste, was wollen Sie denn noch?«

»Aber …«

Ich ließ den Hörer fallen und vergrub den Kopf in den Armen.

»Äh, Dotti?«

Lorenz tippte mir auf die Schulter.

»Was?«

»Deine Anmeldung zum *LiLo*-Speeddating nächste Woche. Ich leg sie dir auf den Tisch, okay?«

Ich schluchzte auf.

Lorenz sah mich zögernd an, als wollte er mir wahlweise ein Taschentuch reichen oder Hühnerbrühe kochen, nahm dann vorsichtig den Hörer auf, der vom Schreibtisch baumelte, legte auf und schlich aus meinem Büro.

Mein Kopf war kurz davor zu explodieren. Als das Telefon erneut zu klingeln begann, zog ich kurzerhand den Stecker aus der Dose.

»Ist er schwul?«

»Was? Wer?«

Mein Thunfisch-Sashimi hat ein ausdauerndes Bad in der Sojasauce genommen, weil ich so tief in Gedanken war. Stella, deren Teller bereits leer ist, saugt genüsslich an den Spitzen ihrer Essstäbchen, was den Geschäftsmann am Nebentisch zu unruhigen Blicken veranlasst.

»Na, Kareem. Der Arzt hat ihn ja ganz schön angegraben.«

Ich zucke mit den Schultern.

»Ich glaube, er ist allergisch.«

»Gegen Sex oder gegen flirtende Ärzte?«

»Beides.«

»Hm«, Stella wirft meinen Sashimischeiben begehrliche

Blicke zu, »es ist ziemlich unwahrscheinlich, dass ein heterosexueller Mann dermaßen gut aussieht. Meine Oma sagte immer: *Männer und Wassermelonen sind Glückssache.* Und Kareem scheint eine ganz schön saftige Melone zu sein. Apropos, Dotti, wie läuft es denn in Flirtwunderland? Hast du endlich jemanden in deinem ›*vielleicht*‹-Ordner?«

»Keine Spur. Es melden sich hauptsächlich Spinner. Gestern schrieb mich einer an, der in seinem Profil stolz verkündet, dass *Der Schatz im Silbersee* das einzige Buch ist, das er je gelesen hat. Username erwin2412. Als ich ihn fragte, warum er dann bei *Literally in Love* angemeldet ist, meinte er: *Frauen, die lesen, sind nicht so anspruchsvoll und froh, wenn sie einen Mann abkriegen. Sie sind häuslich, gepflegt, treu und geben gute Ehefrauen ab.*«

»Nicht dein Ernst!«

»Doch, doch. Aber noch besser war der Schönheitschirurg, der mir in seiner Nachricht gleich ein unverbindliches Angebot mitschickte. *Du bist hübsch, icherzählerin, nichtsdestotrotz könntest du schöner werden. Ruf mich an, dein doktorwo.*«

Stella lacht schallend, was bei ihrer Figur immer dazu führt, dass ihr Busen mit ihrem Kinn um die Wette wackelt. Das dunkle, lockige Haar umrahmt ihre Apfelbäckchen, und selbst die Nase zittert mit. Das Geräusch, das sie dabei macht, ist ungefähr so weich und vollmundig wie der griechische Süßwein Mavrodaphne. Für mich ist Stella die mit Abstand schönste Frau der Welt. Der Geschäftsmann mustert derweil leicht pikiert ihren Hintern, der die Sitzfläche des zierlichen Holzstuhls komplett ausfüllt.

Meine Freundin beugt sich über den Tisch, blickt mir verschwörerisch in die Augen und hebt die Brauen.

»Aber es wird doch auch interessante Nachrichten geben, stimmt's, oder hab ich recht?«

Ich zögere. Lorenz' begeisterter Blick fällt mir ein, als er mir verkündet, dass ich mit einem User neunundneunzig Prozent übereinstimme.

»Also?«

Stella schnappt sich ein Gurkenmaki von meinem Teller und schiebt es zwischen ihre vollen Lippen.

»Er nennt sich djfleming.«

»Nach der Operndiva Renée Fleming?«

»Nein, nach der Hauptfigur in *High Fidelity.*«

»Ausgerechnet Hornby! Hast du nicht mal in einer Rezension geschrieben, Hornbys Helden seien die männlichen Verwandten von Bridget Jones?«

»*Bridget minus Brüste* habe ich es fomuliert.«

Stella grinst.

»Ja, aber das ist lange nicht alles. Er behauptet«, ich senke meine Stimme, »mich zu kennen. Dass ich immer zu große Schuhe kaufe, zum Beispiel. Unser Matchingergebnis liegt bei neunundneunzig Prozent.«

Stella kaut langsamer und schaut nachdenklich drein.

»Was?«, frage ich. »Du glaubst doch nicht wirklich, dass so ein Quatsch wie Seelenverwandtschaft dahintersteckt, oder?«

»Das hast jetzt du gesagt. Denk nur, Dotti, er könnte der Mann deines Lebens sein.«

»Blödsinn.«

»Woher weiß dieser djfleming dann so etwas Privates über dich?«

»Keine Ahnung. Ich vermute, er ist jemand, den ich kenne und der mich verarscht, aber …«

»Aber?«

Ich schiebe den Teller weg und lege die Stäbchen beiseite. Ich bin zu aufgekratzt für Sushi. Seit ich in der Küche vom *Pies & Pages* die erste Radiobotschaft meines Lebens bekommen habe, versucht mein Hirn, jede einzelne Silbe in ihre Bestandteile zu zerlegen, um einen Hinweis darauf zu erhalten, wer hinter djfleming steckt. Es muss ja jemand sein, der wusste, dass ich zumindest Ramy Kareems Sendung verfolgen würde, auch wenn ich sonst so gut wie nie Radio höre.

»Im Boden ist ein Loch, im Loch ist ein Baum, auf dem Baum ist ein Ast, auf dem Ast ist ein Nest, in dem Nest ist ein Ei, in dem Ei ist ein Vogel. Und das grüne Gras wächst rundherum.«

Stella sieht mich an, als hätte ich einen Vogel.

Zur Verdeutlichung meines Standpunkts bewege ich die Hände im Halbkreis um meinen Stuhl und singe leise: *»And the green grass grows all around, all around, and the green grass grows all around.«*

Meine Freundin tippt sich mit ihren Essstäbchen an die Stirn.

»Hast du was geraucht?«

»Das ist das Lied.«

»Welches Lied?«

»Das Lied, das mir djfleming bei *Wunsch um fünf* bestellt hat. Das ist diese Radiosendung samstags um fünf Uhr, wo Leute irgendwem Grüße und einen Song bestellen können.«

»Ich dachte, du magst keine Musik?«

»Ich mag sie auch nicht.«

»Und warum kennst du dann das Graslied auswendig?«

Ich seufze.

»Das ist ein uraltes Kinderlied. Meine Mutter hat es mir immer vorgesungen, als ich klein war. Es ist eines dieser Lieder, wo man sich die Dinge aus den vorigen Versen merken muss. Ziemlich *tricky* zu singen, weil es immer mehr Dinge werden. Es beginnt mit einem Loch im Boden. In dem Loch im Boden ist ein Baum. In dem Loch im Boden ist ein Baum, und an dem Baum ist ein Ast. Na ja, und so weiter halt.«

»Und dieses Lied kam auf *Radio Wien Eins?*«

Ich nicke und berichte Stella von der vom Moderator verlesenen Radiobotschaft mit anschließendem Song.

Hallo, icherzählerin. Finde heraus, was sich unter dem Nest, dem Ast und dem Baum befindet! Dein djfleming.

»Sonst nichts?«

»Nein.«

»Und in der Nachricht, die er dir geschrieben hat, stand da etwas von einem Baum?«

»Nein. Nur etwas von Gras und Wachstum.«

»Das ist es! Er wollte dich darauf aufmerksam machen, dass er immer noch auf deine Antwort wartet.«

»Was hätte ich denn antworten sollen? Ich habe schließlich keine Ahnung, wer der Typ ist.«

Das vage Bild vom lesenden Hobby-Ornithologen in seinem verwilderten Garten taucht vor meinem inneren Auge auf. Baum, Nest, Vogel, das passt ja. Klarer Fall von Wunschkopfkino. Leider sieht er aus der Nähe betrachtet Kenneth Branagh als arroganter Gilderoy Lockhart verdammt ähnlich. Grinsend schießt er mit einem Jagdgewehr auf Rotkehlchen. Verärgert wische ich das Bild fort.

Stella, die die Stäbchen zur Seite gelegt hat, greift nach meiner Hand und nimmt sie in ihre, die weich und warm ist.

»Dotti, warst du eigentlich schon mal verliebt?«

»Natürlich.«

»Er hieß Paul, oder?«

»Wer?«

»Dein Freund.«

»Ach ja, stimmt, Paul, den hatte ich ganz vergessen.«

»Warst du in Paul verliebt?«

Die Frage irritiert mich.

»Ich glaube schon. Schließlich waren wir drei Jahre zusammen. Bis …«

Ich beiße mir auf die Lippen. Stella sieht mich mitfühlend an. Ich kenne den Blick, es ist der Auch-auf-dich-wartet-die-große-Liebe-Blick. Der Blick, den beste Freundinnen bei einer gemeinschaftlichen Prosecco-Orgie aufsetzen, und auf den normalere Frauen als ich mit einem Schwall von Verwünschungen böser Exe reagieren würden.

Nicht ich, denke ich sehnsüchtig.

»Aber in jemand anders warst du schon mal richtig verliebt?«, greift Stella geschickt das Thema wieder auf. Der liebevolle Ton in ihrer Stimme bringt mich zum Lächeln.

»Ja. Mit acht in Julian Kirrin von den *Fünf Freunden.* Mit neun in Tom Sawyer, mit zehn in Birk Borkasohn, mit elf in Atreu und Baghira den Panther, mit zwölf in Jim Hawkins, mit vierzehn in Romeo und kurz darauf peinlicherweise in Mr. Darcy. Dazwischen irgendwann auch in Don Quijote, Holden Caulfield und David Copperfield. Mit sechzehn unsterblich in Karl Moor und mit siebzehn schließlich in Cyrano de Bergerac, der immer meine große Liebe sein wird, knapp gefolgt von Inspektor Lynley.«

»Aber Dotti, die sind alle fiktiv! Romanfiguren, sonst nichts.«

»Na und? Das macht doch gerade den Reiz aus. Sie lassen die Klobrille nicht oben, wollen keinen Sex vor dem Zähneputzen, mutieren nicht zu Kleinkindern, wenn sie mal Grippe haben, und ihnen wachsen keine Bierbäuche.«

Stella sieht mich eindringlich an.

»Also ist es wirklich so?«

»Was denn?«

»Liebe gibt es für dich nur im Kopf, verpackt in schöne Geschichten? Phantasiehelden, die bloß auf dem Papier existieren? Dotti, ich sag dir was: Du musst raus aus deinem Schneckenhaus. Kein Kopfkino mehr. Diese ganze Internetdatinggeschichte ist für was gut, glaub mir. Du musst dich wieder verlieben lernen!«

»Verlieben für Anfänger, oder was?«

»Genau. Und die erste Hausaufgabe lautet: Mittwoch ist Feiertag. Lass die Bücher im Regal, und finde was über diesen djfleming heraus! Hast du gegoogelt?«

»Wie soll ich einen Nicknamen googeln?«

»Hm, stimmt! Hat er denn etwas über sich verraten oder nur was über dich?«

And the green grass grows all around, all around and the green grass grows all around.

»Dotti?«

»In seiner ersten Mail hat er geschrieben, dass er in einem U-förmigen Wohnblock aufgewachsen ist. Am südlichen Rand der Stadt, an stillgelegten Bahngleisen.«

»Ist das alles? Keine weiteren Hinweise?«

Ich denke darüber nach.

»Etwas von einem Fuhrpark mit rot-weiß-roten Buchstaben, an dem er jeden Tag vorbeigeht. Und der Wohnblock wurde vor zwei Jahren abgerissen. Das Gras wächst nun zwischen dem Beton. So in etwa, sehr wortreich geschildert.«

All around, all around.

»Oh, Dotti!« Stella strahlt. »Das ist wie eine Schnitzeljagd. Vielleicht hat er den Song ja als Hinweis geschickt und an der Stelle eine Botschaft deponiert. Wie Geocaching!«

»Geo*was?*«

»Geocaching. Das ist eine Schatzsuche auf Basis von GPS-Koordinaten. Die Mitspieler hinterlassen an den gesuchten Stellen Nachrichten und Gegenstände. Das ist ein totaler Hype, weltweit, mein Cousin Kosmás war verrückt danach, hat alles im Internet dokumentiert, in einem Logbuch.«

»Und du meinst, djfleming steht auf so etwas?« Ich denke darüber nach. Irgendwie ist das ein wenig wie Ornithologie ...

»Vielleicht. Vielleicht ist er aber auch einfach altmodisch oder besonders kreativ. Eine poetische Nachricht, ein Kinderlied im Radio, der Mann lässt sich was einfallen. Du solltest dem auf den Grund gehen. Er ist allemal vielversprechender als Mister-Schatz-im-Silbersee und Doktor-Wo-kann-ich-schneiden.«

Eindeutig. Zumal djfleming die Rechtschreibung beherrscht. Außerdem ist es zumindest eine gute Geschichte. Schließlich läuft mein Blog noch ein paar Wochen.

»Und wie stell ich das an?«

»Google ist dein Freund, Dotti. Es gibt da ein Forum, meinestadt.at oder unserestadt.at, wo alle Abrisse und Neubauten der letzten Jahre penibel dokumentiert sind. Ich hab da vor einiger Zeit nach Locations für ein Fotoshooting gesucht.«

Bestimmt zum hundertsten Mal heute werfe ich einen

Blick auf mein Handgelenk. Meine Uhr ist weiterhin verschollen. Ich habe den Kater im Verdacht, sie dorthin befördert zu haben, wo sich die gefühlt drei Millionen Stoffmäuse befinden, die ich zu seiner Unterhaltung schon gekauft habe. Keine einzige ist nach dem Erstkontakt je wieder aufgetaucht.

»Wie spät ist es?«

»Zehn nach eins«, antwortet Stella nach einem Blick auf ihr iPhone und bittet den Kellner um die Rechnung. »Wo ist denn dein Kompass?«

»Hab ich heute Morgen im Bad vergessen«, schwindle ich und nehme mir vor, zu Hause noch einmal gründlich zu suchen. Wenn Stella erfährt, dass ich meine Zehnjahresuhr verloren habe, bringt das bestimmt die Akropolis in ihrem Brustkorb zum Einsturz.

»Du sollst die Uhr doch immer tragen«, ermahnt sie mich, während sie einen Geldschein aus ihrer Börse kramt. »Es bringt Unglück, sie abzulegen.«

Der Geschäftsmann am Nebentisch zahlt ebenfalls. Mit Kreditkarte, was sonst? Ehe er die Quittung in seine teure Lederbrieftasche steckt, zieht er etwas daraus hervor, das er beim Verlassen des Lokals dem Kellner in die Hand drückt. Dieser überreicht es Stella samt unserer Rechnung unter vielen entschuldigenden Verbeugungen. Es ist eine Visitenkarte. Wir sehen uns drei Sekunden lang fassungslos an, dann brechen wir gleichzeitig in schallendes Gelächter aus.

»Wow, Stella, eine Eroberung!«

»Eher nicht«, antwortet meine Freundin und ertränkt die Karte in der restlichen Sojasauce. »Nicht mein Typ. Außerdem brauche ich keinen Mann, mein Vibrator funktioniert einwandfrei.«

Für einen Moment ist es mucksmäuschenstill in der vollen Sushibar. Der Kellner sieht aus, als hätte er mehrere gebrauchte Stäbchen verschluckt, bevor er kurze Zeit später den Abschiedssake serviert. Drei Gläser.

»Entschuldigung«, hält ihn Stella auf, »das ist einer zu viel.«

»Zwei für Damen, einer für Vibrator«, antwortet er, und zum ersten Mal, seit ich sie kenne, ist Stella Charydis sprachlos.

Ich sehe das Pärchen gerade noch aus den Augenwinkeln, eine Sekunde länger, und es wäre zu spät gewesen. Als ich ihnen nachblicke, haben sie die Sushibar bereits passiert, weshalb ich nur ihre Hinterköpfe erkenne, aber dann bleiben sie genau im Hauseingang neben dem Lokal stehen und beginnen eine hitzige Diskussion. Ein Glück, dass Stella und ich die Sushibar noch nicht verlassen haben, denn dann wären wir bestimmt mitten in sie hineingelaufen. So packe ich meine Freundin, die gerade einen Fuß nach draußen setzt, am Arm und ziehe sie ins Lokalinnere zurück, lasse jedoch die Tür einen Spalt offen, um zu verstehen, was die beiden reden. Stella presst ihre Nase an die Glastür und zieht scharf die Luft ein.

»Ist das nicht …?«

»Ja.«

»Und wer ist *er*?«

»Pst!«

Ich öffne die Tür ein Stückchen weiter und stecke ein Ohr durch den Spalt, um etwas von dem Drama aufzuschnappen, das sich nur wenige Schritte von uns entfernt abspielt.

»… dass du mich nicht auf dem Handy anrufen sollst! Sie checkt die Anrufliste«, sagt der Mann gerade laut.

»Das ist doch nicht mein Problem«, schreit die Frau. Die Passanten drehen sich nach ihr um.

»Sei verdammt noch mal leise, Sori!«

Ihre Antwort kann ich nicht verstehen.

»Die Loos hat ein Verhältnis?« Stellas Stimme überschlägt sich fast vor Freude. »Aber wer ist der Typ?«

»Keine Ahnung«, flüstere ich. »Ich bin mir sicher, dass es ein Promi oder ein Politiker ist, schau dir den teuren Anzug an. Die protzigen Schuhe. Samstagabend waren sie in der Oper, da habe ich sie auch gesehen. First-Class-Plätze.«

»Dotti, stalkst du die Loos?«

»Ich stalke niemanden.«

»'schuldigung?«

»Ich will bloß rauskriegen, warum die Loos so ein Geheimnis draus macht.«

»'schuldigung!«

»Dotti!«

»Was?«

Stella zupft mich am Ärmel. Ich drehe den Kopf. Hinter uns steht der Kellner und schaut so böse, wie ein Japaner es eben kann.

»Draußen oder drinnen«, sagt er, ein nicht eben vorteilhafter Satz mit drei schwer zu rollenden »R«. Was ihm an sprachlicher Schärfe fehlt, macht er durch ein höchst bewölktes Stirnrunzeln wett. Panisch schaue ich zwischen ihm und dem Pärchen im Hauseingang hin und her. Wenn wir die Sushibar jetzt verlassen, weiß die Loos, dass ich sie gesehen habe.

»*'schuldigung! Draußen?* Oder *drinnen?*«

Mist! Den Liebhaber kann ich immer noch nicht erkennen, er wendet mir den Rücken zu. Dafür scheint die Diskussion wieder hitziger zu werden.

»... wenn das rauskommt«, schnappe ich auf. »Wir sollten uns hier nicht treffen.«

»Ach ja?« Die Stimme der Loos übersteuert, wie ein defekter CD-Player. »Vielleicht sollten wir uns überhaupt nicht mehr sehen!«

»Sori!«

»Dein Sori kannst du dir ...«

Der Kellner greift energisch zwischen Stella und mir zum Türknauf und reißt die Tür vollständig auf. Jetzt trennen uns nur noch vier, fünf Schritte von dem Pärchen. Wenn die Loos den Kopf nur eine Spur nach links dreht, muss sie uns bemerken.

Die Rettung tritt in Form zweier langer Beine auf, die genau in der Sekunde inmitten eines Pulks Fußgänger die Straße überqueren. Oberkörper und Gesicht sind zum Großteil durch einen Stapel Starbucks-Becher verdeckt, der die anderen Passanten veranlasst, einen Respektabstand zu halten. Es ist Lorenz, der den nachmittäglichen Kaffee in die Redaktion bringt. Das Gebilde aus Trinkgefäßen, in mehreren Reihen übereinandergestapelt, sieht nicht vertrauenerweckend stabil aus, trotzdem bewegt mein Kollege sich mit einer Routine, die ich insgeheim bewundere. Dass jemand, dessen Fersen fast zwei Meter vom Hirn entfernt sind, vollste Kontrolle über seine Schritte hat, fasziniert mich immer wieder. Viel wichtiger ist aber, dass die Loos Lorenz ebenfalls gesehen hat. Mit einem erschrockenen Quieken dreht sie sich um und läuft Richtung Redaktionsgebäude. Zeitgleich stolpern Stella und ich, vom Kellner unsanft geschoben, auf die Straße. Der Liebhaber sieht der flüchtenden Loos nach, zupft schließlich sein Sakko an den Ärmeln zurecht und kann gerade noch Lorenz ausweichen, der ihn beinahe mit dem Starbucks-Turm umrennt.

»Können Sie nicht aufpassen?«, brüllt er, ehe er ohne weitere Verzögerung die Straße überquert und zwischen den Menschen verschwindet.

Es ist mir gelungen, einen kurzen Blick auf sein Profil zu erhaschen. Dabei ist mir das aufschneiderische Wichtigtuer-Headset aufgefallen, das er im Ohr hatte, sowie ein sonderbar altmodischer Schnitt der Koteletten, die fast bis zu den Mundwinkeln seines breiten Froschmauls reichen. Ich präge mir dieses Bild – Froschmaul, Koteletten, Headset – gut ein. Wenn er mir das nächste Mal begegnet, habe ich dich, Loos!

»Dotti?«

Mit Schwung drehe ich mich um. Das »Was?« bleibt mir allerdings im Hals stecken, denn aufgrund des Schwungs remple ich Lorenz an, wodurch der Starbucks-Turm in Pisaschieflage gerät und, trotz eines Rettungs- bzw. Abwehrversuches meinerseits unter Stellas lautem Schreien zu Boden fällt. Eine heiße, schlammbraune Dusche ergießt sich über mich. Mit schreckgeweiteten Augen betrachtet Lorenz die Schweinerei und stellt die absurdeste Frage, die ich in so einer Situation je gehört habe.

Der Kellner der Sushibar schüttelt den Kopf und kommentiert das Geschehen, ehe er die Tür hinter sich schließt:

»Besser draußen.«

Mauerblümchensex

Dienstag, 25. Oktober

Ein Aspekt des Singledaseins, über den kaum jemand spricht, ist der Sex. Auch literarisch wird er – einschlägige Genres ausgenommen – nur zum Thema, wenn mindestens zwei Lebewesen involviert sind. Dennoch findet er statt, der Mauerblümchensex, hinter den festverriegelten Wohnungstüren der Singlebehausungen, überall in der Stadt. Grob kann man drei Arten des Coitus singularis *unterscheiden:*

a) Zungensex
b) Augensex und
c) Kuschelsex.

Beim Zungensex geht es in erster Linie um die Reizung der Geschmacksnerven. Besonders beliebt sind stark zuckerhaltige Speisen wie Schokolade, Eiscreme und Apfelstrudel, die die Produktion der Glückshormone ankurbeln. Auch der salzig-fettige Aspekt knuspriger Erdnussflips, pikanter Chips sowie zartschmelzender Käsesorten sorgt für Abwechslung auf dem Weg zum Lustgewinn. Nebenwirkungen können akute Gewichtszunahme und damit verbundene Depression sein.
Gegen Letztere hilft am besten Variante b), der Augensex. Die Sehorgane werden dabei einer Flut visueller Reize ausgesetzt, wofür sich besonders Arztserien im Fernsehen, romantische Komödien auf DVD oder in Buchform gepresste

Instantabenteuer eignen. Es kann zu zeitweiligem Realitätsverlust, Schlafstörungen und Halluzinationen kommen.
Der Kuschelsex wiederum ist relativ unbedenklich. Dazu braucht es lediglich die Anschaffung eines Haustieres, im Idealfall mit weichem, flauschigem Fell. Dieses kann gestreichelt, gepflegt oder einfach an die Wange gedrückt werden. Manche Singles behelfen sich mit Plüschtieren, was die Qualität des Liebesaktes jedoch deutlich reduziert. Kuschelsex ist zu jeder beliebigen Tageszeit und sowohl im Wohn- als auch im Schlafzimmer möglich, was ihn zur gesündesten und flexibelsten Variante macht.

Das moderne, am Puls des Zeitgeistes lebende Mauerblümchen hat freilich gelernt, den Coitus singularis *zu variieren und zu kombinieren. Dieser Vorgang hat etwas damit zu tun, dass man seinen Coffee to go* tall, grande, skimmed, soja, caramel, iced *oder* mit extra shot *bestellen kann. Das Haustier auf den Schoß, die Schokolade in Reichweite und der Fernseher mit HD-Qualität auf voller Schmachtstärke, die Fernbedienung in der Hand. Das höchste der Mauerblümchengefühle: Liebe to go mit einem Extrashot Sehnsucht. Wir leben eben im Zeitalter der Customisierung. Alles und jedes wird an die eigenen Bedürfnisse angepasst und in mundgerechten Portionen serviert. Die Generation Maki Rolls: gesund, hübsch, sauber – aber irgendwie unbefriedigt.*

(follow @dottiliest bei Twitter)

Die riesigen weißen Buchstaben heben sich deutlich vom roten Hintergrund ab. Auch aus großer Entfernung ist das Firmenlogo nicht zu übersehen: TOMAN ABSCHLEPP-DIENST. Irgendwie passend. Mitten im Inzersdorfer Industrieviertel habe ich ihn tatsächlich gefunden, den Fuhrpark mit der rot-weiß-roten Schrift. Laut Plan müsste ich, wenn ich geradeaus weitergehe, genau auf die Bahngleise stoßen. Bingo!

Nach dem unerfreulichen Ende des gestrigen Mittagessens habe ich Stellas Rat befolgt und ein wenig Internetrecherche betrieben. Es hat sich herausgestellt, dass es 2009 nur vier Abrisse größerer Wohnblocks in Wien gab. Zwei davon im Norden, wo ein gigantisches Shoppingcenter gebaut wurde, einen im Osten wegen schwerer Baumängel und einen im Süden, als die neue Außenring-Schnellstraße entstand. Mit Google Maps habe ich rasch herausgefunden, dass es dort jede Menge Bahngleise gibt, benutzte wie unbenutzte, und bin auf die Firma Toman gestoßen, das größte Abschleppunternehmen der Stadt mit einem weiß-roten Logo.

Es ist ein klischeehafter Herbsttag mit Bodennebel und diesem graublauen Zwielicht, das den Konsum von Antidepressiva um diese Jahreszeit rapide ansteigen lässt. Ich folge der Straße, gehe bis zu den Gleisen, zwischen denen feuchtglänzendes Gestrüpp wuchert. Die Geräusche des nahegelegenen Großgrünmarktes und das stetige, dröhnende Brummen der Autobahn, sonst sicher eine Art Grundrauschen, sind heute zu einem Gutteil vom Nebel verschluckt.

Wie in djflemings E-Mail beschrieben, folge ich den stillgelegten Bahngleisen. Selbst der Unrat, der hier und da verstreut liegt, ist von beinahe antiquarischem Wert. Die Aufschriften auf Tüten und Verpackungen sind kaum noch zu entziffern.

Es gehen nicht viele Menschen in diesem Viertel spazieren, und ich verstehe, warum. Vielleicht fände einer der berufsmelancholischen Literaten, die sich tagtäglich im *Pies & Pages* das Messingäffchen in die Hand geben, Gefallen an der Verwitterungsstimmung. Ich für meinen Teil möchte schleunigst zurück in meine geheizte Wohnung. Das Katzenfutterorakel war gnädig, ein wenig gekleckert, aber großteils aufgefressen. Ich könnte mir Rooibostee kochen und mich dem neuesten Elizabeth-George-Krimi widmen. Mit Inspektor Lynley nach London reisen, bis sich die verrückte letzte Woche in den Gerüchen von Camden Market verliert.

Das Problem ist der Kompass. Warum musste Stella mich auch damit aufziehen? Sie meinte nämlich, dass mir nur deshalb so viel Scheiße passiert, weil ich in den vergangenen drei Jahren keine Ambition gezeigt habe, dem Kompass zu folgen.

»Du forderst das schlechte Karma ja geradezu heraus.«

Wir hatten uns nach dem Zusammenstoß vor der Sushibar zurück in die Redaktion gerettet.

»Wie meinst du das?«

Ich war damit beschäftigt, mein Shirt notdürftig von Kaffeeflecken zu säubern, und stand, nur in BH und dreckigen Jeans, in der Damentoilette des *Österreichboten.*

»Na, du tappst von einem Fettnäpfchen ins nächste. Dieser Zusammenstoß war bloß die Spitze eines gigantischen Eisbergs. Du bist die Titanic, mein Schatz.«

Das konnte sie laut sagen. Nicht nur, dass ich von oben bis unten mit Kaffee bekleckert und mit Brandwunden übersät war, Lorenz hatte mich auch noch zu einem Date eingeladen.

Ein Date.

Mit Lorenz Kanzler.

Ausgerechnet zu einer Halloweenparty. Und weil ich unter Schock stand, hatte ich ja gesagt.

»Du könntest als Pechmarie gehen«, zog Stella mich auf. »Schütt dir einfach noch ein paar Becher Kaffee drüber, dann passt das.«

Ärgerlich rieb ich die Flecken mit mehr Seife ein. Sie mussten zumindest heller werden. Dabei rutschte mir die Seife aus der Hand und glitt auf den Fliesen durch den Spalt in die nächstgelegene Klokabine. Ich stöhnte. Stella schüttelte den Kopf.

»Siehst du? Es hat alles damit zu tun, dass du dich nicht an den Kompass hältst. Die Anhänger weisen dir den Weg zum Glück. Es sind deine Glücksrichtungen, das hab ich dir doch erklärt. Aber du hast dich die letzten drei Jahre in gar keine Richtung bewegt. Wir haben in Griechenland ein Sprichwort dafür.«

»Und das wäre?« Ich fischte die Seife unter der Klotür hervor und warf sie entnervt ins Waschbecken.

»Hast du etwas zwei Jahre auf die selbe Art erledigt, betrachte es sorgfältig. Hast du es fünf Jahre getan, betrachte es misstrauisch, und hast du es gar zehn Jahre getan, dann hör damit auf, und mach es anders. Oder, wie meine Oma immer sagte: *Nur ein rollender Stein setzt keinen Schimmel an.*«

»Deine Oma ist Mineralogin?«, rief ich. Ich föhnte mein Poloshirt unter dem Handtrockner, was es schwierig machte, Stellas Ausführungen zu folgen.

»Philosophin und Erfinderin der drei charydischen Weisheiten: *Es gibt keine Liebe ohne Sex. Es gibt keinen Sex ohne Liebe und …*«

»Das sind doch keine Weisheiten!«

»… und ohne Liebe und Sex bist du tot.«

Der Handtrockner verstummte. Ich hielt inne und sah sie an.

»Ist das dein Ernst?«

Sie breitete die Arme aus und schloss mich in eine weiche, duftende Stella-Umarmung ein. Als sie mich losließ, waren ihre Augen feucht, und meine brannten ein wenig, wahrscheinlich die Nachwirkungen des scharfen Wasabis aus der Sushibar. Etwas saß ganz knapp hinter meiner Zunge und wollte erzählt werden. Ich schmeckte venezianische Luft und roch das brackige Wasser der Kanäle, doch der Moment ging vorbei. Ich biss mir auf die Lippen, bis es schmerzte. Stella hielt mich auf Armlänge und betrachtete mich gründlich.

»Dotti, der Countdown läuft. Du solltest dich auf den Weg machen. Am besten fängst du damit an, herauszufinden, wer djfleming ist und was seine Botschaften zu bedeuten haben.«

In dieser Sekunde öffnete sich die Klotür, unter der ich meine Seife herausgefischt hatte, und Beatrice Kleidermann trat heraus, ohne uns eines Blickes zu würdigen. Mein Shirt war trocken, und ich schlüpfte hastig mit glühenden Wangen hinein.

Das *charydische Weltbild* beschäftigte mich am Abend zu Hause noch lange, während ich, zunehmend verzweifelt, nach der Uhr suchte. Wohin war sie verschwunden und – wichtiger – was machte mich eigentlich glücklich? Stella war mit Abstand der glücklichste Mensch, den ich kannte, also musste an der Philosophie ihrer Oma was dran sein. Der rollende Stein scheint zum Glück zu rollen.

Nur was, zum Teufel, ist eigentlich Glück? Geliebt werden oder selbst lieben? Guter Sex oder gute Gespräche? Miteinander gehen oder miteinander kommen? Gibt es da überhaupt ein Entweder-oder? Ich bin glücklich, wenn ich meine Wohnung betrete und der Kater auf seinem Lieblingsplatz zusammengerollt schläft. Ich bin glücklich, wenn ich meine Freundinnen treffe und mit ihnen Spaß habe. Auch wenn es völlig still ist und ich ein schönes Buch lesen kann, dann möchte ich vor Glück platzen. Warum also habe ich seit einigen Tagen das Gefühl, dass etwas fehlt?

Ich saß inmitten eines Haufens aus Couchpolstern, Hosen mit umgedrehten Taschen und leergeräumten Handtaschen auf dem Parkett und putzte nachdenklich meine Brille. Kein Zweifel, der Kompass war verschwunden, und meinem Leben fehlte seither die Prämisse. Das verfluchte Hauptthema aller Geschichten, die zentrale zielgerichtete Aussage. Eigentlich ging sie mir schon viel länger ab, falls ich je eine gehabt hatte. Bei der Erkenntnis fiel mir fast die Brille aus der Hand: Was, wenn es keine Prämisse gab? Wenn die liebevoll ausgesuchten *Beads* meiner Freundinnen gar nicht meine Ziele gewesen waren, sondern nur Wegweiser in einer viel größeren, unüberschaubaren Wiese, durch die ich laufe? Niemals hatte ich mich verlassener gefühlt als jetzt, wo sie auch noch fort waren. Unwillkürlich summte ich die Melodie eines Kinderliedes und dachte über die Worte nach.

And the green grass grows all around, all around …

Schließlich nahm ich einen Stift und ein Post-it und schrieb in großen Buchstaben meine Prämisse auf:

WACHSTUM FÜHRT ZU LIEBE!

Das Post-it klebte ich an mein größtes Bücherregal, genau auf Augenhöhe. Stella hatte recht. Es war an der Zeit, etwas zu ändern.

Natürlich konnte ich die Nachrichten von djfleming ignorieren. Konnte weiterhin blind daten und noch blinder bloggen. Doch ich entschied mich, das Risiko einzugehen und der Spur zu folgen. Ich würde herausfinden, wer dieser Mensch war, der mich so gut zu kennen schien. Schritte in die richtige Richtung.

Die Bahngleise machen eine leichte Rechtskurve und enden dann einfach. Hier ist das Gestrüpp besonders hoch, als hätte sich seit Monaten niemand darum gekümmert. Reste blecherner Baubaracken liegen herum und begrenzen die bestimmt mehrere tausend Quadratmeter große Fläche, die bis vor zwei Jahren das Grundstück eines riesigen Wohnkomplexes gewesen ist. Der Boden lässt erahnen, wo sich das U-förmige Gebäude befunden hat, so als wollte es bleibende Fußabdrücke hinterlassen.

Ich muss über einiges an Bauschutt klettern, bis ich den betonierten Platz in der Mitte erreiche. Hier finden sich noch etliche Spuren der ehemaligen Bewohner. Reste von Graffiti auf Mauersockeln, ein alter Basketballkorb ohne

Netz, in Stein geritzte Namen und Herzen sowie reichlich herumliegende Bierflaschen. Ich vermute, dass Jugendliche aus dem Bezirk sich regelmäßig an diesem Ort verabreden.

All das interessiert mich jedoch wenig. Fasziniert betrachte ich die Stelle, wo ein breiter Riss den Beton ziert, in dem Gras wild wuchernd sprießt, als Zeuge der Vergänglichkeit von Menschenschöpfung.

Heute Morgen, als ich dort auf dem rissigen Betonplatz stand, begriff ich, dass es nicht nur das Gras ist. Alles wächst, auch wenn wir es nicht sehen können. Unsere Gedanken, unsere Ideen, unsere Gefühle und vielleicht sogar unsere Füße.

Ich gehe in die Hocke und strecke die Hand nach dem Gegenstand aus, der im Gras liegt. Kurz bevor ich ihn berühre, ziehe ich sie wieder zurück, als könnte er mich verbrennen.

»Angst?«, sagt eine Stimme hinter mir. Erschrocken drehe ich mich um. Ich hätte nicht damit gerechnet, hier, am sprichwörtlichen Arsch der Welt, einem anderen Menschen zu begegnen. Schon gar nicht dem Menschen, der sich jetzt freundlich lächelnd zu mir hinunterbeugt.

»Annili?«

Orange Pekoe kläfft freudig, als sie meine Stimme hört, und wedelt mit dem Schwanz. Wahrscheinlich bin ich für sie untrennbar mit dem Geschmack von englischem Kuchen verknüpft.

»Es ist gefährlich, Dinge aufzuheben, die andere Leute weggeworfen haben«, sagt die alte Frau lächelnd. Sie trägt dieselbe riesige Brille und den beigen Wollmantel, doch diesmal darunter ein schlichtes braun und beige gemustertes Hauskleid sowie auf dem Kopf eine braune Pelzmütze. Ich stehe auf und greife zögernd nach ihrer ausgestreckten Hand. Sie drückt sie leicht, anstatt sie richtig zu schütteln, und legt die zweite auf mein Handgelenk. Eine sehr vertrauliche, herzliche Geste.

»Was tun Sie hier?«, frage ich sie.

»Ich wohne ein Stück stadteinwärts in der Laxenburger Straße. Orange und ich gehen jeden Tag bis hierher und zurück. Es ist ein schöner Spaziergang. Sie müssen wissen, Dotti, mit Mitte achtzig ist es wichtig, in Bewegung zu bleiben. Und Orange ist auch nicht mehr die Jüngste.« Annili tätschelt den Kopf des Hundes, der sie voller Hingabe aus den dunklen Knopfaugen mustert.

»So ein Zufall«, sage ich. »Ich bin heute zum ersten Mal in dieser Gegend. Aber«, mir kommt ein Gedanke, »wenn Sie täglich hier sind, sind Sie unter Umständen jemand anders begegnet. Einen Manm, der ebenfalls jeden Tag an den Bahngleisen entlang spazieren geht und sich besonders für das Gras in den Rissen interessiert.«

Annilis Augen ruhen auf mir. Ist da ein verstecktes Funkeln? Ein verräterisches Zeichen, dass sie weiß, wovon ich spreche?«

»Nein, Dotti, leider sind wir meist allein, Orange und ich. Wir mögen die Ruhe. Früher war es lauter.«

»Früher? Waren Sie schon da, als der Wohnblock stand?«

Sie nickt lächelnd.

»Natürlich. Ich wohne seit fünfzig Jahren in dieser Gegend. Ich war auch hier, als es den Wohnblock noch gar nicht gab. Lange vor Ihrer Geburt, Dotti. Ich habe gesehen, wie sie ihn gebaut haben, und später, wie sie ihn abgerissen haben.«

»Dann kennen Sie den Mann vielleicht doch. Er ist im Wohnblock aufgewachsen.«

»Das sind viele Menschen, Dotti. Kinder gab es jede Menge. Diese Betonfläche hier war ihr Spielplatz. Die Mütter konnten sie von den umliegenden Fenstern aus beobachten. Trotzdem gab es Schlägereien und Streiche wie überall. Im Winter haben sie Schneebälle geworfen, im Sommer schon mal Steine, wenn ihnen langweilig war.«

Ich habe ein bisschen Sorge, dass Annili gleich einen Vortrag über unartige Jugendliche hält, doch stattdessen kichert sie wie ein kleines Mädchen und deutet auf den verwitterten Basketballkorb.

»Manchmal ist mir der Ball vor die Füße gerollt, dann habe ich auch einen Wurf versucht. Und nicht selten getroffen.«

Ich grinse. Ich kann mir Annili irgendwie nicht als jüngere oder gar junge Frau vorstellen, die Basketballkörbe wirft und sich gegen Schneebälle zur Wehr setzt. Als würde sie meine Gedanken erraten, sagt sie: »Ich war nicht immer eine alte Schachtel, müssen Sie wissen«, und unser Lachen mischt sich mit dem graublauen Nebel zu einer angenehmen Herbstkulisse. Mein Blick kehrt zu dem Gegenstand zurück, der zwischen uns auf der Erde liegt, dort, wo der Beton den breitesten Riss hat.

»Ein interessantes Fundstück«, meint Annili. »Wo wohl der zweite abgeblieben ist?«

Orange nähert sich argwöhnisch dem Ding, steckt schließlich ihre platte Pekinesenschnauze hinein und wedelt heftig mit dem Schwanz.

»Ich glaube, es ist unbedenklich, ihn zu berühren. Hunde haben eine feine Nase für Gefahr.«

Nach einem letzten Zögern bücke ich mich und hebe den Gegenstand vorsichtig auf. Orange kläfft und hüpft an meinem Bein hoch, als wollte sie ihn mir wieder wegschnappen.

Es ist ein einzelner Schuh. Doch nicht irgendein Schuh, sondern exakt der gleiche schwarze Converse Chuck, den ich selbst trage, allerdings in Größe vierundvierzigeinhalb. Die Schuhbänder sind sorgfältig geschnürt, und er sieht zwar getragen, aber nicht schmutzig aus. Ich drehe ihn unentschlossen in den Händen. Der Schuh erinnert mich noch an irgendetwas anderes, auf das ich gerade nicht komme.

Einer plötzlichen Eingebung folgend schiebe ich die Schnürsenkel beiseite und greife mit der Hand ins Schuhinnere. Ich bin angespannt. Keine Ahnung, was ich erwarte, eine Mausefalle, die zuschnappt, oder ein böses Insekt, das mich beißt. Stattdessen finde ich ganz vorne in der Schuhspitze ein Stückchen Papier. Ich fische es heraus. Es handelt sich um eine Seite aus einem karierten Notizblock, mehrfach gefaltet.

Bekannte Unbekannte!
Wenn du diese Nachricht liest, hast du dich entschieden, meinem Fußabdruck zu folgen. Die Freude ist ganz meinerseits. Im Boden war ein Loch. Und in dem Loch, da war was? Erinnerst du dich? Das grüne Gras wächst rundherum. In genau sieben Tagen schlage ich Wurzeln für dich, wo ein Erzherzog und ein Prinz ihre Schatten werfen.
Dir verbunden,
djfleming

»Dotti? Alles in Ordnung?«

Ich lese den Zettel zum dritten Mal und schüttle verwirrt den Kopf. Ist das nun ein Date? Dafür ist die Zeit- und Ortsangabe reichlich vage. Er wird doch wohl nicht den ganzen nächsten Mittwochvormittag auf mich warten. Bloß, wenn es kein Date ist, was ist es dann?

Stellas Idee der Geocaching-Schnitzeljagd fällt mir ein. Spielt djfleming ein Spiel mit mir?

»Annili, es war wirklich nett, mit Ihnen zu plaudern, aber ich sollte jetzt gehen.«

Ich lege den Schuh genau so zurück, wie ich ihn gefunden habe und stecke, nach kurzem Zögern, auch den Zettel wieder hinein. Die Prämisse war falsch. Ich bin mir sicher, dass djfleming nur jemand mit einer guten Masche ist. Bestimmt tappen literarisch interessierte Frauen leicht in die Falle, wenn ihnen ein bisschen Abenteuer versprochen wird. Handschriftliche Notizen an entlegenen Plätzen, Radiobotschaften mit Hinweisen – soll der Herr doch seine Kunst bei der nächsten gutgläubigen Userin von *Literally in Love* einsetzen. Ich für meinen Teil bin und bleibe ein waschechtes Mauerblümchen.

Ich kehre dem Betonplatz den Rücken zu, mache einen Schritt in die Richtung, aus der ich gekommen bin, und nicke Annili zum Abschied zu, als es passiert. Orange zerrt an ihrer Leine, läuft mir genau vor die Füße, und bei dem Versuch, ihr auszuweichen, trete ich in einen Spalt im Boden, bleibe mit dem Schuh stecken und knicke um. Ehe ich mich wieder fangen kann, sitze ich auf meinen vier Buchstaben und starre in zwei riesige, erstaunte Hundeaugen.

»Dotti, um Himmels willen!«, ruft Annili. »Es tut mir furchtbar leid. Orange ist Ihnen genau vor die Füße gelaufen.«

»Schon gut«, antworte ich, rapple mich hoch und zerre meinen Schuh aus dem Spalt. Als ich ihn wieder auf den Boden setze, beiße ich mir vor Schmerz auf die Lippen. Der Fuß scheint nicht gebrochen zu sein, ist aber böse verknackst. Ich kann nur sehr vorsichtig auftreten, jede Bewegung schmerzt. Es wird ganz schön mühsam werden, auf diese Art zurück zur Busstation zu humpeln. Doch das ist es nicht, was mir momentan die größten Sorgen bereitet.

»Der Kompass«, flüstere ich.

Was für ein absurder Gedanke, versuche ich mich selbst zu beruhigen. Als könnte eine verschollene Uhr dazu führen, dass einem schlimme Dinge zustoßen. Totaler Blödsinn. Es war einfach Pech. *Pechmarie.* Oder eine Verkettung unglücklicher Umstände. Auf jeden Fall hat es nichts mit meiner Entscheidung zu tun, djfleming zu ignorieren.

Wirklich nicht? Das Kopfkino spielt die Galapremiere eines ganz anderen Films: Ich sehe meine Wohnung unter Wasser stehen, meine Bücher in Flammen aufgehen, Pohl, der mir mit ernster Miene erklärt, dass ich gefeuert bin, und mich meinen neuen Arbeitsplatz an der Supermarktkasse antreten. Ich bin mir sicher, wenn ich den Film zu Ende schaue, werde ich wie der geizige Mister Scrooge bei Charles Dickens mein eigenes Begräbnis zu sehen bekommen. In HD mit Dolby Surround Sound. »Nach langem Leiden verstorben an einer extrem seltenen Krankheit aufgrund fataler Fehlentscheidungen im Leben«, wird in der Todesanzeige stehen.

Ich muss ziemlich verstört dreinschauen, denn Annili legt fürsorglich einen Arm um meine Schulter und ihre Hand an meine Wange.

»Das wird schon, Dotti. *Bis du heiratest, ist es wieder gut,* hat meine Mutter immer gesagt. Ich habe zwar nie geheiratet, aber tröstlich war es trotzdem.«

Ich breche endlich in Tränen aus.

Eine Dreiviertelstunde später sitze ich auf einer kleinen Chaiselongue in Annilis Wohnung. Auf meinem Knöchel liegt ein halbes Kilo Rindfleisch, in der Hand halte ich eine arg geblümte Tasse mit heißer Milch, und neben mir hockt Orange, deren hungriger Blick zwischen beidem hin- und herflackert. Annili hat sich, nachdem ich erstversorgt war, in der Küche zu schaffen gemacht. Ich höre sie nebenan mit Metalltöpfen klappern.

»Es ist eine Kunst«, hat sie mir erklärt, »die Mandeln so zu kochen, dass sie sich gut schälen lassen, ohne das Aroma zu verlieren.« Mir ist nie vorher ein Mensch begegnet, der seine Nüsse selbst schält, anstatt sie essfertig in der Dose zu kaufen.

»Sehen Sie, das ist doch nicht das Gleiche, Dotti«, meint sie nun und gibt mir eine Handvoll noch warmer, feuchter, frisch geschälter Mandeln zu kosten. Ich esse sie andächtig, nippe an meiner Milch und kann mich an dem Raum, in dem ich mich befinde, nicht sattsehen.

Jeder Winkel von Annilis Wohnung ist vollgestopft. Nicht wie bei mir nur mit Büchern, obwohl es auch davon eine ganze Menge gibt: verteilt auf alte, wackelige Holzschränke und Glasvitrinen stehen Porzellanpferdchen neben Fingerhüten, Stofftiere neben Souvenirgläsern, Farbfotos verblichener Haustiere neben Schwarzweißaufnahmen lachender Menschen und dazwischen allerlei Nippes, Geschirr, Schmuck und Schneekugeln. Auch eine vorsintflutliche Reiseschreibmaschine ist vorhanden. Bei den Büchern dominieren Biografien, Kunst- sowie Geschichtsbücher und Fachliteratur zum Thema Hund.

Außerdem besitzt Annili die wohl gigantischste Sammlung von Hörkassetten, die ich je gesehen habe. Dazu einen passenden Kassettenplayer, so einen, wie ich ihn als Kind besaß. Märchenkassetten, damals das Neueste vom Neuen. Wenn sie hängenblieben, musste man sie mit dem Finger oder einem Bleistift manuell weiterspulen.

Auf den Fensterbrettern stehen Pflanzen in diversen Größen und Formen, mittendrin ein Vogelkäfig mit zwei Wellensittichen, die seltsamerweise beide *Putzi* heißen. Die Wände schmücken Zierteller mit Kätzchenmotiven, Blumenstickereien und einige Ölgemälde mit Frauenmotiven. In der Mitte des Zimmers steht ein massiver, runder Esstisch, der, ebenso wie drei der vier Stühle, mit Stapeln von Zeitungen bedeckt ist.

Annili scheint jedes Printmedium des Landes abonniert zu haben, hinkt aber mit ihrer Lektüre etwas hinterher, denn laut der Ausgabe von *Stars und Stories,* die obenaufliegt, ist Michael Jackson gerade verstorben.

»Ist das nicht tragisch?«, kommentiert Annili meinen Blick, als sie sich mit einem Metalltopf an den Tisch setzt und weiter Mandeln schält, »da hat der Mann so viel Geld in sein Äußeres investiert, und dann stirbt das ganze Kunstwerk mit ihm.«

»Äh, Annili, er ist jetzt seit über zwei Jahren tot.«

»Ich weiß, ich weiß. Aber tragisch ist es trotzdem.«

Sie schüttelt bedauernd den Kopf.

»Bringt es denn irgendwas, die Nachrichten von vor zwei Jahren zu lesen? Was heute in der Zeitung steht, ist doch morgen schon Geschichte.«

Zumindest hat man mir das im Publizistikstudium so beigebracht.

»Eben, Dotti. Andere Leute lesen historische Romane oder Geschichtsbücher. Ich lese jede Zeitung vollständig. Von der ersten bis zur letzten Seite. Dadurch bin ich zwar ein Stück zurück, aber ich versäume nichts, das passiert ist. Früher war ich natürlich schneller, doch heutzutage macht mich Lesen müde.«

Ich kann sie mir gut vorstellen, wie sie mit ihrer riesigen Brille auf der Nase und in eine Wolldecke gewickelt über Michael Jacksons Todesmeldung einnickt.

Zum ersten Mal seit dem Beginn dieses furchtbaren Datingexperiments fühle ich mich ruhig und geborgen. Wie früher als Kind, wenn ich krank war und meine Mutter mir Essigumschläge gemacht und Jane Austen vorgelesen hat. In Annilis Wohnung scheint die Zeit stillzustehen. Hier gibt es keine klingelnden Telefone oder surrenden Computer, die live mit der ganzen Welt verbunden sind. Ein betagter Röhrenfernseher ist das einzige moderne Gerät. Die Uhren haben noch Pendel, der Herd funktioniert mit Gas, und das Klo liegt auf dem Etagenflur. Man könnte glatt vergessen, dass irgendwo draußen Menschen rund um die Uhr auf Internetplattformen miteinander kommunizieren und das Leben aus Datentransfer besteht. Ein letztes Paradies.

Wie um mir das Gegenteil zu beweisen, meldet sich genau in dem Moment mein iPhone mit Vogelgezwitscher. Es ist eine SMS von Lorenz.

Weißt du schon, was du anziehst?

Wir sollten unsere Kostüme koordinieren.

Was hältst du von Gandalf und Pippin?

LGL

Seufzend schalte ich das iPhone aus.

»Ein Verehrer?«

Annili steckt sich eine Mandel in den Mund.

»Kollege«, antworte ich. »Annili, darf ich Sie etwas fragen?«

»Natürlich.«

»Wie haben Sie es geschafft?«

»Was denn?«

Ich deute vage um mich herum.

»Das hier. Das alles. So zu sein und so zu leben, wie Sie es möchten. Sie wirken so ... rund. In sich ruhend, zufrieden, meine ich, nicht dick. Sie haben all Ihre hübschen Sachen, Ihre Tiere, Ihre Bücher und nichts, was Ihnen fehlt.«

»Aber Dotti, wie kommen Sie darauf? Jedem fehlt irgendetwas.«

Sie lächelt, doch diesmal ein kleines bisschen melancholisch.

»Ich war nicht immer eine betagte Frau in Stützstrümpfen und Wollkleidern, die den lieben, langen Tag alte Zeitungen liest. Alles, was Sie hier sehen, ist Teil meines Lebens. Ein Leben, das ich gelebt habe. Schauen Sie, diese Blume zum Beispiel.« Sie nimmt eine silberne Rose aus einer zierlichen Vase und hält sie vorsichtig zwischen Daumen und Zeigefinger als könnte sie jeden Moment zu Staub zerfallen. »Ich habe sie, seit mein Vater mich zum ersten Mal in die Oper ausgeführt hat. *Der Rosenkavalier* bei den Salzburger Festspielen, 1937, zwei Jahre bevor er in den Krieg musste.

Lotte Lehmann hat wie ein Engel gesungen. Ich war gerade mal dreizehn Jahre alt, und meine Welt war kein bisschen wie die der heutigen Teenager. Aber das ist nicht der

Grund, warum ich Ihnen die Blume zeigen wollte. Damals habe ich mich unsterblich in Octavian verliebt und mir von Herzen genau so einen schönen, jungen Kavalier gewünscht, der mich rettet. Mein Vater konnte den Requisiteuren die silberne Rose für mich abschwatzen, und ich habe sie wie ein Heiligtum gehütet. Allerdings ist der richtige Kavalier dazu ausgeblieben. Also habe ich mich arrangiert.«

Sie steckt die Rose vorsichtig zurück in die Vase. Ein paar Falten mehr auf der Stirn, das ist alles, was ihr Gesicht verrät.

»Man kann mit jedem Leben glücklich sein, Dotti. Aber das heißt nicht, dass einem deshalb nichts fehlt oder dass man es stets so geplant hat.«

Neugierig betrachte ich Annili. Ebenso wenig wie ich sie mir als Wohnblock-Basketballstar vorstellen kann, sehe ich sie als schwärmerischen Teenager oder als verliebte junge Frau.

»Haben Sie denn immer allein gelebt?«

»Ich habe sehr spät allein gelebt. Als ich jung war, ist man nicht so einfach daheim ausgezogen und war Single. Es gab nicht mal den Begriff. Sie müssen wissen, ich bin gelernte Krankenschwester und habe meinen Beruf geliebt. Außerdem habe ich meine eigenen Eltern bis zu ihrem Tod gepflegt und natürlich bei ihnen gewohnt. Erst Ende der sechziger Jahre bin ich in diese kleinere Wohnung gezogen. Da war ich schon weit über vierzig. Ein Mauerblümchen«, fügt sie lächelnd hinzu. »Ich hatte noch einen älteren Bruder, der leider vor drei Jahren gestorben ist. Sein Sohn, mein Neffe, kommt oft vorbei und hilft mir. Er hat zwei Kinder, die ich aber selten sehe, weil er geschieden ist.

Ich war mit meinem Beruf verheiratet, und dort, auf der

Station, habe ich auch meinen Namen bekommen: Schwester Annili. Alle Kolleginnen und die Patienten nannten mich so. Viele besuchen mich heute noch, mit ihren Enkeln, schicken mir Blumen und Diabetikerschokolade zum Geburtstag oder sprechen mich und Orange auf der Straße an. Ich frage mich nur selten, wie anders mein Leben hätte sein können, wie es wäre, eine eigene Familie zu haben, weil jeder Mensch, der bei mir ein und aus geht irgendwie meine Familie ist.«

Wir sehen uns an, das alte Mauerblümchen und das junge. Da ist etwas in ihrem Wesen, das mich sie bewundern lässt. Man belächelt ja stets die ewigen Jungfern, die das Leben übriggelassen hat, die keiner wollte, die *Spinsters* im Englischen, verschroben und schrecklich armselig. Doch hier sitzt eine Frau in ihren Achtzigern, der man eine gewisse Schönheit von früher noch von den Wangenknochen ablesen kann, die herzlich, klug und voll wunderbarer Erinnerungen ist. Eine Frau, die ein Leben gelebt hat, das nicht schlechter oder besser war als das von Verheirateten und Müttern. Nur anders.

Ich nehme das mittlerweile zimmerwarme Stück Fleisch von meinem Fuß und bewege vorsichtig die Zehen. Der Knöchel ist geschwollen, aber er tut fast nicht weh. Orange bellt und schnuppert interessiert an dem Bein, das ich behutsam auf den Fußboden stelle. Annili erhebt sich mit einiger Mühe von ihrem Stuhl und nimmt mir das Rindfleisch ab.

»Besser?«

»Ich glaube schon.«

Mit ihrer Hilfe schaffe ich es, von der Chaiselongue aufzustehen. Es schmerzt weniger als zuvor.

»Vielen Dank, Annili. Ich hoffe, ich habe Ihnen keine Umstände gemacht.«

»Im Gegenteil. Es war schön, mit Ihnen zu plaudern, Dotti. Kommen Sie mich jederzeit besuchen!«

»Das werde ich«, verspreche ich ihr und humple quer durchs Wohnzimmer. Es wird Zeit, mir ein Taxi zu rufen und nach Hause zu fahren. Ich wähle die Nummer der Taxizentrale, doch in dem Moment, als sich am anderen Ende der Leitung eine Frauenstimme meldet, fällt mir noch eine wichtige Frage ein. Ich bleibe abrupt stehen und lasse das Handy sinken.

»Annili, haben Sie je eine Liste von Zielen besessen, die zum Glück führen? Eine Art Kompass für ein erfülltes Leben, wie es meine Freundin Stella nennt?«

Annili lächelt.

»Eine schöne Bezeichnung. So einen Kompass hat vermutlich jeder. Ich habe nur keine Ahnung, wo meiner hingekommen ist.«

Mein Herz klopft schneller.

»Erinnern Sie sich noch, was Ihre Ziele waren?«

»Ich erinnere mich sehr gut.«

»Haben Sie sie alle abgehakt, oder fehlt Ihnen etwas?«

Sie denkt darüber nach. Dabei tritt die Sehnsucht der silbernen Rose in ihre hellen Augen und bringt sie zum Glänzen.

»Ich wäre gern einmal in New York gewesen. Ich habe als Mädchen so viele Romane über New York gelesen, besonders nach dem Krieg, als das Amerikanische wie eine große Welle über den Atlantik gekommen ist. Ich glaube, ich habe mich ein bisschen in die Stadt verliebt. Aber es hat nie geklappt. Wie in dem Lied von Udo Jürgens.«

Sie zuckt mit den Schultern.

»Abgesehen davon ist mir nie etwas abgegangen. Warum fragen Sie?«

»Glauben Sie, dass man auch glücklich werden kann, wenn einem eine Sache fehlt?«

»Wie New York?«

»Eher wie die Liebe.«

Ich suche nach einer positiven Antwort in ihren Augen. Sie betrachtet mich ein paar Sekunden lang bewegungslos. Einziges Geräusch in der Stille ist eine verzerrte Frauenstimme, die: »Taxi Vierundzwanzig, was kann ich für Sie tun? Hallo? Hallo?« plärrt. Ich muss das Gewicht von einem Bein aufs andere verlagern und beiße mir vor Schmerz auf die Lippen. Annili ergreift meine Hand, die ohne Handy.

»Wissen Sie, Dotti, ich habe nicht aufgehört, fest daran zu glauben, dass ich eines Tages nach New York komme. Ich brauche mir nur ein Flugticket zu kaufen, in ein Flugzeug zu steigen und ein paar Stunden still zu sitzen. Eigentlich ganz einfach. Ich war nur nie mutig genug.«

Liebst du schon oder lebst du noch?

Fakegesicht

Freitag, 28. Oktober

Im Netz tragen wir alle Masken. Hinter der Tastatur unserer virtuellen Kommunikation sind wir genau so, wie wir gern wären. Das Licht des Bildschirms erhellt uns von der Seite, die wir beleuchtet haben wollen. Wer schüchtern ist, gibt sich online als charmanter Witzbold, wer keinen Humor hat,

versteckt sich hinter einem Strichcode aus Smileys, und die Emoticons der Internetgeneration faken *jeden passenden Gesichtsausdruck mit nur wenigen Klicks.*
Nehmen wir zum Beispiel meine neueste LiLo-*Eroberung, meistereder35. Sein Markenzeichen ist das Zwinkersmiley ;-). Diese Kombination aus Semikolon, Strich und Klammer kommt relativ harmlos daher, ist aber eine Geißel der Menschheit. Wann genau haben wir aufgehört, unsere Texte augenzwinkernd zu formulieren? Wann ist uns die Ironie der Sprache ausgegangen? Heutzutage liest sich ein virtueller Annäherungsversuch in etwa so:*

Hallo! ;-) Dein Profil gefällt mir, du bist sehr sexy. ;-)) Wollen wir mal chatten? Ich bin ein guter Zuhörer. ;-)

Das erste Zwinkersmiley ist wohl von der allgemeinen, zublinzelnden Sorte. Meine sexuelle Ausstrahlung dagegen scheint ihre Wirkung zu verfehlen, wenn ich lediglich doppelzwinkersexy bin. Dafür ist Meister Eder ein Genie des abschließenden Zwinkerns. Mit so einem Semikolon-Grinsen macht man schließlich nichts falsch. Vier Sätze, drei Zwinkersmileys. Hätte er sie weggelassen, wäre das Anschreiben zwar an Bedeutungslosigkeit kaum zu überbieten, würde einem aber auch nicht klammeraffig entgegenbrüllen: »Ich bin ein lustig-ironischer Single und blinzle mir deinetwegen ein nervöses Zucken ins Auge.«

Ich stelle mir in solchen Fällen immer einen blassen Enddreißiger mit Pearl-Brille vor, der mit versteinerten Gesichtszügen Smileys in die Tastatur klopft. Und in absehbarer Zukunft laufen wir vermutlich alle mit verspannten

Mienen herum, und wenn uns jemand begegnet, den wir kennen, läuft der Dialog ungefähr so:

»Wie geht es dir?«
»Gut, Doppelpunkt, Strich, Klammer zu. Und dir?«
»Nicht so. Doppelpunkt, Strich, Klammer auf. Hörsturz und Tinnitus. Aber mein Arzt sagt, ich soll die Ohren steifhalten, Semikolon, Strich, Klammer zu, Klammer zu.«
»LOL!«
»G.«

*Ich habe ja ohnehin die starke Vermutung, dass *fg* gar nicht für »fieses Grinsen«, »fettes Grinsen« oder »freches Grinsen« steht, sondern für »Fakegesicht«. In diesem Sinne: ;-)*

(follow @dottiliest bei Twitter)

»Selber Rotkäppchen, du Zwerg«, entgegnet Rita dem schmächtigen Typ, an dem ein grünes Seidenhemdchen lose herunterhängt und dessen blasses Gesicht mit einem rotbraunen Vollbart ausgestattet ist. »Gibt es hier eigentlich auch etwas anderes Alkoholisches als Met und Butterbier?«

Wir stehen am Getränkebuffet und halten nach trinkbaren Flüssigkeiten Ausschau.

»Ich bin kein Zwerg, sondern ein Gnom«, antwortet der Typ und schiebt seinen Bart beiseite, um einen Schluck Met zu nehmen. »Zwerge sind barbarische Tölpel, wir Gnome sind geistige Genies.« Beim Trinken hält er sich zusätzlich die Nase zu. Rita beobachtet ihn dabei.

»Ist das Zeug so schlecht?«

Er schüttelt den Kopf. »Ich mag keinen Alkohol.«

»Und warum trinkst du dann Met?«, frage ich.

Er sieht uns an, als wären wir beide total durchgeknallt.

»Was sollte ein Gnom denn sonst trinken?«

Kopfschüttelnd lässt er uns stehen.

»Meinst du, er hat auch ein Gnomschwänzchen?«

»Rita!«

»War ja nur hypothetisch gemeint«, sagt sie und zupft beleidigt an ihrer Kopfbedeckung herum.

»Jetzt lass das Ding mal, wo es ist, du machst es nur schlimmer.«

In dem Moment kommt Lorenz mit zwei gefüllten Tellern auf uns zu. Er sieht in seinem Kostüm ein wenig unglücklich aus, schließlich hatte er weitaus originellere Ideen als Harry Potter mit einer beschissenen weißen Eule auf der Schulter. Aber nachdem ich mich geweigert habe, mehr als einen schwarzen Hogwarts-Umhang zu tragen, wurde ich kurzerhand zu Ginny Weasley erklärt, Harry Potters rothaariger kleiner Freundin. Vermutlich ein Wink mit dem Besen.

»*There you go, Ladies.*«

Aus irgendeinem abstrusen Grund meint Lorenz, dass die Figuren, die man darstellt, in ihrer Originalsprache kommunizieren sollen.

»Was, um Himmels willen, ist das denn?«, stößt Rita entsetzt aus. Tatsächlich sehen die Objekte auf unseren Tellern verdächtig nach etwas aus, in das man auf der Straße tunlichst nicht treten sollte.

»*Vegetarian Cevapcici*«, antwortet Lorenz mit stark britischem Akzent. »*It's very good.*«

»Kannst du mal mit dem Quatsch aufhören und deutsch reden?«, entgegnet Rita.

»*But I am Harry Potter.*«

»*And I am Lord Voldemort, killing you with a Cevapcici fork.*«

Rita hebt drohend ihre Gabel. Wenn es zwischen zwei Menschen so etwas wie Abneigung auf den ersten Blick gibt, dann trifft das auf Rita und Lorenz zu.

Um der unangenehmen Situation eines Einzeldates mit Lorenz zu entgehen, habe ich Rita unter Berufung auf den Freundinnen-Notfall-Code gezwungen, mich zu der Halloweenparty zu begleiten. Katharina wäre die erste Wahl gewesen, schließlich besitzt sie eine komplette Hufflepuff-Uniform, aber in der Buchhandlung, in der sie arbeitet, ist heute Horrornacht. Christine singt bei einem Hexenkonzert, Miki hat ihren Single-Fusion-Kochkurs mit Spezialthema Kürbismaki, und Stella kann Halloween nicht ausstehen. Blieb nur Rita. Nachdem deren Kleiderschrank jedoch nichts Fantasy-Nerd-Taugliches enthielt, waren wir am Samstagnachmittag in einen Sexshop eingefallen, um ein Outfit für sie zu besorgen. Einen Kostümverleih oder Ähnliches zu betreten, weigerte sie sich.

»Dotti«, sagte sie, »Plastikpenisse in diversen Ausführungen, Latexstrapse und Schweinskramfilme schrecken mich nicht ab. Im Gegensatz zu dir finde ich nämlich, dass zum *Coitus singularis* etwas mehr gehört als Schokopudding, Kuscheltierchen und Meg Ryan. Aber du kriegst mich nicht in ein Geschäft mit *Clownsnasen* in der Auslage.«

Rita hasst Clowns. Ich erinnere mich, dass wir einmal in der Fußgängerzone unterwegs waren. Unmittelbar vor H&M stand ein dummer August, der für die *Roten Nasen* Spenden sammelte und dafür mit bunten Bällen jonglierte. Rita rief seelenruhig die Polizei unter dem Vorwand, der Kerl hätte sie beleidigt, und sah dann dabei zu, wie er verhört wurde.

»Er hat meine Intelligenz beleidigt«, erklärte sie den verblüfften Polizisten. Einer von ihnen ist keine Woche später in ihrem Bett gelandet, aber das ist eine andere Geschichte.

Weil wir sie nicht in eine passable Hogwarts-Schülerin verwandeln konnten, steht Rita nun in gigantischen High Heels, Netzstrümpfen, schwarzem Lederkleid, mit wasserstoffblonder Langhaarperücke und einem roten Kopftuch inmitten lauter Hornbrillen tragender Elfen, Orks und Zauberer.

Lorenz mustert sie von oben bis unten.

»Als was gehst du eigentlich?«

»Lady Gaga.«

»Wie passend. Ich hätte eher auf Rotkäppchens ordinäre Schwester getippt.«

»Ja?« Rita verschränkt kämpferisch die Arme vor der Brust. »Und dir hat offensichtlich jemand ins Hirn geschissen und statt zu spülen, einen Blitz draufgemalt.«

Ich lasse die beiden Streithähne stehen und mache mich auf die Suche nach etwas, mit dem ich die vegetarischen Cevapcici runterspülen kann.

Wenn es eine Steigerung von Nerd gibt, dann sind das viele Nerds in Kostümen, die ein Wohnzimmer so dekorieren, dass es wie Mittelerde nach einem Besuch von *Wohnen nach Wunsch* aussieht. Die eigentliche Bedeutung von Halloween wird nur durch mehrere über dem Buffet angebrachte Hexenlampions zelebriert. Ansonsten lautet das Motto der Party »Fantasy Cosplay«, ein Phänomen, das mir schon auf der Leipziger Buchmesse untergekommen ist.

Um zum Tisch mit den antialkoholischen Getränken zu kommen, muss ich mich an einer pickeligen Elfe, einem übergewichtigen Professor Snape und einem Typen mit Pferdekopf vorbeidrängen. Mein Knöchel schmerzt immer noch ein wenig, also humple ich nicht sehr *finny-like* am Buffet entlang. Ich nehme einen Becher und fülle ihn mit einer Lauge, die sich »antialkoholische Elfenbowle« nennt, blassrosa gefärbt ist und nach Duschgel müffelt. Eine junge rotgelockte Frau in Männeruniform beobachtet mich dabei.

»Das Zeug ist reiner Chihuahua-Urin. Ich weiß, wie so etwas aussieht, ich habe einen Chihuahua.«

Sie gießt eine blaue Flüssigkeit aus einer zierlichen Flasche in ein Schnapsglas schüttet Zucker auf einen löchrigen Löffel, träufelt noch mehr Blau drüber und zündet den Zucker schließlich an. Eine kleine Flamme beleuchtet ihr blasses Gesicht und die schillernd grünen Augen.

»Ist das …?«

»Absinth«, sagt sie, während karamellisierter Zucker durch das Löffelloch tropft. »Besser gesagt tschechischer Absinth nach Originalrezept. Der ist nicht grün, sondern blau.« Sie reicht mir das Glas. Ihre Hände stecken in edlen, weißen Lederhandschuhen. »Probier mal!«

»Nein danke«, wehre ich ab, »ich vertrage nichts Hochprozentiges.«

Sie legt den Kopf schief und sieht mich aus stark geschminkten Augen an.

»Diese Ansammlung von Nerds wirst du ohne hochprozentige Unterstützung kaum den ganzen Abend lang ertragen, Hase. Es sei denn, du isst die vegetarischen Cevapcici oder trinkst zu viel Chihuahua-Bowle, dann hängst du über der Toilette. Und jetzt entschuldige mich, ich muss das Eck mit den *Reenactment*-Nerds suchen, wir führen gerade eine Diskussion bezüglich unseres Kuchenstreits zum Wiener Kongress. Die Chose ist zugleich tragisch und unterhaltsam.«

Ich sehe ihr nach, wie sie in ihren hohen Herrenstiefeln durch die Küche davonstapft. Jetzt erst fällt mir auf, dass an ihrer Seite ein Florett baumelt.

Ich rieche an der blassblauen Flüssigkeit in meinem Glas. Vielleicht könnte ich einen Schluck vertragen. Immerhin habe ich das ganze Wochenende damit verbracht, das Internet nach Lokalen und Orten zu durchsuchen, die »Prinz« oder »Erzherzog« im Namen tragen. Es gibt das Hotel Erzherzog Rainer, die Prinz-Eugen-Straße, den Erzherzog-Johann-Platz, das Café Prinz, doch nichts davon will so richtig zu djflemings Botschaft im Schuh passen. Nur etwas mehr als ein Tag bleibt mir, um den Ort zu erraten, an dem er am Mittwoch für mich Wurzeln schlagen wird.

»Was ist das?«

Rita deutet auf mein Schnapsglas und senkt den Kopf, um daran zu riechen. Anscheinend war sie hungrig genug, um die Cevapcici zu essen, zumindest ist ihr Teller leer. Lorenz ist in ein Gespräch mit jemandem verwickelt, der verdächtig nach Gollum aussieht, aber auch Dobby, der Hauself sein könnte.

»Absinth. Möchtest du?«

Sie schüttelt sich.

»Nein danke, in meinem Magen streitet sich der Met mit den Cevapcici darum, wer zuerst Sodbrennen verursachen darf.«

»Rita?«

»Hm?« Wir müssen einer Gruppe Orks ausweichen, die es auf das Butterbier abgesehen hat.

»Weißt du einen Ort, wo ein Prinz und ein Erzherzog Schatten werfen?«

»Dotti, wenn ich wüsste, wo ein Prinz zu finden ist, wäre ich dann heute Abend in Nerdhausen mit Wer-will-Lady-Gaga-vögeln-Heels?«

Jemand neben uns räuspert sich. Es ist der Typ mit dem Pferdekopf. Ich fahre etwas leiser fort: »Es muss ein Platz sein, wo man Wurzeln schlagen kann.«

»Also hier schon mal nicht«, sagt Rita und wirft Pferdekopf einen bösen Blick zu. Der lässt sich nicht stören und schenkt sich in Ruhe Met ein. Ich frage mich, durch welche Körperöffnung er den zu trinken gedenkt, als Lorenz zu uns tritt und auf meinen Teller deutet.

»Die Cevapcici werden kalt. Hast du keinen Hunger, Schatz?« Ohne Vorwarnung legt er mir eine Hand auf die Hüfte und macht dabei ein Gesicht, als hätte er soeben den Quidditch-Worldcup gewonnen.

Angesichts dieser neuen Wendung hebe ich mein Glas, studiere noch einmal die farbige Flüssigkeit darin und schütte sie schließlich auf ex runter. Was sein muss, muss sein.

»Dotti, alles in Ordnung?«

Bazinga! Raum und Zeit beschleunigen sich. Hey, Scotty, so fühlt sich Beamen an, denke ich zusammenhanglos. Mein Kopf dröhnt, als wäre er an einen Verstärker angeschlossen worden, und die Stimmen auf der Party geben ein böses Echo. Im Gegensatz dazu ist mein Blick total scharf, ich kann jedes Detail erkennen: Die ausgefransten Ikea-Rattanmöbel, in denen Menschen in traurigen, selbstgebastelten Verkleidungen herumlungern und darauf warten, dass der Gewinner des Kostümwettbewerbes bekanntgegeben wird. Den Zwerg, der ein Gnom sein möchte, wie er über die politische Bedeutung von *World of Warcraft* philosophiert, während sich der Klebstoff seines Barts allmählich löst. Die Orks sind in eine Partie *Dominion* versunken, und der Gastgeber, der verdächtig nach Legolas dem Elb aussieht, nur ohne Orlando Blooms schönes Gesicht, flirtet gerade mit einem verschüchterten Draco Malfoy.

Auf einmal wird mir klar, warum ich mich die ganze Zeit so beobachtet fühle: Diese Halloweenparty ist in Wahrheit eine Ansammlung verschiedenster Sorten von Mauerblümchen. Lorenz und ich sind weit und breit das einzige Pärchen, wobei ja keiner wissen kann, dass das lediglich Wunschkino im Kopf von Harry Potter persönlich ist. Ich dagegen sehe zum ersten Mal seit Jahren klar, und die Erinnerung schlägt mit voller Wucht zu. Diesmal gibt es kein Entkommen. Die Schreie der Möwen sind zu laut, und das Bild vor meinem inneren Auge ist zu deutlich.

Wir stehen an der Reling des Vaporettos, das langsam den Canal Grande entlangfährt. Ausgerechnet in Sichtweite der Rialtobrücke bricht die Sonne durch den ansonsten bewölkten Himmel, und ich denke: Scheiße, das ist das Happy-End-Wetter. Paul, der bis dahin konzentriert ins Wasser gestarrt hat, wendet sich mir zu. Er lächelt nicht, sondern sieht mich todernst an. Bei diesem Blick dreht sich mir der Magen fast um, und alles um mich wird verschwommen, so als hätte mir jemand die Brille … »Dotti?«

Ich finde mich in Lorenz' Armen wieder, während Rita mir besorgt die Wange tätschelt. »Alles okay? Du bist plötzlich nach vorne gekippt. Hier, deine Brille, ich konnte sie grade noch auffangen.«

Ich löse mich hastig von Lorenz, nehme die Brille und setze sie auf. Augenblicklich wird mein Sichtfeld klarer, wenn meine Knie auch noch ein wenig zittern und mein Knöchel unangenehm pocht. Ich muss raus, und zwar schleunigst. Doch wie werde ich Lorenz los?

»Wasser«, flüstere ich, hollywoodreif. »Kannst du mir ein Glas Wasser holen?«

Lorenz eilt sofort davon. Kaum ist er weg, mache ich Rita ein Zeichen. Aber sie reagiert nicht. Sie steht stocksteif da und glotzt mich aus großen Augen an.

»Rita?«

»Mir ist schlecht«, ist das Einzige, was sie rausbringt, ehe sie im Laufschritt Kurs aufs Badezimmer nimmt.

»Ich sagte doch, die Cevapcici sind besser zu meiden«, höre ich die Stimme der jungen Offizierin aus irgendeiner Ecke. Verdammt! Also muss ich versuchen, ohne Rita zu entkommen.

Vorsichtig, um auf meinen wackeligen Beinen nicht zu

stürzen, gehe ich in die Richtung, in der ich die Wohnungstür vermute. Dabei befreie ich mich vom lästigen Hogwarts-Umhang und plaziere meinen Teller mit Cevapcici auf der Stereoanlage – dem einzigen freien Platz. Als ich endlich das Wohnzimmer durchquert habe, was zwischen spastisch tanzenden Elfen gar kein leichtes Unterfangen ist, stelle ich fest, dass ich in eine Sackgasse gelaufen bin. Denn nach dem Wohnzimmer kommt nur das Schlafzimmer, wie mir ein Blick in einen schwach beleuchteten Raum mit Hochbett und Alan-Rickman-Schrein samt Grablicht darunter verrät. Ich kehre um, doch in dem Moment sehe ich Lorenz, der mit einem Glas Wasser in der Hand irritiert nach mir Ausschau hält. Fluchend ziehe ich mich wieder ins Schlafzimmer zurück.

»Brauchen Sie Hilfe?«, flüstert eine Stimme hinter mir.

Ich drehe mich um und kann einen Schrei gerade noch unterdrücken. Es ist Mister Pferdekopf, der im Halbdunkel wie Frankenstein höchstpersönlich aussieht.

Ein helles, warmes Lachen erklingt, ein Lachen, das mich an irgendetwas erinnert.

»Wissen Sie, wie ich hier rauskomme?«, raune ich Pferdekopf zu.

»Natürlich.« Er lacht erneut und nimmt mich bei der Hand. Seltsamerweise fühlt sich dieser spontane Körperkontakt nicht unangenehm an. Ich versuche, etwas von meinem Begleiter zu erkennen, doch der Pferdekopf und die Lichtsituation machen es unmöglich. Durch eine Tür neben dem Alan-Rickman-Schrein geht es ins Badezimmer. Hier ist es zwar hell, aber den Anblick von Rita, die hustend über der Kloschüssel hängt, hätte ich mir gern erspart. Lady Gaga am Tiefpunkt ihrer Karriere oder Rotkäppchen, vom

Wolf ausgespuckt. Sie hebt den Kopf und sieht uns verwirrt an.

»Entschuldigung«, sagt Pferdekopf und zieht mich hinter sich her zur anderen Badezimmertür. Er entriegelt sie, und zu meiner grenzenlosen Erleichterung führt sie direkt in den Flur. Jetzt weiß ich endlich, wofür Durchgangsbadezimmer gut sind. Professor Dumbledore, oder wer auch immer seine Finger im Spiel hatte, ich danke von Herzen für diesen Wink des Schicksals.

Nach wie vor leicht benommen stolpere ich aus der Wohnungstür hinaus. Rita ist mir dicht auf den Fersen und hält sich an meinem Arm fest.

»Kommen Sie zurecht? Ich rufe Ihnen ein Taxi, warten Sie einfach vor dem Haustor,« höre ich den Pferdekopf rufen.

»Danke«, ist das Einzige, das mir als Antwort einfällt.

»Keine Ursache. Und denken Sie daran, dass Prinzen und Herzöge etwas gemeinsam haben.«

»Und das wäre?«

»Sie sind für gewöhnlich Helden«, antwortet er, und während die Türe zwischen uns ins Schloss fällt, bin ich mir sicher, dass er unter dem Pferdekopf lächelt.

Liebst du schon oder lebst du noch?

Beziehungsstatus Mauerblümchen

Mittwoch, 2. November

Wir sind überall. Die Frau im Supermarkt, die die Halbliterpackung Milch, eine einzelne Tüte Asia-Nudeln, eine Banane, einen Monatsvorrat Katzenfutter sowie die große zartschmelzende Milka-Tafel mit ganzen Nüssen bezahlt und nicht bemerkt, dass der gutaussehende Mann hinter ihr identische Portionen im Einkaufswagen liegen hat. Der Typ im Kino, der in der vorletzten Reihe sitzt und sich räuspert, sobald das Pärchen vor ihm die Köpfe zusammensteckt. Die Kellnerin im Schnellimbiss, die ihrem Kollegen sehnsüchtige Blicke zuwirft und ihm lächelnd ein schönes Wochenende wünscht, wenn er von seinem Freund abgeholt wird. Der Student, der jeden Tag allein in der Mensa isst und sich nicht traut, die Kommilitonin anzusprechen, die am Nebentisch das Gleiche tut.

Wir sind Einzelpackung.

Wir sind Pluskatze.

Wir sind Plushund.

Wir sind Spieleabend-mit-Freunden.

Wir sind Eine-Karte-bitte.

Wir sind Samstagabendfernsehprogramm.

Wir sind Mauerblümchen.

Für uns werden Bauersfrauen, Schwiegertöchter und Bachelorprinzessinnen gesucht. Unseretwegen segeln Traumschiffe durch die fiktive Südsee und sozial benachteiligte Telenovelaheldinnen in die Arme ihrer reichen, attraktiven Chefs. Boygroups, Mannerschnitten und Johnny Depp wurden extra für uns erfunden. Und wir sind es, die Online-Datingplattformen wie Literally in Love *mit unseren Illusionen finanzieren. Instant-Hoffnung für die Mikrowelle daheim. Schnell, unproblematisch und immer wieder aufwärmbar. Das passende Pluseins wartet auf uns, wir müssen es nur per PayPal oder Kreditkarte bestellen. Inklusive Mehrwertsteuer versteht sich.*

Lasst uns den Spieß umdrehen! Von jetzt an besetzen wir schamlos Zweiertische in Restaurants und reservieren in

Flugzeugen die Fenster- und Eckplätze. Wir ernähren unsere Katzen artgerecht und verfüttern an sie das zweite Putenschnitzel aus der Packung. Wir lassen uns das Brot im Supermarkt vierteln und trauen uns, auf die Frage nach dem Familienstand mit »in Freiheit« zu antworten. Wir könnten einander In-Case-of-Emergency-*Personen sein und Familienpackungen teilen, um die Preisgestaltung von Einzelprodukten zu unterlaufen.*
Hiermit rufe ich zur Gründung des ersten internationalen Mauerblümchenclubs auf. Zückt eure Smartphones, eure Tablets oder eure Computer und postet auf Facebook, Twitter, Google Plus folgende Statusmeldung: »Ein Mauerblümchen wächst selten allein!«

(follow @dottiliest bei Twitter)

Mittwoch, 2. November

»Ist das Ihr Baum?«

»Wie bitte?«

»Der da. Der kleine, frisch gepflanzte.«

»Dieser?«

»Jawohl.«

»Ich habe mit diesem Baum nichts zu tun.«

»So? Und wie kommt dann die Erde unter Ihre Fingernägel?«

»Das ist keine Erde. Das ist Schokolade.«

Ich stecke den Zeigefinger in meinen Mund und sauge genüsslich dran. Mit großer Mühe gelingt es mir, nicht das Gesicht zu verziehen. Der höchstens einen Meter sechzig kleine, magere Polizist erblasst.

»Sie haben soeben Eigentum der Republik Österreich verschluckt.«

»Hab ich nicht.«

»Haben Sie wohl.«

Er zückt ein Büchlein und einen Stift.

»Name?«

»Wozu brauchen Sie denn meinen Namen?«

»Es ist verboten, auf öffentlichen Plätzen Bäume zu pflanzen.«

»Und wieso?«

Darauf hat der Polizist auch keine Antwort. Er ignoriert meine Frage und tippt ungeduldig mit dem Kugelschreiber in sein Büchlein.

»Name?«

»Wie oft soll ich es noch sagen, das ist nicht mein Baum. Ich besitze überhaupt keine Bäume, nirgends.«

»Ach ja? Und warum steht dann davor ein Täfelchen mit *icherzählerin?*«

»Keine Ahnung.«

»Junge Frau, Sie befinden sich mitten auf dem Wiener Heldenplatz, zwischen den Reiterstandbildern von Prinz Eugen und Erzherzog Karl, Gott hab ihn selig. Das ist kein Kinderspielplatz und kein Dorfacker. Wo kämen wir denn da hin, wenn jeder hier sein privates Bäumchen pflanzt?«

»Ich. Habe. Kein. Bäumchen. Gepflanzt.«

Ich spreche langsam und deutlich, weil der Polizist offensichtlich begriffsstutzig ist.

»Das können Sie Ihrer Oma erzählen.« Der kleine, blonde Asterix-Schnauzbart über seiner Oberlippe zittert vor Erregung. »Sie knien auf einer öffentlichen Grünfläche, die Finger voller Erde, ein Schild mit *icherzählerin* in der Hand, für wie dumm halten Sie mich eigentlich? Ich muss jetzt Ihre Personalien aufnehmen. Sie erhalten eine Anzeige wegen Sachbeschädigung. Das gibt eine saftige Geldstrafe. Ihren Ausweis bitte!«

Ich überlege fieberhaft.

»Ich habe keinen Ausweis dabei.«

»Soso.«

»Ich fahre nicht Auto und laufe gewöhnlich nicht mit dem Reisepass durch die Stadt. Ich habe nicht mal mein Portemonnaie eingesteckt.«

Der Polizist kratzt sich unentschlossen mit dem Kugelschreiber hinter dem Ohr.

»Dann sagen Sie mir jetzt bitte ohne weitere Umschweife Ihren Namen und Ihre Adresse.«

»Loos«, lüge ich, einer spontanen Eingebung folgend. »Sorina Loos.«

»Mit Doppel-O?«

»Genau.«

Was mache ich da bloß? Ich schwärze gerade meine Chefin bei der Polizei an.

»Adresse?«

»Kleeblattgasse 1 b«, antworte ich, weil mir gerade nichts anderes einfällt.

»Kleeblattgasse 1 b«, wiederholt der Polizist, während er schreibt.

»Telefonnummer?«

Ich nenne die Büronummer der Loos, die ich zum Glück auswendig kann. Der Polizist macht sich noch ein paar Notizen, klappt endlich das Büchlein zu und steckt es in die Brusttasche seiner Uniform.

»Die Anzeige wird Ihnen zugeschickt. Und jetzt sorgen Sie dafür, dass dieser Baum vom Heldenplatz verschwindet!«

Er dreht sich auf den Absätzen um und entfernt sich mit wippenden Schritten. Ich sehe ihm nach, atme tief durch und betrachte schließlich nachdenklich das kleine Täfelchen, das neben der hübschen, schlanken Birke steht. Jemand hat tatsächlich mitten in der Wiese gegenüber der Nationalbibliothek ein Loch gegraben und das Bäumchen gepflanzt. Dieser Jemand – nennen wir ihn djfleming – hat außerdem ein richtiges Schild anfertigen lassen, wie man es oft in botanischen Gärten findet, um die Pflanzen zu bezeichnen. Dieses Schild mit der Gravur »icherzählerin« hat er vor dem Baum plaziert. Ich fahre mit dem Finger über die Buchstaben, als käme ich der Lösung des Rätsels dadurch näher.

Die Stelle, an der ich suchen musste, war nach Mr. Pferdekopfs Tipp leicht zu finden. Ein wenig Google-Recherche am Feiertag, und schon stieß ich auf den Prinzen und den Erzherzog, die Helden sind. Warum bin ich nicht selbst draufgekommen? Es gibt in Wien nur einen prominenten Ort, der den Begriff »Helden« im Namen trägt: der Heldenplatz. Die Reiterstandbilder werfen ihre Schatten, und darunter knie ich im Gras und denke fieberhaft nach. Die entscheidende Frage ist: Was jetzt?

Seit meinem Besuch bei Annili ließ mich das Thema Mut nicht mehr los. Ist es tatsächlich so, dass ich zu feige bin, um einen Schritt zu riskieren, der mich womöglich einem anderen Menschen näher bringt? Verweigere ich das Wachstum ganz bewusst? Leide ich unter einer krankhaften Beziehungsneurose oder nur unter einer gesunden Datingallergie?

Den Gedanken an Lorenz' Hand auf meiner Hüfte schiebe ich schnell beiseite. Das ist ein Punkt, mit dem ich mich erst beschäftigen will, sobald ich gezwungenermaßen wieder in die Redaktion muss.

Fakt ist: djfleming hat mich neugierig gemacht. Der Schuh mit der Botschaft, die Dinge, die er von mir weiß, und jetzt dieser icherzählende Baum, noch dazu eine Birke, mein absoluter Lieblingsbaum. All das spricht dafür, dass er sich Gedanken macht und nicht nur irgendein Typ mit einer guten Masche ist. Selbst wenn es sich um jemanden handelt, den ich kenne – Gott bewahre, dass Lorenz dahintersteckt –, zeigen die Bemühungen doch, dass der Mann sich wirklich für mich interessiert. Ich sollte ihm zumindest die Chance geben, mit seinem Spiel zum Punkt zu kommen.

Aber genau das ist das Problem. Ich bin heute früh zum Heldenplatz gefahren, in Erwartung einer Begegnung oder einer neuen Botschaft, die schließlich zu einem Treffen führt. Doch stattdessen finde ich nur einen Baum und ein Schild mit meinem Internetnamen sowie einen beschränkten Polizisten. Ich wäre beinahe verhaftet worden – was, zum Teufel, soll mir das sagen, djfleming!?

Natürlich habe ich mittlerweile den starken Verdacht, dass die Stationen dieser Schnitzeljagd etwas mit dem Kinderreim zu tun haben. *And the green grass grows all around, all around …* Erst das Loch im Boden, jetzt der Baum im Loch, als Nächstes wäre eigentlich ein Nest dran, das sich auf dem Baum befindet. Doch die kleine Birke trägt kein Nest und auch sonst keinen weiterführenden Hinweis.

Also mache ich da weiter, wo ich aufgehört habe, als der Polizist mich unterbrochen hat: Ich grabe mit den Fingern in der lockeren Erde um das Bäumchen herum. Da muss noch was sein. Irgendetwas. Ha! Tatsächlich ertaste ich etwa fünfzehn Zentimeter unter der Erde etwas Hartes, Glattes. Ich ziehe es mit Zeige- und Mittelfinger heraus, befreie es vom Schmutz und lege es in meine Handfläche. Das rechteckige indigoblaue Plastikding mit der gestanzten Goldschrift hat kaum Gewicht, dennoch klopft mein Herz so schnell, als hätte ich soeben einen hochkarätigen Goldschatz zutage gefördert. Ich weiß sofort, was es ist.

Es ist ein Chip. Ein Fahrchip. Eine der altmodischen Eintrittskarten zu den Attraktionen des Wiener Praters. Wenn man an der Kasse bezahlt, bekommt man so ein Ding, das man anschließend, sobald man die Bahn betritt oder im Wagen Platz nimmt, wieder abgibt. Ängstlich drehe ich es zwischen den Fingern. Die goldenen Linien auf dem blauen Grund formen ein ganz bestimmtes Muster, bei dessen Anblick es mir kalt den Rücken herunterläuft. Woher kann er das wissen? Ich spreche nie über den Prater, nicht mal mit meinen besten Freunden. Seit Jahren habe ich den Vergnügungspark nicht betreten. Was für ein verhextes Spiel ist das?

Ich zücke mein iPhone und wähle. Während sich die Verbindung aufbaut, fällt mir noch etwas auf. In eine Ecke des Plastikchips hat jemand mit Permanentmarker eine winzige Zahl geschrieben: eine kleine schwungvolle Vierzehn.

»Hello, Darling!«

Die muntere Stimme meiner Mutter, untermalt von den Hintergrundgeräuschen des *Pies & Pages,* reißt mich aus meinen Gedanken.

»Hast du jemandem vom Prater erzählt?«

»Einen Moment, Dotti. Haben Sie vielleicht zehn Cent? *Thank you.«* Das Schellen der altmodischen Kasse erklingt, gefolgt von scheppernden Münzen. Ich kratze ungeduldig mit dem Fingernagel über die Goldschrift. Ein schmerzhaft vertrautes Geräusch.

»Da bin ich, Darling. Was wolltest du wissen?«

»Hast du irgendjemandem vom Prater erzählt? Einem der Männer, die nach mir gefragt haben? Am Telefon? Meinem Chef? Dem Fischler-Typen von neulich? Einem Kunden? Irgendwem?«

»Ist alles in Ordnung, Dotti?«

Ich erkenne den wachsamen Muttertiertonfall.

»Ja. Aber ich muss wissen, ob du jemandem …«

»Natürlich *nicht*«, schnauft Lady Lydia empört. »Wofür hältst du mich?«

»Denk nach, Mummy!«

»Du hast mich auf den antiquarischen Agatha-Christie-Sammelband schwören lassen, dass ich es niemandem erzähle. Meinst du, das habe ich vergessen?«

»Nein, aber …«

»Ich bin deine Mutter. Ich habe ein Recht, zu erfahren, warum du mir so etwas unterlegst.«

»Unterstellst, Mummy.«

»Lenk nicht ab. Haben sie sich bei dir gemeldet? Nach all der Zeit? Ist es das? Was wollen sie von dir?«

»Nichts. Niemand hat sich gemeldet. Aber jemand weiß davon.«

»Wer, Dorothy?«

»Das ist unwichtig. Du bist einer von zwei Menschen, die es ausgeplaudert haben könnten. Und der zweite würde das nie tun.« Es sei denn …? Nein, unmöglich. »Ich möchte, dass du nachdenkst. Vielleicht nur ein Nebensatz, irgendwann. *Meine Tochter war früher oft im Prater* oder etwas in der Art.«

»For goodness sake, nein, Dorothy! Niemals! Aber ich will auf der Stelle wi…«

»Bye, Mummy!«

Ich lege auf und schalte das Handy aus. Die Angelegenheit ist mehr als seltsam. Wer auch immer hinter djfleming steckt, ich glaube nicht an einen Zufall. Der Chip in meiner Hand beweist, dass der Mann mich kennt und es mit seiner abgedrehten Schnitzeljagd auf irgendwas abgesehen hat.

Ich studiere die Handschrift. 14. Leider lässt sich aus den mickrigen vier Strichen nichts ablesen, weder ein Hinweis darauf, wer der Mann ist, noch was mich im Prater erwartet, sollte ich die Herausforderung annehmen. Ich weiß, dass die Ziffer eigentlich nur für die Nummer der Riesenradkabine stehen kann. Offensichtlich ist es ein Ticket für eine Fahrt mit Nummer Vierzehn. Warum ausgerechnet Nummer Vierzehn? Lauert er zwischen den Praterbuden und wartet auf die Frau, die in Nummer vierzehn einsteigt? Falls er mich treffen will, hätte er doch schon in seiner ersten Nachricht einen Termin festlegen können. Wozu lotst er mich in den Prater, wenn nicht deshalb, weil er weiß, was damals passiert ist.

Vielleicht sollte ich die Polizei verständigen? Ich drehe den Kopf in die Richtung, in die Wachmeister Asterixbart verschwunden ist. Klar, gute Idee. Dort freut man sich bestimmt über meinen Besuch, nachdem ich der Staatsgewalt soeben ein paar hübsche Lügen aufgetischt habe.

Apropos: Ich muss mich um die Entfernung der Birke kümmern. Schade, dass sie hier nicht bleiben kann. Das elegante Bäumchen wäre in einigen Jahren ein perfekter Schattenspender für die Touristen, die gern in der Wiese zwischen Hofburg und Ring sitzen.

Ach, man sollte einen ganzen Birkenhain pflanzen, bis zu den Stufen der Nationalbibliothek. Ich sehe vor meinem inneren Auge Bilder von Bücher lesenden Menschen, die an weißen Stämmen lehnen, während sanfter Wind durch die Blätter rauscht. Im Birkenhain wäre Ruhe erwünscht, wie im Lesesaal. Strenge Bibliothekare würden Lärmerregern Verweise erteilen. Kinder, Hunde und Mobiltelefone wären untersagt. Und genau an dieser Stelle, wo die erste Birke steht, könnte mir der gutaussehende Hobby-Ornithologe flüsternd den exakten Unterschied zwischen dem Gesang von Nachtigall und Lerche erklären. Dabei leuchteten seine Augen und … Filmriss.

Was, zum Teufel, soll das? Schreibt neuerdings Hera Lind die Drehbücher für mein Kopfkino? Seufzend grabe ich die Wurzeln des Bäumchens frei und ziehe es vorsichtig aus der Erde. Ich muss einen guten Platz dafür finden. Vorerst werde ich es in einen Blumentopf setzen und auf mein Fensterbrett stellen.

Ich stehe auf, langsam, weil mein Knöchel immer noch schmerzt, klopfe mir den Schmutz von der Kleidung und humple, die Birke in der Hand, Richtung Straßenbahn.

Liebst du schon oder lebst du noch?

Beziehungsstatus Mauerblümchen
Kommentare (Auszug)

Donnerstag, 3. November

ThomasM hat gesagt …
Mauerblümchen wachsen an Sonntagnachmittagen in der Isolation der eigenen vier Wände. An den Weihnachtsfeiertagen, wo alle Familien vereint sind. In der Urlaubszeit, wenn es nur die Wahl zwischen allein verreisen und allein daheim bleiben gibt. Das ist ihr natürliches Umfeld. Das Niemand-zuhause-Syndrom, gegen das keine Farm in Farmville hilft. Einzelstücke, auf Einzelkissen gebettet.

BennoP hat gesagt …
Was ist denn gegen Pärchen einzuwenden? Für mich hört sich das nach Singlefrust an. Vielleicht sollte sich die Autorin endlich einen Typen aus dem Internet angeln, damit ihre Doppelpackungen nicht verschimmeln.

Einpersonenhaushalt hat gesagt …
@BennoP: Nicht jeder muss zwangsläufig die Hälfte eines Pärchens sein, um glücklich zu werden!

Ronja hat gesagt …
Computer haben den Partner in diversen Bereichen ersetzt. Man kann Tennismatches mit der Wii-Konsole bestreiten, Schach, Dame oder Schiffe versenken gegen den Rechner spielen, warum erfindet nicht mal jemand den elektronischen Lebensgefährten?

Tausensendseiten hat gesagt …
Der Mauerblümchenclub! Scharfe Idee. Wo kann man sich anmelden?

Teamor hat gesagt …
@Ronja: Und wie geht das mit dem Sex?

Ronja hat gesagt …
@Teamor: Sensoren an die richtigen Stellen, und ab geht die Post.

Seraphim hat gesagt …
Wie wäre es denn, wenn wir eine schwarze Liste von Hotels anlegen, die ein Einbettzimmer – also ein richtiges Einzelzimmer, kein Doppel zur Einzelbenutzung – nicht zum exakt gleichen Preis pro Person anbieten wie das Doppelzimmer? Man kann dort schließlich nur allein übernachten, kann nur ein Bettzeug, ein Handtuch und eine Portion Duschwasser verbrauchen. Aber viele Betriebe haben bewusst höhere Tarife, weil Singles es gewohnt sind, mehr für ihr Zimmer zu bezahlen. Habt ihr eine Ahnung, wie oft das vorkommt?

Pebowski hat gesagt …

@Seraphim: Gute Idee! Diese Liste veröffentlichen wir im Österreichboten, *online, im Fernsehen, im Radio, überall! Das ist was für Okto-TV! Wir könnten sogar eine Internetseite mit singlefreundlichen Hotels erstellen, wo nicht nur die Preise stimmen, sondern es auch andere Angebote, wie Frühstücken auf dem Zimmer ohne Aufschlag gibt.*

Einpersonenhaushalt hat gesagt …
@Seraphim, @Pebowski: Yes! *Nie mehr allein in ein Hotelrestaurant gehen oder mit fremden Menschen an einen Frühstückstisch gesetzt werden. Kein schlechtes Gefühl angesichts doppelter Gedecke. Keine Katzentische neben Klo und Küche. Keine mitleidigen Blicke von den Pärchen im Raum.*

Courfeyrac hat gesagt …
Sehr schön, Leute, aber unser Hauptaugenmerk liegt auf der Diskriminierung, nicht auf einem komfortableren Urlaub, oder? Es geht beim Mauerblümchenclub schließlich nicht darum, die Welt zu versingeln.

Ronja hat gesagt …
@Courfeyrac: Worum geht es dann?

kornblume hat gesagt …
Es finden sich immer Leute, die versuchen, anderen ihre Regeln aufzuzwingen. Der Mauerblümchenclub darf eben das nicht tun. Keine Tipps für Singles oder Singleurlaube, Singlepartys, Singlelokale. Das hat schon bei der Homosexualität zu noch mehr Stigmatisierung und Widerstand geführt!

Dotti Wilcek hat gesagt …

Liebe Blog-Besucher! Ich danke euch für eure Kommentare. Der Mauerblümchenclub muss ein Zeichen setzen. Auf viele junge Frauen wird heute noch Druck ausgeübt. In unserer Kultur nur psychologisch, aber anderswo auch körperlich. Familiäre und gesellschaftliche Zwänge existieren. Wer keinen Partner hat, beziehungsweise seinen Partner oft wechselt, trägt automatisch ein Etikett: einsam, unglücklich und sitzengeblieben. Oder bindungsunfähig. Im schlimmsten Fall frigide oder promiskuitiv. Das führt dazu, dass viele Menschen sich nicht trauen zuzugeben, dass sie gern *allein sind, dass sie kein Interesse an Sex haben und bei ihren bisherigen sexuellen Erfahrungen überhaupt kein Vergnügen hatten. Oder dass sie einfach lieber einzeln leben. Solche Menschen sagen: Was stimmt nicht mit mir? Ich frage euch: Was stimmt nicht mit dieser Aussage?*

»Herzlich willkommen bei unserem Speeddating-Event POE *sucht* SIE! Mein Name ist Annette Hofbauer, ich bin Ihre Gastgeberin heute Abend.« Die zu dünn geratene Blondine sieht so aus, als würde sie jeden Moment in der Mitte durchbrechen. Ihre Stelzenbeine stecken in strassbesetzten Riemchensandalen, deren Absätze ebenso spitz sind wie ihre Ellbogenknochen und ihr Heidi-Stimmchen. Mit einem professionellen Perlweisslächeln im Gesicht streckt sie mir zur Begrüßung die Hand entgegen.

Das Café Drechsler an der Linken Wienzeile ist eine Institution. Unmittelbar am Naschmarkt gelegen (dem Wiener Sammelplatz der Frischegesellschaft), kann man hier zu jeder Tages- und Nachtzeit seinen Kaffee oder Chai trinken. Besonders in den zeitigen Morgenstunden, wenn Nachtschwärmer auf Frühaufsteher treffen, ist das Lokal ein regelrechtes Kuriositätenkabinett. Nach dem Umbau vor ein paar Jahren ist es deutlich moderner und trendiger geworden. Chic hat die Patina abgelöst, und der neue Anstrich macht es weniger schmuddelig. Von der Gewölbedecke hängen gigantische Glaskugellampen, die den Raum und die ausgestreckte Hand der Blondine in ein zeitgemäß cooles Licht tauchen.

»Dorothy Wilcek, *Österreichbote*«, antworte ich und drücke das manikürte Kunstwerk vorsichtig, um keine Finger abzubrechen. »Ich wurde angemeldet.« Sie hakt meinen Namen auf einer Liste ab und reicht mir ein Kästchen.

»Darf ich Sie bitten, sich ein Namenskärtchen zu nehmen. Wir legen Wert auf Anonymität, daher trägt bei uns jeder Gast den Namen eines bekannten Autors oder einer bekannten Autorin. Sie sind die Letzte, darum ist die Auswahl nicht mehr allzu groß.«

Das ist leicht untertrieben. In dem Karton befinden sich noch genau drei Namensschilder. Wenig begeistert lese ich die Aufschriften. *Stephenie Meyer, Daphne du Maurier* und *Olivia Kenning.*

»Wer soll das sein?«, frage ich und deute auf das letzte Schild. Blondie zuckt mit den Schultern.

»Eine Wiener Autorin. Schreibt anscheinend unter Pseudonym. Die anderen kannten sie auch nicht.«

Na toll. Mir bleibt die Wahl zwischen einer amerikanischen Mormonin mit Romanen über bissige Teenager und einer englischen Gruselschmonzettenschreiberin. Ich schüttle den Kopf.

»Und wenn ich die alle nicht will?«

»Ein Namensschild ist Vorschrift.« Sie kommt hinter dem Empfangstisch hervor und reicht mir ein Blatt Papier. »Sie bekommen nämlich ein Datenblatt, da tragen sie den Namen des Gesprächspartners ein, machen sich Notizen und kreuzen am Ende *Ja* oder *Nein* an. *Ja,* wenn Sie den anderen besser kennenlernen möchten, und *Nein,* wenn Sie an einem Wiedersehen nicht interessiert sind. Gäste mit übereinstimmenden *Ja* haben später Gelegenheit, im Hinterzimmer, unserem literarischen Salon, ein Glas Champagner zu trinken. Haben Sie noch Fragen?«

»Wie lange dauert die Veranstaltung?«

»Sie werden an diesem Abend zehn zufällig ausgewählte Dates haben. Alle fünf Minuten läute ich eine Glocke, und die Herren wechseln den Platz. Das Speeddating-Event dauert also in etwa eine Stunde. Auf der Rückseite des Datenblattes finden Sie ein paar Vorschläge für Fragen zum

Thema Literatur, die Ihnen helfen können, etwas über den anderen zu erfahren. Sie dienen zur Orientierung. Ich bringe Sie jetzt zu Ihrem Tisch. Haben Sie sich für ein Namensschild entschieden?«

Ich gebe ihr den Karton zurück und deute auf das Empfangstischchen.

»Darf ich mal die Schachtel da drüben sehen?«

Annette Hofbauer dreht sich um und stößt in der Sekunde einen spitzen Schrei aus. Am Tischchen, malerisch im Lichtkegel einer der Kugellampen, steht ein Bild von einem Mann mit dem Rücken zu uns, die muskulösen Arme in die Hüften gestemmt, den knackigen Hintern in unverschämt enge Jeans verpackt. Sofort schaltet mein Kopfkino auf Dempsey-Modus, und mein Gaumen fühlt sich trocken an.

»Kann ich Ihnen helfen?«, haucht Blondie, deren kantige Bäckchen blassrosa zu leuchten beginnen. Mister Knackhintern dreht sich um, unsere Blicke treffen sich, worauf wir, wie aus der Pistole geschossen, beide gleichzeitig »Du!« rufen.

»Dotti.« Kareem setzt sein perfektestes Ken-Lächeln auf. »Was machst du denn hier?«

Er ist immer noch etwas blau um die Nase, was seine Attraktivität aber verblüffenderweise erhöht.

»Tu nicht so scheinheilig, Ramy! Du weißt genau, warum ich hier bin. Stalkst du mich jetzt, oder hat deine persische Mama dich zur Familienplanung hergeschickt?«

»Immer wieder ergreifend, dein Humor! Warst du damit beim Patentamt, oder können wir den bald als billige Kopie abgepackt an der Supermarktkasse kaufen, gleich neben Jägermeister und Tic Tac?«

»Wieso? Glaubst du, dass du bessere Witze ausatmest, wenn du dich besäufst?«

Kareem grinst breit, was seine Grübchen hervorragend zur Geltung bringt. Annette Hofbauer blickt unterdessen mit leicht geöffneten Lippen und glasigen Augen zwischen uns hin und her.

»Sie sind doch der *Dancing-Stars*-Gewinner, oder?«, piepst sie und schenkt Kareem ihr strahlendstes Lächeln.

»Ramy Kareem, *Radio Wien Eins*«, antwortet er routiniert, während er mir zublinzelt.

»Sind Sie ... sind Sie angemeldet? Zum *Speeddating?*« Blondie unterstreicht das Fragezeichen mit leicht geöffnetem Schmollmund. Allmählich sind die Augen aller weiblichen Gäste auf unser kleines Grüppchen gerichtet.

»Auch *Dancing Stars* brauchen Liebe«, sagt Kareem, ohne die Miene zu verziehen. Unsere Gastgeberin kichert albern, eilt zu ihrem Tischchen und blättert mit zitternden Händen in ihren Papieren.

»Auch *Dancing Stars* brauchen Liebe?«, wiederhole ich leise. »Du solltest dir das auf ein T-Shirt drucken lassen. Also, raus mit der Sprache. Was willst du hier?«

»Weißt du, dass dir diese Falte oberhalb deiner Nase ganz ausgezeichnet steht, Dotti? Ja, genau die«, sagt er, als ich drohend einen Schritt auf ihn zu mache. »Schon gut. Mein Chef war begeistert von unserem kleinen Chat und wünscht einen exklusiven Bericht über dich auf *Radio Wien Eins.* Das ist die beste Werbung für deinen Blog und bringt ungeheure Publicity für die Mauerblümchenbewegung. Deine Redaktion war so freundlich, mir die Eckdaten deines Terminkalenders zu nennen. Ich bin also aus rein beruflichen Gründen hier, wie du.«

»Die *Mauerblümchenbewegung?*«

»Du hast einen Trend gesetzt, Dotti. Ich habe die Kommentare gelesen, das ist eine riesige Sache. Schau nur, was da draußen los ist. Hast du unlängst Facebook gecheckt? Dein Blog-Beitrag wurde heute über dreitausendmal geteilt. Du bist Top-Thema auf Twitter, in jedem Internetforum *Hot Topic*, und es wurden bereits Fanseiten des Mauerblümchenclubs eingerichtet. Du bist der Guru aller Singles dieses Landes!«

»Guru? Spinnen jetzt alle, oder was?«

Wir werden von drei tiefdekolletierten, bambiäugigen Mädels unterbrochen, die unbedingt Fotos mit Kareem machen möchten. Annette Hofbauer geht energisch dazwischen und verscheucht die ärgerlichen Fans wie gackernde Hühner. Dann legt sie besitzergreifend eine Hand mit leuchtend roten Fingernägeln auf Ramys Brust, während sie ihn mit Namensschild, Datenblatt und Informationen versorgt. Ich nutze den unbeobachteten Moment, um mir selbst ein Schild aus dem zweiten Karton zu fischen. Nachdem Blondie mich offensichtlich vergessen hat, sehe ich mich im Café um und suche mir einen freien Sitzplatz. An der mit dunklem Holz getäfelten Wand sind alle Tischchen für POE *sucht* SIE reserviert. Die Damen haben die bequemere Position auf der weinroten Lederbank, während die Stühle den wechselnden Herren vorbehalten sind. Zwischen einer scheuen Brünetten, die nervös mit ihrer Perlenkette spielt, und einer kleinen Molligen mit weißblondem Kurzhaarschnitt ist ein Tisch frei. Ich setze mich und nicke meinen Nachbarinnen freundlich zu. Deren Lächeln geht in ein Stirnrunzeln über, als ihre Blicke auf mein Namensschild fallen. Die allgegenwärtige, nervende Lounge-Musik, die sich mit ihrer grenzenlosen Gleichförmigkeit in mein Hirn bohrt, soll offenbar für Stimmung sorgen. Ich massiere meine Schläfen und beobachte Kareem, der, die Hände in den Hosentaschen, etwas abseits der Männergruppe steht und von den Singledamen förmlich mit den Augen aufgefressen wird. Geschieht ihm recht. So ein Blödsinn, exklusive Berichterstattung und Mauerblümchenbewegung. Er will Quoten, das ist alles.

Das Drechsler scheint heute Abend zum großen Teil für das Speeddating reserviert zu sein. Dennoch sitzen in den Fensternischen auch einige unbeteiligte Gäste. Ein Ehepaar, ein alter Mann, eine Frau, die auf ihrem Handy herumtippt, sowie ein Typ, der den Kopf in der Abendausgabe des *Österreichboten* vergraben hat.

Ich bestelle mir eine Kanne Rooibostee und hoffe darauf, dass die Sache schnell vorübergeht. Der anstehende Praterbesuch liegt mir wie ein Schnitzel mit Mayonnaisesalat im Magen. Die einzige Chance, djfleming auf die Spur zu kommen, scheint das Riesenrad zu sein, also bleibt mir nichts anderes übrig, als mein Glück in Kabine vierzehn zu versuchen. Ausgerechnet.

Ich greife automatisch zu meinem Handgelenk, um die Zeit zu checken. Meine Uhr ist immer noch nicht wieder aufgetaucht. Ich habe in der Oper angerufen, beim Taxi-Unternehmen, bei der MA 48, der Wiener Straßenreinigung, und sogar in der Zentrale des Fundbüros, aber das Schmuckstück ist wie vom Erdboden verschwunden. Bei dem Gedanken daran spüre ich einen Stich in der Magengrube. Ich hänge mein Herz selten an andere Dinge als Bücher, doch diese Uhr scheint auf seltsame Art mit meinem Glück verknüpft zu sein. Zudem habe ich keine Ahnung, wie ich den Mädels beibringen soll, dass ich sie verloren habe.

»Punkt acht«, sagt eine Stimme. Irritiert blicke ich auf und in das Gesicht meines ersten Gesprächspartners, der inzwischen unauffällig mir gegenüber Platz genommen hat.

»Die Uhr verloren, ich kenne das, man sucht dauernd nach der genauen Zeit, ob man sie braucht oder nicht«, fährt er fort, als ich nicht reagiere.

Ich nicke abwesend. Irgendwie kommt mir der Mann bekannt vor, aber ich könnte nicht sagen, warum oder woher. Er ist nicht unattraktiv, sieht ein wenig wie ein junger Robert Redford aus, mit etwas zu langen blonden Stirnfransen, Fältchen um die hellen blauen Augen und vollen Lippen. Bloß eine riesengroße Brille sowie ein ganz und gar unmögliches Kinnbärtchen stören die Optik und erinnern mich daran, dass wir hier nicht im historischen Hollywood, sondern beim Speeddating für Literatur-Nerds sind. Gut möglich, dass er mir in der Wiener Literaturszene begegnet ist. Bei Lesungen oder Messen trifft man immer wieder die gleichen Leute. Doch bevor ich ihn selbst fragen kann, bringt Annette Hofbauers hohe Heidi-Stimme das leise Gemurmel im Raum zum Verstummen.

»Herzlich willkommen, meine Damen und Herren, zu unserem Speeddating-Event POE *sucht* SIE, der heute bereits zum fünften Mal im Café Drechsler stattfindet. Wenn Sie das Signal der Glocke hören, beginnen Ihre ersten fünf Minuten Gesprächszeit. Danach bitte ich die Herren, bei jedem folgenden Läuten zügig einen Tisch weiter nach rechts zu rutschen. Vergessen Sie nicht, sich das Pseudonym Ihres Gegenübers und dazu Ihr Ja oder Nein zu notieren, damit sich nachher die übereinstimmenden Paare finden können. Ich wünsche Ihnen allen gute Unterhaltung. Auf die Plätze, fertig, los!«

Sie läutet die Glocke.

Mein Gesprächspartner und ich sehen uns an. Im Gegensatz zu den Nebentischen, wo augenblicklich hektisches Stimmengewirr losbricht, schweigen wir eine ganze Weile, ehe er sich räuspert, mit dem Finger über sein Bärtchen streicht und auf mein Namensschild deutet.

»Interessante Wahl.«

»Danke schön.«

»Waren die Damen aus?«

»Sozusagen.«

»Und was verbindet Sie mit *Cyrano de Bergerac?*«

»Die wenigsten wissen, dass er, bevor er eine unsterbliche Theaterfigur wurde, selbst Schriftsteller und Erfinder des Science-Fiction-Romanes war. Ich liebe seinen Witz, seine scharfe Zunge und seinen Sarkasmus. Für mich der attraktivste Mann der Literatur.«

»Trotz seiner Nase? Heißt das, dass bei Ihnen die inneren Werte zählen?«

Wenn er lächelt, hat er etwas sehr Jungenhaftes an sich, das zu der wirren Frisur und den verwegenen Lippen, nicht jedoch zu seinem durchdringend blauäugigen Blick passt. Ich muss permanent auf das hässliche kleine Bärtchen starren. Es sieht aus, als hätte ihm ein Vogel dorthin …

»Das kommt darauf an«, entgegne ich und kann mir den Spott nur schwer verkneifen. »Gegen markante Nasen ist nichts einzuwenden, aber Gesichtsbehaarung ist weniger mein Fall.«

Er hört auf, über sein Bärtchen zu streichen und lächelt traurig.

»Die Zunge haben Sie von Cyrano, gnädige Frau.«

Ich fühle mich etwas unwohl in meiner Haut.

»Und, wenn ich fragen darf, was hat Sie dazu gebracht, sich *Joanne K. Rowling* zu nennen?«

Er tippt zufrieden auf sein Namensschild.

»Rein kommerzielle Überlegungen. Ich bin der Meinung, man sollte immer danach streben, sich bestmöglich zu verkaufen. Es gibt wohl niemanden auf dieser Welt, der *Harry Potter* nicht gern geschrieben hätte.«

Wusste ich es doch. Erfolgloser Schriftsteller. Die Sorte, die im *Pies & Pages* stundenlang bei einer Gratislimonade sitzt und aus dem Fenster starrt, als käme der Ruhm eines Tages als Passant vorbei oder auf einem *Nimbus-2000*-Besen dahergeflogen.

»Also sind Sie selbst Autor?«

»Nein, nein, werte Frau Cyrano. Ich schreibe lediglich auf, was mir durch den Kopf geht, bin folglich bestenfalls ein exhibitionistischer Träumer.«

»Und wovon leben Sie?«

Er schiebt die Brille mit dem Zeigefinger auf die Nasenwurzel und lehnt sich in seinem Stuhl zurück. Dabei lässt er die Arme jungenhaft über die Lehne baumeln.

»Ich schreibe Briefe.«

»Sie verdienen Ihr Geld mit dem Schreiben von Briefen? Ist das nicht ein aussterbendes Gewerbe?«

»Keineswegs. Gerade im digitalen Zeitalter steigt der Wert handschriftlicher Notizen. Nur fehlt den Menschen heutzutage sowohl die Zeit, die Phantasie als auch die Kunstfertigkeit, um schöne Briefe zu verfassen. Also wenden sie sich damit an mich. Ich bekomme die Eckdaten der Adressaten, das Thema und die Schlüsselwörter und mache daraus auf der gewünschten Papiersorte mit der passenden Feder Romantik. Auf diese Weise habe ich diverse Nachrichten verfasst: bewundernde, dankbare, liebevolle, witzige und schmerzliche. Als Assistent in Sachen Liebe gewissermaßen. Menschen beginnen und beenden Beziehungen gleichermaßen gern handschriftlich.«

Phantasie hat er, das muss man ihm lassen. Und etwas am Klang seiner Stimme lässt mich aufhorchen.

»Ach ja? Wie viel zahlt man denn für Ihre Dienste?«

»Die Preise werden individuell berechnet. Jetzt bin aber ich dran, sonst verfliegt unsere Gesprächszeit, und ich weiß noch immer nichts von Ihnen. Meine Frage lautet: Welche Musik hören Sie in sich drinnen, wenn es außen ganz still ist?«

»Oh, ich höre keine Musik. Nie. Wenn es still ist, höre ich Stille, was mir auch mit Abstand das liebste Geräusch ist.«

»Sind Sie sicher?«

»Vollkommen sicher.«

»Jeder hört Musik in sich.«

»Ich nicht. Ich mag keine Musik. Musik ist Lärm.«

Er sieht mir unverwandt in die Augen. Unter dem forschenden Blick werde ich nervös, schaffe es jedoch nicht, meinen abzuwenden. Schließlich lehnt er sich vor, legt seine auf meine Hand und beginnt: »Gnädige Frau …«.

Da ertönt das Bimmeln der Glocke.

Mein Gegenüber erhebt sich, bleibt aber noch kurz unentschlossen vor mir stehen. Seine Berührung hinterlässt ein Kribbeln auf meiner Haut.

»Es war interessant, mit Ihnen zu plaudern, *Cyrano de Bergerac*«, sagt er mit der Andeutung einer Verbeugung.

»Viel Erfolg, *Joanne K. Rowling*«, antworte ich.

Ein nicht unangenehmer Hauch von Rasierwasser steigt mir in die Nase. Woher …?

»Richard Strauss«, flüstert er, ehe er sich abwendet.

»Wie bitte?«

Kurz habe ich die Vermutung, dass er mir seinen Realnamen verraten hat.

»Die Musik in Ihnen. Ich tippe auf Richard Strauss. Sperrig, eigensinnig, aber mit einem bittersüßen Zuckerguss.«

Verwirrt sehe ich ihm dabei zu, wie er am Nebentisch Platz nimmt, nicht ohne mir noch einmal lächelnd zuzunicken.

»Naturrot?«

»Wie?«

Mir gegenüber hat ein höchstens zwanzigjähriger südländischer Typ vom Schlag Macho Platz genommen, ausgestattet mit dem obligatorischen Dreitagebart nebst Gelfrisur.

»Bist du naturrot oder gefärbt?«

»Ich färbe mich grundsätzlich nur von innen.«

»Wie von innen?«

»Das ist eine neue Methode der geistigen Weiterbildung.«

»Hä?«

»Man nimmt Informationen über die Sehnerven auf, und der Körper verarbeitet sie zu einer Art inwendiger Färbung.«

»Und welche Farbe hast du da drin?«

»Keine Ahnung. Ich fürchte, ohne Obduktion wird man das nie so genau sagen können.«

»Ach so. Aber deine Haare sind naturrot, ey?«

Ich studiere sein Namensschild.

»Johann Wolfgang von Goethe?«, frage ich.

»Wer?«

»Auf deinem Schild.«

»Ja.«

»Ja?«

»Was sollte ich machen, Mann? Die Coolen waren schon weg.«

»Verstehe.«

»Was ist jetzt mit deinen Haaren?«

»Gefärbt«, lüge ich. »Von Natur aus bin ich komplett weiß. Der Alterungsprozess hat sich dank Social Media beschleunigt.«

Zwei schreckensgeweitete Glutaugen starren mich an, als wäre ich Glenn Close in *Der Tod steht ihr gut* und hätte mir soeben den Hals im Winkel von neunzig Grad gebrochen. Mir fällt ein, dass er Glenn Close vermutlich für eine Espressosorte halten würde.

Macho Goethe gibt sich keine Mühe, das »Nein« versteckt anzukreuzen und tippt dann lässig auf seinem Handy herum. Ich nippe an meinem Rooibostee, um die verbleibende Zeit totzuschlagen. Vom Nebentisch wirft mir *Joanne K. Rowling* einen amüsierten Blick zu.

Die Glocke läutet erneut.

»*Cyrano de Bergerac*? Soll das ein kritisches Statement zur Verteilung der Genderrollen in unserer westlichen Kultur sein?«

»Ich mag Cyrano.«

»Ich auch. Ein tolles Stück, habe ich letzte Saison im Burgtheater mit Brandauer gesehen. Gute Inszenierung, aber katastrophale Ausstattung. Und die Lichtregie, schrecklich. Das hätte es unter Peymann nicht gegeben. Gehst du gern ins Theater? Ich besitze Abonnements für Burgtheater, Volkstheater und Josefstadt, aber die wahren

Perlen entdeckt man immer noch in den Kellerbühnen. Vorige Woche habe ich in einem winzigen Theater am Donaukanal einen hinreißenden *Woyzeck* gesehen. Magst du Büchner? Ich nenne die historisch-kritische Marburger Ausgabe mein Eigen. In Leinen gebunden. Magst du antiquarische Bücher?«

Mein Gesprächspartner – sein Namensschild weist ihn als *Friedrich Schiller* aus – muss kurz Luft holen, was er mit Hilfe eines Inhalators tut. Er ist weder dick noch dünn, eher so alltagsgeschädigt aufgeschwemmt, mit einer Stirn bis zum Hinterkopf, großen, wässrigen Augen sowie fahlem Teint, der vermutlich auf fehlendes Tageslicht in seinem natürlichen Kellertheaterrevier zurückzuführen ist.

»Entschuldige, ich leide an Asthma.«

Fast erwarte ich den Zusatz »Magst du Asthma?«, doch stattdessen deutet er auf den Ärmel meiner Bluse.

»Hast du Haustiere?«

»Eine Katze.«

»Oh, einen Moment.« Er kramt in seiner Hosentasche und fördert ein kariertes Stofftaschentuch zutage, in das er sich prustend schneuzt, ehe er es säuberlich wieder zusammenfaltet. Ich stelle mir gerade in einem kurzen Kopfkino-Horrorschocker vor, wie dieses Teil sich inmitten meiner Kleidung in der Waschmaschine dreht, als *Friedrich Schiller* meine Zweisamkeitsträume radikal zerplatzen lässt.

»Ich bin allergisch gegen Ka…, gegen Ka…tschi!«

Noch ehe die Glocke läutet, verlässt er fluchtartig meinen Tisch. Ich picke das einzelne Haar meines Katers vom Blusenärmel und rolle es nachdenklich zwischen Daumen und Zeigefinger.

»Hallo, sehr erfreut«, stellt sich mein nächstes Date mit

gewinnendem Lächeln vor. Er ist nicht unhübsch, mit zerknautschtem Studentencharme, trägt einen modischen Kurzhaarschnitt, eine Designerbrille, teuer aussehende, aber betont lässige Klamotten und spricht mit norddeutschem Akzent. *Hermann Hesse* steht auf seinem Schild. Er kommt ohne Umschweife zur Sache.

»Erste Frage: Wie alt bist du?«

»Dreiunddreißig.«

»Soso.«

Er notiert es sich.

»Zweite Frage: Was machst du beruflich?«

»Ich bin mehrfache Preisträgerin im Origamifalten.«

»Soso.«

Notiz.

»Dritte und wichtigste Frage: Welches Lokal empfiehlst du mir in Wien?«

»Welches Lokal?«

Will er mich etwa sofort ausführen?

»Ich bin erst seit drei Wochen in Wien, beruflich bedingt. Ich arbeite für ein großes Touristikunternehmen und bräuchte ein paar Infos, wo die weiblichen Singles der Stadt gern abhängen. Du weißt schon, an Samstagabenden.«

»Ach, und das erfährt man beim Speeddating?«

»Ja klar. Frauen diverser Altersgruppen, intelligent, belesen, auf Partnersuche.«

Er zuckt mit den Schultern und grinst schief.

»Man kann's ja mal probieren.«

»Stimmt. Gegenfrage: Wie alt bist du?«

»Vierunddreißig.«

»Und in welche Lokale gehst du so? Ich mache nämlich eine Studie, wo man als intelligenter weiblicher Single nicht abhängen sollte, weil dort großkotzige Typen von Mitte dreißig mit fetten Brieftaschen lauern.«

Die Veranstaltung nimmt zunehmend surreale Formen an. Ich rechne damit, bei den nächsten Dates Orks, Werwölfen, Vulkaniern oder ähnlich phantastischen Geschöpfen zu begegnen. Im Kopfkino muss ich mich entsprechend durch die heldenhafte Verwendung eines Tee-Eis gegen hungrige Highschool-Blutsauger zur Wehr setzen, die aus Rache, weil ich nicht *Stephenie Meyer* heißen wollte, die Zähne zum Angriff wetzen.

Doch stattdessen werde ich in der nächsten Datingrunde mit einem arbeitslosen Tennislehrer namens *Ken Follett* konfrontiert, der mit genauen Angaben über seine Potenz punktet und Petersilie zwischen seinen Vorderzähnen hat. Es folgen: *Dan Brown*, ein ängstlicher Businesstyp mit Krawatte, der die ganze Zeit an meiner Wange vorbeischielt. Ein schmalbrüstiger Literaturwissenschaftler, seines Zeichens *Thomas Bernhard*, dessen Mutti uns aus einer der Fensternischen zuwinkt. Und ein etwa zweihundert Kilo schwerer *Heinrich Heine*, der mir stotternd und schwitzend ein selbstgeschriebenes Gedicht vorträgt. Als ich denke, dass es nicht mehr schlimmer kommen kann …

»Dotti! Gott sei Dank.«

Kareem krallt sich an meinen Tisch, als handelte es sich um einen Rettungsanker. Er sieht wirklich mitgenommen aus, selbst sein Namensschild hängt irgendwie schief und traurig an seiner Brust. *Victor Hugo* ist darauf zu lesen.

»Ramy, was ist denn mit dir passiert?«

Er beugt sich über die Tischplatte, packt mich an den Oberarmen und fixiert mich mit Dackelblick sowie zwei tiefen Querfalten auf der Stirn.

»Es. Ist. Die. Hölle«, flüstert er und schüttelt angewidert den Kopf. »All diese Frauen. Wie sie an ihren Kugelschreibern lutschen, ihre Brüste rausstrecken, mir mit Schlafzimmerblick auf den Hintern gaffen und mit bebendem Timbre ihre Fühler nach mir ausfahren. Ich brauche nur die Augenbraue zu heben, und jede davon räkelt sich noch heute Nacht in meinem Bett, bereit zu wildem, unzensiertem Sex.«

Das letzte Wort schreit er fast, was die allgemeine Aufmerksamkeit auf uns lenkt.

»Und wo genau ist dein Problem mit diesem Szenario?«, frage ich leise, indem ich mich aus seiner Umklammerung befreie.

»Das ist purer Sexismus«, protestiert er. »Keine von denen hat mich nach meinem Lieblingsbuch gefragt, nicht eine wollte meine politische Einstellung oder meine favorisierte Ritter-Sport-Sorte wissen. Die wollen doch nur meinen Körper.«

»Du hast eine favorisierte Ritter-Sport-Sorte?«

»Weiße Voll-Nuss. Ist das nicht furchtbar?«

»Hm, ja, ich finde ganze Nüsse in Schokolade schrecklich obszön.«

»Ich meine die Sache mit dem Sexismus.«

»Willkommen beim Speeddating.«

»Du hast ja keine Ahnung. Frauen sind die neuen Machos, das ist die Wahrheit.«

Er sieht sich um und zischt mir dann verschwörerisch zu: »Spinnen.«

»Die Römer?«

»Nein, die Insekten. Spinnen!«

»Wie kommst du jetzt auf Spinnen?«

»Vogelspinnen, Dotti. Die Weibchen sind größer als die Männchen, und wenn diese ihre Aufgabe bei der Befriedigung der Dame erledigt haben, werden sie aufgefressen. Einzige Rettung ist die Flucht.«

»Willst du damit sagen, dass der weibliche Teil der Menschheit den männlichen nach dem Geschlechtsverkehr in kannibalistischer Absicht verfolgt?«

»Schlimmer. Frauen sind subtiler als Spinnen. Man merkt erst, dass man gefressen wird, wenn es zu spät ist.«

Wie auf Stichwort läutet die Glocke zur letzten Speeddating-Runde. Ramy macht keine Anstalten, aufzustehen.

»Eine weiter, Sportsfreund!«

Wir heben gleichzeitig den Blick. Neben meinem Tisch hat sich ein Typ aufgebaut, der die Altersobergrenze von fünfundvierzig locker um zehn Jahre überschreitet. Graue Schläfen, weiße, krause Brusthaare im Ausschnitt des tief aufgeknöpften Seidenhemdes und ein einwandfreies Kukident-Lächeln. *Stephen King* verkündet sein Namensschild. Mit in die Hüften gestemmten Armen blickt er von Ramy zu mir und wieder zurück zu dem Radiomoderator, um anschließend mit einem silbernen Kugelschreiber ungeduldig auf die Marmortischplatte zu klopfen.

»Das waren bestimmt schon zwanzig Sekunden von meiner Datingzeit, also mach, dass du weiterkommst, Schönling.«

Ramy schüttelt den Kopf. *Stephen King* tippt auf seine Armbanduhr.

»Dreißig Sekunden. Ich habe nichts zu verschenken, mein Freund.«

»Das glaube ich gern«, antwortet Ramy mit leicht erhobener Augenbraue, »in Ihrem Alter hat man es eilig, junge

Frauen zu daten. Warum nehmen Sie nicht einfach den nächsten Tisch?«

Oder dabei gleich den Seniorenteller, denke ich auch im Stillen.

»Weil ich da schon war, du Blindgänger. Hier«, er hebt seinen Zettel, »da steht bereits ein riesiges NEIN neben der fetten Kuh.«

Er sagt es laut genug, dass das Mädchen mit den kurzen blonden Haaren am Nebentisch es hört und augenblicklich in Tränen ausbricht. Inzwischen ist auch Annette Hofbauer zu uns geeilt und blickt entsetzt aus großen Kulleraugen zwischen dem heulenden Mädchen, dem wütenden *Stephen King* und Ramy hin und her. Ramy wiederum hat sich von seinem Stuhl erhoben und steht mit gestrafften Schultern vor *King*. Fehlt nur die Windmaschine, damit eine leichte Brise durch sein perfektes Ken-Haar fährt.

»Sie entschuldigen sich augenblicklich bei der jungen Dame!«

»Fällt mir gar nicht ein. Ich will sofort mein letztes Date oder mein Geld zurück.«

»Nicht nötig«, rufe ich und hebe mein Datenblatt, wo dick und fett »Stephen King NEIN!!!« vermerkt ist.

King beginnt, mit unserer Gastgeberin zu streiten, worauf sie ihn unter diversen gestammelten Entschuldigungen zum Empfangstisch führt. Ramy reicht dem heulenden Mädchen, dessen Namensschild es als *Rosamunde Pilcher* ausweist, ein Taschentuch und legt ihm eine Hand auf die Schulter. Sie sieht ihn aus in Tränen schwimmenden Augen an und schneuzt sich lautstark.

»Dieser Mann hat offensichtlich nicht aufgepasst, als ihm seine Mutter Höflichkeit beigebracht hat. So jemanden sollten Sie nicht ernst nehmen. Sie sind wunderschön genauso wie Sie sind.«

Der Mund des Mädchens klappt auf. Innerhalb von Sekunden lichtet sich der Tränenschleier, und *Rosamunde Pilchers* Augen strahlen vor Glückseligkeit. Mit bebenden Lippen haucht sie ein »Danke«, und ich sehe, wie sie »*Victor Hugo* JAAAAA« auf ihren Zettel schreibt und mit mehreren Herzchen versieht. Ramy lächelt sie unter Einsatz sämtlicher Grübchen gequält an, nimmt wieder mir gegenüber Platz, schnappt sich mein Datenblatt und kritzelt etwas drauf.

»He, was machst du da?«

»Dotti«, flüstert er, »ich brauche deine Hilfe. Wenn du kein *Ja* ankreuzt, werden sie über mich herfallen. Alle. Sie werden mich komplett vernaschen, mit Schuhen, Hose, Hemd und allem Drum und Dran. Du musst mein Date sein.«

»Sicher *nicht.* Gib das her.«

»Dotti! Du und ich, wir haben das gleiche Interesse. Wir wollen niemanden in diesem Raum daten. Wir wollen überhaupt nicht daten. Wir sind zufriedene Singles. Ich habe deinen Blog-Beitrag über den Mauerblümchensex gelesen, brillant, ganz brillant. Hier.«

Er zieht seine Geldbörse aus der Brusttasche und klappt sie auf. Ich betrachte das Foto, das an prominenter Stelle darin steckt.

»Ihr Name ist Chiara. Ist sie nicht wunderschön? Wir haben die glücklichste Beziehung. Ich würde alles für sie tun.«

Eine reizende braun-weiße Maine-Coon-Katze räkelt sich malerisch auf einer schwarzen Ledercouch.

»Sie ist sehr hübsch«, antworte ich lächelnd und sehe

Ramy an, wie er liebevoll mit dem Zeigefinger über das Katzenfoto streichelt. Mein Herz klopft schlagartig schneller. Unglaublich, wie verdammt gut dieser Mann aussieht.

»Ich bin hier, weil ich der Meinung bin, dass dein Blog der Beginn einer neuen Ära ist. Du bist die Ikone der Mauerblümchen, Dotti, und ich will dir dabei helfen, deine Botschaft zu verbreiten.«

»Welche Botschaft? Herrgott, Ramy, ich schreibe einen Blog für das Online-Portal einer mittelmäßigen Tageszeitung eines winzigen Landes. Glaubst du wirklich, dass das relevant ist?«

Die Glocke läutet zum letzten Mal. Das Speeddating ist zu Ende.

»Meine Damen und Herren, das war unser literarisches Speeddating-Event«, erklingt Annette Hofbauers Heidi-Stimme. »Ich werde nun die Datenblätter einsammeln. Haben Sie noch einen Moment Geduld, wir sind bemüht, die Auswertung sofort vorzunehmen. Bis dahin verkosten Sie doch ein Glas Merlot unseres Sponsors *Literra-Wine,* oder erfahren Sie am Infotisch mehr über die Datingplattform *Literally in Love.* Im Namen von POE *sucht* SIE darf ich mich herzlich für Ihre Beteiligung bedanken.«

Ehe ich ihn daran hindern kann, hat Ramy sich unsere beiden Datenblätter geschnappt und überreicht sie Annette Hofbauer. Ich seufze. Na toll. Als hätte ich nicht schon genug, um mir den Kopf zu zerbrechen. Briefe in Turnschuhen, verpflanzte Bäumchen, Riesenräder mit numerierten Kabinen – und nun habe ich zu allem Überdruss auch noch ein Date mit Ramy Kareem. Ich stehe auf, um mir ein wenig die Füße zu vertreten, als ausgerechnet …

Rasierwasser, nicht unangenehm.

»Und, werte Frau Cyrano, haben Sie Ihren Prinzen gefunden?«

»Ich glaube nicht an Prinzen.«

»Das ist schade. Sie hätten die Veranlagung zur Prinzessin.«

»Ist das Ihre Version von Charme?«

Joanne K. Rowling schaut mir forschend in die Augen, nimmt seine Nerd-Brille und putzt sie mit einem Hemdzipfel. Ohne das verunstaltende Gestell sieht sein Gesicht eigentlich ziemlich attraktiv aus, auch wenn der Kinnbart immer noch enorm hässlich ist. Die blauen, weit auseinanderstehenden Augen leuchten irgendwie, und seine jungenhaften Bewegungen lassen ihn jünger wirken. Wie alt kann er sein? Ende dreißig? Anfang vierzig?

»Ich glaube nicht an Charme, gnädige Frau«, sagt er lächelnd. »Aber ich wollte Sie fragen …«

In dem Moment geraten die Dinge außer Kontrolle. Ramy eilt mit panischem Gesichtsausdruck auf mich zu, verfolgt von einer aufgelösten Annette Hofbauer sowie mehreren weiblichen Speeddating-Teilnehmern. Außerdem drängt sich ein fluchender *Stephen King* durch die Menge. Die Damen rufen wild durcheinander, alle etwas in Richtung »Das geht nicht mit rechten Dingen zu!« oder »Schiebung!«.

Ramy macht sich nicht die Mühe, mir irgendetwas zu erklären. Schwer atmend bleibt er vor mir stehen, zieht mein Gesicht zu seinem und küsst mich. Ich versuche gleichzeitig, ihn von mir wegzuschieben und das Gleichgewicht zu halten. Eine Art Nebel breitet sich in meinem Hirn aus. Das Blut schießt mir in Wangen und Lippen, und irgendwelche feinen Nervenstränge vibrieren, so dass mein Herz nicht anders kann, als wild um sich zu schlagen. Herrgott, was ist das? Und warum halte ich ihn fest, anstatt wegzurennen? Als sich unsere Lippen nach gefühlten Stunden voneinander lösen, sehen wir uns irritiert an.

»Ich weiß, wer das ist«, brüllt just in dem Augenblick *Rosamunde Pilcher.*

»Das ist die Frau mit dem Mauerblümchen-Blog«, fügt eine aufgebrachte *Charlotte Roche* hinzu.

Wütendes bis zustimmendes Gemurmel von den anderen Teilnehmerinnen.

»Die meint es doch nicht ernst.«

»Die benutzt ihn nur.«

»Die verarscht uns alle.«

»Also, Moment mal«, werfe ich ein, komme allerdings in meiner Verteidigung nicht weiter, weil der Mob schimpfend über mich herfällt. Ich werde geschubst, und an mir wird gezogen. Hilfesuchend blicke ich mich nach *Joanne K. Rowling* um, aber von ihm ist keine Spur mehr zu sehen. Kurz bilde ich mir ein, jemanden mit blondem Kinnbart auf der Straße draußen zu erspähen, und versuche, mich Richtung Kaffeehaustür vorzuarbeiten, doch die Meute rückt nur noch dichter zusammen. Ramy ist keine Hilfe, er klammert sich an meinen Arm und weicht Schritt für Schritt zurück. Von seinem perfekten Auftreten ist nichts mehr übrig, stattdessen wirkt er verschreckt und aufgelöst wie ein unvorbereiteter Student beim Examen. Sogar das ewig breite Ken-Grinsen ist ihm abhandengekommen. Verfluchte Scheiße!

Wir sind mittlerweile bei den Fensternischen angekommen. Kein weiteres Zurückweichen möglich. Gerade, als ich glaube, demnächst gelyncht zu werden oder samt Ramy dem Vernaschungskomitee zum Opfer zu fallen, passiert ein Wunder.

»So, meine Damen, Ende der Veranstaltung. Machen Sie bitte sofort Platz, sonst muss ich die Polizei rufen!«

Die Stimme eines Mannes erklingt genau neben mir, eine Stimme, deren Autorität sich niemand entziehen kann. Innerhalb weniger Sekunden hat sich der Mob aufgelöst, und die Frauen räumen, von Annette Hofbauer erneut wie die Hühner verscheucht, das Feld. Ramy nutzt die Gunst der Stunde und verlässt, eilig und ohne sich zu verabschieden, das Café Drechsler.

Ich sehe ihm kopfschüttelnd nach, schließe dann die Augen und atme tief durch. Was für ein Alptraum. Nach einigen Momenten wende ich mich zu dem Mann, der neben mir steht und mich besorgt mustert.

»Alles in Ordnung?«

Alfons Pohl faltet den *Österreichboten*, hinter dem er sich die ganze Zeit in der Fensternische versteckt hat, zusammen und klemmt ihn sich unter die Achsel. Ich nicke schwach. Auf einmal greift die Anspannung der letzten zwei Stunden auf meine Beine über, und ich stehe mit zitternden Knien neben meinem Chef. Er betrachtet mich über den Rand seiner Lesebrille, lächelt und breitet die Arme aus. Bevor ich es verhindern kann, sinkt eine ungewohnt kleinlaute, hilflose Dotti in seine starken Arme. Er streichelt mir etwas steif über Haare und Rücken.

»Es tut mir leid. Ich hätte Sie nicht zu dieser Veranstaltung drängen sollen. Kommen Sie.«

Wie ein kleines Mädchen lasse ich mich von Pohl aus dem Café Drechsler führen. Es hat zu regnen begonnen, und das Pflaster der Linken Wienzeile glänzt nass. Pohl spannt seinen Regenschirm auf, reicht ihn mir und winkt anschließend routiniert ein Taxi heran. Immer noch zitternd sehe ich mich um. Vom Mann mit dem Kinnbart fehlt jede Spur.

Liebst du schon oder lebst du noch?

Naschmarkt

Samstag, 5. November

Speeddating ist die Antwort der Konsumgesellschaft auf die zunehmende Vereinsamung des modernen Facebook-Users. Fast Food *fürs Herz oder ein riesiger Naschmarkt, auf dem der Dauer- beziehungsweise Teilzeitsingle anonym, unverbindlich und zeitsparend kosten kann. Fünf Minuten sind mehr als genug, um die Wirkung versprühter Pheromone zu analysieren. Einige Sätze später wird in der Liste säuberlich abgehakt oder durchgestrichen. Die dazugehörigen Gesichter hat man schon beim Begleichen der Rechnung wieder vergessen. Partnershopping zwischen Job und Feierabend, Hauptsache, man ist rechtzeitig zur neuesten* Dexter-*Episode daheim, um den Nachgeschmack der süßen Kuppeleien mit Odol und Blut aus Mund und Hirn zu spülen.*
Der Hit unter Datingexperten ist das Themen-Speeddating. Das ist so etwas wie das gutsortierte Fachgeschäft auf dem Datingbasar. Mittels Vorabselektion werden die paarungswilligen Probanden sorgfältig ausgewählt und in Interessensgemeinschaften unterteilt.
Die Schlange und Du – Speeddating für Reptilienhalter
Klick mich! – Das Nerd-Speeddating

Akademikerin sucht Akademiker
Bi und Bi gesellt sich gern
Spock me, Kirk – Trekkies in Love
Künstlerdating *oder – in meinem Fall – POE* sucht *SIE*, das literarische Speeddating *im Café Drechsler.*
Es ist wie auf dem angrenzenden Naschmarkt: Beim Gemüsestand gibt es kein Baguette zu kaufen und bei der Nordsee kein Fleisch. Fisch zu Fisch, Fahrrad zu Fahrrad und Leser zu Leser.
Erste Erkenntnis des Abends: Johann Wolfgang von Goethe *ist uncool,* Hermann Hesse *ein großkotziger Tourist,* Friedrich Schiller *allergisch gegen Katzen,* Thomas Bernhard *ein Muttersöhnchen und* Stephen King *ein alter Widerling.* Joanne K. Rowling *ist ein Bart gewachsen, wohingegen* Rosamunde Pilcher *ein wenig aus der Form geraten ist. Nur für* Stephenie Meyer *war kein passender Vampir dabei.*
Zweite Erkenntnis des Abends: Frauen suchen immer noch nach Prinzen, Männer sind die neuen Prinzessinnen, und wer nicht bereit ist, sich ein kleines bisschen vernaschen zu lassen, der sollte lieber Langsam-Vereinzeln anstatt Schnell-Daten. Naschzeug kann man auch bequem via Asia-Takeaway bestellen: Sushi Bento und California Rolls, bis man platzt. Oder um es im Sinne von Cyrano de Bergerac *zu formulieren:* Denn beim letzten Maki brech ich!

(follow @dottiliest bei Twitter)

Mittwoch, 9. November

»Bitte lächeln!«

»Warum?«

»Für das Fo-ho-to«, flötet die Angestellte und sieht mich erwartungsvoll an. Sie ist eine dieser sportlichen Casualfrauen, mit burschikosem Kurzhaarschnitt, S.-Oliver-Outfit und von Judo, Tai-Chi oder Ähnlichem gestähltem Körper.

»Warum müssen Menschen auf Fotos immer lächeln?«

Leicht überfordert kratzt sie sich am Hinterkopf und fährt sich durch die Haare.

»Weil das netter aussieht?«

»Im Pirelli-Kalender lächelt keiner.«

Die Fotografin legt den Kopf schief und denkt nach.

»Stimmt. Aber das hier ist der Schnappschuss beim Wiener Riesenrad, etwas für das Urlaubsalbum oder das Facebook-Profil.«

Sie strahlt mich an, einen Finger auf dem Auslöser, als erwartete sie von mir sofortige begeisterte Zustimmung.

»Es ist ein Fake!«

»Nun ja …«

»Lassen Sie mich rekapitulieren: Sie machen ein Foto von mir im Riesenrad, obwohl ich gar nicht wirklich im Riesenrad bin, sondern nur in einem Rahmen posiere, der wie eine Kabine aussieht. Anschließend photoshoppen Sie das Ganze, damit es so wirkt, als ob ich aus der echten Kabine winke, richtig?«

»Geht's endlich weiter, oder was?«, murrt ein Familienvater hinter mir, und jeder seiner drei Sprösslinge greint in einer anderen Tonart.

»Einen Mo-me-hent«, ruft Miss Sporty in routiniert

fröhlichem Tonfall und schenkt den Kindern ihr süßestes Zuckerwattelächeln. Anschließend wendet sie sich wieder mir zu. »Unsere Fotos sind sehr beliebt. Eine schöne Erinnerung.«

»Eine Fake-Erinnerung.«

»Wären Sie einfach so freundlich, kurz da hinüberzuschauen? Danke.« Es klickt. Sekunden später rattert der Drucker. Ich seufze und mache Platz für Daddy und die Kids. Meine schlechte Laune hat etwas mit dem Verlauf der letzten paar Tage zu tun.

Fake, denke ich, alles ist nur ein Fake. Fauler Zauber. Die ganze Speeddating-Farce und *Literally in Love* sowieso. Auch Fakeküssen ist neuerdings in Mode. Beim Gedanken daran muss ich sofort tief Luft holen. Kein Wunder, dass die Menschheit sich an Fake-Fotos vom Riesenrad erfreut, wenn nicht einmal auf körperliche Intimitäten mehr Verlass ist.

Ramy ist in der Versenkung verschwunden. Männliche Maulwurftaktik. Weder eine Erklärung noch eine Entschuldigung, nicht mal ein Dankeschön dafür, dass Pohls Einschreiten ihm den perfekt gesteiften Kragen gerettet hat. Zum wiederholten Mal – und damit für meine Verhältnisse deutlich zu oft – checke ich den Posteingang meines iPhones. Nichts. Kein Anruf in Abwesenheit, keine Sprachnachricht, keine SMS. Kareemlose Funkstille. Tja, was habe ich erwartet? Und vor allem, warum ärgert es mich so?

Pohl wiederum hat mich in vorbildlicher Gentlemanmanier im Taxi nach Hause gebracht. Er ist sogar ausgestiegen, um mich zur Haustür zu begleiten, wo er mir mit väterlicher Strenge geraten hat, umgehend ins Bett zu gehen. Als ich, immer noch schwankend, meine Wohnung betrat und den halbleeren Katzenfutternapf mit der Protestkotze daneben sah, war mir sofort alles klar. Das Orakel meint: Da hilft nur Om.

Ein Leben als Singleikone ist keine Nudelsuppe. Das Wochenende habe ich in einem diffusen Zustand zwischen Halbschlaf und automatischem Funktionieren verbracht, ehe ich mich Montag mit wackeligen Beinen ins Büro schleppte. Lorenz war krankgeschrieben. Immer wenn ich an ihn dachte, hatte ich sein irritiertes Gesicht vor Augen, das ich noch gesehen hatte, bevor ich an Halloween durchs Badezimmer entwischte. Und um allem die Krone aufzusetzen, rief die Pressedame von Florian Glahnz immer wieder bei mir an, um sich zu erkundigen, ob ich an einem Exklusivinterview mit dem »Shootingstar der Wiener Literaturszene« interessiert wäre. Warum erschießt man mich nicht gleich für eine Stoffrose?

»Bitte schön, Ihr Foto«, sagt die Mitarbeiterin am Fotostand und überreicht mir das Bild, auf dem ich blass, mit zusammengekniffenen Lippen und gerunzelter Stirn aus einer knallroten Riesenradkabine Richtung Wiener Innenstadt starre. Man muss, ehe man zur Einstiegsstelle gelangt, an Miss Sportys Fotoapparat vorbei und wird – egal, ob man möchte oder nicht – abgelichtet. Ich betrachte die Fotografie, die meine Stimmungslage so perfekt widerspiegelt und schüttle den Kopf.

»Danke, aber ich verzichte darauf.«

»Keine Sorge, das Foto ist schon bezahlt.«

»Bezahlt? Von wem?«

Die Standangestellte, die eine etwas zu klein geratene Zwillingsschwester von Miss Sporty sein könnte, deutet auf den kleinen Plastikchip in meiner Hand. »Bei dieser speziellen Eintrittskarte ist das Foto bereits im Preis inbegriffen.«

»Oh.«

Ich betrachte den Chip genauer. Auf der Vorderseite ist bloß das gestanzte Wiener Riesenrad sowie die handschriftliche Nummer vierzehn zu sehen. Doch auf der Rückseite findet sich ein Schriftzug, der mir vorher nicht aufgefallen ist:

KUPPITSCHEK
Spezialservices.

»KUPPITSCHEK?«, frage ich. »Ist das der Name der Prater GmbH?«

Die Angestellte schüttelt den Kopf.

»KUPPITSCHEK ist lediglich eine Partnerfirma.«

Sie drückt mir zusätzlich zum Foto einen Flyer in die Hand und winkt mich Richtung Einstiegsstelle.

»Alle nötigen Informationen finden Sie hier drin. Aber jetzt müssen Sie sich aber beeilen. Ihre Kabine ist die nächste.«

»Meine Kabine?«

Ohne eine weitere Erklärung zu erhalten, gehe ich durch die Tür in den Außenbereich, wo man, inmitten der beeindruckenden Stahlkonstruktion des Riesenrades, auf den Einstieg wartet. Ein Hagelschauer mit Erinnerungen prasselt auf mich nieder. Ich habe ein so starkes Déjà-vu-Gefühl, dass ich für einen Moment keine Luft mehr bekomme und mich am Geländer festhalten muss.

Die vielen Male im Prater mit meiner Mutter. Der Geruch nach gebrannten Mandeln, Lángos und Schokofrüch-

ten. Der Geschmack von Zuckerwatte. Die Schreie der Jugendlichen aus den wilden Hochschaubahnen. Das elektrische Surren der Krake, das Knallen der aufeinanderprallenden Autodromwagen, die Schüsse aus den Schießbuden, die knarzenden Lautsprecherstimmen der Animateure, das hohle Lachen des Geisterbahngorillas, die blinkenden bunten Lichter.

Doch die Postkarte in meinem Kopf hat einen Riss, ein hässlich beflecktes Eck, das kein Klebeband je reparieren kann: Ich war vierzehn und hatte von meiner Mutter zum Geburtstag eine Handvoll Eintrittskarten für das Riesenrad geschenkt bekommen. Immer freitags nach der Schule fuhr ich in den Prater, um eine davon einzulösen.

Der Tag, als ich zum letzten Mal in eine Kabine stieg, war ein ebenso grauer, nebliger Herbsttag wie heute. Ich fror in meiner zu dünnen Jeansjacke und hatte die Hände tief in den Hosentaschen vergraben, während ich die Stufen zur Einstiegsstelle erklomm.

»Bitte, Sie können zusteigen«, sagt der Riesenradangestellte und macht eine einladende Geste. Die Nummer an der roten Kabinenwand leuchtet strahlend weiß: *vierzehn.* Mir läuft es kalt den Rücken runter. Das ist kein Zufall, so viel steht fest. Jetzt, nur wenige Meter vom Einstieg entfernt, gelingt es mir nicht mehr, das Gefühl von Panik zu unterdrücken. Es ist bloß eine Fahrt mit dem Riesenrad, eine Runde, zwanzig Minuten, das ist alles, versuche ich mich zu beruhigen. Einfach einen Fuß vor den anderen. Ich bin eine erwachsene Frau über dreißig, ich benutze Flugzeuge, Schiffe, Pkws und fürchte mich weder vor Monstern in Kleiderschränken noch vor dem schwarzen Mann. Also vorwärts.

Ich lasse das Geländer los, betrete zögernd die Kabine und atme tief durch. Es riecht vertraut und fremd zugleich, nach altem Holz, nicht mehr frischem Lack sowie dem Atem und Schweiß unzähliger Menschen. Wie damals bin ich allein. Der hohe Fahrpreis hält die meisten davon ab, an Tagen ohne Sonnenschein mit dem Wahrzeichen der Bundeshauptstadt zu fahren. Schließlich will man für sein Geld auch was geboten bekommen. Der Familienvater mit den schreienden Söhnen scheint noch mit dem Kauf der Fake-Fotos beschäftigt zu sein, was ich kurz bedauere. Quakende Kinderstimmen hätten der Situation das Bedrohliche genommen und das mulmige Gefühl vertrieben. Die Kabinentüren schließen sich quietschend, und mein Herz beginnt augenblicklich zu rasen. Kein Zurück mehr.

Warum hat djfleming mich ausgerechnet hierhergeschickt? Woher weiß er davon?

Ich sehe mich um. Die Kabine ist leer und sauber. In der Mitte befindet sich eine Holzsitzbank. Rundum an den Fenstern ist ein Geländer angebracht, und darüber hängt eine beschriftete Übersichtskarte, damit die Touristen sich informieren können, welche Sehenswürdigkeiten später auf ihren Fotos verewigt sind.

An Tagen wie heute, wo alles in einer dicken Nebelsuppe versinkt, ist die Karte freilich nutzlos. Vermutlich bin ich also nicht wegen der Aussicht hier. Irgendwo in Kabine vierzehn muss es eine weitere Botschaft meines Online-Verehrers geben, die Frage ist: Wo?

Vierzehn. Das Riesenrad. Damals. Während die Kabine sich in sehr gemächlichem Tempo nach oben bewegte, begann ich mein übliches Ritual. Ich stellte die Schultasche auf die Bank, holte mein Federmäppchen heraus und wählte eine

Farbe. Diesmal dunkelblau, zum Herbsttag passend. Danach tanzte ich von Fenster zu Fenster, um eine Stelle auszusuchen. Hatte ich mich für die richtige entschieden, galt es noch, das geeignete Zitat zu finden. Je nachdem, was wir in der Schule gerade durchnahmen oder für welchen literarischen Helden mein Herz im Moment schlug. Ich weiß, dass ich langsam und in schöner Schrift Cervantes Worte aus Don Quijote *genau über das mittlere Fenster schrieb, als es plötzlich einen Ruck machte.* »Wer viel liest und viel reist, sieht vieles und erfährt vie…« *So weit kam ich, dann rutschte meine Hand ab. Die Kabine hatte den höchsten Punkt erreicht. Unter mir deckte sich Wien mit Nebel zu, so dass der Boden kaum mehr zu erahnen war. Ängstlich hockte ich mich auf die Bank, schloss die Augen und wartete. Ich zählte bis hundert, bis zweihundertfünfzig, bis fünfhundert. Nichts bewegte sich. Dann kamen die Tränen.*

Ein sanfter Ruck, und das Riesenrad stoppt. Ich war so tief in der Erinnerung versunken, dass ich für einen kurzen Moment glaube, wieder vierzehn zu sein. Kopfkino wie ein 3D-IMAX-Film, so real, so nah und vor allem so schrecklich hartnäckig. Mir ist schwindelig, mein Fuß beginnt, wieder ein wenig zu schmerzen, und ich muss mich auf die Bank setzen. Fast hätte ich eine imaginäre Schultasche zur Seite geschoben. Was soll das? Warum bin ich hier? Und warum stoppt das verdammte Rad, als führte irgendjemand Regie nach meinem eigenen Drehbuch? Das ist unheimlich!

Mein Blick fällt auf die vielen Botschaften an den Kabinenwänden. Generationen von Touristen haben sich so verewigt und ein Stück von sich zurückgelassen. Meist ein Herz mit zwei Namen darin oder Buchstaben mit einem Plus verbunden. Spuren von Beziehungssucht. Ein paar

Kritzeleien, hastig hingeschmiert, längst veraltete Liebeserklärungen für die Ewigkeit. Dazwischen aber auch längere Texte, Zitate, wie ich sie damals gern hinterlassen habe, Bezeichnungen von Heimatländern, Heimatstädten, Fußballteams, gespickt mit den üblichen Klotürobszönitäten. Die ganze Gondel sieht wie eine Leinwand aus, bemalt mit Vergangenheit und ein bisschen Gegenwart.

Das muss es sein: djfleming hat seine Botschaft an die Kabinenwand geschrieben! Ratlos sehe ich mich um. Wie, zum Teufel, soll ich sie inmitten all der abertausend Buchstaben identifizieren?

Alle nötigen Informationen finden Sie hier drin, klingt mir die Stimme der Fotostandangestellten im Ohr. Hastig greife ich nach dem Flyer der Firma KUPPITSCHEK.

Herzlich willkommen bei Ihrem
persönlichen Liebesbotschaftsservice!
Jemand hat eine Nachricht für Sie hinterlassen.
Um die Nachricht lesen zu können, benutzen Sie bitte die
Fotografie, die Sie im Shop erhalten haben.
KUPPITSCHEK *Spezialservices* freut sich, Sie an Bord des
Wiener Riesenrades begrüßen zu dürfen.
Wir wünschen gute Fahrt und viel Freude mit Ihrer
individuellen Mitteilung.
Wenn Sie Interesse daran haben, in unsere Mailingliste
aufgenommen zu werden, füllen Sie das Formular auf der
Rückseite aus und geben Sie es am Fotostand ab.
Ihre Firma KUPPITSCHEK *Spezialservices*
kuppitschek@chello.at

Enttäuscht drehe ich den Flyer um. Das ist die ganze Information? Wie soll die mir helfen, djflemings Botschaft zu finden? *Benutzen Sie die Fotografie!* Wie kann man denn ein Fake-Foto verwenden, um eine Nachricht unter Tausenden Kritzeleien auszumachen?

Vor zwei Jahrzehnten hatte ich andere Sorgen. Etwa zwanzig Minuten lang hockte ich zusammengekauert auf der Holzbank, die Knie zur Brust gezogen, den Kopf in den Armen vergraben. Ich malte mir die furchtbarsten Szenarien aus: Das Riesenrad hatte einen Defekt, und niemand konnte den Fehler finden. Ingenieure aus aller Herren Länder mussten eingeflogen werden, ehe man die Technik in den Griff bekam. Ich würde hier oben verhungern und verdursten.

Oder noch schlimmer, das ganze Ding würde explodieren und in sich zusammenfallen wie ein Kartenhaus. Ich könnte meine letzten Sekunden bei vollem Bewusstsein erleben, und der Tod würde schmerzen und nach Feuer riechen.

Und Lady Lydia! Bei dem Gedanken riss ich den Kopf hoch und starrte auf meine Schrift an der Wand. Der blaue Permanentmarker hatte eine hässliche Spur mitten im Cervantes-Zitat hinterlassen, da wo er mir abgerutscht war, und lag vergessen auf dem Boden. Ich würde meine Mutter nie wiedersehen und hatte mich nicht einmal richtig von ihr verabschiedet. Ein neuer Schwall Tränen tropfte an meinen Wangen herunter, als ich aufstand, den Marker aufhob und neben Cervantes ein blaues Herz malte, in das ich »Mummy« schrieb.

Das Foto passt genau. Wie ein Puzzlestück fügt es sich in die Aussichtskarte über den Kabinenfenstern ein, mit dem Unterschied, dass ich selbst darauf zu sehen bin. Die

Schwierigkeit besteht darin, das Teil akkurat an der richtigen Stelle des Panoramas zu plazieren. Ich überlege, wo es am besten positioniert werden könnte.

Das Riesenrad setzt sich wieder in Bewegung. Erleichtert blicke ich aus dem Fenster zum Boden hinunter, wo die Welt zwar winzig, aber real ist. Genug Déjà-vu für heute.

Ich sollte mich beeilen, denn mir bleiben höchstens noch zehn Minuten, bevor meine Fahrt zu Ende sein wird. Rasch hebe ich das Foto und vergleiche es mit dem Panorama über mir. Neben dem Gasometer liegt es ebenso falsch wie neben dem Zentralfriedhof. Auch zur Herz-Jesu-Kirche und zur Fernmeldezentrale passt es nicht. Doch ein Stück daneben werde ich fündig. Mein nicht lächelnder Blick ist auf ein Gebäude gerichtet, dessen Kuppel ich eigentlich sofort hätte erkennen können: die Karlskirche. Ich untersuche die Schriftzeichen, die sich genau oberhalb dieses Wahrzeichens befinden, am Übergang zwischen Kabinenwand und Kabinendach.

»Tschennie & Hydie waren hier«, ist in dicken, schwarzen Filzstiftbuchstaben vermerkt, darunter ein paar zittrige Kugelschreiberherzen und kaum mehr entzifferbare Namen. Doch mein Puls beginnt, richtig schnell zu schlagen, als ich ein Stück unter Tschennie und Hydie ganz blasse Spuren eines ehemals blauen Herzes entdecke. »Mummy.« Wenn man es weiß, kann man die schwungvollen Kinderlinien noch erkennen. Ich streiche mit zitternder Hand über die Buchstaben. Und finde endlich, was ich gesucht habe, unmittelbar neben meinem Herz in einer mir nun schon vertrauten Handschrift.

Furcht lässt
uns die Dinge anders er-
scheinen, als sie sind (Miguel de Cervan-
tes). Fürchte dich nicht, icherzählerin. Dein Ziel liegt in Luftlinie geradeaus. Du musst nur das Lied zu Ende singen. Achtundvierzig Stunden und zehn Minuten hast du Zeit, mich zu finden. Ich warte auf dich, hundertsiebenundfünfzig Jahre, bevor ich geboren wurde.
Fünfunddreißig Sekunden lang.
Dir verbunden,
djfleming.

Ein Zitat aus Don Quijote. Wie meines. Doch wie kann mein anonymer Internetflirt von einem Zitat wissen, das ich vor fast zwanzig Jahren in dieser Kabine hinterlassen habe? An einem Tag, als man wegen Besuchermangels den Fahrbetrieb für über eine Stunde einstellte. Das Mädchen in Kabine vierzehn hatten sie vergessen. Lady Lydia war fuchsteufelswild und wollte die Betreiber verklagen, ließ es aber bleiben, weil sie sich die Anwaltskosten nicht leisten konnte. Als man mich schließlich aus der Kabine holte, lag ich schweißüberströmt auf dem Boden und rief nach meiner Mummy. Erzählt habe ich davon niemandem, und seither bin ich nie wieder ins Riesenrad gestiegen, auch in kein vergleichbares Gefährt. Bis heute.

Ich suche die Wand rund um djflemings Botschaft ab, vermag jedoch keinen zusätzlichen Text oder versteckten Hinweis zu finden. Nur diese verwirrende Ansammlung von Zahlen. Umrahmt ist die Schrift von einer ovalen Blase, die an einer Seite ein wenig breiter ist. Sie sieht fast aus wie ein … Ich lege den Kopf schief und betrachte das Gebilde aufgeregt. Ein Ei! *Und in dem Nest, da war ein Ei.* Das kann kein Zufall sein, immerhin schreibt er ja auch, dass ich das Lied zu Ende singen soll. Und in dem Ei …

Hastig nehme ich das iPhone aus der Tasche, fotografiere erst djflemings Nachricht und dann die Aussicht aus dem Fenster der Riesenradkabine direkt darunter. Was immer das nächste Ziel ist, das zu finden ich kaum mehr als zwei Tage habe, es liegt genau in dieser Richtung. Und wenn mich nicht alles täuscht, handelt es sich um …

Ich schlage mir mit der flachen Hand an die Stirn. Natürlich! Warum bin ich nicht viel früher darauf gekommen?

Liebst du schon oder lebst du noch?

Einspänner

Mittwoch, 9. November

Ich habe mich sehr über die vielen Rückmeldungen zum Thema Mauerblümchenclub gefreut. Anscheinend sind viele von euch meiner Meinung: Die Welt ist voller Doppelpacks. Das beginnt bei der Symmetrie unseres Körperbaus, geht über die Doppelfolgen bei Romantiksoaps bis hin zu Doppelluftmatratzen, Zweisitzern, Netzsportarten und jeder Form von nimm zwei, zahl eins.

Ich persönlich bin ein großer Fan des Einspänners. Ob es sich nun um ein Fuhrwerk handelt, das nur von einem Pferd gezogen wird, um den berühmten Mokka im Glas mit Schlagobershaube oder ein einzeln serviertes Frankfurter Würstchen.

McDonald's, Burger King oder Starbucks leben, wie der

gesamte Fast-Food-Sektor in erster Linie davon, dass die Nahrungsaufnahme zeitsparend, solistisch und unsozial erfolgen kann. Englische und amerikanische Supermärkte haben den Trend lange schon erkannt und sich darauf spezialisiert, alles in praktischen Einzelportionen abzupacken. Ob Salatschüssel, Frühstücksschinken oder Kirschtomaten. Das Problem dabei: Einzelernährung ist teurer als Doppelpack. Obwohl man nur die Hälfte des Inhalts bekommt, bezahlt man oft den gleichen Preis.

Was mich nun seit der Anmeldung bei Literally in Love *beschäftigt, ist folgende Frage: Suchen wir vielleicht gar nicht aus Einsamkeit einen Partner? Sind es in Wahrheit der Einzelzimmerzuschlag in Hotels und die verfaulende zweite Avocado im Kühlschrank (die wir nicht brauchen, aber gezwungenermaßen zum Angebotspreis kaufen), die uns dazu bringen, Online-Flirtplattformen zu benutzen? Wegwerfgesellschaft auf dem Weg zur Zweckgemeinschaft?*

Was wäre, wenn man den Markt revolutionierte? Angenommen, es gäbe bei allem und jedem immer exakt die Menge zu bezahlen, die man auch wirklich konsumiert. Keine Zuschläge, keine prozentual höheren Preise. Wären Doppelzimmer dann noch so beliebt? Würde nicht jeder sein Lieblingsgericht essen, anstatt der zweiten Portion?

Wer also weiterhin die Meinung vertritt, dass Singles die Übriggebliebenen sind, sollte sich ernsthaft überlegen, ob man im Doppelpack nicht stets nur die Hälfte von etwas bekommt, während man den Einspänner ganz für sich allein genießen kann.

(follow @dottiliest bei Twitter)

»Ein Vogel? Noch mal von vorne und langsamer«, sagt Stella, als ich mit meinem Bericht fertig bin. Über den Rand ihrer Lesebrille funkelt sie mich an. »Eile backt das Brot, aber sie backt es schlecht, wie wir in Griechenland sagen.«

»Nicht irgendein Vogel. Der fliegende Vogel. Stella, ich brauche deine Hilfe, und ich habe nur bis morgen Zeit. Das Symbol, das du mir geschenkt hast, der *Bead* an der Uhr, was hat er zu bedeuten?«

Stella schnappt sich meine Hand und schiebt den Ärmel meines Pullovers hoch. Erst die Nacktheit meines Handgelenks verleiht dem Chaos Tiefenschärfe.

»Wo ist die Uhr überhaupt? Warum trägst du sie nicht mehr?«

Ich sehe meiner Freundin in die Augen, hole tief Luft und spreche aus, was mir seit gestern nicht aus dem Kopf geht.

»Ich denke, dass djfleming die Uhr hat.«

»Mister Schnitzeljagd?« Stella runzelt die Stirn. »Ich dachte, du kennst ihn nicht?«

»Das tu ich auch nicht. Aber es gibt keine andere Erklärung. Erst habe ich vermutet, die Fährte, die er mir legt, richtet sich nach dem Kinderlied. Du weißt schon, diesem Song, den er mir im Radio spielen ließ.«

»And the green grass grows all around, all around.« Stella stimmt ein paar Takte an.

»Genau der. Ich habe keine Ahnung, woher er wissen kann, dass Lady Lydia das immer mit mir gesungen hat, als ich ein Kind war. Doch darin geht es zumindest um ein

Loch im Boden und um einen Baum. Aber was hat der Turnschuh damit zu tun, in dem ich die Botschaft gefunden habe? Warum musste ich mit dem Riesenrad fahren?«

Stellas Mund formt ein kirschrotes O.

»Die *Beads*«, flüstert sie.

Ich nicke. »Der Turnschuh, der Baum, das Riesenrad und …«

»Der Vogel«, beendet sie meinen Satz.

»Der Vogel, genau. Fehlen nur noch Katharinas Bücher. Warum sollte ein wildfremder Mensch willkürlich seine Nachrichten an Orten hinterlassen, die den *Beads* meiner Uhr entsprechen? So viel Zufall findest du nicht mal in einem Roman von Dan Brown.«

»Aber wie ist er denn an deine Uhr gekommen?«

Das ist tatsächlich der schwierigere Teil der Geschichte, und ich zögere kurz.

»Ich muss die Uhr in der Oper verloren haben.«

Stella zieht hörbar die Luft ein. »Du hast deinen Glückskompass verloren?«

Ich nicke zerknirscht. »Ja. Bei meinem Blind Date mit Geraldo. Das ist zumindest der letzte Zeitpunkt, an den ich mich erinnern kann, an dem ich sie hatte.«

»Und jetzt denkst du, dass Geraldo djfleming ist?«

Ich lasse die Bilder vor meinem inneren Auge vorbeiziehen. Allerdings ohne Tiefenschärfe.

»Ich bin auf der Treppe gestürzt und habe dabei meine Kontaktlinsen verloren. Daher konnte ich nichts sehen. Geraldo war in der Nähe, ich glaube, er hat meinen Namen gerufen. Wenn ich die Uhr und die *Beads* da verstreut habe, könnte er sie genommen haben.«

»Um sich dann bei *LiLo* unter neuem Namen anzumelden und mit dir dieses Spiel zu spielen? Traust du ihm das zu?«

Ich denke darüber nach. Ich habe Geraldo an dem Abend einiges über mich erzählt. Vielleicht habe ich Lady Lydia erwähnt, und es ist möglich, dass irgendwann beim Thema Musik und Singen das Kinderlied genannt wurde. Wenn er nun weiterrecherchiert hat?

»Ausschließen kann ich es nicht. Obwohl …«

»Was?«

»Da war noch jemand. Ein Typ, der mir aufgeholfen hat.«

»Wie sah er aus?«

»Keine Ahnung, ich war ja blind wie ein Maulwurf.«

Verzweifelt reibe ich meine Schläfen, als könnte ich die Antworten aus meinem Kopf herausmassieren. »Doch seine Stimme, die klang irgendwie vertraut.«

»Und was hast du jetzt vor?«

»Ich muss den Vogel finden. Besser gesagt: die nächste Station. Aber ich habe dafür nur noch knapp vierundzwanzig Stunden Zeit.«

»Von vorn, Dotti, von vorn!«

»Ich suche einen Ort, der …«

Es klopft zaghaft. Lorenz öffnet die Tür, in der rechten Hand ein Blatt Papier, in der linken sein Handy, das er unauffällig in seiner Hosentasche verschwinden lässt.

»Was ist das?«

»Äh. Nichts.«

»Der Zettel, Lorenz. Was ist das für ein Zettel?«

»Hm?«

Zerstreut sieht er mich an. Ich deute auf das Papier.

»Ist das für mich?«

Er studiert den Inhalt des Wischs und reicht ihn mir

schließlich schulterzuckend. Seit ich ihm heute früh zum ersten Mal nach der peinlichen Halloweenparty über den Weg gelaufen bin, trägt er diese abwesende Leidensmiene. Ich fühle mich schuldig und will gerade etwas zu ihm sagen, als sich ausgerechnet Ulrike Plasnitsch an ihm vorbeiquetscht. Ihre Frisur sieht aus, als hätte sie in aller Eile Haargel und Haarspray zugleich hineingearbeitet und wäre anschließend in einen Orkan geraten. Ihre Hamsterbäckchen glühen schweinchenrosa.

»Krim«, keucht sie.

»Krim? Die Halbinsel?«

»Krimhi...«

»Krimhild? Die aus dem *Nibelungenlied?*«

Stella feixt. Die Plasnitsch sieht sie böse an, strafft die Schultern und keift mir mit aufgerissenen Augen ins Gesicht: »Kareem ist hier! Der Radiomoderator!«

Lorenz dreht sich auf den Absätzen um und verlässt mein Büro, ehe ich Gelegenheit habe, ein weiteres Wort mit ihm zu wechseln. Verdammt!

»Ramy?«, rufe ich erschrocken und werfe das Blatt Papier achtlos auf meinen Schreibtisch. »Was macht der hier?«

»Vielleicht will er sich entschuldigen. Ist das nicht schrecklich romantisch?« Stella nimmt ihre Lesebrille von der Nasenspitze und lässt sie flink in ihrer Handtasche verschwinden.

»Eher lebensgefährlich«, murre ich.

Die Plasnitsch hüpft panisch von einem Fuß auf den anderen, als müsste sie dringend für kleine Plasschnittchen. »Er wartet am Empfang. Er hat ausdrücklich gesagt, dass er zu Ihnen will, Frau Wil...«

»Sagen Sie ihm, dass ich nicht im Haus bin.«

»Zu spät.« Die Plasnitsch läuft noch schweinchenfarbener an. »Er ... äh ... weiß, dass Sie da sind. Er möchte Sie *persönlich* sprechen.«

Aus ihrem Mund klingt das Wort irgendwie obszön.

»Dann muss ich weg. Stella, ich brauche ein Versteck.«

Meine Freundin schmunzelt.

»Hast du zufällig diese Tintenbücher von Cornelia Funke irgendwo? Da kann man reinkriechen.«

Kriechen ist das Stichwort. Ich gehe auf die Knie und krabble auf allen vieren unter meinen Schreibtisch.

»Sei nicht albern!« Stella beugt sich zu mir hinunter und sieht mich streng an. Einen Moment lang schimmert eine Spur von *Vesuvia,* der Kämpferin, in ihren dunklen Augen. »Seit wann versteckst du dich vor einem *Mann?*«

Sie hat recht. Männer werden sowieso generell überbewertet, und jede Frau, die ihretwegen Herzrhythmusstörungen oder ähnliche Gemütserkrankungen erleidet, sollte man zur Abschreckung eine Woche bei Wasser und Brot in einen Gorillakäfig sperren. Trotzdem ist mir mulmig zumute, als die Plasnitsch davoneilt und keine Minute später in Begleitung eines riesigen Bouquets wiederkommt, während ich unter dem Tisch hervorkrabble. Seitlich neben den Blumen (rote Rosen, was sonst?) taucht Ramys Ken-Kopf auf. Meine Wangen erwärmen sich um mehrere hundert Grad, typisch. Die Erinnerung an den Fake-Kuss klebt hartnäckig an meinen Lippen und fühlt sich leider überhaupt nicht falsch an. Ganz im Gegenteil.

»Hallo, Dotti!«

Da steht er in meiner Bürotür, perfekt gestylt wie immer, kaum noch ein blauer Schatten von seiner Begegnung mit selbiger Tür auf der Bilderbuchnase, mit dem unverwechselbaren Grübchengrinsen im Gesicht. Ich habe plötzlich das starke Bedürfnis, ihm ein paar Falten ins Hemd oder Flecken auf die Hose zu machen, und stelle mir mit Genugtuung vor, wie er auf etwas Glattem ausrutscht oder in etwas Stinkendes tritt.

»Ramy«, begrüße ich ihn und ziehe mich an der Schreibtischkante hoch, bis ich auf wackeligen Beinen zum Stehen komme. Zwar bin ich so immer noch einen Kopf kleiner als er, aber wenigstens könnte ich ihm jederzeit auf die Zehen treten. Die Plasnitsch beobachtet uns mit leicht geöffnetem Mund, und Stella zwinkert mir ermutigend zu. Ich räuspere mich und wische hastig eine widerspenstige Haarsträhne aus dem Gesicht. Meine Stimme zittert ein wenig. Und warum, zum Teufel, komme ich mir gerade vor, als hätte mich Sophie Kinsella erfunden?

»Du hast das Speeddating neulich ja wörtlich genommen und besonderen Wert auf die Schnelligkeit deines Abgangs gelegt«, sage ich lauter als nötig.

»Ja, sorry, Dotti«, er grinst schief, und bei genauerer Betrachtung würde meine Faust wunderbar auf seine Nase passen, »das war eine blöde Situation.«

»Blöd?«

»Peinlich.«

»Ach.«

»Die Falte, ich habe sie schon vermisst.«

Ich verschränke die Arme vor der Brust und versuche, mich so groß wie möglich zu machen. Stella an meiner Seite verkörpert perfekt die strenge Matrone, und die Plasnitsch hechelt förmlich vor Schaulust. Tatsächlich flackert Ramys Blick ein wenig. Er sieht unsicher von einer zur anderen, als hätte er gerade begriffen, dass er sich nicht vor, sondern direkt im Käfig mit den hungrigen Löwinnen befindet. Naschzeug für gestresste Großkatzen.

»Sag mal, du bist doch hoffentlich nicht sauer, weil ich so schnell weg war? Ich meine, wir hatten ja kein echtes *Date*, oder?«

Ich kann seinen Angstschweiß förmlich riechen. Mein Raubtierinstinkt ist geweckt.

»Natürlich *nicht*«, antworte ich. »Ich würde nur generell lieber gefragt werden, ehe man mir im Zuge eines Nicht-Dates einen Nicht-Kuss gibt.«

Ramys ohnehin schon dunkle Wangen nehmen nun einen leichten Violettstich an.

»Wäre ein einfaches *Entschuldigung* ausreichend, Ma'am?«

Ma'am? Ich weiß plötzlich, warum die Frauen ihm so hoffnungslos verfallen sind. Er ist kein Fake. Er mag aussehen wie eine handelsübliche Plastikversion des perfekten Supermannes, doch sein Charme ist absolut echt. Wie zum Beweis streckt er die Hand aus.

»Freunde?«

»Spinnst du?«, haucht eine Kopfkino-Dotti und presst ihren Körper eng an einen Kopfkino-Ramy, der seltsamerweise plötzlich Smoking und Zylinder trägt und dessen glattrasierte Wangen nach einem ganz bestimmten Aftershave riechen, das …

»Freunde!«

Ich blinzle die Vision rasch weg und schüttle seine Hand. Sie fühlt sich warm und kräftig an. Den Strauß Rosen, den er mir mit der anderen wie eine entsicherte Waffe entgegenstreckt, nehme ich vorsichtig entgegen und rümpfe die Nase angesichts des betörenden Geruchs.

Ein seltsames Geräusch, halb Seufzen, halb Grunzen, erklingt aus Richtung Bürotür.

»Danke, Frau Plasnitsch, Sie können dann wieder an Ihre Arbeit gehen«, sage ich laut.

»Äh, möchten Sie vielleicht einen Kaffee?«, fiepst sie an Ramy gewandt. Er will antworten, doch ich bin schneller, haste mit fünf langen Schritten zur Bürotür und drücke sie entschlossen zu, was für einen empörten Ausruf auf der anderen Seite sorgt. Hier drinnen herrscht plötzlich peinliche Stille.

»Stella kennst du ja schon«, sage ich, um der Situation die Schärfe zu nehmen, und starre unentschlossen auf den Blumenstrauß in meinem Arm. Was macht man mit so etwas? Einen leichten Sommersalat?

Ramy nickt Stella zu.

»Wir hatten das Vergnügen, nachdem Sie mich mit der Tür dort fast ermordet haben.« Die Grübchen schürfen sich tief in seine Wangen ein. Stella lächelt zuckersüß.

»Glauben Sie mir, Herr Kareem, wenn ich Sie hätte ermorden wollen, wären Sie längst Fischfutter im Ägäischen Meer.«

Er lacht und setzt sich schließlich mit einer eleganten Bewegung auf meine Schreibtischkante.

»Ich bin allerdings aus einem anderen Grund hier als Blumen und Fischfutter.«

Das war ja klar. Eine Entschuldigung vorzubringen, hätte ihn wohl nicht sechs Tage gekostet.

»Was willst du?«

»Ich will dich, Dotti ...«

Mein Herz setzt mehrere Schläge aus.

»... im Rampenlicht.«

»Wie?«

»Ich will dich im Rampenlicht. Ist dir eigentlich bewusst, wie viele Fans du inzwischen auf Facebook hast? Wie hoch die Anzahl der Besucher deines Blogs ist und wie viele Kommentare zu jedem Beitrag kommen, der deinen Namen enthält? Du wurdest im Parlament zitiert, auf YouTube parodiert, und täglich gibt es mehr Menschen in diesem Land, die dir folgen. Und weißt du, warum?«

»Weil sie eine Ikone ist«, sagt Stella.

»Genau.« Ramys dunkle Augen leuchten vor Begeisterung, so dass er tatsächlich ein wenig wie ein junger griechischer Gott aussieht. Was denke ich da bloß?

»Dein Blog ist der Anfang. Der Mauerblümchenclub wird der *Fight Club* unserer Generation. Die Möglichkeit, sich verbal zu singularisieren. Aber wir brauchen mehr Öffentlichkeit! Eine größere Plattform, mit der wir die Einspänner da draußen erreichen. Einen medialen Coup.«

»Wir?«

Er ignoriert die Frage.

»Du musst ins Fernsehen, Dotti. Nicht bloß in die Nachrichten oder in die Society-Shows, nein, viel besser!«

»Dancing Stars?«, erkundige ich mich und ahne Grauenhaftes. Vor meinem inneren Auge wirbelt mich ein klein geratener Flamenco-Erzengel übers Parkett, der sich Julio nennt und nach zu hoch dosiertem Axe riecht.

»Quatsch. Die nächste Staffel startet doch erst im Frühjahr.« Seine Mundwinkel zucken. »Nein, ich habe mehr an etwas mit großer soziokultureller Wirkung gedacht.«

Tanzende Parkbankhintern?

»Und das wäre?«

Ramys Grinsen wird breiter.

»Nein!«

»Es ist die Show mit der größten Reichweite. Und du hast Glück, ich habe einen guten Draht zu ihm.«

»Ich habe nein gesagt. Mit Ausrufezeichen.«

»Ich glaube, er steht ein bisschen auf mich.«

Stella blickt verwirrt zwischen uns hin und her.

»Wovon sprecht ihr?«

»*Die Audienz.* Die Livetalkshow mit Roman Reifenstein. Er war mit mir bei *Dancing Stars,* seither sind wir dicke Freunde.« Ramy erhebt sich von der Schreibtischkante, zieht einen goldenen Umschlag aus seinem Jackett und reicht ihn mir. Ich habe genau den gleichen bereits etliche Male in den Händen der Promis gesehen, die zur »Audienz« geladen waren.

»Heute in einer Woche. Reifenstein ist der ideale Mann für dieses Thema, glaub mir.«

»In einer Woche? Wie soll ich mich in so kurzer Zeit vernünftig vorbereiten?«

»Keine Sorge, ich werde auch da sein. Ich pass schon auf dich auf.« Er zwinkert mir zu.

Ich weiß nicht genau, wann der Plot meines Lebens begonnen hat, auf die Katastrophe zuzusteuern, doch momentan sieht es definitiv nach einem schauerlich absurden Finale aus. Neue Prämisse: Recherche führt zum Tod.

»Kommt nicht in Frage. Ich mache mich doch nicht vor Publikum zum Affen.«

»Du kannst gar nicht mehr anders, Dotti«, gesteht er. »Es ist bereits an die Presseagenturen gegangen. Deine Show, deine Chance. Wenn du absagst, enttäuschst du jedes einzelne Mauerblümchen da draußen.«

Er sieht mich an wie Winnetou Old Shatterhand. Das hat

er ja geschickt eingefädelt. Typisch Kareem. Alles arrangieren und mir keine Wahl lassen. Aber ich finde schon noch einen Weg, ihm das heimzuzahlen. Schon sehe ich mich mit Cowboyhut und Overknees einen Colt auf ihn richten. *Stirb, Rothaut!*

»Peng. Ich meine gut. Einverstanden«, kapituliere ich. »Aber keine Intimitäten, klar?«

Ramy, der mit einer schwungvollen Bewegung meine Bürotür geöffnet hat, hält inne und wirft mir einen undefinierbaren Blick zu.

»Was denken Sie von mir, Ma'am?«

Ich denke, dass ich verdammt aufpassen muss in Gesellschaft dieses Mannes.

»Frau Charydis, es war mir ein Vergnügen, Sie ohne Tür wiederzusehen. Bis nächste Woche, Dotti!«, sagt er und verschwindet summend aus meinem Büro. Der kollektive Seufzer der weiblichen Redaktionsmitglieder draußen ist nicht zu überhören. In Dottis Kopfkino tänzelt Ramy wie Fred Astaire schwarz weiß durch die Schreibtische und wirft mit roten Rosen um sich, während Ulrike Plasnitsch eine perfekte Steppeinlage auf ihrem Stuhl hinlegt.

»Dotti? Träumst du schon wieder?«

»Hm?«

Stellas Stimme holt mich zurück in die Realität.

»Ich muss zurück an die Arbeit. Mir ist gerade ein Thema für die Wochenendbeilage eingefallen: der metrosexuelle Mann als Lustobjekt.«

Ihr Blick ist ebenfalls leicht entrückt, als sie eilig aus meinem Büro rauscht.

Ich werfe den bestimmt tausendsten Blick auf mein schmuckloses Handgelenk. Ist meine Uhr der Schlüssel zu all den Rätseln, die mich momentan von einem Chaos ins nächste stürzen? Und wenn ja, in welche Richtung lenkt mich der Kompass, und wie weit ist mein Countdown schon fortgeschritten?

Ich checke die Zeit auf meinem iPhone. Mist! Der Nachmittag rast dahin, und ich habe immer noch keine Anhaltspunkte, an welch mysteriösem Ort mich djfleming morgen erwartet.

Gedankenverloren greife ich nach dem Blatt Papier, das mir Lorenz vorhin überreicht hat. Augenblicklich beginnt mein Puls zu rasen. Es handelt sich um ein Fax an die Nummer der Kulturredaktion. Das Blatt ist leer bis auf drei Zeilen handgeschriebenen Textes:

@icherzaehlerin:
Die Bedeutung der Zahlen sollte man nicht unterschätzen!
+48 10 4100

Der Boden schwankt unter meinen Füßen. Ich kenne die Schrift.

»Aber … aber … hick … das kannst du mir doch ni… hick … nicht antun!«

Das weinerliche Gestammel kommt aus der rechten, verschlossenen Toilette. Ein mir bekannter Tonfall in Kombination mit einem Paar knallroter, hochhackiger Pumps, die ich mit einem Blick unter der Tür durch ausmache, verrät mir, dass Sorina Loos sich für ein privates Gespräch aufs stille Örtchen zurückgezogen hat. Zum Glück hat sie nicht bemerkt, dass sie nicht mehr allein ist, und schluchzt hemmungslos weiter.

Auf Zehenspitzen schleiche ich mich in die linke Kabine und ziehe vorsichtig die Klotür zu. Sie quietscht ein wenig, aber Gott sei Dank leiser als meine Chefin nebenan. Ich hoffe nur, sie braucht nicht lange, denn eigentlich war das mein Plan, hier unbelauscht ein paar Recherchen anzustellen. Es bleibt mir wohl nichts übrig, als es im wahrsten Sinn des Wortes auszusitzen.

»Das interessiert mich einen Scheißdreck!« Das Geräusch einer wütend abgewickelten Klopapierrolle. »Seit zwei Jahren erzählst du mir jetzt, dass du sie verlassen wirst. Du … WAS?« Der Schrei ist laut genug, dass ich den Moment nutzen kann, um den Klodeckel zuzuklappen und mich mit angezogenen Beinen daraufzusetzen. Gespannt halte ich den Atem an. Sorina Loos wimmert leise.

»Das ha… ha… hast du nicht.«

Meine Chefin und ihre Affäre. Ebenfalls ein noch ungelöstes Rätsel. Die Damentoilette als moderner Ort der geheimen Kommunikation.

Ein Name, denke ich, wenn sie einen Namen sagt, hätte ich sie in der Hand. Lieber Gott, mach, dass sie ihn nicht nur Knuffelhase nennt.

»Du Arschloch!«

Auch nicht besser.

»Ja? Weißt du, was du mich mal kannst, beziehungsweise nie mehr wirst? NEIN, ICH BERUHIGE MICH JETZT BESTIMMT NICHT. DRECKSACK!«

Mit einem lauten Knall fliegt das Handy auf den Boden, schlittert auf den glatten Fliesen unter der Trennwand hindurch und landet ausgerechnet neben meiner Kloschüssel.

»Scheiße«, flucht meine Chefin nebenan und schneuzt sich geräuschvoll. Zehn Sekunden später taucht eine Hand mit rotlackierten Fingernägeln unter der Trennwand auf. Ich halte den Atem an. Jetzt bloß keine falsche Bewegung! Die Hand tastet den Boden ab, doch sie erreicht das Gerät nicht. Mir klopft das Herz bis zum Hals. Die Hand zieht sich zurück, aber offensichtlich nur, um in ihrer Kabine den Riegel zurückzuschieben.

In dem Moment hat Dottis Kopfkino einen Blockbuster zu bieten: Ich höre klappernde Stöckelschuhschritte bedrohlich näher kommen. Ich sehe den Schatten meiner Chefin, der auf die Fliesen fällt. Und ich nehme, von Angstschweiß überströmt, wahr, wie der Schatten den Arm ausstreckt, um die Tür zu meiner Kabine zu öffnen.

Dann geht alles rasend schnell. Die Tür wird mit einem lauten Quietschen aufgestoßen, doch davor steht nicht Sorina Loos, sondern eine überdimensional große Herzkönigin mit einem riesigen Maul voller Fangzähne. Sie lacht dröhnend, während Geifer aus ihren Mundwinkeln tropft. Mit ausgestreckten, manikürten Fingern kommt sie auf mich zu und reißt das Maul sperrangelweit auf, um mich mit einem Satz aufzufressen … *Kopf ab!*

Ich kneife die Augen fest zu, als eine Tür quietscht, doch es ist nicht die meiner Kabine! Jemand betritt summend das Damenklo.

»Ach, Frau Treu«, höre ich die Stimme der Loos.

Leni Treu, die Kulturredakteurin, stößt einen spitzen Schrei aus.

»Frau Loos, ich habe Sie gar nicht …«

»Wieder mal ein Klobesuch mit Handy? Den Liebsten anrufen? Ihn fragen, was er am Abend essen will oder ob der Prosecco schon gekühlt ist?« Sorina Loos dreht den Wasserhahn auf.

Ich spüre die vertraute Wut im Bauch. Hockt selbst jammernd mit dem Mobilfunkgerät auf dem Topf und lässt ihren Frust an den Kolleginnen aus, die zufällig glücklich sind. Vorsichtig, um kein Geräusch zu verursachen, strecke ich das Bein aus und schiebe das Handy mit dem Fuß Richtung Klotür, so dass es von außen sichtbar sein muss.

»Ein Ehering am Finger und ein dämliches Foto auf dem Schreibtisch geben einem noch lange nicht das Recht, während der Arbeitszeit Privatgespräche zu führen, merken Sie sich das.«

Wer auch immer die Regie in der Realityshow namens »Leben« führt, beweist in dieser Sekunde Humor. Denn gerade als die Loos zu einer weiteren Standpauke ansetzt, beginnt ihr Handy auf den Fliesen wie wild zu vibrieren, und eine männliche Popstimme verkündet, dass Supergirls nicht weinen. Ich kneife die Augen zusammen, um den Anrufer auf dem Display entziffern zu können. Vielleicht ist es ihr Liebhaber, der sie um Verzeihung bittet.

Nein, es ist jemand namens *Olivia.*

»Ist das Ihres?«, höre ich Leni Treu fragen. Sie bemüht sich nicht einmal, den hämischen Unterton zu verbergen. Die Hand mit den rotlackierten Nägeln hebt das Supergirljaulende Ding auf. Kurz bleibt die Loos direkt vor meiner Kabine stehen. Ein paar bange Sekunden lang bin ich mir sicher, dass mich der Herzköniginnentod doch noch ereilen wird, als sie ohne ein weiteres Wort die Damentoilette verlässt.

»Blöde Ziege«, kommentiert Leni leise.

Warum, zum Teufel, spielen sich die monumentalen Dramen eines Frauenlebens stets auf den Fliesen, die die Welt bedeuten, ab? Ich betätige die Klospülung, öffne die Tür, nicke meiner Kollegin, die mich anstarrt, als wäre ich das Phantom des Orkus, freundlich zu und stelle mich neben sie ans Waschbecken. Mir ist da nämlich eine Idee gekommen, die funktionieren könnte.

»Leni, würdest du mir einen großen Gefallen tun?« Ich reiche ihr das Fax mit der handgeschriebenen Notiz. »Mein Akku ist gleich leer«, lüge ich, »könntest du mal diese Nummer für mich anrufen, die hier steht?«

Wenn dieses Fax der plumpe Versuch ist, an meine Handynummer zu kommen, dann werde ich bestimmt nicht so blöd sein, sie ihm auf dem Silbertablett zu servieren. Leni Treus Diensthandy eignet sich viel besser, um der Spur zu folgen.

»Vier, acht, zehn, einundvierzig, null, null?«, fragt Leni mit gerunzelter Stirn.

»Ja, genau. Würdest du ...«

»Das ist keine Telefonnummer. Achtundvierzig ist die Ländervorwahl von Polen, aber es gibt in Polen keine Vorwahl zehn. Krakau hat zwölf, das ist die niedrigste. Anrufen kann man da auf keinen Fall.«

»Nicht?« Enttäuscht sehe ich Leni an. Ich weiß, dass sie jahrelang in der Auslandsredaktion gearbeitet hat und sich mit solchen Dingen auskennt. Außerdem kenne ich keine Frau, die so viel unnützes Wissen bei Facebook verbreitet wie Leni.

»Es ist auch keine Handynummer«, ergänzt sie nachdenklich. »Die fangen in Polen mit sechs oder neun an, soweit ich mich erinnere.«

Geknickt will ich das Fax wieder an mich nehmen, als Leni es zurückzieht und die Zahlen genauer studiert.

»Es ist ungewöhnlich, es so zu schreiben, ohne Punkt

und Komma. Und es fehlt die Länge zur Breite. Aber möglich ist es trotzdem. Plus achtundvierzig, Dotti.«

Ich verstehe nur Bahnhof.

»Der Breitengrad. Achtundvierzig, das ist die erste Stelle des Breitengrads, an dem Wien liegt. Der Breitengrad wird in Grad, Minuten und Sekunden angegeben. Die *Plus Achtundvierzig* könnte also den achtundvierzigsten Breitengrad meinen und die restlichen Zahlen die Minuten und Sekunden einer bestimmten Koordinate.«

Vor Aufregung schüttle ich Lenis Hand, ohne meine abgetrocknet zu haben.

»Leni, du bist ein Schatz«, rufe ich, packe den Zettel und verlasse im Laufschritt das Örtchen des Geschehens. Nur ein echter Nerd kann mir jetzt weiterhelfen.

»Lorenz?« Ich habe die Redaktion halb durchquert, als ich beinahe über meinen Kollegen stolpere, der auf Knien zwischen den Schreibtischen des Großraumbüros herumkriecht, in der rechten Hand eine Digicam. Er macht ein Foto von meinen Beinen und studiert es ausführlich auf dem Display, anschließend hebt er den Kopf, sieht mich traurig an und meint: »Ich finde sie nicht.«

»Wen?«

»Orbs.«

»Das sind Chucks.«

»Chucks?« Er verengt die Augen hinter seiner Brille zu schmalen Schlitzen. »Sind die verwandt mit Orbs?«

»Sie sind mit niemandem verwandt. Es sind nämlich *Schuhe.*«

»Schuhe«, wiederholt er, als hörte er das Wort zum ersten Mal. Ich frage mich, ob bei ihm eine Schraube locker ist oder ob ihn Scotty einmal zu oft gebeamt hat.

»Warum knipst du überhaupt meine Schuhe?«

»Ich knipse nicht deine *Schuhe*«, antwortet er, während er aufsteht und sich den Schmutz von den Hosenbeinen klopft.

»Sondern?«

»Orbs.«

»Was zum Teufel sind Orbs?«

»Bälle.«

»Spielst du jetzt Indoor-Golf?«

»Keine *echten* Bälle.«

Er verdreht die Augen, als wäre ich die mit der lockeren Schraube.

»Orbs sind kreisrunde, milchige, durchsichtige Flecken, die sich auf Digitalfotos zeigen. Paranormale Manifestationen, die für das menschliche Sehorgan nicht verifizierbar sind. Genial, oder? Ich versuche, Orbs hier in der Redaktion zu finden.«

»Du meinst Reflexionen von Blitzlicht. Durch Staubkörner und so.«

»Nein. Ich meine Orbs.«

»Ja, klar. Hör zu, Lorenz, ich brauche dringend deine Hi…«

Ohne Vorwarnung blitzt er mir mit der Digitalkamera ins Gesicht.

»Spinnst du?«

Er studiert das Display.

»Wieder nichts. Du bist ein No-Orb, Dotti.«

»Fein. Hör zu, du musst mir helfen. Du kennst dich doch sicher mit Geocaching aus. Ich brauche einen Plan von Wien, auf dem ein ganz bestimmter Breitengrad eingezeichnet ist.«

Lorenz legt den Kopf schief und betrachtet mich nachdenklich.

»Sorry, Dotti, ich bin gerade zeitmäßig total am Limit.«

»Womit? Mit der Jagd nach Orbs?«

Wut kocht in mir hoch und riecht ein bisschen nach Chicken Tikka Masala. Dass Lorenz Kanzler keine Zeit hat, ist zuletzt in den neunziger Jahren vorgekommen, als *Raumschiff Voyager* im Fernsehen lief.

»Wenn es um die Halloweenparty geht, Lorenz, ich …«

»Lass mich doch einfach in Frieden!«, schreit er plötzlich. »Falls du es noch nicht bemerkt hast, Dorothy, ich *arbeite* hier. Und zwar nicht als dein persönlicher Fachtrottel.«

Nach diesem Ausbruch lässt er mich stehen. Ich sehe ihm mit offenem Mund nach, wie er sich zu seinem Schreibtisch begibt, auf den Stuhl steigt und von dort aus in sämtliche Richtungen fotografiert. Vermutlich erwischt er so den perfekten Moment, als Sorina Loos mit einem Wutschrei aus ihrem Büro stürzt und ohne ein einziges Mal Luft zu holen brüllt: »WELCHER ARSCH HAT SICH BEI DER POLIZEI FÜR MICH AUSGEGEBEN, UND WER PFLANZT ÜBERHAUPT BÄUME AM HELDENPLATZ?«

Irgendetwas sagt mir, dass das alles keiner von meinen Tagträumen ist, sondern verflixte Realität. Bloß, dass heute anscheinend irgendwer die Realität mit Tabasco und Irrsinn gewürzt hat.

»Frau Wilcek?« Die Stimme, die in der absoluten Stille nach Sorina Loos' Wutschrei sanft und melodisch klingt, löst einen kalten Schauer in meinem Genick aus. Langsam, mit möglichst ausdrucksloser Miene, drehe ich mich um und blicke direkt in Beatrice Kleidermanns blaue Augen.

»Gut, dass ich Sie treffe. Schließlich sollten Sie wissen, worauf Sie sich einlassen.«

Sie lächelt. Ihr dunkelbrauner Lippenstift passt perfekt zum Hosenanzug, der ihre schlanke Taille betont. Ich vermute, es gehört enorm viel Disziplin dazu, so in Form zu bleiben.

»Ich habe keine Ahnung, wovon Sie sprechen«, sage ich.

Ihr Lächeln sitzt ebenso tadellos wie der Hosenanzug.

»Sehen Sie, Frau Wilcek, und genau das ist Ihr Problem. Sie haben keine Ahnung.«

Obwohl ich noch wahrnehme, wie Sorina Loos drohend in meine Richtung deutet, gelingt es mir nicht, meinen Blick von dem Gegenstand abzuwenden, den Beatrice Kleidermann langsam aus der Tasche ihres Blazers zieht. Es handelt sich um einen goldenen Umschlag.

Liebst du schon oder lebst du noch?

Melange

Donnerstag, 10. November

Eine Spezies, die man vorzugsweise an Samstagen in den Textilabteilungen einschlägiger Möbelhäuser antrifft, sind die Ikeapärchen. *Es handelt sich dabei um eine besondere Mutation siamesischer Zwillinge mit zwei Körpern, die sich ein einziges Hirn teilen. Man erkennt sie daran, dass sie stets nur im Doppelpack auftreten, sich optisch im Lauf der Jahre immer ähnlicher sehen und das Wort »ich« in ihrem Vokabular vollständig durch »wir« ersetzt haben.*

»Wir mögen keine Avocados.«

»Wir trinken nur laktosefreie Milch.«

»Wir wählen liberal.«

Dennoch gelingt es ihnen, über die Anschaffung einer Schiebegardine namens Evabritt *Grundsatzdiskussionen zu führen, die in einträchtig gekränktem Schweigen enden.*

Oberstes Ziel aller Partnerbörsenuser dieser Welt ist es, Teil eines Ikeapärchens *zu werden. Solange man seinen Einkaufswagen solo durch die Gänge des Lebens navigiert, wird man bedauert. Was für eine grässliche Vorstellung, das Billy-Regal allein zusammenschrauben zu müssen, während einem niemand die Schrauben durcheinanderbringt oder einen anbrüllt, weil man offensichtlich* die Beschreibung nicht lesen kann! *Es gibt kaum gesellschaftliche Akzeptanz für Einspänner im Zeitalter der Melange.*

Ich vermute ja, dass es sich dabei um kollektives Rachedenken handelt. »Wir hassen *Menschen, die sich eigenmächtig zwischen Bettwäsche* Birgit *und* Henny *entscheiden dürfen!« Wahrscheinlich sind Partnerbörsen von* Ikeapärchen *erfunden worden, um den glücklichen Singles Einhalt zu gebieten.*

Während die Fassade des Ikea-FAMILY-Clubs bröckelt und sich herausstellt, dass nicht mal die knäckebrotigste Liebe romantisch ewiglich funktioniert, sitze ich zu später Stunde vor meinem Computer und denke über den bittersüßen Geschmack der Melange nach.

»Ich glaube, dass es da draußen diesen einen Menschen gibt, mit dem ich es ertrage, Tisch, Bett und sogar meine Manner-Schnitten mit Zitrone zu teilen«, schreibt soloprojekt0708 in seinem Literally-in-Love-*Profil.*

»Ich bin mir sicher, dass Liebe existiert«, vermeldet funkstille1.

Gegen meinen Willen lese ich die Nachrichten in meinem

Posteingang. Ich denke über die vergangenen Wochen nach, und an einer Stelle bleibe ich hängen:
Man sieht sich selbst nicht wachsen. Sogar wenn man tagelang vor einem Spiegel ausharren würde, man könnte keinen Unterschied feststellen.
Aber falls es so ist, dass man das Wachstum nicht sehen kann, woher weiß man dann, ob es einen verändert hat? Oder tragen wir das, was wir werden können, schon von Anfang an auf der Stirn geschrieben?
Eine Menge Verwirrung und die bange Frage: Wie viel Ikeapärchen *steckt bereits genetisch in uns?*

(follow @dottiliest bei Twitter)

»Hier muss es sein.« Ich checke die GPS-Koordinaten mit dem iPhone. Kein Zweifel. Wenn meine Recherche richtig war, stehe ich an exakt der Stelle, die djfleming mit seiner rätselhaften Botschaft im Riesenrad gemeint hat. So weit, so gut. Doch was jetzt?

»Wussten Sie, dass das der Ort ist, wo Kaiser Franz Joseph gefrühstückt hat? Sicher hatte er Guglhupf zum Kaffee.« Orange bellt freudig beim verheißungsvollen Klang der Mehlspeise. Annili hält ihr das Maul zu und zieht den Reißverschluss der Tragetasche zu. Hunde sind im Park verboten, aber sie hat darauf bestanden, das Tier mitzubringen. »Falls wir Hilfe brauchen.«

Mit ihrem cremefarbenen Hut und dem verschwörerischen Funkeln in den hellen Augen sieht sie fast ein wenig aus wie Miss Marple.

»Suchen wir eigentlich etwas Bestimmtes?«, fragt sie. »Wir könnten Oranges Spürnase einsetzen.«

Das wäre wohl nur von Erfolg gekrönt, denke ich im Stillen, wenn djflemings nächste Botschaft entweder in einem fetten Kuchenstück versteckt oder mit Schokotinte geschrieben ist. Der kleine Hund winselt aus der Tasche, während ich das Gebäude betrachte, das sich vor uns hell vom grauen Herbsthimmel abhebt.

Lorenz' Weigerung, mir bei der Lösung des Rätsels behilflich zu sein, hat mich nicht davon abgehalten, es dennoch herauszufinden. Stellas griechischer Cousin Kosmás stellte sich zwar als schwer verständlicher, aber bestens informierter Geocacher heraus. Er wies mich an, zuerst Wien bei Google Maps einzugeben und einen Punkt auf der Karte zu suchen, der den Breitengrad achtundvierzig zehn einundvierzig hat. Eine fürchterliche Fummelei, verbunden mit Dutzenden Rechtsklicken, doch es war zu schaffen. Als ich das erledigt hatte, sollte ich die Karte ausdrucken und den Breitengrad durch eine waagrechte Linie zumindest ungefähr markieren. Anschließend müsste ich das Riesenrad im exakt richtigen Blickwinkel mit der Karlskirche verbinden und die Linie verlängern, bis sie sich mit der anderen überschnitt. Die klassische Kreuzpeilung eben.

»Die was?«, unterbrach ich den Redeschwall.

Dank Videotelefonie konnte ich Kosmás dabei zusehen, wie er die Augen verdrehte und ein griechisches Wort in seinen ansehnlichen Schnurrbart murmelte.

»Weiber«, übersetzte Stella mir, doch ehe ich protestieren konnte, fuhr der pixelige Video-Kosmás fort:

»*Siga, siga,* Dotti. Es ist ganz einfach. Du brauchst zwei Linien, um eine Koordinate zu bestimmen und den Cache zu loggen. Du hast den Breitengrad deines Mystery-Caches. Klar? Dir fehlt der Längengrad. Das ist schlecht. Aber du weißt, dass die Location von einem Punkt aus in bestimmter Richtung liegt. So viel hat dir der Owner verraten.«

»Der *wer?*«

»*Owner* wird der genannt, der den Schatz versteckt hat.«

»Und was bin ich?«

»Ein Muggel, so wie du dich anstellst.«

»War ja klar.«

»Willst du wissen, wo dein Cache ist, oder nicht? Also hör zu. Du kreuzt die beiden Linien auf deiner Karte, und, Bingo!, du hast deinen Punkt, zumindest ungefähr. Für die Suche im Detail wirst du allerdings einen Längengrad brauchen.«

Der Hügel, den wir erklommen haben, bietet normalerweise eine wunderbare Aussicht auf Wien. Doch nicht an diesem Tag. Dichter Nebel lässt die Stadt darunter kaum noch erahnen, und meine Finger, mit denen ich das iPhone bediene, sind klamm von der nasskalten Herbstluft. Es riecht sogar ein bisschen nach Schnee.

Annili, heute in grüne und violette Streifen gehüllt, steht am Rand des Brunnens, spricht leise und beruhigend auf ihre Tasche ein und blickt zu dem Gebäude, auf das wir zusteuern.

Ihr Angebot, mich zu begleiten, habe ich gerne angenommen und bin jetzt dankbar für die Gesellschaft. Irgendwie habe ich sie in den letzten Wochen liebgewonnen, mit ihrem großen Herz und ihrer klugen Lebenseinstellung. Fast jeden Tag sitzt sie nun im *Pies & Pages,* trinkt Tee mit viel Milch und hört sich Lady Lydias Geschichten an. Orange bekommt Kuchen, und für mich hat sie immer einen Ratschlag und ein Lächeln übrig.

»Kein Mann macht sich solche Umstände, wenn er nicht wirklich etwas im Kopf und im Brustkorb hat«, hat sie mir erklärt. »Sie sollten ihm eine Chance geben, Dotti!«

Mit erstaunlich forschem Schritt für ihre bald neunzig Jahre stapfte sie die letzten zwanzig Minuten neben mir her und erzählte dabei, dass das exakt der Treffpunkt ihres ersten Dates war.

»Damals hieß es freilich noch nicht Date, sondern Verabredung, und die Einladung wurde hochoffiziell in Gegenwart der Eltern ausgesprochen.« Kurz legt sich ihre Stirn in Falten.

Ich möchte sie gern fragen, wie ihr Date damals gelaufen und warum daraus keine Beziehung geworden ist, aber in dem Moment bellt Orange erregt und beginnt, am Reißverschluss zu kratzen.

»Ich glaube, sie hat eine Spur«, sagt Annili, setzt die Tasche vorsichtig auf den Boden, öffnet sie, befestigt die Leine am Halsband und lässt den kleinen Hund frei. Begeistert rennt Orange auf einen nahestehenden Baumstumpf los. Ich sehe mich ängstlich um und will protestieren, doch Annili greift nach meiner Hand und zieht mich in die entsprechende Richtung.

Als ich meine Linien gekreuzt hatte, war es nicht mehr allzu schwer gewesen, den Ort zu finden, den djfleming für mich als Treffpunkt vorgesehen hat.

Ich warte auf dich, hundertsiebenundfünfzig Jahre, bevor ich geboren wurde. Fünfunddreißig Sekunden lang.

Das Rätsel war gar nicht so verzwickt, wie es zu Beginn geklungen hat. Die ersten vier Stellen meines Längengrades mussten das Baujahr des Gebäudes minus hundertsiebenundfünfzig sein. Und da sich meine Linien im Schlosspark Schönbrunn kreuzten, galt es nur noch ein paar Wikipedia-Artikel zu durchforsten, ehe ich auf die Lösung kam.

»Die Gloriette wurde im Jahr 1775 als letzte Baulichkeit des Schönbrunner Schlossgartens nach Plänen von Johann Ferdinand Hetzendorf von Hohenberg als ›Ruhmestempel‹, zugleich Hauptblickfang des Gartens und Aussichtspunkt über denselben erbaut«, zitiere ich zum wiederholten Mal den Text, den ich auswendig gelernt habe. »Was will er mir damit sagen, dass er mich ausgerechnet am Ruhmestempel des kaiserlichen Wiens treffen möchte?«

»Die Koordinaten, Dotti«, ruft Annili aufgeregt. »Das muss der Punkt sein.«

Ich öffne Google Maps mit dem iPhone und suche mittels

GPS nach unserer momentanen Position. Sechzehn, achtzehn, fünfunddreißig. Mein Herz klopft schneller. Siebzehnhundertfünfundsiebzig weniger hundertsiebenundfünfzig. Sechzehnhundertachtzehn. Fünfunddreißig Sekunden. Aber …

»Der Längengrad stimmt«, sage ich und studiere die Koordinaten. »Doch der Breitengrad ist falsch. Achtundvierzig, zehn, sechsundvierzig. Wir müssen weiter nach oben.«

Orange ist noch nicht bereit, von dem Baumstumpf abzulassen. Mit wedelndem Schwanz schleicht sie um das Ding herum und winselt leise. Annili versucht, den Hund an der Leine weiterzuziehen, aber es gelingt ihr nicht. Ich denke an meine Begegnung mit dem Polizisten am Heldenplatz sowie an Sorina Loos' Tobsuchtsanfall und habe keine besondere Lust, diesmal wegen der Anwesenheit eines Hundes im Schlosspark angezeigt zu werden. Zumal die Loos mir zwar nichts beweisen kann, mich aber seither mit gewitterumwölkter Miene beobachtet.

»Annili«, flüstere ich deshalb, »Sie müssen den Hund wieder in die Tasche tun.«

»Gleich, gleich. Bei dem Wetter verirrt sich ohnehin kein Ordnungshüter hierher. Unsere Chancen, etwas zu finden, sind mit Spürnase deutlich höher.«

Das bezweifle ich zwar, lasse die alte Dame aber nach einem Kontrollblick in den dichten Nebel, der uns mittlerweile umgibt, gewähren. Seufzend suche ich die nähere Umgebung ab. Irgendeine Hilfe muss es doch geben. Das Lied zu Ende singen, hat es geheißen.

Und in dem Ei, da war ein Vogel, der schönste Vogel, den ich jemals sah.

Der Vogel! Ich drehe mich zur Gloriette um und sehe ihn, den kaiserlichen Adler, der das Gebäude bekrönt. Schon von weitem sichtbar, hockt er in aller Pracht genau über dem Touristencafé, das sich in der Mittelhalle des Pavillons befindet. Durch die Glasfenster ist das hellerleuchtete Innere zu erkennen. Die meisten Tische sind besetzt, kein schlechtes Geschäft für einen grauen Herbsttag.

»Annili«, sage ich, denn meine Ungeduld ist kaum noch zu zügeln, »warten Sie hier auf mich? Ich will im Café nachsehen, vielleicht ist die Botschaft ja tatsächlich als Treffen gemeint gewesen.«

Es ist möglich, dass ich nur noch wenige Schritte von einer Begegnung mit djfleming entfernt bin. Warum krampft sich mein Magen dabei so sonderbar zusammen? Fast als wäre ich …

»Wir sehen uns in der Zwischenzeit weiter draußen um«, sagt Annili. Dann wünscht sie mir viel Glück und zwinkert mir zu. Ich kontrolliere Uhrzeit und GPS auf dem Display des iPhones, als ich mich dem Aufgang zur Gloriette nähere. Tatsächlich stimmen die Koordinaten nun beinahe mit den genannten überein, und seit meiner Fahrt mit dem Riesenrad sind exakt achtundvierzig Stunden und acht Minuten vergangen.

Es prickelt auf meiner Haut, als ich die Glastür zum Café Gloriette öffne. Ein Schwall warmer Luft kommt mir entgegen, die zu gleichen Teilen nach Kaffee, Schnitzelfett, Gulaschsuppe und leicht angebranntem Palatschinkenteig riecht. Wollte man ein Parfüm »Österreich« kreieren, genau so müsste es riechen.

Der Innenraum mit den hohen Glasfenstern, den cremefarbenen Säulen, dem marmorierten Fußboden und den Rosettenverzierungen ist hell und einladend. Ein Großteil der kleinen Kaffeehaustischchen mit den Korbsesseln ist besetzt, und in den beliebten Aussichtsnischen an den Fenstern kuscheln verliebte Pärchen. Die perfekte Location für ein erstes Date, denke ich und erwische mich dabei, wie ich mich selbst in einer Art überbelichteten Filmsequenz in Zeitlupe den Raum durchqueren sehe. Die einzigen Geräusche in der ansonsten liebesschwangeren Luft sind die Seufzer der anwesenden Touristinnen. Aschenputtelig in bester Happy-End-Manier schwebe ich auf den Mann zu, der mir in dieser Sekunde mit ausgebreiteten Armen und einem Blumenstrauß in der Rechten entgegenkommt.

»Kann ich Ihnen helfen, gnädige Frau?«

Die Belichtung ist wieder normal, und der Kellner sieht mich fragend an, einen Stapel schmutziges Geschirr auf dem Arm und ein geschäftiges Lächeln um die routinierten Mundwinkel.

»Ich wollte mich nur umsehen«, gebe ich zur Antwort und mache ein paar Schritte Richtung Buffet. Meine Knie sind weich, und mein Magen ist flau. Fast wäre ich über ein Kleinkind gestolpert, das auf dem Boden herumkrabbelt. Ich steige darüber hinweg und stehe ratlos im Raum. Links von mir sitzen ausschließlich Paare. Rechts gibt es einige wenige Einzelpersonen, aber dabei handelt es sich um Pensionisten, japanische Businessleute und junge, sauer auf ihre Handys starrende Frauen, deren Dates sich offenbar verspäten. Niemand, der auch nur ansatzweise dem Bild vom romantischen Hobby-Ornithologen entspricht oder mir bekannt vorkäme. Bis auf …

Mein Herz pausiert mehrere Schläge lang, als ich erkenne, wer soeben das Café betritt. Hastig drehe ich mich um und ziehe die Kapuze meiner Jacke über den Kopf. Ich kann das Blut in meinen Ohren rauschen hören, wie Wellen, die an einem Bug brechen. Ob er mich gesehen hat? Anscheinend nicht, denn aus dem Augenwinkel kriege ich mit, dass er sich an einen der freien Tische setzt, lässig die Beine ausstreckt und die Zeitung, die er unter den Arm geklemmt hat, aufschlägt. Es sieht nicht so aus, als erwarte er jemanden. Ich atme tief durch. Was immer er hier zu suchen hat, es ist ein Zufall, bloß eine willkürliche Fügung, er kann auf gar keinen Fall djfleming sein. *Und warum nicht?* Ich bringe die Stimme zum Schweigen, wende mich, nach einem letzten Blick, zum Ausgang und verlasse das Café Gloriette.

»Fehlanzeige«, erkläre ich Annili, als ich neben ihr ankomme. »Und bei Ihnen?«

»Ich glaube, wir haben etwas gefunden«, antwortet sie mit einem geheimnisvollen Lächeln. »Dort drüben.« Sie hakt sich bei mir unter und manövriert mich in Richtung des Weges, der von der Gloriette zur Grünbergstraße hinunterführt. Nach wenigen Schritten bleibt sie stehen und schaut mich erwartungsvoll an. Ich schüttle ratlos den Kopf. Bis auf den im Nebel verschwindenden Weg, die ihn begrenzenden Bäume sowie einige Spaziergänger kann ich beim besten Willen nicht das Geringste erkennen. Nichts, was einem Hinweis von djfleming ähnlich sieht. Orange bellt aus der Tragetasche und steckt das kleine braune Köpfchen heraus, als könnte sie meine Begriffsstutzigkeit nicht fassen.

»Checken Sie die Koordinaten!« Die Aufregung in Annilis Stimme ist kaum zu überhören und wirkt ansteckend. Mit zitternden Fingern tippe ich auf mein iPhone-Display, und als das Ergebnis angezeigt wird, fällt mir das Gerät vor Überraschung fast aus der Hand:

+48° 10' 41.00", +16° 18' 35.00"

»Das ist es«, flüstere ich. »Das ist exakt der Punkt.«

Annili nickt, und Orange legt den Kopf schief. Der Blick ihrer dunklen Hundeaugen ist unverwandt auf eine Stelle links von mir gerichtet. Ich drehe mich in die entsprechende Richtung, und als mir klar wird, um was es sich handelt, klatsche ich mir mit der freien Hand auf die Stirn. Natürlich!

Mit angehaltenem Atem nähere ich mich dem Vogelhäuschen. Es ist ein ziemlich schmuckloses Holzgebilde auf einer windschiefen Stange, ein Ding, das man leicht übersieht, wenn man nicht speziell darauf achtet. Der Adler auf der Gloriette ist viel augenfälliger, aber djflemings Spiel ist keineswegs auf das Offensichtliche ausgelegt. Hinter mir im Wasserbecken des Neptunbrunnens kreischen ein paar Möwen. Wie konnte ich sie vorher übersehen? Ein ganzer Schwarm zieht Kreise im Nebel, und diese Bewegung kratzt an einer Erinnerung.

»Dotti.« Pauls ernster Gesichtsausdruck sorgte dafür, dass mein von den Schwankungen des Vaporettos ohnehin durchgeschüttelter Magen sich heftig umdrehte. Ich sah in die Augen des Mannes, mit dem ich seit zwei Jahren zusammen war, und hatte nur einen einzigen Gedanken: Nicht kotzen!

Er räusperte sich, was die Situation keineswegs entschärfte, eher im Gegenteil. Wenn Männer sich räuspern, nachdem sie einen mit Vornamen angesprochen haben, ist die Lage ernst. Sehr ernst. Ein saurer Geschmack auf meiner Zunge ließ mich die Lippen fest aufeinanderpressen. Lieber nur ein verkniffenes Nicken als Antwort auf die unvermeidbare Frage als mein Mageninhalt im Canal Grande. Möwen in kleinen Gruppen umkreisten das Boot, als wären sie Paparazzi auf der Suche nach voyeuristischer Befriedigung. Ein nicht unbedeutender Teil von mir fragte sich unterdessen, ob meine Frisur so aussah, wie es die Situation erforderte, sprich: ob sie malerisch wie Kupfergold im Sonnenlicht leuchtete und im korrekten Winkel vom Fahrtwind zerzaust wurde. Ich würgte möglichst unauffällig.

»Zu viel Salz?«, mutmaßte Rita einst, als ich mich im Kino beim Finale von Pretty Woman *in ihre Popcorntüte übergeben hatte.*

»Nein«, lautete meine gekeuchte Antwort, »Happy-End-Allergie.«

»Dotti, ich muss dir was sagen.« Pauls Gesicht war mir zugewandt und damit im Schatten, während ich ins Sonnenlicht blinzelte. Vor lauter Sorge, dass etwas anderes als ein »Ja« aus meinem Mund kommen könnte, verzog ich nur die Mundwinkel zu einem zittrigen Lächeln. Löwenherz, schoss es mir durch den Kopf, Dorothy Löwenherz. Ich würde wie ein Held der Geschichte heißen. Meine Visitenkarten würden mit Fuchsiaranken bedruckt sein. Die Torte würde …

»Also, äh, es ist so«, stammelte Paul. Seltsam, dachte ich, seit ich ihn kannte, hatte er nie gestammelt, weder vor noch nach dem ersten Date. Nicht mal im Bett während des Höhepunktes. Vorsichtshalber übte ich in Gedanken die Lautstärke und den Tonfall des »Ja«. Dazu stellte ich mir den richtigen Gesichtsausdruck vor und überlegte, ob ich schnell ein Tic Tac nachlegen sollte, falls es zum holly-

woodreifen Happy-End-Kuss kommen würde. Allein die Vorstellung genügte, um eine weitere Welle der Übelkeit durch mein Verdauungssystem zu schicken. Willst du, Dotti, willst du, willst du? Ja, ich will. Ja, ich will. Ja, ich …

»Ich habe jemanden kennengelernt. In der Politikwissenschaft. Ihr Name ist Susanne. Ich glaube, ich liebe sie. Wir sind im selben Diplomandenseminar.«

Er grinste mich dämlich an, als würde das Wort Diplomandenseminar *die ganze Absurdität dieser Aussage rechtfertigen. Mein Herz hatte einfach aufgehört zu schlagen. Auch die Übelkeit war mit einem Schlag verschwunden. Einem Schlag, der präzise gesetzt war, genau gegen seine Wange. In dem Moment, wie vom Drehbuchautor so geplant, bog das Vaporetto scharf rechts in die Station Rialto ein. Mit vor Überraschung weit aufgerissenen Augen stürzte Paul unter dem Geschrei von Möwen und molligen Mammas über die Reling in den Canal Grande.*

»Wollen Sie nicht nachsehen?«

Annili hält ihre Tragetasche mit der winselnden Orange umklammert und tritt neben mich an das Vogelhäuschen. Ich versuche, das klatschende Geräusch zu verdrängen, das mir in den Ohren klingt, strecke die Hand aus und öffne das Türchen der Futterstation.

Zuerst ist es schwierig, etwas zu erkennen, da das wenige Licht gerade so die Umgebung der schmalen Öffnung erreicht. Ich zögere, meine Finger einfach so in das Holzhäuschen hineinzustecken, vielleicht weil ich mit einer zuschnappenden Mausefalle rechne oder einem ekligen Haufen Vogeldreck anstelle der Lösung des Rätsels. Als ich es doch tue, ertaste ich an der hinteren Wand Papier. Das muss es sein. Aufgeregt fische ich die Botschaft mit Zeige- und Mittelfinger aus dem Vogelhäuschen.

»Was steht drin?«, erkundigt sich Annili. Ich starre das Papier in meiner Hand an und halte es so, dass auch meine Begleiterin sehen kann, was es darstellt.

»Wundervoll«, flüstert sie verzückt, wogegen Orange kurz bellt und mit den Zähnen nach dem Ding schnappt. Ich hebe es über meinen Kopf, wo ein Windstoß es mir fast entreißt, während ein minimaler Spalt in der Wolkendecke Sonnenstrahlen durch den Nebel schickt. Wie passend. Denn die Botschaft ist nicht einfach nur auf einen Zettel geschrieben, sondern auf ein quadratisches Origamiblatt gemalt, das wiederum kunstvoll zu einem hübschen kleinen Vogel mit ausgebreiteten Flügeln gefaltet ist. Zitternd und einen Hauch widerwillig ziehe ich an den Ecken, bis sich das Papier glättet und die mir inzwischen vertrauten eckigen Buchstaben in dicker schwarzer Tinte zu lesen sind.

Liebe hinterlässt Spuren in den Gedanken.
Folge @djfleming8 bei Twitter!

Liebst du schon oder lebst du noch?

Nicht kompatibel!

Samstag, 12. November

Statistisch betrachtet verbringt der durchschnittliche Mensch des einundzwanzigsten Jahrhunderts weit mehr Zeit mit Social-Media-Kommunikation als mit Sex. Ist Twittern das neue Poppen? Die sozialen Netzwerke sind nicht nur Meinungsmultiplikator und Informationsquelle, sie übernehmen auch einen stetig wachsenden Stellenwert in unserem Liebesleben. Vorspiel findet immer häufiger via Facebook statt.

»Bist du noch im Büro, Schatz?«

»Ich sitze im Bus. Wirf das Strapsmieder über, und stell den Champagner kalt!«

»Like.«

Eine Stunde später wird der Status auf »Postkoitales Surfen« geändert. Einträchtig netzwerkt man nebeneinander im Bett. Er chattet mit Antje aus Antwerpen fremd, und sie twittert ihren Freundinnen, dass es um seine Männlichkeit auch schon mal leidenschaftlicher bestellt war. Das Liebesleben als sozialmediales Ereignis ohne gemeinsamen Nenner.

Es wundert einen also nicht, wenn der Literally-in-Love-Flirt einen auffordert, ihm auf Twitter zu folgen. Dennoch stellt sich die Frage wie von selbst: Ist das womöglich bereits ein unmoralisches Angebot?

»Lass uns twittern, Schatz, dein @ macht mich ganz heiß!«

»Du willst nur twittern, um damit vor deinen Facebook-Freunden anzugeben. Vermutlich verwendest du TweetDeck.«

»Doch nicht auf Linux.«

Fehlermeldung: Dieser User ist mit Ihrem Betriebssystem nicht kompatibel.

Eine Leserin hat in den Kommentaren zu meinem letzten Blog-Eintrag geschrieben: »Ich glaube mitnichten, dass wir genetisch zum Ikeapärchen bestimmt sind. Sonst wären Frauen und Männer besser kombinierbar. Wir erinnern an die Schranksysteme Pax und Stolmen, gleiche Funk-

tion, ähnliches Prinzip, aber völlig unterschiedliche Kleinteile.«

Obwohl sie in den vergangenen vier Jahren sämtliche verfügbare Datingplattformen getestet hat, mindestens einmal im Monat beim Speeddating war, überall in den Social Media aktiv ist und alle ihre Blind Dates penibel in Listen eingetragen hat, ist das Happy End für lovelylady36 immer noch klickweit entfernt.

»Ich glaube«, schreibt sie mir, »dass ich gar kein Topf bin, sondern ein Deckeldeckel. Ich passe nur zu denen, die ihren Topf gefunden haben.«

Und elkebleibt29 gibt zu bedenken, »dass selbst ein Matchingsystem wie jenes von LiLo *keine Parameter findet, die männliche und weibliche User in Konvergenz zueinander stellen. Weil es sich um unterschiedliche Spezies unserer Gattung handelt.«*

Dennoch bin ich bereit, mich auf Twitter einem Kompatibilitätstest auszusetzen.

Ich folge @djfleming8.

(follow @dottiliest bei Twitter)

Mittwoch, 16. November

> @djfleming8's Account ist geschützt. Nur bestätigte Follower haben Zugriff zu den Tweets und dem vollständigen Profil von @djfleming8. Klicke auf den »Folgen«-Button, um eine Bestätigungsanfrage zu senden.

Es wurde eine Folgeanfrage an djfleming8 gesendet.«

dottiliest @djfleming8 Ich folge. 12 Nov

Anfrage ausstehend.

dottiliest @djfleming8 Gibt es GPS-Koordinaten für den korrekten Zeitpunkt des Folgens? 12 Nov

Anfrage ausstehend.

dottiliest @djfleming8 Ein Codewort? 12 Nov

Anfrage ausstehend.

dottiliest @djfleming8 And the green grass grows all around, all around … 13 Nov

Anfrage ausstehend.

dottiliest @djfleming8 Liebe hinterlässt Spuren in den Gedanken. 13 Nov

djfleming8 @djfleming8 folgt dir (@dottiliest) jetzt.

djfleming8 @djfleming8 Der Wahrheit kann man nicht folgen, sie muss entdeckt werden. (Krishnamurti)

dottiliest @djfleming8 Du spielst wohl gern. 14 Nov

djfleming8 @dottiliest Sagen wir, ich sorge dafür, dass der Plot spannend bleibt. :) 14 Nov

dottiliest @djfleming8 Darf ich endlich wissen, wer du bist? 14 Nov

djfleming8 @dottiliest Bedauerlicherweise nicht. 14 Nov

dottiliest @djfleming8 Und warum? 14 Nov

djfleming8 @dottiliest Du bist die Hauptfigur deines Lebens. Das hier ist deine Geschichte. Du musst dich an die dramaturgischen Regeln halten! 14 Nov

dottiliest @djfleming8 Was für dramaturgische Regeln? ^^ 14 Nov

djfleming8 @dottiliest Wir befinden uns am Ende vom zweiten Akt. Es gibt kein Happy End vor dem dritten Akt. 14 Nov

dottiliest @djfleming8 Was für ein Happy End? 14 Nov

djfleming8 @dottiliest Das, das von deinen Entscheidungen abhängt. 14 Nov

dottiliest @djfleming8 Sorry, aber ich habe eine Happy-End-Allergie. 14 Nov

djfleming8 @dottiliest Hautausschlag? 14 Nov

dottiliest @djfleming8 Übelkeit. 14 Nov

djfleming8 @dottiliest Der Homöopath empfiehlt Okoubaka D12. 14 Nov

dottiliest @djfleming8 Als Lutschtablette? 14 Nov

djfleming8 @dottiliest Globuli. :) 14 Nov

dottiliest @djfleming8 Liebe hinterlässt Spuren in den Gedanken. Was bedeutet das? 14 Nov

djfleming8 @dottiliest Finde es heraus. 14 Nov

dottiliest @djfleming8 Kannst du mir einen Hinweis geben? 14 Nov

djfleming8 @dottiliest Die Antwort ist in Reichweite. 14 Nov

dottiliest @djfleming8 Kryptisch. 14 Nov

djfleming8 @dottiliest Jede gute Geschichte braucht ein Geheimnis. 14 Nov

dottiliest @djfleming8 Und wie komme ich hinter das Geheimnis meiner Geschichte? 14 Nov

djfleming8 @dottiliest Fang mit der Figurenanalyse an. Mach eine Liste! 14 Nov

dottiliest @djfleming8 Eine Liste? 14 Nov

djfleming8 @dottiliest Listen sind dazu da, die Gedanken zu ordnen. 14 Nov

dottiliest @djfleming8 Was soll ich denn listen? 14 Nov

djfleming8 @dottiliest Die Top-5-Dinge, die du hasst. 14 Nov

dottiliest @djfleming8 Das führt zu nichts. Ich habe High Fidelity gelesen. 14 Nov

djfleming8 @dottiliest Probier es aus! :) 14 Nov

dottiliest @djfleming8 Ok. Ich habe eine Liste gemacht. Willst du sie hören? 15 Nov

djfleming8 @dottiliest Es ist deine Liste, schon vergessen? Du entscheidest. 15 Nov

dottiliest @djfleming8 Platz 5 der Dinge, die ich hasse: Unbequeme Kleidung. 15 Nov

djfleming8 @dottiliest Dann zieh eben nur bequeme an. 15 Nov

dottiliest @djfleming8 Das ist aber nicht, was von einem erwartet wird. 15 Nov

djfleming8 @dottiliest Die beste Methode, um überraschende Wendungen einzubauen, ist es, mit Erwartungen zu brechen. 15 Nov

dottiliest @djfleming8 Dann wende ich mal ein: Platz 4: Autofahren. 15 Nov

djfleming8 @dottiliest Nimm die Öffis. 15 Nov

dottiliest @djfleming8 Du weißt auch auf alles eine Antwort. 15 Nov

djfleming8 @dottiliest Nur auf dich. Du bist ein Roman mit zu viel Plot. :) 15 Nov

dottiliest @djfleming8 Na, dann wird dir Platz 3 gefallen: Bilderbuchpärchen. 15 Nov

djfleming8 @dottiliest Du meinst so wie Susi und Strolch mit der Nudel beim Italiener? 15 Nov

dottiliest @djfleming8 Genau die. Exzessive Öffentlichkeitsknutscher, Händchenhalter und Schoßsitzer. 15 Nov

djfleming8 @dottiliest Schrecklich, da geb ich dir recht. Aber es gibt einen Trick. 15 Nov

dottiliest @djfleming8 Trick? 15 Nov

djfleming8 @dottiliest Es geht so: Stell sie dir beim Sex vor. 15 Nov

dottiliest @djfleming8 Ich glaube, das ist das Verrückteste, was ich je gehört habe.

djfleming8 @dottiliest Stell dir vor, wie sie miteinander Sex haben. Beim grellen Licht einer Energiesparlampe im Malm-Birkenfurnier-Gestell. 15 Nov

dottiliest @djfleming8 Und wie genau hilft das gegen das Susi-und-Strolch-Syndrom? 15 Nov

djfleming8 @dottiliest Probier es aus! Du wirst schon sehen. 15 Nov

dottiliest @djfleming8 Sicher nicht. Platz 2 ist schwer zu formulieren. Ich hasse dumme Romanfiguren. 15 Nov

djfleming8 @dottiliest Du meinst Helden, die falsche Entscheidungen treffen und dadurch Mist bauen? 15 Nov

dottiliest @djfleming8 Nicht nur. Oft ist es für den Leser völlig klar, was die Figur tun sollte, aber sie tut es nicht. Das macht mich krank. 15 Nov

djfleming8 @dottiliest Vielleicht liest du die falschen Geschichten. 15 Nov

dottiliest @djfleming8 Nein, das ist in den meisten Geschichten ein Problem. 15 Nov

djfleming8 @dottiliest Geschichten sind das Spiegelkabinett der Realität. 15 Nov

dottiliest @djfleming8 Sie verzerren! 15 Nov

djfleming8 @dottiliest Nein. Sie zeigen Wahrheit aus einer anderen Perspektive. Verrätst du sie mir? 15 Nov

dottiliest @djfleming8 Was? Die Wahrheit? 15 Nov

djfleming8 @dottiliest Deine Nummer eins. :) 15 Nov

dottiliest @djfleming8 Am meisten hasse ich Lärm. Ich suche ganz oft die Mute-Taste der Welt. 15 Nov

djfleming8 @dottiliest Und wenn du sie gefunden hast, gäbe es keine Geräusche, die du vermissen würdest? 15 Nov

dottiliest @djfleming8 Ich weiß es nicht. 15 Nov

djfleming8 @dottiliest Das ist das Problem. Du musst die Zusammenhänge durchschauen. Mach eine Liste! 15 Nov

dottiliest @djfleming8 Nicht schon wieder. 15 Nov

djfleming8 @dottiliest Probier es aus! 15 Nov

dottiliest @djfleming8 Platz 5: Das Geräusch von heißem Wasser, das in eine Thermoskanne gegossen wird. vor 8 Stunden

dottiliest @djfleming8 Platz 4: Das Schnurren des Katers, wenn ich ihn an der Stelle rechts am Hals kraule. vor 8 Stunden

dottiliest @djfleming8 Platz 3: Das Rascheln von Blättern oder hohem Gras im Wind, kurz bevor ein Gewitter beginnt. vor 8 Stunden

dottiliest @djfleming8 Platz 2: Das Rauschen, wenn man in der Ecke eines Buches mit dem Zeigefinger schnell über die Seiten fährt. vor 8 Stunden

dottiliest @djfleming8 Platz 1: Die Stimme meiner Mutter, immer dann, wenn sie etwas vorliest und dabei zur jeweiligen Figur wird. vor 8 Stunden

djfleming8 @dottiliest :) Siehst du? vor 7 Stunden

dottiliest @djfleming8 Wer bist du? vor 6 Stunden

djfleming8 @dottiliest Finde es heraus! vor 6 Stunden

dottiliest @djfleming8 Und wie? vor 6 Stunden

djfleming8 @dottiliest Indem du die richtige Frage stellst. vor 6 Stunden

dottiliest @djfleming8 Sind wir uns schon mal begegnet? vor 5 Stunden

djfleming8 @dottiliest Oft. Aber das ist die falsche Frage. vor 5 Stunden

dottiliest @djfleming8 Und wie ist die richtige? vor 5 Stunden

djfleming8 @dottiliest Woher soll ich das wissen? vor 5 Stunden

dottiliest @djfleming8 Mach eine Liste! vor 5 Stunden

djfleming8 @dottiliest Hey, das ist mein Text. vor 5 Stunden

dottiliest @djfleming8 Twitter relativiert die Bedeutung von meinem und deinem Text. vor 5 Stunden

djfleming8 @dottiliest Hast du keine Angst davor, was auf meiner Liste stehen könnte? vor 5 Stunden

dottiliest @djfleming8 Probier es aus!

vor 5 Stunden

djfleming8 @dottiliest Also gut. Pass auf: Die Top-5-Dinge, die mir an Dotti gefallen.

vor 3 Stunden

dottiliest @djfleming8 Jetzt bin ich gespannt. vor 3 Stunden

djfleming8 @dottiliest :) Platz 5: Dotti mag Bücher. Ich finde, Frauen, die Bücher lesen, sind Göttinnen der Gedanken. vor 3 Stunden

dottiliest @djfleming8 Göttinnen der Gedanken? Wer bist du, Shakespeare? vor 3 Stunden

djfleming8 @dottiliest Dottis Liebe zu Büchern geht über den reinen Inhalt hinaus. Auch das durch Druckertinte wachgeküsste Papier bedeutet ihr was … vor 3 Stunden

djfleming8 @dottiliest Sie mag es, wie sich die dünne Plastikfolie eingeschweißter Neuerscheinungen anfühlt, wenn sie unter ihren Fingernägeln reißt … vor 3 Stunden

djfleming8 @dottiliest Dotti riecht an Büchern, der Duft kitzelt in ihren Atemwegen und weckt ihre größte Sehnsucht.

vor 3 Stunden

dottiliest @djfleming8 Woher weißt du das?

vor 3 Stunden

djfleming8 @dottiliest Ich sammle Informationen und fädle sie in Gedanken auf.

vor 3 Stunden

dottiliest @djfleming8 Dann bin ich wohl ein offenes Buch. vor 3 Stunden

djfleming8 @dottiliest :) Platz 4: Dotti ist auch in Turnschuhen schön, was nicht jede Frau von sich behaupten kann …

vor 3 Stunden

djfleming8 @dottiliest … aber im Cinderella-Abendoutfit gibt es keine im ganzen Königreich, die schöner ist. vor 3 Stunden

dottiliest @djfleming8 Die Story basiert zunehmend auf Klischees. vor 3 Stunden

djfleming8 @dottiliest O nein. Platz 3: Dottis Schönheit ist die eines knospenden Baums, nicht einer bunten Blüte. vor 3 Stunden

dottiliest @djfleming8 Grün? vor 3 Stunden

djfleming8 @dottiliest Verheißungsvoll. Am liebsten möchtest du selber Wurzeln schlagen und deinen Kopf Richtung Himmel strecken … vor 3 Stunden

djfleming8 @dottiliest Stolz! Im Blattwerk blüht die Phantasie wie das Lied des Vogels. vor 3 Stunden

dottiliest @djfleming8 Welches Lied?

vor 3 Stunden

djfleming8 @dottiliest Dottis Lied.

vor 3 Stunden

dottiliest @djfleming8 Und welches ist Dottis Lied? vor 3 Stunden

djfleming8 @dottiliest Das Lied, das durch die Stille dringt. vor 3 Stunden

dottiliest @djfleming8 Ich habe kein Lied.

vor 3 Stunden

djfleming8 @dottiliest Platz 2: Dotti ist

mutig, sie findet einen Ausweg aus jeder noch so ausweglosen Situation.

vor 3 Stunden

djfleming8 @dottiliest Was Platz 1 zur Folge hat. vor 3 Stunden

dottiliest @djfleming8 Was ist Platz 1?

vor 3 Stunden

dottiliest @djfleming8 Was ist Platz 1???

vor 1 Stunde

djfleming8 @dottiliest Finde es heraus!

vor 58 Minuten

dottiliest @djfleming8 Das versuche ich doch die ganze Zeit. vor 57 Minuten

djfleming8 @dottiliest Es kommt alles auf die richtige Frage an. vor 50 Minuten

dottiliest @djfleming8 Ich kenne die richtige Frage aber nicht. vor 44 Minuten

djfleming8 @dottiliest Dann fang mit der falschen an. vor 30 Minuten

dottiliest @djfleming8 Vielleicht habe ich genauso wenig eine richtige Frage wie ein Lied. Vielleicht bin ich die Stille.

vor 7 Minuten

djfleming8 @dottiliest Du musst die Stille durchbrechen. vor 6 Minuten

dottiliest @djfleming8 Und wie? vor 5 Minuten

djfleming8 @dottiliest Mach eine Liste!

vor 1 Minute

Die Top Five!

Mittwoch, 16. November

Listen zeichnen sich dadurch aus, dass sie komplizierte Zusammenhänge in ein einfaches numerisches Zahlensystem umwandeln. Sag mir deine fünf Lieblingsspeisen, und ich sage dir, wer du bist. Die Top-Fivisierung der Welt, wie sie einer ganzen Generation von Mauerblümchen in Gestalt von Nick Hornbys Helden Rob Fleming zur Lebenseinstellung wurde, ist von enervierender Zeitlosigkeit. Vor allem das männliche Geschlecht schwört darauf. Was ist der Grund Nummer ens, warum ich keinen Sex habe? Weil Sex durch Listen ersetzt wird. Listen sind das linguistische Vorspiel libidoloser Kopfmenschen.

»Mach eine Liste!« Aber natürlich. Es sieht so aus, als ließe sich jedes Problem auf einfachste Weise lösen. Also habe ich die Causa Partnersuche, die mich seit über sieben Wochen beschäftigt, kurzerhand in meine persönlichen Top Five umgewandelt:

Fünf Dinge, die ich an einem Mann liebenswert finde:

1. *Er ist wissbegierig und intelligent, ohne ein Klugscheißer zu sein. In seinem Bücherregal findet sich Kafka neben Tolkien, und er vergisst bei der Lektüre eines guten Buches durchaus mal die Existenz seiner Genitalien. Was nicht heißt, dass er sich Brillen von der Größe Skandinaviens, pastellfarbene Pullunder oder etwas aus der Reptilienabteilung als Haustier zulegt.*

2. Er hat sein eigenes Leben, kann sich unabhängig von mir beschäftigen und ist fähig, ganz allein
   a) Lebensmittel einzukaufen,
   b). Möbel auszusuchen und
   c). Wäsche zu waschen.

   Sein Freundeskreis besteht nicht nur aus seiner Mutti, seinem Vati, seinem schweigsamen Arbeitskollegen, Tante Hilde, seiner Stubenfliege und mir. Außerdem ist er nicht eifersüchtig auf die Katze, meine Freundinnen oder den durchtrainierten Typen im Supermarkt, der mich anlächelt.

3. Er riecht gut. Sogar nach einem langen Arbeitstag, dem Workout im Fitnesscenter und einem Besuch beim Griechen. Er gibt optisch etwas her, ist sich dessen bewusst, ohne jeden Morgen zwei Stunden im Bad zu verbringen; und legt Wert darauf, gepflegt zu sein. Ich bin schließlich auch nur eine Frau. Folgende Gegenstände haben in seinem Waschbeutel jedoch nichts zu suchen:
   a) Kaltwachsstreifen,
   b) Lipgloss,
   c) Kondome mit Erdbeergeschmack.

4. Er findet es nicht unangenehm, schweigend nebeneinanderzusitzen, und fragt nicht jede zweite Minute, ob
   a) alles in Ordnung ist,
   b) es bald was zu essen gibt oder
   c) wir Sex haben sollen.

Wenn Frauen schweigen, sind sie entweder zufrieden oder stinksauer. Im ersten Fall sollte man sie in Ruhe lassen, damit der zweite Fall nicht eintritt. Im zweiten Fall sollte man sie erst recht in Ruhe lassen, wenn man den Tag überleben möchte. Ich empfehle, einfach Punkt eins zu beachten und ein gutes Buch zu lesen.

5. *Er mag Dinge, die richtige Männer mögen. Dazu gehören nicht:*
   a). Broadwaymusicals,
   b). Filme mit Jennifer Aniston,
   c) Hemden von Karl Lagerfeld,
   d). Karaokebars und
   e) Prosecco.

Nachts verwandelt er sich heimlich in Batman, Superman oder Ähnliches und rettet die Welt, um anschließend im Himmelbett bei Kerzenschein Steherqualitäten zu beweisen.

Das war doch gar nicht so schwer. Die Frage ist nur, ob Gott zu einem Date bereit ist, und wenn ja, was ziehe ich an?

(follow @dottiliest bei Twitter)

Donnerstag, 17. November

»Volk, Untertanen, Staatsbedienstete!«

Eine Fanfare ertönt. Der muskulöse Mann im roten Samtumhang mit der goldenen Pappmachékrone auf dem Haupt sowie einem Zepter in der Hand, dessen Spitze die Form eines fetten Huhnes hat, erhebt sich vom Thron. Über seinem Kopf, von den Kameras nicht erfasst, blinkt die Anzeige »Applaus«. Das Saalpublikum klatscht frenetisch, bis die Anzeige erlischt, beziehungsweise der König beschwichtigend die Arme hebt.

Ich beobachte die Vorgänge seitlich aus den Kulissen und verfolge die Livesendung auf einem kleinen Monitor, um den mehrere bohnenstangendürre Produktionsassistenten hektisch herumtänzeln. Als mir einer vor lauter Hysterie schmerzhaft auf die Zehen tritt, wirft er mir einen Blick zu, als wäre ich ein lästiges Insekt.

»Die Gäste warten üblicherweise am Portal«, fährt er mich an und deutet auf das riesige nachgebaute Schlosstor, das – durch grässliche Toneinspielungen unterstützt – als spektakulärer Auftritt für die Audienz dient. »Wo ist überhaupt dein Huhn?«

Von all den absurden Dingen, die man in den vergangenen dreiunddreißig Jahren zu mir gesagt hat, ist das mit Abstand das Absurdeste.

»Mein Huhn?«

»Keeeeevin«, mault mein Gegenüber, worauf ein verschwitzter Junge mit knallgelbgefärbten Haaren und Abertausenden Sommersprossen herbeisprintet. »Das Requisitenhuhn, dalli, dalli.«

Kevin verschwindet mit hochrotem Gesicht. Ich sehe ihm

nach und frage mich nicht zum ersten Mal an diesem Donnerstag, welche Abzweigung ich in den letzten paar Wochen verpasst habe, dass ich im Fernsehstudio des Wahnsinns gelandet bin, anstatt in Giesswein-Puschen auf dem Sofa zu liegen. Seit Tagen werde ich aus allen Richtungen gebrieft, gestylt, promotet und getaggt. Meine Augenbrauen wurden in Form gezupft, meine Schuhe in der richtigen Größe bereitgestellt, mein Outfit ist modisch einwandfrei und mein Kopf kurz davor, angesichts des Info-Overloads zu implodieren.

»Dotti ...«

»Was noch?«

Ramy, der seitdem wir das Fernsehzentrum betreten haben, geschäftig herumwuselt, Hände schüttelt und sein Zahnpastagrinsen in der Gegend herumzeigt, ignoriert meinen Tiefkühltonfall und zieht mich außer Hörweite der Magerjoghurtassistenten.

»Dotti, du bekommst jetzt gleich ein Huhn. Wenn du die Sendung gesehen hast, wirst du dich daran erinnern: Jeder Gast muss das Huhn zur Audienz mitbringen und dem König als Steuer überreichen. Keine Sorge«, ergänzt er, als ich etwas einwenden will, »es handelt sich um dressierte Hühner.«

Ich schüttle nur stumm den Kopf, als Kevin, inzwischen mehrere Nuancen roter, schnaufend neben mir stehen bleibt und mir ein Huhn in die Arme drückt. Das Tier ist braun- und weißgefleckt und verhält sich bis auf gelegentliches Kopfnicken ruhig. Seine Brust hebt und senkt sich rhythmisch.

»Ramy«, hauche ich, »das Huhn ist echt.« Ich dachte immer, die Viecher sind aus Plastik.

»Natürlich ist das Huhn echt. Das ist ja der Gag. Hast du deine Vorladung?«

»Welche Vorladung?« Ich lasse das Tier nicht aus den Augen. Jede Sekunde rechne ich damit, dass es zu gackern oder – schlimmer – zu flattern beginnt.

»Das goldene Kuvert, das ich dir gegeben habe.«

»Ach so, das, ja, das hab ich, aber Ramy …«

Etwas flattert, ganz eindeutig. Doch es ist nicht das Huhn.

»Pass auf: Der Ablauf ist immer gleich. Du wirst zur Audienz aufgerufen, betrittst das Studio durchs Schlosstor, kniest dich auf den Schemel, überreichst Reifenstein das Huhn und verneigst dich mit den Worten: ›Majestät, Untertanin Dorothy Wilcek meldet sich zur Vorsprache.‹ Danach wird er deine Vorladung verlangen und dich dem Volk alias Studiopublikum vorstellen. Alles klar?«

»Ja. Nein. Ramy«, rufe ich, als der Radiomoderator Anstalten macht, mich allein zu lassen.

»Ich bin in der Nähe«, beruhigt er mich, nimmt mich bei den Schultern und sieht mir prüfend in die Augen. »Du bist eine starke Frau, Dotti, du schaffst das.«

»Das ist es nicht«, flüstere ich. »Ich …«

»Frau Wilcek, auf Position bitte.«

Der mürrische Produktionsassistent von vorhin pikst mich mit der Antenne seines Funkgerätes in den Arm. Ramy lächelt mir aufmunternd zu. Ich weiß nicht, wie er es macht, aber seine Frisur sitzt trotz Hektik, als wäre sie in Öl gepinselt. Ich werde mitsamt Huhn zum sogenannten Portal geschoben und von einem hyperaktiven Regisseur darauf aufmerksam gemacht, dass ich, sobald mein Name aufgerufen wird, auftreten muss. *Keine Sekunde zu früh und keine Sekunde zu spät.* Ob ich das verstanden hätte. Ich nicke und konzentriere mich darauf, mir das Huhn in meinem Arm als Plüschtier von »Tiere mit Herz« vorzustellen.

Reifenstein spielt gerade einen Sketch mit seinem Assistenten, dem »Kanzler«, was mich merkwürdigerweise an Lorenz denken lässt. Ob er immer noch sauer ist? Er hat sich in der vergangenen Woche äußerst reserviert verhalten. Bis auf ein gelegentliches Nicken war ihm kaum eine Reaktion abzuringen, dafür hing er ständig am Handy oder am Computer. Einmal habe ich ihn dabei beobachtet, wie er statt aus seinem Starbucks-Becher einen tiefen Schluck aus dem Bleistiftspitzer nahm. Dabei summte er etwas, das sich verdächtig nach *Alle Vöglein sind schon da* anhörte.

Während ich auf meinen Auftritt warte, höre ich plötzlich eine leise, aber mir bekannte Männerstimme:

»… habe dir gesagt, das geht nicht, hörst du eigentlich zu, verd… nein, nein, ich … Mist!«

Der Fluch ist laut genug, dass ich den Sprecher lokalisieren kann. Er steht ein Stück weiter hinten in den Kulissen. Leider blockiert ein großer Kamerawagen die Sicht. Woher kenne ich diese Stimme bloß? Ich hasse diese Momente, in denen einen nur noch ein hauchdünnes Brett vor dem Kopf oder der Blick durch ein Milchglasfenster vom endgültigen Begreifen trennt. Vorsichtig, um das Huhn nicht aufzuschrecken und den Regisseur, der sich mit einem Kameramann unterhält, nicht auf mich aufmerksam zu machen, bewege ich mich mit winzigen Schritten rückwärts. Vielleicht hat der Sprecher längst das Weite gesucht. Er klang nicht so, als fühlte er sich absolut wohl in seiner Haut. Eigentlich hatte er eine ähnliche Dringlichkeit im Tonfall wie … Ali Baba!

Vor Aufregung drücke ich das Huhn eine Spur zu fest, worauf es unruhig mit den Flügeln schlägt.

»Alles gut, Glucke«, sage ich leise, hauptsächlich um mich selbst zu beruhigen, »kein Grund, nervös zu werden.«

Die Henne windet sich ein bisschen, übt sich aber nach ein paar Schrecksekunden wieder in dressierter Lethargie. Ich habe inzwischen den Kamerawagen erreicht und lehne mich vorsichtig dagegen. Er bewegt sich ein Stück, gerade genug, dass ich im geeigneten Winkel stehe, um zwischen zwei Streben durchzuspähen. Mein Herz klopft mit dem des Hühnchens um die Wette.

Der Mann hat sich inmitten mehrerer nicht benötigter Kulissenteile niedergelassen. Eine Hand in der Hosentasche, starrt er düster auf sein Handydisplay. Die altmodisch geschnittenen Koteletten reichen bis fast an sein breites Froschmaul heran. Das protzige Headset fehlt, trotzdem habe ich ihn sofort erkannt: Es ist Sorina Loos' Liebhaber! Mister Rücksichtslos mit dem goldenen Ring am Finger. Bleibt nur eine Frage: Wer ist er, und was macht er hier? Ich drehe den Kamerawagen noch ein wenig weiter, um besser sehen zu können.

Froschmaul hat sich unterdessen nicht von seinem Platz wegbewegt, im Gegenteil, er sieht so aus, als ob er demnächst den passenden Teich um sich herum ausspuckt. Im Kopfkino stelle ich mir bildlich vor, wie er, von lästigen Fliegen umschwirrt, auf einem Seerosenblatt hockt und Flüche quakt.

»Hier bist du.«

Ich zucke zusammen. Es gelingt mir gerade noch, mich zu ducken und hinter dem Sitz des Kamerawagens zu verstecken, als die Frau an mir vorbeirauscht, zielstrebig auf Froschmaul zugeht und mit in die schlanken Hüften gestemmten Fäusten vor ihm stehen bleibt. Das Huhn gibt einen gurrenden Laut von sich, der eine aufkeimende Ungeduld meiner gefiederten Freundin verrät. Von verdeckten Ermittlungen steht bestimmt nichts in ihrem Vertrag. Mit der rechten Hand schnappe ich kurz entschlossen nach dem Hühnerschnabel und halte ihn fest zu. Keine gute Idee. Das Tier windet sich in meinen Armen, und es gelingt mir nur mit Mühe, es durch völlige Bewegungslosigkeit meinerseits zu beruhigen.

Die Henne und ich zittern nun synchron. Bloß jetzt kein Gegackere, denke ich. Die Frau scheint nichts gehört zu haben, sie ist völlig auf Froschmaul konzentriert. Ich beobachte sie mit weit aufgerissenen Augen. Zur Feier des Tages trägt sie ein markantes Ensemble in Bronze, selbstverständlich mit passender Clutch und gewagten Sandaletten. Ich presse die Lippen aufeinander. Es ist niemand Geringerer als Beatrice Kleidermann.

»Kommst du endlich?«

Froschmaul steckt sein Handy lässig in die Hosentasche und bewegt sich keinen Millimeter. Lediglich ein leichtes Wippen von den Fersen auf die Ballen und wieder zurück lässt ahnen, dass er nicht an Ort und Stelle Wurzeln geschlagen hat. Fast höre ich das finale Surren einer unvorsichtigen Mücke, die sich zu nahe an ihn heranwagt. Kleidermann scheint diese Ruhe noch mehr aus der Fassung zu bringen. Sie fixiert ihr Gegenüber wie Kaa, die Schlange aus dem Dschungelbuch und stampft wütend mit dem Fuß auf, als würde sie für eine Hauptrolle in der Daily Soap *Reich und Schön* vorsprechen. Perplex beobachte ich aus meinem notdürftigen Versteck heraus das Drama, das sich vor meinen Augen abspielt.

»Ich habe dich etwas gefragt!«

»Und ich bin nicht taub.«

Froschmauls Tonfall ist genervt. Seine Füße wippen weiterhin ganz sanft.

»Und?«

Vor, zurück, vor, zurück.

»Kannst du dich nicht allein zum Affen machen?«, murrt er. »Nur weil wir verheiratet sind, heißt das nicht, dass ich mich herumkommandieren lasse, verflucht.«

»Halt die Klappe und komm jetzt!«

Vor, zurück, vor.

Er hält inne, doch statt sich zum Gehen zu wenden, packt er den Arm seiner Frau, so fest, dass sie vor Schmerz aufstöhnt. Die fiktive Mücke verschwindet in seinem Rachen, und ich unterdrücke einen entsetzten Aufschrei.

»Lass los!«

Er fasst sie fester und atmet dabei schnaufend durch die Nase ein.

»Du sollst loslassen!«

Sie stößt ihn weg, verliert für einen Moment das Gleichgewicht, fängt sich aber wieder, streicht eine lose Strähne ihres eisblonden Haars hinters Ohr, blickt Froschmaul kalt an und geht am Kamerawagen vorbei Richtung Portal. Er zupft lässig sein Designersakko zurecht und folgt ihr.

Als die beiden außer Sichtweite sind, richte ich mich mit zitternden Knien auf. War das nun Kopfkino oder Wirklichkeit? Wo bin ich da mit meinen schrecklich unbequemen Pumps hineingeraten? Sieht so die heile Familienwelt von Beatrice Kleidermann aus?

»Dorothy Wilcek.«

Ein Mann, der sie betrügt und auch noch gewalttätig zu sein scheint. Ihr ganzes Getue um Partnerschaft, Beziehung und Ehe, nichts als eine bittere Farce. Kommt daher der Hass auf die Mauerblümchen? Oder ist das alles nur Show?

»Dorothy Wilcek.«

Wie einen Rettungsanker aus der Realität halte ich das Hühnchen umklammert und überlege panisch, was ich jetzt unternehmen soll. Immerhin trennen mich nur noch wenige Augenblicke von einer Konfrontation mit Beatrice Kleidermann, die live im Fernsehen übertragen …

»DOROTHY WILCEK!«

Der Regisseur steht mit hochrotem Kopf neben mir und fuchtelt mit den Armen.

»Ihr Auftritt, sofort!«

Ehe ich weiß, wie mir geschieht, schiebt er mich auf das Portal zu. Die Toneinspielung eines quietschenden Schlosstors endet soeben. Die Türflügel stehen offen, und in der Sekunde, als ich hindurchgehe, fange ich einen Blick von Beatrice Kleidermann seitlich aus der Kulisse auf. Vom Licht eines Scheinwerfers wird sie gerade so gestreift, dass alles an ihr kalt wirkt: das Haar, die Augen, die verschränkten Arme. *Frigide,* schießt es mir durch den Kopf.

Leider übersehe ich die erste Stufe, die zum »Audienzsaal« hineinführt, stolpere vor laufenden Kameras, lande schmerzhaft auf meinem lädierten Knöchel und muss das Huhn loslassen. Für das Tier willkommener Anlass, die vertraglich festgelegte Statistenrolle zugunsten einer potentiellen Solokarriere abzulegen. Es plustert die Federn auf und rennt hysterisch gackernd Richtung Publikum.

Die helfende Hand eines Assistenten bringt mich wieder auf die Beine. Roman Reifenstein kommt auf mich zu und fragt mit nasaler Promiattitüde:

»Alles in Ordnung?«

Ich nicke.

»Schnell, schnell«, mischt sich der Regisseur ein. »Wir haben die Einspielung vorgezogen, die dauert knapp zwei vierzig, wir brauchen den Auftritt noch mal.«

Das Huhn wurde inzwischen eingefangen und wird mir von einem schwitzenden Kevin-Lookalike erneut überreicht. Die Knopfaugen des Vogels sind vorwurfsvoll auf mich gerichtet. Ich muss grinsen, weil ich mir vorstelle, wie wir als Dreamteam des Wahnsinns Fernsehgeschichte schreiben und gemeinsam Interviews geben, in denen wir die gute Zusammenarbeit mit der anderen Gattung hervorheben.

»Auf Auftritt«, herrscht mich der Produktionsassistent von vorhin an, und ich beeile mich, zur Tür zurückzukommen, ehe die Lichter der Kameras wieder leuchten.

»Go!«, ruft der Regisseur. Vorsichtiger diesmal gehe ich unter dem frenetischen Jubel des Saalpublikums zu meinem Samtschemel, knie mich hin, verneige mich und spreche den vorgegebenen Text:

»Majestät, Untertanin Dorothy Wilcek meldet sich zur Vorsprache.«

Also, das ist es zumindest, was ich vorhabe zu sagen. Spontane Lacher aus dem Publikum verraten mir, dass ich schon wieder irgendwas falsch gemacht habe. Ich beiße mir auf die Lippen und halte hilfesuchend nach Ramy Ausschau. Er hockt in der ersten Reihe und schenkt mir ein verkrampftes Lächeln. Es gelingt mir nicht, es zu erwidern, denn neben ihm sitzt zu meinem Schreck Froschmaul, der mich mit versteinerter Miene anstarrt. Hat er etwa mitbekommen, dass ich ihn belauscht habe? Hat er mich gesehen? Beim Gedanken daran läuft es mir kalt den Rücken runter.

»Nicht ins Publikum blicken«, raunt Reifenstein mir zu, ehe er sich an seinen Kanzler wendet. »Zum Vorspiel, wie schön, Untertanin Wilcek. Ich hatte noch nicht viele junge Damen, die sich freiwillig zum öffentlichen Vorspiel gemeldet haben.«

Die Menge lacht brav auf Anzeige. Die Normalität scheint wiederhergestellt. Reifensteins Sendung *Die Audienz* läuft seit über einem Jahr mit riesigem Erfolg im Donnerstagnachtprogramm des öffentlich-rechtlichen Fernsehens. Die Mischung aus Kabarett, Kostümfest, Selbstdarstellung und Talkshow mit brandaktuellen Themen hat den Nerv des österreichischen Fernsehpublikums getroffen. Reifenstein selbst, im ikonischen Outfit eines Märchenkönigs, ist als *König Roman der Erste* Zugpferd und gewitzter Moderator in einem. In *Dancing Stars* hat er als Teil des ersten rein männlichen Tanzpaars Furore gemacht, musste sich im Finale aber Ramy geschlagen geben.

Der Kanzler, eine Rolle, die von Reifensteins Langzeitpartner Fritz Ruben kongenial als braungebrannter Schleimer im Armani-Anzug gespielt wird, nimmt mir das Hühnchen und den goldenen Umschlag ab. Er übergibt beides einem knackigen Dienstboten in ärmelloser Livree, der es auf einem Silbertablett nach draußen trägt. Das Huhn hat seine Schuldigkeit getan. Wehmütig sehe ich meiner letzten Verbündeten nach.

»Backhenderl mit Erdäpfel-Vogerlsalat, meine Leibspeise«, verkündet Reifenstein, was ihm wieder einen Lacher bringt, zumindest von den Nichtvegetariern. »Untertanin

Wilcek, Sie dürfen sich jetzt setzen.« Um den Thron herum, streng nach Zeremoniell, stehen mehrere goldene Stühle. Der König weist mir den Platz zu seiner Rechten zu.

»Das Thema der heutigen Audienz lautet: ›Generation Single. Allein geblieben oder freigemacht?‹ Als erste Bittstellerin begrüße ich Dorothy Wilcek, Journalistin beim *Österreichboten.* Untertanin Wilcek«, wendet sich Reifenstein an mich, »Sie haben das Land in den letzten Wochen ganz schön aufgemischt mit Ihrem – wie sagt man – Block?«

»Ein Blog«, mischt sich der Kanzler ein. »Die exakte Bezeichnung lautet *Weblog.* Das ist die Wortkreuzung aus World Wide Web und Log für Logbuch. Dabei handelt es sich um ein auf einer Website geführtes und damit – meist öffentlich – einsehbares Tagebuch oder Journal. Die Untertanen veröffentlichen dort ihre Gedanken.«

»Ihre Gedanken, soso. Haben wir eine Behörde, die darauf aufpasst, dass diese *Gedanken* monarchiefreundlich bleiben?«

»Selbstverständlich, Eure Majestät. Das Bundeskommunikationsamt überwacht längst das gesamte Internet.«

»Und wie kommt es dann, dass Untertanin Wilcek sich so uneingeschränkt Gedanken zum Thema Mauerblümchen machen darf?«

»Das kommt daher, weil Eure Majestät ja ebenfalls ein Mauerblümchen sind«, antwortet der Kanzler routiniert. Applaus und Bravos aus dem Publikum.

»Ja, richtig«, sagt Reifenstein, »womit wir schon beim Thema wären. Untertanin Wilcek, wie definieren Sie ein Mauerblümchen?«

Ich atme tief durch, um die Nervosität zurückzudrängen,

und bemühe mich, nicht zu Froschmaul oder Ramy hinüberzuschielen.

»Mauerblümchen sind freiwillige Singles«, kommt es noch etwas trocken aus meiner Kehle. Ich räuspere mich. »Das heißt, sie entscheiden sich bewusst gegen eine Partnerschaft. Es kann sein, dass sie gar keine Bekanntschaften haben oder dass sie sich lediglich nicht binden …«

»Womit wir bei der Frage angekommen sind, die das gesamte Land interessiert: Haben Mauerblümchen Sex?«

Ich brauche nicht zu lesen, was die Anzeige über uns einblendet, denn ein allgemeines Pfeifen aus dem Publikum spricht für sich.

»Das kommt auf die Definition von Sex an«, antworte ich. »Die Frage ist, ob man Sex nur gemeinsam mit einem Partner haben kann, und wenn man Sex mit Partner hat, ob das zwangsläufig in einer Beziehung sein muss.«

Reifenstein sieht mich mehrere Sekunden lang an, dann wendet er sich an den Kanzler:

»Das ist eine interessante Theorie, die die Untertanin Wilcek da aufstellt. Ich schlage vor, wir befragen dazu gleich die zweite Bittstellerin.«

Der Kanzler, auf diese offensichtlich ungeplante Wendung nicht ausreichend vorbereitet, nickt, erhebt sich rasch und verkündet: »Bittstellerin Nummer zwei. Untertanin Beatrice Kleidermann.«

Erneut öffnet sich das Schlosstor mit einem Riesenkrawall. Die Kameras sind auf die eisblonde Frau gerichtet, die ihr Hühnchen im Arm trägt, als wäre es eine Birkin-Tasche. Froschmaul in der ersten Reihe wirkt angespannt, und auch mein Magen zieht sich vor Nervosität zusammen. Ich versuche, mir vorzustellen, wie das Hühnchen aus seiner

Handtaschenstarre erwacht, über Kleidermanns Kopf flattert und im Flug – genau darüber – ein Ei legt, doch selbst mein Kopfkino ruckelt heute nur irritiert.

Äußerst routiniert in solchen Dingen wickelt die Kleidermann ihren Auftritt professionell ab, wird ihre Henne ohne Aufruhr los und sieht sogar kniend noch aus, als stünde sie auf einem Marmorsockel. Nichts an ihrem souveränen Äußeren verrät etwas darüber, was ich vor wenigen Minuten abseits des Scheinwerferlichts beobachtet habe. Elegant schlägt sie ihre langen Beine in dem Stuhl zur Linken des Königs übereinander.

»Die zweite Bittstellerin ist Beatrice Kleidermann, ebenfalls Journalistin beim *Österreichboten* und – das darf ich so sagen – die First Lady der österreichischen Society.«

»Sie dürfen, Majestät«, antwortet die First Lady ungefragt. Reifenstein strahlt sie an, als wäre nicht nur ihr Kostüm, sondern sie selbst aus Bronze.

»Also sind Sie eigentlich Kolleginnen.« Sein Blick pendelt lauernd zwischen uns hin und her.

»Nur, was den Arbeitgeber betrifft«, antwortet die Kleidermann mit einem schmallippigen Lächeln in meine Richtung. »Unsere Arbeitsfelder sind sehr verschieden.«

»Wie auch Ihre Ansichten«, hakt der König geschickt ein. »Sie haben in Ihren Artikeln der letzten Wochen unterschiedliche Einstellungen zum Thema Familie und Singles bewiesen. Der Ausdruck Mauerblümchen stammt doch ursprünglich von Ihnen, nicht wahr, Untertanin Kleidermann? Sie haben ihn in einer Glosse in Zusammenhang mit dem – ich zitiere – *biologisch unnatürlichen Zustand der Kinder- und Partnerlosigkeit* erwähnt. Das Mauerblümchensyndrom nannten Sie es, glaube ich.«

»Ganz richtig«, sagt Kleidermann und sieht dabei aus, als hätte sie Froschmauls Mückenschwarm mit Insektenspray vernichtet. »Es gibt keine freiwilligen Singles. Mauerblümchen sind Menschen, die nicht fähig sind zu lieben und in weiterer Folge auch von niemandem geliebt werden. Primäres Ziel des Menschen ist es, eine Familie zu gründen. Allein ist nur, wer noch keinen Partner gefunden hat. Die Behauptung, dass das eine freiwillig gewählte Lebensweise oder gar eine Form der Selbstverwirklichung ist, ist völliger Unsinn. So reden sich Übriggebliebene ihr Schicksal schön.«

Ein erstes Raunen geht durchs Publikum. Ein schneller Blick zeigt mir, dass auf vielen Gesichtern Ablehnung zu lesen ist.

»Darum bin ich auch dafür, über die Einführung einer Kinderlosensteuer nachzudenken, wie sie deutsche Politiker unlängst vorgeschlagen haben. Die Negierung der Familie ist purer Egoismus, der einen Einsturz des sozialen Systems zur Folge haben wird. Es ist nur recht und billig, dass die Egozentriker für ihre Extravaganzen zur Kasse gebeten werden.«

Ein einzelner lauter »Buh«-Ruf von irgendwo aus den hinteren Reihen der Zuschauer sorgt dafür, dass die Unruhe größer wird. Reifenstein bemerkt den Umschwung und wendet sich sofort an seinen Assistenten.

»Kanzler, gibt es schon Anfragen aus dem royalen Netz?«

»Jawohl, Eure Majestät. Gerade kam eine interessante Frage über Twitter herein, von Untertanin @louisamiller. Sie möchte gern wissen, wie man dem Mauerblümchenclub beitreten kann.«

»Untertanin Wilcek«, sagt Reifenstein, »Sie haben in einem Ihrer Blog-Einträge dazu aufgerufen, eine Art Club zu gründen, wo sich Mauerblümchen dabei unterstützen, gegen Benachteiligungen vorzugehen. Daraus hat sich mittlerweile eine Plattform mit mehr als zwanzigtausend Mitgliedern entwickelt. Können Sie dem Volk erklären, wie es dazu kam und was in dieser Richtung weiter geplant ist?«

Ramy nickt mir aufmunternd zu. Das ist die Gelegenheit, auf die er gewartet hat, die große Chance, für unser Anliegen zu kämpfen. Doch warum habe ich das Gefühl, am total falschen Ort zu sein? Warum kreist mein Kopf um eine andere, wichtigere Frage? Wer ist djfleming?

Seit meinem gestrigen Blog-Eintrag kam kein Tweet. Egal, wie oft ich meinen Account auf neue Botschaften überprüfe, es findet sich keine von ihm. Was, zum Teufel, ist los mit mir?

»Untertanin Wilcek?«

Ertappt blicke ich auf und sehe ein triumphierendes Lächeln in Kleidermanns Gesicht.

»Der Mauerblümchenclub war weniger meine Idee als ein Social-Media-Phänomen. Ich bin selbst überrascht vom Ausmaß des Interesses, es zeigt mir allerdings auch, wie groß der Bedarf nach Inhalten und Aktionen für alleinstehende Menschen ist. Ich bin von der Resonanz überwältigt.«

»Ihr Blog ist ja zeitlich begrenzt. Würden Sie sich denn eventuell überreden lassen, so etwas wie der Singleguru des Landes zu werden? Das First Mauerblümchen sozusagen. Ich finde ja, Österreich braucht eine Frau, die sich hinstellt und sagt: Liebe gibt es nur im Kopf.«

Das Saalpublikum lacht laut, und die Kleidermann sieht sehr zufrieden aus. Ich spüre wie immer allzu deutlich, dass sich meine Wangen tiefrot verfärben. Warum, um Himmels willen, bin ich eigentlich in diese verfluchte Sendung gekommen?

»Aber weil wir beim Thema Liebe sind, einen Liebesguru hat dieses Land ja längst, und es ist mir eine große Freude, ihn als dritten Bittsteller begrüßen zu dürfen.«

Alarmiert sehe ich Ramy an, dessen Stirn in malerischen Falten liegt. Von einem dritten Gast war nie die Rede, weder im Vorfeld noch in der heutigen Besprechung.

»Er hat sich dankenswerterweise ganz spontan bereit erklärt, heute zur Audienz zu erscheinen. Kanzler!«

Der Kanzler erhebt sich und sagt: »Bittsteller Nummer drei: Untertan Florian Glahnz, der Autor, der mit *Amors Feder* ein literarisches Manifest für die Liebe verfasst hat und damit für den Romantika-Literaturpreis nominiert ist.« Unter Standing Ovations öffnet sich neuerlich das Schlosstor. Ich sehe noch, wie der König das Hühnchenzepter hebt, doch von den weiteren Vorgängen um mich herum bekomme ich kaum etwas mit. Denn es gelingt mir nicht, den Blick von dem Mann abzuwenden, der mit lässigem Schritt und unter den Arm geklemmtem Huhn die Treppe herabsteigt. Seine durchdringend blauen Augen blitzen im Scheinwerferlicht auf. Das hässliche Kinnbärtchen ist verschwunden, ebenso die riesige Nerd-Brille. Nur die Haare sind noch genauso wild frisiert wie vor zwei Wochen, aber abgesehen davon könnte man ihn wohl als attraktiven Mann bezeichnen. Vor lauter Schock vergesse ich beinahe, zu atmen. Erst als die roten Lichter der Kameras schon vor meinen Augen verschwimmen, hole ich tief Luft und muss husten.

Der blaue Blick richtet sich auf mich, und ein leichtes Lächeln breitet sich um seinen Mund aus, als er sein Huhn auf dem Silbertablett plaziert und auf dem Stuhl neben Beatrice Kleidermann Platz nimmt. Reifenstein sagt etwas, doch in meinen Ohren rauscht es noch zu sehr, um den

Wortlaut zu verstehen. Ich studiere die Gesichtszüge meines Gegenübers und suche nach Anzeichen für einen Irrtum. Aber nein, kein Zweifel. *Joanne K. Rowling,* meine Speeddating-Bekanntschaft ist niemand anderes als das stumme H, Florian Glahnz. Mein ganz persönliches rotes Licht signalisiert einen herannahenden Sturm. Und zwar einen gewaltigen!

»Untertanin Wilcek?« Roman Reifenstein sieht mich mit hochgezogenen Brauen an. Glahnz, offenbar zufrieden, meine volle Aufmerksamkeit zu genießen, grinst angesichts meines Hängers vergnügt.

»Wie kommt es«, platze ich heraus, »dass es überhaupt ein Thema so vieler Diskussionen ist, wer welche Art von Beziehung führt oder nicht? Wir leben in einer Gesellschaft, wo Frauen und Männer unabhängig voneinander existieren können. Heute hat man die Wahl und damit Möglichkeiten, sein Leben so zu gestalten, wie man es möchte.«

Mein Gesicht fühlt sich an wie eine mit kochend heißem Wasser gefüllte Wärmflasche, doch ich spreche weiter.

»Wenn ich sage, *Liebe gibt es nur im Kopf,* meine ich, dass es sich lediglich um ein Konstrukt aus Nervenzellen, Hormonen und Phantasie handelt.«

Beatrice Kleidermann schürzt die Lippen, doch ehe sie etwas sagen kann, gibt Reifenstein das Wort an Glahnz weiter:

»Ist diese rationale Vorstellung nicht höchst unromantisch?«

»Ganz im Gegenteil«, sagt Glahnz überraschenderweise, und dabei sucht sein Blick meine Augen. »Es ergeben sich nur neue Herausforderungen. Durch die Unabhängigkeit beider Partner ist die Grundlage einer Beziehung nicht mehr materielles Denken oder Suche nach Status und Geborgenheit. Im Gegensatz zu vielen Ehen, die geschlossen wurden, um Erwartungen zu erfüllen und eine gesicherte Zukunft zu haben, ist die Basis der modernen Beziehung tatsächlich die Liebe.«

Die blauen Augen weichen mir keine Sekunde aus. Er beherrscht es perfekt, wie ein unschuldiger Junge auszusehen. Ich gebe mir alle Mühe, ihn von Herzen zu hassen. Das Publikum liebt ihn.

»Liebe, das ist ein gutes Stichwort.« Reifenstein hat diebische Freude an seiner kleinen, kriegerischen Diskussionsrunde. Die Blicke, die er Glahnz zuwirft, sind unmissverständlich, auch wenn der Autor scheinbar nichts bemerkt. Ob Glahnz schwul ist? Das Kinnbärtchen könnte dafür sprechen. Aber was hatte er dann beim Speeddating zu suchen? Was hatte er *überhaupt* beim Speeddating zu suchen?

»In Ihrem jüngsten Roman *Amors Feder*«, singsangt Reifenstein, »tritt die Liebe in Gestalt einer äußerst modernen Personifizierung von Gott Amor auf. Ich sage nur sexy, sexy, sexy. Sie haben nicht nur eine Kultfigur geschaffen, Sie sind mittlerweile selbst eine Kultfigur. Sehen Sie sich als Botschafter der Liebe?«

Der König verliert nun etwas die Contenance und streichelt sich beim Reden recht auffällig die wuchtigen Schenkel.

»Botschafter, du meine Güte, nein. Das würde ja voraussetzen, dass ich mehr über die Liebe weiß als andere.«

Glahnz lacht affektiert. Wäre *er* ein *Harry-Potter*-Charakter, dann mit Sicherheit Gilderoy Lockhart, der von sich eingenommene Dampfplauderer. Wie komme ich jetzt da drauf?

»Glauben Sie denn an die Liebe?«

Glahnz zögert keine Sekunde.

»Es ist nicht möglich, nicht an die Liebe zu glauben. Liebe ist eine Tatsache, die sich nicht leugnen lässt. Höchstens verleugnen.«

Er kann sich einen weiteren tiefblauen Blick in meine Richtung nicht verkneifen.

»Diese ganze Diskussion ist lächerlich«, mischt sich Beatrice Kleidermann ein. »Es spielt keine Rolle, ob man eine Familie gründet, weil man emotional und hormonell involviert ist, oder deshalb, weil man die besten genetischen sowie wirtschaftlichen Bedingungen für den eigenen Nachwuchs anpeilt. Tatsache ist, dass der Mensch seiner Veranlagung nach monogam und kein Einzelgänger ist. In der Familie liegt die Zukunft. Wer keine Kinder kriegen will, soll Strafe zahlen!«

Gemurmel im Publikum stört die Sendung.

»Kanzler«, spricht Reifenstein ein Machtwort. »Was sagt denn Wikipedia? Ist das korrekt?«

»Nicht ganz«, antwortet der Kanzler nach einem Blick auf seinen Computerbildschirm. »Der Mensch ist höchstens partiell monogam, etwa, solange es darum geht, Nachwuchs großzuziehen. Dazu kommt, dass der männliche Teil unserer Spezies von Natur aus darauf aus ist, seinen Samen möglichst breit zu streuen.

Fremdgehen ist biologisch durchaus sinnvoll. Der Mann kann so seinen Reproduktionserfolg erhöhen, die Frau bessere Gene für das Kind bekommen. In der gegenwärtigen Gesellschaft der Selbstverwirklichung muss man daher das klassische monogame Familienmodell als überholt ansehen, passender wäre die Bezeichnung ›Serielle Monogamie‹.«

Auf den blassen Wangen der eisblonden Beatrice Kleidermann sind während dieser Ausführungen hektische rote Flecken aufgetaucht. Aus dem Augenwinkel beobachte ich, wie sie ihrem Mann einen bösen Blick zuwirft. Froschmaul starrt düster vor sich hin.

»Wenn ich Ihnen so zuhöre, werter Herr Kanzler«, widerspricht Glahnz, »bekomme ich den Eindruck, dass Sie über Zuchtpferde sprechen. Nicht jeder Mann denkt ausschließlich an Vermehrung, und nicht jede Frau sucht nach einem Ken für ihre perfekten Barbiebabies.«

Ich könnte schwören, dass er damit auf meinen Kuss mit Ramy beim Speeddating anspielt. Für wen hält er sich eigentlich? Er selbst ist schließlich auf schnellstmöglichem Weg abgerauscht. Mein Puls beginnt zu rasen.

»Die Fähigkeit«, fährt er fort, »Liebe unabhängig von sexueller Libido und evolutionär bedingtem Instinkt zu empfinden, ist es, die Mensch und Tier unterscheidet.«

»Ach ja?« Meine Wut lässt sich nicht länger kontrollieren. »Dann frage ich mich, warum ein Liebesguru wie Sie sich beim literarischen Speeddating herumtreibt.«

Ein Raunen geht durchs Publikum, und Reifenstein und der Kanzler tauschen einen verständnislosen Blick. Glahnz sieht sich nervös um und sagt leise: »Das gehört nicht hierher, Frau Wilcek.« Etwas an der Art, wie er meinen Namen ausspricht, irritiert mich.

»Es gehört sehr wohl hierher, Herr Glahnz!«

Ich gebe mir größte Mühe, das H so unstumm wie möglich auszusprechen.

»Es ist die falsche Frage«, sagt er.

»Welche Fragen ich stelle, ist immer noch meine Sache. Oder wollen Sie mir den Mund verbieten? Sie präsentieren sich als großer Romantiker. Sie verkaufen Tausenden gutgläubigen Leserinnen da draußen die Geschichte vom sensiblen Mann, der ja so ungemein an die Liebe glaubt. Aber in Wahrheit haben Sie keine Ahnung und sitzen selbst als Suchender beim Speeddating. Das nenne ich, sich ins rechte Licht rücken, Herr Buchautor!«

»Haben Sie meinen Roman gelesen, Frau Wilcek?«

Seine Stimme ist ruhig, doch an der Anspannung in seinem Gesicht sehe ich, dass ich gut gezielt habe.

»Ich bin Literaturkritikerin, Herr Glahnz. Romantische Ammenmärchen fallen nicht in mein Ressort.«

Das Studiopublikum lacht und klatscht begeistert Beifall. Ich lehne mich im Stuhl zurück und genieße den Anblick meines fassungslosen Gegenübers. Täusche ich mich, oder zittern seine Hände, die er krampfhaft verschränkt hat?

Irgendetwas an der Diskussion ist seltsam, und ich frage mich, warum es mich nicht mehr befriedigt, ihn bloßgestellt zu haben. Oder warum mich gerade das Gefühl beschleicht, verflucht danebengegriffen zu haben.

Reifenstein versucht indessen, die Sendung in geordnete Bahnen zu lenken.

»Kanzler, ich glaube, es wird Zeit, erneut das royale Netz zu befragen.«

Der Kanzler tippt eifrig am Computer herum.

»Tatsächlich ist eben eine Frage über Twitter reingekommen, von Untertan @victorhugo.«

Ich horche auf. Das ist Ramys Twitteraccount. Ich sehe gerade noch, wie er sein iPhone unauffällig in die Hosentasche schiebt und mir zuzwinkert.

»Eine Frage an Untertanin Kleidermann: Würden Sie sagen, dass Singles weniger wert sind als Menschen mit Beziehungen?«

Ich halte gespannt die Luft an. Eine Antwort darauf wäre purer Wahnsinn. Doch die Kleidermann tappt prompt in die Falle.

»Wert im Sinne von nützlich für die Gesellschaft, ja, das kann man so sagen. Schließlich will jeder später einmal eine Alterspension kassieren. Wer soll die zahlen, wenn Frauen lieber verhüten, abtreiben und Karriere machen?«

Eine Mischung aus Applaus und Buh-Rufen spaltet den Zuschauerraum in zwei deutliche Lager. Die vorher so gründlich geübten Verhaltensregeln des Livepublikums werden nun komplett ignoriert. Eine dicke Frau springt wie ein Gummiball auf und nieder und beschimpft eine Dame im Hosenanzug. Selbst Froschmaul schüttelt energisch den Kopf. Die Liveshow droht, außer Kontrolle zu geraten. Der Kanzler versucht, zu Wort zu kommen, wird aber von Beatrice Kleidermanns schneidendem »Seien Sie doch still!« unterbrochen.

Der Einzige, der sich völlig ruhig verhält, ist Florian Glahnz. Er streicht sich über ein nicht vorhandenes Bärtchen am Kinn und hat die Stirn in Falten gelegt. Als sich unsere Blicke treffen, lächelt er nicht.

Die Fanfare ertönt.

»Volk, Untertanen, Staatsbedienstete!«, dröhnt Roman Reifensteins Stimme durchs Studio. Er steht mit ausgebreiteten Armen vor dem Thron und hat plötzlich für einen Moment tatsächlich die Autorität eines Monarchen. »Soeben erreicht mich eine Depesche, die mir die Nachricht des Tages aus dem *Buch der Gesichter* vermeldet.«

Die Facebook-Meldung des Tages ist stets ein Highlight

der *Audienz.* Wie auf Kommando wird es daher fast ganz ruhig im Publikum. Die Redaktion macht sich die Mühe, die thematisch passendste Statusaktualisierung der vergangenen vierundzwanzig Stunden rauszusuchen. Auf dem Fernsehbildschirm und fürs Studiopublikum auf einer großen Videowall wird die Meldung eingeblendet. Schon beim ersten Satz sträuben sich mir die feinen Haare im Nacken.

Beatrice Kleidermann
Ich weiß, dass mein Mann mich betrügt.
Dass er die Kinder terrorisiert, ist eine Sache,
aber rumvögeln, dafür mache ich ihn fertig!
Gefällt mir. Kommentieren. Teilen – vor 12 Stunden

Der Rest geht in einem allgemeinen Aufstöhnen unter. Fast niemanden hält es noch auf seinem Stuhl. Zuschauer, Fernsehcrew, alles brüllt durcheinander. Die eisblonde Frau auf dem goldenen Stuhl ist noch blasser geworden, als sie ohnehin schon ist.

»... öffentlich!«, stammelt sie.

»Wie bitte?« Reifenstein versucht, mit dem Aufnahmeleiter Kontakt aufzunehmen. Kleidermann fühlt sich angesprochen.

»Mein Profil ist nicht öffentlich.« Ihr Blick flackert und bleibt hilfesuchend an mir hängen. »Nur meine Freunde können das lesen.«

»Sie sollten Ihren Freundeskreis überdenken«, rate ich ihr. Florian Glahnz sieht mich an wie ein besonders hässliches Insekt und reicht Kleidermann sein Wasserglas. Der Blick sticht seltsam in meinen Magen.

»Alles in Ordnung?« Glahnz legt ihr fürsorglich eine Hand auf den Rücken und sorgt dafür, dass sie das Glas zum Mund führt. Sie trinkt es in einem Zug leer und nickt. Ich will etwas sagen, will ihr erklären, dass es mir leidtut, und will mich vor allem bei Glahnz für meine schrecklich spitze Zunge entschuldigen.

In dem Moment tritt die Katastrophe auf. Mitten aus dem Zuschauerraum. Sie trägt ein knallrotes Kleid zu passenden knallroten Schuhen, ihre schwarzen Haare stehen strähnig ab, und ihr sonst so perfektes Make-up ist verschmiert. Die loose Skandalnudel, die ihrem Namen heute alle Ehre macht. Sie scheint alkoholisiert zu sein, denn sie schlingert gewaltig, als sie den Mittelgang Richtung Bühne läuft. Sämtliche Kameras schwenken sofort in ihre Richtung und zeigen ihr wutverzerrtes Gesicht in Großaufnahme. Sorina Loos hat indessen das Ziel ihres Angriffes entdeckt und wankt auf ihren Liebhaber zu.

»Arschloch!«, lallt meine Chefin und verpasst Froschmaul eine schallende Ohrfeige direkt auf die Koteletten.

Das ist der Moment, wo Reifenstein im Laufschritt Richtung Regieraum flüchtet, Beatrice Kleidermann zum ersten Mal an diesem Abend lacht und Ramy mit wenigen entschlossenen Schritten zu mir eilt und mich in den Arm nimmt. Einige Produktionsassistenten und zwei Mitarbeiter der Security versuchen, die Loos aus dem Studio zu zerren. Sie drischt immer noch auf Froschmaul ein, der wie ein Mädchen nach Hilfe ruft.

Inmitten all des Wahnsinns sitzt Florian Glahnz, als wohnte er einer misslungenen Theateraufführung bei. Das Letzte, das ich sehe, ehe Ramy mich mit sanfter Gewalt vom Ort des Geschehens wegzieht, ist das traurige Lächeln auf den Lippen des Autors. Dann gehen endlich die roten Lichter aus, und auf der Videowand und den Monitoren erscheint ein fetter Schriftzug:

Störung!
Bitte entschuldigen Sie!
Es geht gleich weiter ...

Liebst du schon oder lebst du noch?

@versager

Freitag, 18. November

In einer vernetzten Welt sind Urteile schnell ausgesprochen. Ein einziger Klick schließt das Fenster, das ein anderes Leben enthält. Mit kaum mehr als dem Zucken des Zeigefingers geben wir der Öffentlichkeit bekannt, was uns gefällt. Routiniert definieren wir uns über eine Daumen-hoch-Entscheidung wie einst der Monarch auf seinem Thron. Dabei übersehen wir aber, dass wir auf die gleiche Art bewertet werden. Das ist die Demokratie des Individualismus.
»Ich will Mitglied im Mauerblümchenclub sein, damit ich nicht irgendwann so werde wie die andere Frau*«, schreibt mir @alicialise, siebzehn Jahre alt, heute Morgen vor der Mathestunde via Twitter.*
Die andere Frau*, das ist immer jemand, für den man selbst die andere Frau ist. Wir postulieren die eigenen Lebenskonzepte, als wären es Glaubenssätze einer Generation von Antihelden. Niemand will mehr der Held sein, keiner*

krönt sich zum König seines virtuellen Reiches. Stattdessen teilen und retweeten wir unentwegt fremde Meldungen und verewigen unseren Daumenabdruck auf dem Touchpad wie die Stars ihre Hände am Hollywood Boulevard. Was missfällt, wird ignoriert oder zu Tode kommentiert, bis das World Wide Web nur noch aus zufriedenen Monologisierern besteht, die ihrer in Stein gemeißelten Meinung ein 3D-Podest photoshoppen.

Es ist also bewiesen: Liebe führt von Lust zu Frust, und Beziehungen können scheitern. Das passiert grundsätzlich immer den anderen. Im hormonellen Superrausch wird diese Möglichkeit ausgeblendet und später unter den Perserteppich gekehrt.. Denn solo sind nur Versager.

Auf der anderen Seite jetten heitere, Nicht-mehr-so-jung-Gesellen durch die Möglichkeiten serieller Orgasmen, bis sie eines Tages nach Muttis frühzeitigem Dahinscheiden allein den Christbaum schmücken. Worauf sie in akuter Torschlusspanik ein Profil bei Literally in Love einrichten. Die Geschiedenen werden im ersten Durchgang von der Vorschlagsliste gelöscht. Denn getrennt sind nur Versager.

Ich frage mich, was einen Versager ausmacht. Ist es die Nichterfüllung vorgegebener gesellschaftlicher Normen oder das Scheitern der eigenen Wunschvorstellung? Und wie sehr ist Versagen auch das Resultat falscher Entscheidungen?

Wenn einem das »Ja« auf der Zunge liegt, doch die dazugehörige Frage die falsche ist, dann hat man zwei Möglichkeiten: Entweder man begibt sich ans sichere Land und macht sich nie mehr die Füße nass oder man springt ins kalte Wasser. In beiden Fällen kann man versagen, und *von jeder Position aus gesehen ist man* die andere Frau. *Ist ein Datingstopp tatsächlich die Lösung, oder braucht es nur die richtige Fährte, um unsere Zeitrechnung durcheinanderzubringen? Ich warte.*

(follow @dottiliest bei Twitter)

Samstag, 19. November

> djfleming8 Du findest mich am Anfang vor Ort: Jeden Tag schreibe ich das Buch. In meinem Leben: grüne Augen, Herz aus Gold und Klang der Stille. vor 6 Stunden

»Das ist alles?« Katharina betrachtet den Tweet ebenso verwirrt wie ich. Als heute Morgen, nach einem langen, tweetlosen Freitag diese Statusmeldung von djfleming kam, habe ich sofort eine Rundmail an sämtliche Freundinnen geschickt. Doch Stella schreibt an einem wichtigen Artikel, Christine probt *Cats,* Miki arbeitet im *Pies & Pages,* und Rita ist seit der Halloweenparty nicht wirklich gut auf mich zu sprechen. Und an Lorenz brauche ich mich gar nicht erst zu wenden. Zum Glück ist der Buchladen, in dem Katharina beschäftigt ist, nur wenige Straßen von meiner Wohnung entfernt und schließt Samstag schon um drei. Darum sitzt sie jetzt auf meiner Couch vor dem Computer und tippt sich nachdenklich an die Wange.

»Keine Erklärung? Keine weitere Info?«

»Nur diese wenigen kryptischen Worte. Kannst du damit etwas anfangen? Vielleicht ist es ein Zitat von irgendeinem Autor, den ich nicht kenne. Es klingt fast wie ein Aphorismus.«

Katharina besitzt ein tolles Gedächtnis. Außerdem führt sie in ihrem Bücher-Blog eine Art Verzeichnis über die Bücher, die sie gelesen hat, und notiert sich darin die besten Sätze. Ihre Rezensionen sind voll scharfer Beobachtungsgabe, was man ihr bei ihrer gemütlichen Art gar nicht zutraut.

Was Literatur betrifft, ist sie ein wandelndes Zitatenlexikon. Darauf setze ich all meine Hoffnungen.

»Hm, noch nie gehört. Trotzdem kommt es mir bekannt vor. Ich weiß bloß nicht, woher. Erzähl mir mehr von ihm, möglicherweise hilft das bei der Lösung des Rätsels.«

An Katharina habe ich zudem stets bewundert, wie rational sie denkt. Sie nähert sich einem Problem von der Wurzel her, während ich nur die Auswüchse wahrnehme.

»Er benutzt viele Elemente aus Hornbys *High Fidelity.* Der Name, djfleming, könnte Rob Fleming, Hornbys Protagonist sein. Die Top-Five-Listen zum Beispiel. Außerdem scheint er im Geocaching versiert zu sein und weiß Dinge, eine Menge Dinge über mich, die er gar nicht wissen kann.«

»Denkst du, djfleming ist eine Person, die du kennst?«

Kurz sehe ich so eine Person mit einer Zeitung unterm Arm das Café Gloriette betreten. Eine sehr vertraute Gestalt.

»Mit Sicherheit ist es jemand, der *mich* gut kennt.«

»Okay, fangen wir vorne an. *Du findest mich am Anfang vor Ort.* Was soll das heißen?«

»Ein Hinweis auf den Ort des Treffens«, mutmaße ich. »Und dieser Ort muss etwas mit einem Buch zu tun haben. Die *Beads*«, füge ich als Erklärung hinzu, »alle bisherigen Botschaften waren mit den Glücks-*Beads* verknüpft, die ihr mir zum Dreißigsten geschenkt habt.«

»Gut, eventuell ein Buchladen. Oder eine Bücherei. Aber am Anfang von was?«

Ich schüttle den Kopf zum Zeichen, dass ich keine Ahnung habe.

»Also weiter. *Jeden Tag schreibe ich das Buch.* Er könnte Schriftsteller sein. Alternativ bezieht sich die Aussage wiederum auf den Ort, an dem du ihn treffen sollst. Vielleicht auch auf Hornby. Wäre das nicht ziemlich typisch für Hornby, Dinge zu nennen, die in seinem Leben eine Rolle spielen?«

»Männer haben generell ein Bedürfnis, alles zu kategorisieren«, erwidere ich. »Gib ihnen beliebige fünf Gegenstände in die Hand, sie finden für jeden eine Schublade.«

»Bis auf Socken.«

Ich muss lachen. Das Geräusch klingt fremd, aber nicht unangenehm.

»Okay, Dotti, dann zu den Punkten. Grüne Augen, das dürfte logisch sein. Er spielt auf deine Augenfarbe an.«

»Klar«, rufe ich. »Die Kontaktlinsen!«

Ich sehe mich auf dem Boden der Operntreppe herumtasten, während eine Männerstimme fragt …

»Alles in Ordnung?« Katharina mustert mich besorgt.

»Ja, ich habe gerade etwas überlegt. Der Mann auf der Treppe. Seine Stimme.« Ich zermartere mir das Hirn, aber ich komme nicht drauf. Immer fehlt ein Teil, oder ich bin längst zu verpeilt, um es in dem Haufen von Erlebnissen zu finden.

»Mist!«

»Langsam, Dotti. Der Reihe nach. Das *Herz aus Gold.* Das kann ein Kompliment sein. Oder ein weiteres Rätsel. Mal sehen …«

Sie öffnet ein Google-Fenster und tippt die Worte in die Suchmaske.

»Oberstes Ergebnis: Douglas Adams bei Wikipedia. *Per Anhalter durch die Galaxis.* Die *Herz aus Gold* ist das erste Raumschiff im Universum, das durch den unendlichen Unwahrscheinlichkeitsdrive angetrieben wird.«

Wir starren in stummer Verblüffung auf den Bildschirm.

»Das klingt wie etwas, das Lorenz sagen würde.«

»Lorenz? Dein Nerd-Kollege? Meinst du, er ist djfleming?«

Ich zucke hilflos mit den Schultern. Momentan halte ich es sogar für möglich, dass Mister Spock, George Clooney oder Barack Obama djfleming ist.

»Nächstes Ergebnis: Herzpatienten. US-Forscher haben Herzgewebe im Labor gezüchtet, das von einem Geflecht aus winzigen Goldfasern durchzogen ist«, liest Katharina vor. »Wohl kaum. Hm, und hier eine Agentur für Grafikdesign, ein paar Gedichte und Songtexte, Bilder von Goldherzen.« Sie schüttelt den Kopf. »Und wir wissen noch nicht mal, wonach wir suchen müssen.«

»Und *Klang der Stille?*«, frage ich. »Fällt dir dazu was ein?«

»Null«, seufzt sie. »Ich meine, was soll das sein, Klang der Stille? Stille ist doch von Natur aus still und besitzt keinen Klang. Höchstens bei Simon & Garfunkel.«

»Simon und wer?«, frage ich. »Ich kenne nur *Simons Katze* und die schweigt nicht, sondern macht ... Katharina?«

Meine Freundin sitzt mit offenem Mund da und starrt auf den Bildschirm.

»Simon & Garfunkel«, meint sie aufgeregt. »Das Musikduo. Du hast doch sicher schon von Simon & Garfunkel gehört.«

Ich erinnere mich dunkel an eine Schallplatte im Regal meiner Mutter, auf der diese Namen zu lesen waren.

»Du weißt doch, ich mag keine Musik.«

»Das ist es«, sagt Katharina strahlend und tippt erneut auf der Computertastatur herum.

»Was ist was?«

»Es ist so simpel, aber für dich, die du keine Musik magst, natürlich unlösbar. Grüne Augen, Herz aus Gold, jetzt ist es total klar.«

»Ich verstehe nur Bahnhof.«

»Es müssen fünf sein«, meint Katharina nachdenklich.

»Fünf?«

»Die Top Five.«

Sie scheint erfolgreich gegoogelt zu haben, denn ihre Lippen bewegen sich, während sie etwas vom Bildschirm abliest.

»Welche Top Five?«

»Pass auf!«

Katharina kramt ihren Kalender aus der Handtasche, selbstverständlich mit schwarz-gelb-gestreiftem *Hufflepuff*-Umschlag, und reißt ein Notizblatt heraus. Anschließend schreibt sie, nach einem Kontrollblick auf den Bildschirm, in ihrer runden, ordentlichen Handschrift etwas darauf. Als sie fertig ist, reicht sie mir den Zettel.

Everyday I Write the Book (Elvis Costello)
In My Life (Beatles)
Green Eyes (Coldplay?)
Heart of Gold (Neil Young)
The Sound of Silence (Simon and Garfunkel)

Ich starre den Text an und beiße mir vor Aufregung fest auf die Lippen.

»Eight«, flüstere ich.

»Nein, fünf«, antwortet Katharina. »Fünf Songs. Verstehst du? Die Twitternachricht besteht aus Songtiteln. Jetzt müssen wir nur noch ... Was machst du?«

Entsetzt beobachtet Katharina, wie ich das Papier vorsichtig in zwei ungleich große Teile zerreiße. Erst als sie sieht, was auf der linken Hälfte steht, hält sie mitten im Ansatz zum Protest inne. »Unglaublich«, haucht sie.

E
I
G
H
T

»Eight. Acht, wie ›im achten Bezirk‹?«, rät Katharina.

Ich schüttle den Kopf. »Bisher hatte jedes Rätsel, das er mir gestellt hat, etwas mit mir zu tun. In der Schleifmühlgasse gibt es ein Pub. Da war ich als Schülerin immer zum Mittagessen, weil Lady Lydia ja den ganzen Tag im Laden stehen musste.« Ich sehe Katharina an. »Das Pub heißt EIGHT.«

»Aber wenn das ein Date sein soll, müsste doch eine Zeit dabeistehen.«

Ich denke darüber nach.

»Wahrscheinlich ist das der Clou daran. Die Lösung ist beides, Uhrzeit und Treffpunkt. Um acht im EIGHT.«

»Um acht im EIGHT«, wiederholt Katharina andächtig. »Und?«

»Was und?«

Sie grinst. »Und was ziehst du an?«

Drei Stunden später verlasse ich in Rock, Bluse und den Granny-Smith-Pumps meine Wohnung. Der Kater hat in der Früh anstandslos seinen Napf geleert, weshalb eigentlich nichts mehr schiefgehen kann. Vorsichtshalber löse ich noch das Post-it mit meiner Prämisse vom Bücherregal und klebe es innen in meine Handtasche. *Wachstum führt zu Liebe.* Ich checke mein Spiegelbild, ehe ich die Wohnungstür hinter mir schließe. Die Frau im Abendoutfit mit dem erwartungsvollen Lächeln auf den roten Lippen sieht mir immer noch ähnlich. Zugleich wirkt sie fremd und anders.

»Auw«, sagt der Kater und meint damit vermutlich so etwas wie: »Beschuldige nicht den Spiegel, wenn dein Gesicht schief ist.« Womit er mir den Rücken zuwendet, um sich tiefgründigen Gedanken zu widmen.

»Alles wächst, auch wenn wir es nicht sehen können«, flüstere ich, ziehe meine Jacke an und mache den ersten Schritt.

Auf dem Weg ins EIGHT schaue ich kurz im *Pies & Pages* vorbei. Lady Lydia, die gerade ihren »Creative Cookies«-Kochkurs hält, klatscht begeistert in die Hände, dass das Mehl nur so staubt.

»Dotti, du hast Beine«, ruft sie, mit Tränen in den Augen.

»Ich hatte immer Beine, Mummy.«

»Jeans sind keine Beine«, antwortet Lady Lydia im Brustton der Überzeugung, ehe sie sich wieder dem Ingwer-Karottenteig widmet.

Annili, die mit Orange an ihrem Stammplatz sitzt und mit Mikis Hilfe ihr nagelneues iPhone einrichtet (»Damit ich Ihnen endlich auch nach Twitter folgen kann«), strahlt mich an.

»Eine Verabredung?«

»So ähnlich. Um acht im EIGHT, das war zumindest die Lösung des Rätsels.«

»Wie schön!«

»Sehen Sie, Annili«, sagt Miki, »wenn Dotti das zum Beispiel auf Facebook gepostet hätte, könnten Sie jetzt *Gefällt mir* klicken.«

»Und auf Twitter?«

»Da könnten Sie es an alle Ihre Follower retweeten oder es favorisieren.«

Ich checke automatisch mein Handgelenk, werfe dann einen Blick auf Annilis Display und beeile mich, beiden Frauen die Hände zu drücken. Miki hält meine fest und sieht mich seltsam an.

»Dotti …«

»Ich muss los.«

Selbst das Messingäffchen scheint mir heute zuzublinzeln. Meine Magengrube heizt sich wie Lady Lydias Backofen gehörig auf. Ich komme, djfleming, ich komme.

»Dotti!« Miki fängt mich in der halboffenen Tür ab. »Ich muss dir etwas sagen.«

»Später. Ich ruf dich an.«

»Aber Dotti, es ist wichtig. Es geht um den Typ, der letztens hier war.«

»Anton Fischler, der Langweilige? Vergiss ihn.«

Schaudernd denke ich an Dörrpflaumen und Zucchini.

»Nein, Dotti, du verstehst nicht. Der Typ … Das Buch …«

Ich küsse meine Freundin auf beide Wangen und laufe, so schnell ich das auf meinen Absätzen kann, die Schleifmühlgasse hinauf.

Das EIGHT gehört zu den wenigen englischen Pubs in Wien und gilt als britische Institution im quirligen Freihausviertel. Nur wenige Häuserblocks vom *Pies & Pages* entfernt, besticht es mit einer im Tudorstil bemalten Fassade. Im ersten Stock hebt sich ein markanter Erker ab. Dahinter verbirgt sich ein historisch eingerichteter Speisesaal mit Steinboden und offenem Kamin, wo man Fish 'n' Chips nach dem ursprünglichen Rezept von Joseph Malin essen kann.

Man betritt das Pub durch eine aus London importierte alte Holztür, über der ein zinnernes Pub-Schild angebracht ist. Es zeigt einen immens dicken, bärtigen Mann mit einem überdimensionalen Bierkrug, auf dem eine verschlungene Acht prangt. Innen ist die Holztür mit Handzetteln beklebt, auf denen die neuesten lokalen Events angekündigt werden.

Im Pub selbst ist alles von einer schummrigen, schmuddeligen Holzgetäfeltheit. Als Dekoration dienen liebevoll geklebte Collagen aus Bierdeckeln und Guinness-Fässer voller Korken. Anthony, der kugelrunde Pubkater, schläft, den Kopf auf den Pfoten, in einer Fensternische. Draußen ist es bereits stockdunkel.

Ich suche mir ein Tischchen an der seitlichen Wand, von wo aus ich den Eingang im Auge behalten kann. Es ist kurz vor acht, wie mir die antiquarische Bahnhofsuhr über der Theke verrät. Johnny, der Wirt, den ich schon kenne, seit ich als kleines Mädchen zum Entsetzen meiner antialkoholischen Mutter meinen ersten Schluck Cider kosten durfte, stellt eine viel zu große Laterne vor mir auf den Tisch und zündet die Kerze an.

»Hast du'n Date, Dotti?«, fragt er und grinst. Er ist ein riesiger, breitschultriger Mann. Früher war der Umfang seiner Popeye-Oberarme mal beeindruckend, heutzutage dominiert sein Bauch die Erscheinung.

»Wenn ich das wüsste«, antworte ich. Johnny lacht dröhnend und wischt mit einem Lappen über den Tisch.

»Das Wichtigste ist *fun, Sweetheart.*«

Johnnys Akzent ist stärker als der von Lady Lydia, was wahrscheinlich daran liegt, dass er im Pub hauptsächlich Englisch spricht. Ich vermute ja bis heute, dass die zwei früher mal etwas miteinander hatten. Ich erinnere mich, dass ich Johnny als Kind Onkel genannt habe und dass er oft bei uns daheim zu Besuch war. In der ersten Zeit des *Pies & Pages* hat er manchmal Möbel geschleppt oder Lampen montiert. Später kam er seltener, obwohl der Kontakt immer freundschaftlich geblieben ist und wir einmal im Jahr zum großen EIGHT-Fest eingeladen sind. Lady Lydia schweigt sich zu dem Thema aus, ich bemerke aber stets ein heimliches Lächeln um ihre Lippen, wenn sie Johnny beim Einkaufen am Naschmarkt trifft.

Zehn Minuten nach acht. Ich beobachte die Zeiger der Bahnhofsuhr, die sich präzise in einer Linie anordnen. Zum Glück steht Pünktlichkeit nicht auf meiner Top-Five-Liste, sonst hätte sich djfleming bereits disqualifiziert. Beim Gedanken an die Liste muss ich lächeln.

»So einen Mann gibt es nicht«, hat Stella meinen Blog-Eintrag vom Mittwoch kommentiert. »Du wirst nicht umhinkönnen, deine Ansprüche ein wenig herunterzuschrauben, wenn du nicht die nächsten dreißig Jahre vergeblich damit verbringen willst, ihn zu suchen, während die Haut an deinem Po langsam schlaff wird. *Besser fünf in der Hand als zehn, auf die man warten muss,* wie mir meine Oma immer vorgebetet hat.«

»Aber Stella, du hast selbst gesagt, dass man sich nach dem Kompass richten soll. Das Ziel im Auge behalten, egal, wie weit ich vom Kurs abkomme, das waren deine Worte. Mein Ziel ist es, einen Mann zu finden, den ich so lieben kann, wie er ist. Dazu ist es notwendig, dass er gewisse Kriterien erfüllt.«

Schließlich kann es nicht zu leicht sein, denn man trifft in der Liebe ja langfristige, womöglich lebenslängliche Entscheidungen. Verlieben ist etwas anderes als einen neuen Wasserkocher anschaffen. Und Beziehungen sind kein süßer Rooibostee.

Viertel nach acht. Die Zeiger der Uhr sind geknickt wie mein Herz. Im Pub ist es so leer, dass man Anthonys Schnarchen deutlich hören kann. Gedankenverloren starre ich den Kater an. Was für eine blöde Idee, dem Kompass zu folgen. Ich bin den Weg gegangen, jawohl. Schritt für Schritt. Ich habe den immer noch schmerzenden Knöchel in die Granny-Smith-Pumps gezwungen, mir einen Rock und eine Pastellbluse angezogen, die Lippen bemalt und mich dem Date gestellt. Und wozu? Nur um festzustellen, dass ich von Anfang an recht hatte: Liebe gibt es nur im Kopf, und mein Kompass bleibt spurlos verschwunden. Scheiße!

»Dotti?«

Ich sehe den Mann an, der neben meinem Tisch steht. Er probiert ein zaghaftes Lächeln.

»Darf ich mich setzen?«

Ich nicke, während meine Stirn sich automatisch in Falten legt. Er. Ausgerechnet er! Warum kommt es mir so merkwürdig vor? Habe ich es nicht die ganze Zeit insgeheim gewusst? Seit dem Moment, als er das Café Gloriette betreten hat.

»Es ist spät«, sage ich, als er mir gegenüber Platz genommen hat.

»Tut mir leid«, antwortet er und verschränkt die Hände. Seine Finger hinterlassen Spuren auf seinen Handrücken, ein Zeichen dafür, dass er versucht, sich zu beherrschen. Die Geste ist fremd und vertraut zugleich, wie etwas, das in einem Lieblingsfilm vorkommt, den man zu oft gesehen hat.

»Die ganze Geschichte tut mir leid. Ich hätte nie …«

»Eines verstehe ich nicht«, mein Hals ist trocken, und ich nicke Johnny dankbar zu, als er ohne ein Wort ein Glas Cider vor mich hinstellt, »wozu das Theater?«

»Sir?«, Johnny sieht den Mann nicht besonders freundlich an.

»Ein Guinness. Kalt, bitte.«

Mein Gegenüber wartet, bis der Wirt sich entfernt hat, und nimmt dann meine Hand in seine.

»Vom ersten Moment an, als wir uns getroffen haben, hatte ich das Gefühl, dass wir seelenverwandt sind. Du hast meine Gedanken ausgesprochen wie niemand sonst. Und du hast sie aufgeschrieben. Dein Blog ist das Größte, was in diesem Land seit Jahren passiert ist. Und weißt du was, Dotti: Du bist die tollste Frau, der ich je begegnet bin. Ich …«, er errötet, was seinem Teint nicht gut bekommt. »Ich mag dich. Sehr.«

Solche Worte aus seinem Mund machen mich völlig wirr im Kopf. Was ist nur mit mir los? Sollte ich mich nicht freuen? Mich geschmeichelt fühlen? Spüren, wie ein paar Schmetterlinge unter meiner Bauchdecke flattern?

Ich betrachte seine Hände, die meine immer noch festhalten. Perfekte, schöne, starke Hände, die ein sorgenfreies und sicheres Leben versprechen.

Da fällt mir etwas ein.

»Warum Hornby?«

Er runzelt die Stirne und lächelt in etwa so wie George Clooney es tut, wenn er Menschen Kaffee verkaufen will. Attraktiv, charmant, aber irgendwie Hochglanz.

»Das ist doch jetzt nicht wichtig, Dotti. Viel wichtiger ist, dass wir an die Zukunft denken.«

Ich stehe auf und stolpere fast über einen Stuhl.

»Ist alles in Ordnung?«

»Ja, ja. Ich muss nur kurz aufs WC.«

»Du brauchst ein paar Minuten für dich, das verstehe ich.« Er zwinkert mir zu und tippt auf seine Armbanduhr. »Lass dir Zeit.«

»Ich bin gleich zurück, Ramy«, antworte ich automatisch.

Ich schaffe es gerade noch, die Klotür hinter mir zu schließen, bevor mir schwindelig wird. Mit wackeligen Beinen sinke ich vor dem Waschbecken auf den Boden und stecke den Kopf zwischen die Knie. Eine Technik, die mir mein Hausarzt beigebracht hat, weil ich als Mädchen einige Jahre mit meinem Kreislauf zu kämpfen hatte und regelmäßig umkippte.

Ist das die normale Reaktion darauf, dass man soeben eine Liebeserklärung vom schönsten Mann Wiens bekommen hat? Ist es verkehrt, wenn man das Gefühl hat, gleich kotzen zu müssen? Verdammte Allergie!

Ramy Kareem und djfleming, diese beiden Dinge fügen sich in meinem schmerzenden Schädel immer noch nicht zusammen. Wie ist das möglich? Die Ereignisse der letzten zwei Wochen preschen mit Lichtgeschwindigkeit durch mein Hirn: die Loos mit ihrer Kolumne, Kleidermanns Kampfansage, Lorenz' Chicken Tikka Masala, ein nicht unangenehmer Geruch nach Aftershave, Annili, die Mandeln isst, ein Turnschuh, ein Baum, das Riesenrad und ein Vogelhaus mit einem Origamivogel. Ein Mann mit Pferdekopf auf der Halloweenparty. Die Gloriette. Ramy Kareem mit einer Zeitung unter dem Arm. Und das Speeddating. Der Kuss. Ramys Kuss.

Als mein Blutdruck sich halbwegs normalisiert hat, stehe ich langsam auf, beuge mich über das Waschbecken und halte meine Unterarme unter den Strahl eiskalten Wassers. Mein Gesicht im Spiegel ist noch blasser als sonst, die Brille sitzt schief auf meiner Nase, der Lippenstift ist verwischt, und mein sorgfältig gebundener Pferdeschwanz ist total zerrupft. Eben die Zuversicht in Person, und jetzt?

Wie hat es so weit kommen können, Dotti Wilcek? Zwei Monate daten, und was ist aus der glücklichen, zufriedenen Mittdreißigerin geworden? Ein Häufchen lose Blätter, wie jene, die die Klotür innen tapezieren. Handzettel. Mit eingerissenen Ecken und verblasster Schrift. *»Das Schlossquadratfest. Special Guests: Mondscheiner«*, kündigt einer in Neongelb an. Ein anderer in Pink verrät, dass *im Gogo Nightclub heiße Girls auftreten*«. Mehrere Bunte werben für den samstäglichen Flohmarkt am Naschmarkt, für Biersorten, das Folienkartoffelwettessen im *Saloon*, und ein besonders hässlicher Grellgrüner verkündet die *»Rückkehr des Groucho Club«*. Fetzen von diversen Leben da draußen. Man könnte sie ablichten und eine Ausstellung damit machen: lose Blätter, die Zerfransung und Überklebung unserer Kultur.

Es klopft energisch.

»Dotti? Alles in Ordnung? Du bist schon über zehn Minuten da drin.«

Das war das zweite Alles-in-Ordnung innerhalb einer Viertelstunde. Sollte mir das zu denken geben? Unsinn. Er macht sich Sorgen. Er kümmert sich um mich. Vielleicht ist das genau das, was ich brauche?

»Klar«, rufe ich mit möglichst munterem Tonfall. »Ich mache mich nur ein wenig frisch.«

Ich lausche seinen Schritten, die sich entfernen. Genüsslich stelle ich mir vor, wie sich sämtliche Frauen, die an der Bar lehnen oder sich in den Stühlen räkeln, wie läufige Katzen nach ihm umdrehen und ihm auf den Hintern gaffen. Ein Hintern wie der eines griechischen Gottes. Wie er wohl in einer Badehose aussieht? Ich schüttle den Gedanken ab, binde energisch meinen Zopf neu, tupfe mir kaltes Wasser auf die Schläfen, hole tief Luft und öffne die Tür.

»Auw«, begrüßt uns der Kater, als ich die Tür zu meiner Wohnung schließe. Ramy tritt hinter mich, legt mir die Hände auf die Schultern und dreht mich mit sanfter Gewalt zu sich um. Die schummrige Beleuchtung in meinem Flur steht ihm ausgesprochen gut, sie lässt seinen Mund voller und sinnlicher aussehen und verleiht seinen Grübchen eine malerische Tiefe.

»Dotti«, flüstert er zärtlich und streicht mir durchs Haar. Seine dunklen Augen blicken tief in meine, und mir fällt ein, dass ich den Napf füllen sollte. Die Zeit steht beinahe still. Es ist ein Moment wie aus *Stolz und Vorurteil*, als sich Ramys perfekte Lippen meinen in Zeitlupe nähern.

»Auwauw«, gibt der Kater zu bedenken und furzt.

Ramy erstarrt mitten in der Kussposition, räuspert sich und geht wortlos an mir vorbei ins Wohnzimmer. Mit glühenden Wangen beeile ich mich, irgendeine Futterpackung aus dem Katzenfutterschrank zu holen und kippe eine hellbraune, glibberige Masse in Nekos Schüssel. Der Kater steckt die Schnauze hinein, hebt den Kopf und sieht mich betrübt an.

»Äh, willst du was trinken?«, frage ich Ramy, der unentschlossen neben der Couch steht, die Hände in den Hosentaschen vergraben. *Shit,* denke ich, mein Bett ist mit dem Disneys-Peter-Pan-Bettzeug überzogen. Ob ich schnell ins Schlafzimmer verschwinden und es wechseln kann? Zum Glück ist es nicht Pu, der Bär. Dafür ist die Schmutzwäsche der letzten Woche überall auf dem Boden verstreut. Und wenn mich nicht alles täuscht, liegt auf dem Nachtschränkchen etwas äußerst Peinliches, das Ramy keinesfalls unter die Augen kommen darf.

»Tee vielleicht? Kaffee? Schokolade?«

»Hast du Wodka?«

Seine Stimme ist rauh, wie die des Grimmschen Wolfes, ehe er Kreide frisst. Verzweifelt suche ich nach einem Gesprächsthema. Wo sind die witzigen Anekdoten, wenn man sie braucht? Ramy schweigt und studiert die Titel in meinem Bücherregal.

»Leider nein. Aber Amaretto müsste noch irgendwo sein. Setz dich doch.«

»Amaretto«, meint Ramy wenig überzeugt. Er steuert die Couch an. Gerade als er Platz nehmen will, springt der Kater, der sein Futter nicht angerührt hat, hinauf und drapiert sich dort, wo Ramy sitzen wollte.

»Du bist aber ein schöner Kater«, sagt Ramy und streckt die Hand aus, um Neko zu streicheln. Der Kater antwortet mit einem Knurren aus tiefster Kehle, visiert den Mann aus schmalen Augenschlitzen an, um dann in aller Seelenruhe seine weiße Schwanzspitze zu putzen. Ramy sieht ihm einen Moment dabei zu und lässt sich schließlich am anderen Ende des Sofas nieder.

»Der Kater mag mich nicht«, meint er betrübt.

»Unsinn. Er riecht bestimmt deine Katze.«

»Meinst du?« Er schnüffelt an seinem Hemd.

»Neko mag keine Artgenossen.«

»Chiara auch nicht.«

Ich erinnere mich vage an die hübsche Maine-Coon in Ramys Brieftasche. »Ich glaube, bis auf gelegentlichen Sex finden Katzen grundsätzlich wenig Gefallen aneinander.«

Wir sehen uns an. Ein sonderbares Knistern breitet sich aus. Eilig stelle ich die Flasche Amaretto sowie zwei Gläser auf den Couchtisch und setze mich ebenfalls. Nun liegt der Kater genau zwischen uns, was ihm offensichtlich Vergnügen bereitet, denn er schnurrt lautstark. Ich lächle Ramy an, gieße Amaretto ein und reiche ihm ein Glas. Er mustert die Flüssigkeit skeptisch, lächelt ein bisschen gequält zurück und trinkt sie mit einem einzigen großen Schluck aus. Sein entsetzter Gesichtsausdruck zeigt mir, dass etwas nicht in Ordnung ist. Ich rieche an meinem eigenen Glas und begreife, dass heute mit Sicherheit der beschissenste Tag meines Lebens ist.

»Was … was war das?«, keucht Ramy und hustet mit tränenden Augen.

»Malzessig«, antworte ich, ebenfalls den Tränen nahe. »Meine Mutter macht ihn selbst. Ich … ich habe vergessen, dass sie ihn in eine Amarettoflasche gefüllt hat. Es … es tut mir leid!«

Er schüttelt den Kopf und hebt beschwichtigend die Hand.

»Schon gut, Dotti. Ehrlich gesagt glaube ich nicht, dass Amaretto so viel besser gewesen wäre.«

Sein Humor ist zurück. Zum Glück. Mit immer noch feuchten Augen schenkt er mir einen tiefen Blick, bei dem bestimmt auch Malzessig ersüßen würde. »Ich finde, wir sollten …«

»Pst!«

»Wir sollten …«

»Psssst! Nicht bewegen!«

»Was …?«

Ich mache Ramy ein Zeichen, dass er still sitzen soll. Verwirrt sieht er mich an, doch nun ist nicht der Moment, ihm irgendetwas zu erklären. Genau genommen ist jetzt endlich der Augenblick gekommen, auf den ich seit Jahren gewartet habe. Der Wunsch ist größer als alle Bedenken. Mit vor Aufregung zitternden Beinen stehe ich langsam auf und nähere mich Ramy. Ich gebe mir Mühe, möglichst elfenhaft über das Parkett zu schweben, bin mir aber der Plumpheit meines Körpers nur allzu bewusst.

Nur mit der Ruhe, nichts überstürzen.

Als ich mich vor dem Radiomoderator auf die Knie sinken lasse, reißt er überrascht die Augen auf und will etwas sagen, doch ich bedeute ihm energisch, bloß den Mund zu halten. Jedes Geräusch könnte den vollkommenen Moment zerstören. Auf Ramys Gesicht macht sich ein seliges Lächeln breit. Er schließt die Lider und lehnt sich zurück. Jetzt nur nicht zögern. Attacke!

Mit geübtem Griff fische ich das iPhone aus meiner Handtasche, die neben der Couch auf dem Boden gelandet ist, öffne das Fotoprogramm, tippe aufs Display und drücke ab. Es klickt. Gewonnen.

Ich reiße die Arme in die Höhe. Der Kater, der, seine weiße Schwanzspitze malerisch zwischen den Pfoten, eingeschlafen ist, springt ertappt auf, faucht, fährt die Krallen aus und schlägt sie wütend in Ramys Oberschenkel sowie – o nein! – in die deutliche Erhebung, die sich dort abzeichnet. Ramy flucht und versucht, den Kater wegzuschieben, doch Neko krallt sich nur noch fester an ihn und beißt ihn in die Hand. Ich knie auf dem Boden und beobachte fassungslos den Kampf, der sich auf meiner Couch abspielt. Auf dem Display des iPhones ist das perfekte Katzenfoto zu sehen. Mein goldenes Ticket in den *Literarischen Katzenkalender.* Ich drücke auf »speichern«.

Als der Kater mit einem beleidigten »Auw!« in die Küche flüchtet, steht Ramy auf, zieht mich entschlossen vom Boden hoch, nimmt mir das Mobiltelefon aus der Hand und küsst mich. Überrumpelt erwidere ich den Kuss und lasse mir ohne Widerstand von ihm die Bluse aufknöpfen. Seine Finger tasten sich flatternd von meinem Bauch zu meinen Hüften, verweilen dort kurz und wandern anschließend höher. Mein Kopfkino spielt verrückt.

Ich laufe an einem grellen Sommertag durch eine hügelige Wiese, als das Gras unter mir auf einmal zu wachsen beginnt. Ich eile weiter, obwohl es mir schon bis zu den Knien reicht, dann bis zum Bauchnabel. Mücken, groß wie Hubschrauber, fliegen über mich hinweg, und gigantische Blumen schießen aus der Erde. Sie duften nach Patschuli. Patschuli, *denkt mein Kopfkino-Ich, wieso* Patschuli?

»Gehen wir ins Schlafzimmer?«, flüstert Ramy in meinen offenen Mund hinein, während er sich langsam mit einer Hand am BH-Verschluss zu schaffen macht. Ich lasse es geschehen und warte darauf, dass sich Gefühle einstellen.

Doch bis auf einen kühlen Luftzug auf meiner nackten Haut und ein seltsames Kribbeln unter den Fußsohlen tut sich in mir drinnen rein gar nichts. Das ist bedenklich, aber keine Tragödie. Sex ist sowieso überbewertet. Wie hat Jane Austen es so treffend formuliert? *In neun von zehn Fällen sollte eine Frau lieber mehr Zuneigung zeigen, als sie verspürt.*

Während ich all das denke, hat Ramy den Verschluss immer noch nicht auf. Mittlerweile fummelt er mit allen zehn Fingern daran herum, pinke Flecken auf den Wangen. BH-Verschlüsse und G-Punkte, wird mir klar, das sind die gordischen Knoten des modernen Mannes.

Ich nehme seine Hände in meine und führe ihn in mein Schlafzimmer. Neben dem Bett zieht er mich an sich und küsst mich in den Nacken. Mein Blick fällt auf Peter Pan und Glöckchen, die grinsend über das Kopfkissen flattern. Dann auf drei Paar dicke, fusselige Wintersocken, die zusammen mit meinen langen pinkgepunkteten Unterhosen auf dem Bettvorleger liegen, und zuletzt auf das Buch auf meinem Nachtschränkchen. Zu spät.

»Liebe für Anfänger?«, kommentiert Ramy.

»Recherche«, antworte ich hastig.

Er lacht leise.

»Was ist daran so komisch?«

»Das lese ich auch gerade. O Dotti.«

Er drückt sich an mich, und die Erhebung in seiner Hose ist nun deutlich an meinem Oberschenkel zu spüren. Vor Schreck weiche ich ein Stück zurück, stolpere über die Bettkante und lande rücklings mitten in Nimmer-Nimmer-Land. Mein Bett quietscht angesichts der ungewohnten Sportlichkeit verdächtig, meine Brille rutscht mir von der

Nase, wodurch alles eine Nuance verschwommen aussieht. Ramy schlüpft eilig aus dem Hemd und wirft sich, ohne weiter zu zögern, auf mich. Das Bettgestell ächzt, doch er lässt sich davon nicht stören. Er küsst meine Lippen, meinen Hals, meinen BH …

»Auw?«

»Was?«, keucht Ramy echauffiert.

»Nichts«, antworte ich hastig und versuche, den Kater mit dem Fuß zu verscheuchen.

»Auw!«

Ramy, der gerade seine Hand zwischen meine Beine manövriert hat, hält inne, stützt sich auf die Ellbogen und blickt über seine Schulter zurück. Neko steht mit den Vorderpfoten auf der Bettkante und mustert interessiert den schweißnassen muskulösen Oberkörper des *Dancing Stars* der Nation.

»Der Kater sieht zu.«

»Ja.«

»Ist das normal?«

»Ich weiß nicht.«

»Wie, du weißt nicht? Sieht er denn immer beim Sex zu?«

»Er kennt keinen Sex. Er ist kastriert.«

Ich beiße mir auf die Lippen. Da war doch dieser Artikel, den Stella vor ein paar Monaten für *Lust und Liebe* geschrieben hat. Da ging es um das K-Wort und die Wirkung, die es unweigerlich auf Männer hat. Wie lautete noch mal ihr Ratschlag?

Fällt das K-Wort während des Aktes, besteht die reelle Chance, dass der Mann es in der Hitze des Gefechtes überhört. In dem Fall sollten Sie ihn durch lautes Stöhnen ablenken und jede weitere Vertiefung des Themas vermeiden.

Fällt das Unwort jedoch im Vorspiel, wäre das eine gute Gelegenheit, mit Ihrem Partner die neue Wii-Konsole auszuprobieren oder den aktuellen Coelho zu lesen. Den Sex können Sie getrost auf morgen verschieben.

Tatsächlich rollt sich Ramy seufzend von mir herunter und liegt nun ebenfalls auf dem Rücken in Nimmer-Nimmer-Land. Kein Wunder, dass Peter Pan und Wendy nie zur Sache gekommen sind. Nimmer-Nimmer-Land ist sexfreie Zone.

»Verzeihung.«

Er seufzt.

»Sex ist sowieso überbewertet«, erklärt er. »In Kapitel fünf von *Liebe für Anfänger* steht, dass man sich Zeit lassen sollte, wenn man länger nicht ...«

»Ramy?« Ich schiebe mir die Brille wieder auf die Nase.

»Hm?«

»Darf ich dich etwas fragen?«

»Ja.«

»Wer ist Kuppitschek?«

»Wer ist wer?«

»Na, KUPPITSCHEK *Spezialservices.* Was wolltest du mir damit sagen?«

»Ich kenne keinen Kuppitschek.«

Ich setze mich auf. Plötzlich meldet sich mein Herz aus dem akuten Winterschlaf zurück und klopft unkontrolliert. Der Kater, der sich neben dem Bett zusammengerollt hat, hebt den Kopf und sieht mich interessiert an.

»Das ewige Wachstum«, flüstere ich.

»Ist dir nicht gut?«

»Welche Schuhgröße trägst du?«

»Vierundvierzig, warum?«

Ich springe auf und eile aus dem Schlafzimmer.

»Jetzt bist du albern, Dotti. Ich brauche keine Hausschuhe«, ruft Ramy mir hinterher. Im Flur angekommen, untersuche ich die Schuhe des Radiomoderators. Vierundvierzig. Die Zahl verschwimmt vor meinen Augen. Mit dem Schuh in der Hand kehre ich ins Schlafzimmer zurück.

»Du bist nicht djfleming!«

»DJ wer? Gestatten: Kareem. Ramy Kareem. Moderator bei *Radio Wien Eins.* Kennen wir uns?«

Tief in Gedanken hebe ich sein Shirt vom Boden auf und reiche es ihm zusammen mit dem Schuh.

»Woher wusstest du, dass ich um acht im EIGHT sein wollte?«

Er zögert.

»Ramy?«

»Um ehrlich zu sein, war ich zuerst hier. Nachdem du nicht zu Hause warst, bin ich zum *Pies & Pages* gegangen. Dort fand eine Art geheimes Treffen der dicksten Damen Wiens statt, die allesamt mit Nudelhölzern auf Teigkugeln einschlugen. Ich hatte ein wenig Angst, im Backofen zu landen. Deine Mutter war so freundlich«, fährt er hastig fort, als ich keine Anstalten mache, über seinen Witz zu lachen, »mir mitzuteilen, dass ich dich im englischen Pub finde.«

Grandios! Meine Mutter, das fröhliche Auskunftsbüro.

»Du hast mich nie auf *Literally in Love* kontaktiert?«

»Nein.«

»Du hast den Song in deiner Sendung nicht für mich gespielt?«

»Welchen Song?«

»Und du hast mir keine Nachrichten an sonderbaren Plätzen hinterlassen?«

»Herrgott. Nein.«

»Wir haben auch nie getwittert?«

»Nein.«

»Uns nicht im Pub verabredet?«

»Nein.«

»Kein *Sound of Silence?*«

»Nein.«

»Was hattest du letzte Woche im Café Gloriette zu suchen?«

»Ist das ein Verhör? Ich wohne in Hietzing. Ich frühstücke manchmal dort und lese meine Zeitung.«

»Also hast du nichts mit Hornby am Hut?«

»Wieso schon wieder Hornby? Dotti …«

Wumm!

Zeitgleich mit meinem Bettgestell, das mit einem Knacken endgültig in sich zusammensackt, meldet sich eine Erinnerung so in mir zu Wort, dass ich mir mit der Hand an die Stirn schlage. Natürlich! Wie habe ich das übersehen können? *Vor Ort.* Kein Date, sondern …

»Dotti?«

Eilig schnappe ich mir das erstbeste Kleidungsstück, das auf meinem Boden liegt, renne aus dem Schlafzimmer und schlüpfe im Vorzimmer in meine Chucks. Ich kümmere mich nicht um den halbnackten Mann oder das demolierte Nimmer-Nimmer-Land. Nicht mal um den Kater, der sich soeben mit einem restlos verstörten Gesichtsausdruck in Ramys Vierundvierziger-Slipper übergibt, denn ich bin bereits auf dem Weg zu meinem persönlichen Happy End.

Wie ging das noch mal? Am zweiten Stern rechts und dann immer geradeaus bis zur Morgendämmerung.

»Entschuldigung, ich müsste nur kurz …«

»Schatzi, wir müssen alle nur kurz.«

Die Blondine vor mir ist bestimmt über einen Meter achtzig groß. Ein bunter Fetzen baumelt an ihren knochigen Hüften, und ihr Make-up sieht so angegriffen aus wie ihre Gesundheit. Immer wieder zieht sie die Nase hoch und nestelt an ihrem winzigen Täschchen herum.

»Warum geht denn da nichts weiter?«

Die Ungeduld schlägt Purzelbäume in meinem Magen.

»Irgendein Vollkoffer hat versucht, Papier runterzuspülen, und damit die Schüssel verstopft. Es hat fast eine Stunde gedauert, bis man es wieder benutzen konnte. Jetzt müssen natürlich alle gleichzeitig.«

Die Blondine zuckt mit den Schultern und zieht die Nase hoch.

»Papier? Was für Papier?«, frage ich alarmiert.

»Das ist doch *irrelevant*«, mischt sich eine kleine Kurzhaarige in Hippieklamotten ein.

»Klopapier ist auch Papier«, sagt jemand weiter vorne.

»Klopapier verstopft aber keine Toilette, ich meine, sonst wäre es ja wohl nicht zu diesem Zweck erfunden worden.«

»In Griechenland«, meldet sich wieder die Hippiefrau zu Wort, »ist das Abwassersystem derart veraltet, dass man nicht mal Klopapier in die Toilette werfen darf. Man muss es in einen Kübel …«

»Iiiih, wie eklig ist das denn?«, schimpft die Blondine und hält sich ihre knochige Hand vor den Mund.

»Wärt ihr so freundlich, das *Scheißthema* jetzt fallenzulassen? Ich muss eh schon so dringend.«

»Ich muss gar nicht«, rufe ich, um mir inmitten der Diskussion Gehör zu verschaffen.

»Und warum stellst du dich dann in die Schlange, du Intelligenzbestie?«, meint die Blondine und wendet sich von mir ab. Ich genieße einen hübschen Kopfkinokurzfilm, in dem ich meinen Degen ziehe und, statt ihr einen Tritt in den Hintern zu geben, ihr ein scharfes »D« in selbigen ritze. Anschließend stürme ich in die Toilette im EIGHT, als wäre ich Bruce Lee auf dem Weg zur Begegnung mit der Todeskralle.

Ironischerweise passieren einem solche Dinge stets, wenn man es ganz furchtbar eilig hat. Noch nie habe ich irgendwo im Stau gestanden oder in der Schlange vor dem Bankschalter, wenn ich danach keinen wichtigen Termin hatte. Murphys Gesetz. So gähnend leer das EIGHT vor drei Stunden war, so voll ist es jetzt. An der Bar drängeln sich die Durstigen und vor dem einzigen WC jene, deren Durst bereits gestillt ist.

»… auf dem Klo?«

»Wie bitte?«

Ich war zu tief in Gedanken, um den ersten Teil des Satzes mitzubekommen.

»Ich habe gefragt«, sagt die Blondine extra langsam, als ob ich bescheuert wäre, »was du denn auf dem Klo willst, wenn du nicht Pipi machen musst.«

Es gibt tatsächlich Frauen, die *Pipi machen* sagen?

»An der Klotür hängt ein Handzettel, den ich brauche.«

»Ein Handzettel?«

»Ja, diese Veranstaltungsplakate, Flyer, Flugblätter, du weißt schon.«

Sie verdreht demonstrativ die Augen.

»Ich *weiß*, was Handzettel sind. Nur weil ich blond bin, bin ich noch lange nicht blöd, klar? Aber warum stellst du dich vor dem Klo an, wenn das ganze Lokal voller Handzettel ist?«

»Es geht um einen bestimmten Handzettel.«

Die Blondine sieht mich mit gerunzelter Stirn an. Ich überlege, ob ich sie darauf hinweisen soll, dass man davon Falten kriegt, als sich ihr Gesicht plötzlich aufhellt.

»Bist du eine von denen?«

»Eine von welchen?«

»Von den Schreibern natürlich. Letztens habe ich ein Buch drüber gelesen.«

Meine sorgfältig durchdachte Klischeevorstellung von einer Blondine bekommt Sprünge.

»Es ging um diese Organisation, die im Auftrag von Menschen Liebesbotschaften für ihre Liebsten hinterlässt. Kupplinger, Kuppenrath, Kuppernik oder so ähnlich.«

»KUPPITSCHEK.« Mein Hals ist auf einmal schrecklich trocken, so dass meine Antwort mehr wie ein heiseres Flüstern klingt.

»Ja, genau, KUPPITSCHEK *Spezialservices.* Genial, oder? Man bestellt dort Post für andere, nur eben nicht per E-Mail und Brief, sondern ganz ungewöhnlich, in Bäume geritzt, an Wände gemalt, in Glückskeksen. Megaabgefahren. Die Schreiber führen den Auftrag aus, und innerhalb von vierundzwanzig Stunden hat man die perfekte Liebesbotschaft. Ich wünschte echt, jemand würde das für mich …«

»Welches Buch?«, unterbreche ich die Blondine.

»Wie war noch mal der Titel? Ich merk mir Namen und Buchtitel so schlecht, sorry. Aber es ist dieses bekannte, von dem alle reden, du weißt schon.«

Nein, ich weiß nicht. Ich bin Literaturrezensentin bei einer der größten Tageszeitungen des Landes, und die magere

Blondine in der Kloschlange kennt im Gegensatz zu mir das Buch, über das alle reden. Plus, sie checkt, was es mit KUPPITSCHEK *Spezialservices* auf sich hat.

Ich fürchte, ich bin im falschen Film, beziehungsweise in der falschen Geschichte.

»Verzeihung, tut mir leid, darf ich mal?«

Ohne auf die empörten Ausrufe der wartenden Damen zu achten, dränge ich mich an ihnen vorbei. Die Hippiefrau stellt sich mir breitbeinig wie ein Westernheld in den Weg, doch es gelingt mir, sie zur Seite zu schieben. Ich bin der Lösung meines Rätsels so nahe, da lasse ich mich bestimmt nicht von der versammelten Pinkleria Wiens davon abhalten. Endlich habe ich es geschafft und die Schlange überholt. In einem letzten Kraftakt schließe ich die Klotür vor ihren wutverzerrten Gesichtern, um den Handzettel lesen zu können, der zum Glück immer noch an derselben Stelle hängt.

AUF VIELFACHEN WUNSCH!
DIE RÜCKKEHR DES GROUCHO CLUB!
AM SAMSTAG, DEN 26. NOVEMBER
UM 17 H IM PIES & PAGES.

KOMM UND HÖR DIE MUSIK IN DIR DRINNEN,
WENN ES AUSSEN GANZ STILL IST!
EIN LITERARISCHES LIVEERLEBNIS
MIT HAPPY END.
ES IST DEINE GESCHICHTE,
DU BESTIMMST DEN AUSGANG! –
DJFLEMING

»Wegen diesem Zettel hast du so ein Theater gemacht?«

Mir fällt erst jetzt auf, dass mir die Blondine gefolgt ist und mich dabei beobachtet, wie ich mit angehaltenem Atem den grellgrünen Flyer lese.

»Ist das nicht aus *High Fidelity?*«, fährt sie fort. »Das hab ich vor einer Ewigkeit gelesen, doch ich erinnere mich an den Typen, Rob Fleming. Hängt nicht seine Ex, als er sie wieder zurückerobert hat, so einen Zettel auf, um ihm seinen größten Wunsch zu erfüllen?«

Ich nicke. Wie konnte ich es übersehen? Ich bin kein Fan von Hornby, aber ich habe das Buch gelesen und rezensiert. Der Groucho Club, natürlich, offensichtlicher geht es kaum. Das hier ist meine Botschaft, extra für mich auf dem Damenklo des EIGHT plaziert. Die Frage ist: Von wem?

»Amors Feder.«

»Was?«

Ich sehe die Blondine an, als hätte sie sich urplötzlich in eine Flasche Strongbow Cider verwandelt. In dem Moment wird die Tür von außen aufgedrückt, und die Hippiefrau steht mit in die Hüften gestemmten Armen vor uns.

»Das ist ja wohl ein Scherz hier, vordrängeln und dann nicht einmal aufs Klo gehen?!«

Der Mob hinter ihr grölt zustimmend.

»Raus, alle beide!«, kreischt eine offensichtlich betrunkene Zwanzigjährige, deren Freundin sie an den Schultern festhält, damit sie nicht umkippt. Sie wankt unkontrolliert hin und her.

»Hey, alles okay bei dir?«

Die Blondine sieht mich besorgt an. Sie schwankt ebenfalls. Oder bin ich das? Ich packe sie an den mageren Oberarmen.

»Was hast du gerade gesagt?«

»Alles okay?«

»Nein, davor.«

»Amors Feder?«

»Ja, das.«

Mein Magen krampft sich zusammen. Jemand betätigt die Klospülung, oder ist das das Blut in meinen Ohren?

»Was meintest du damit?«

»Das ist der Titel des Romans mit der Firma KUPPITSCHEK.«

Nein. Nein. Nein.

»Der neue Bestseller.« Sie zieht ihre Nase geräuschvoll hoch. »Davon hast du doch bestimmt gehört, der Autor ist ständig im Fernsehen. Wie war noch mal sein Name? Ich komm nicht drauf.«

»Glahnz«, sage ich leise. »Florian Glahnz.«

»Genau der. Hey, warte. Bleib stehen! Du musst …«

Was ich muss, höre ich nicht mehr, denn um mich herum wird es schwarz. Jemand hat das Licht ausgeknipst, denke ich, ehe ich das Bewusstsein verliere.

Nur der Klang der Stille, sonst nichts.

Liebst du schon oder lebst du noch?

Mister Wrong

Montag, 21. November

Was die meisten Frauen ihr Leben lang beschäftigt, ist die Suche nach dem perfekten Lebenspartner. In den allermeisten Fällen ist die wichtigste Eigenschaft, die man zu Beginn dieser Suche besitzen sollte, Kompromissbereit-

schaft. Da Männer leider keine Maßanfertigungen sind und man sie nicht wie ein Billy-Regal in der benötigten Form und Farbe ordern kann, ist es beinahe unmöglich, jemanden zu finden, der alle gewünschten Merkmale besitzt.

In freier Wildbahn bestimmen die Hormone über Zuneigung und Abneigung. Mister Right wird gnadenlos erschnuppert und im Falle von sexueller Anziehungskraft einfach an das Ideal angeglichen, bis er sich wie Billy in die eigenen vier Wände und das Leben drumherum einfügt. Dabei büßt er schon mal die eine oder andere Ecke und Kante ein, verwittert mit zunehmendem Alter oder biegt sich unter der Last der ihm aufgebürdeten Kleinkariertheit.

Online jedoch sind wir die Auswahlmöglichkeiten großer Versandhäuser gewohnt, bei denen man alles bis ins Detail maßgeschneidert bekommt. Für die zeitgemäße Frau, die sich sogar ihr Frühstücksmüsli, individuell gemixt, per Postversand bestellt, ist es daher äußerst unbefriedigend, in puncto Mann Kompromisse machen zu müssen.

Die Zukunft des Online-Datings besteht folglich darin, ein Katalogsystem zu entwickeln, bei dem man den Traumpartner wie die Designerküche planen lassen kann. Männer-CAD für PC und Mac, kompatibel mit jeder Idealvorstellungssoftware. Etwas mehr Haare auf der Brust, weniger Fett um die Hüften, IQ über 110, die Stirn wie Clooney, die Augen wie James Dean, der Mund wie Sean Connery, Versandoption weltweit, Lieferdauer ein bis drei Jahre, Heiratsaussichten gut. Fiktion, meinen Sie? In Zeiten genetischer Manipulation, Samenbank und künstlicher Intelligenz ist es doch nur noch ein winziger Schritt bis zur artifiziellen Liebesbeziehung. Amor adapto: *Instantglück mit mathematischer Wahrscheinlichkeit,* clean, easy *und stornierbar.*

Liebe ist die Fähigkeit, Ähnliches an Unähnlichem wahrzunehmen, *sagte Theodor W. Adorno. Ist es wirklich von Bedeutung, ob jemand in unser Leben passt? Ist dieses Billy-Denken nicht furchtbar deprimierend? Welche große, phantastische Geschichte hat je mit den Worten geendet: Und wenn sie nicht gestorben ist, klickt sie noch heute? Was wäre mit der Option, das Haus dem Regal anzupassen und einen Raum zu schaffen, bei dem die Ecken und Kanten Platz haben?*

(follow @dottiliest bei Twitter)

Samstag, 26. November

»Dotti-*mou!*«

Stella, die gleich neben der Tür steht, begrüßt mich mit einer schwungvollen Umarmung, kaum dass ich das Messingäffchen losgelassen habe. Erstaunt sehe ich mich um. Das *Pies & Pages* ist blitzblank geputzt und geschmückt wie sonst nur zu Weihnachten. Herbstlich rote sowie gelbe Blätter sind auf den Tischen verstreut, in kleinen Schalen glänzen tiefbraune Kastanien, die ich so liebe, und an den Wänden rankt sich herrlich leuchtendes Weinlaub. Eine entzückende Lichterkette aus verschiedenfarbigen Mini-Lampions ist von der Verkaufstheke bis zu den Bücherregalen und wieder zurück gespannt. Sie taucht den Raum in warmes, freundliches Licht, das den nasskalten Novembertag aussperrt.

Heimelig sieht es aus, wie aus einem Katalog für englische Inneneinrichtung. Am erstaunlichsten aber ist die Menschenmenge, die sich im Lokal versammelt hat und in kleinen Grüppchen jeden einzelnen Sitzplatz belegt. Das Stimmengewirr ist leiser geworden, einige der Besucher sehen erwartungsvoll zu mir herüber.

»Was ist hier los?«, frage ich Stella.

»Der Groucho Club öffnet seine Pforten«, antwortet eine vertraute Stimme hinter mir.

»Ramy!«

Ich drehe mich zu dem Radiomoderator um, der – wenn das möglich ist – noch perfekter aussieht als sonst. Seine Nase ist vollständig verheilt, sein dunkles Haar ist frisch geschnitten sowie in Ken-Form gebracht, die Wangen sind glattrasiert, und er trägt einen eleganten Anzug statt der üblichen Motorradkluft. Der Zusammenbruch von Nimmer-Nimmer-Land scheint keine bleibenden Spuren hinterlassen zu haben. Von einem Ohr zum anderen grinsend nimmt er mich in den Arm und drückt mir Küsschen auf die Backen.

»Äh, Ramy, wegen neulich …«

Ich merke, wie sich meine Wangen erhitzen.

»Schwamm drüber«, antwortet er, was Stella, wie ich aus dem Augenwinkel wahrnehme, ein zufriedenes Lächeln entlockt. Meinen Freundinnen habe ich die Geschichte natürlich brühwarm bei einer am Mittwoch einberufenen Notfalldamenrunde geschildert. Stella war besonders interessiert an Ramys körperlichen Vorzügen, während Christine nur stumm den Kopf schüttelte und Rita versöhnt in ihren Prosecco kicherte.

»Jedem sein Cevapcici«, kommentierte sie meine Schilderungen mit schelmischem Grinsen. Einzig Miki sagte kaum etwas und hielt den Blick gesenkt.

Ich sehe mich nach ihr um, doch in der Menschenmasse ist die kleine Japanerin nicht zu finden.

»Könntet ihr mich bitte mal aufklären? Was machen all die Leute hier? Und wo ist meine Mutter?«

Ich entdecke Lady Lydia schließlich selbst, wie sie sich mit einem Tablett voller Gurkensandwiches bewaffnet durch die Menge bewegt. Sie hat ihr schickstes Kostüm an, das violette mit den Perlmuttknöpfen, das dank ihrer seit dreißig Jahren unverändert schlanken Figur wie angegossen sitzt. Eine passende violette Blume steckt in ihrem Haar. Noch hat sie mich nicht bemerkt, sondern unterhält sich angeregt mit Evelyn Scherkovski, der schreibenden Zahnärztin, und Frau Stipsits, die zur Feier des Tages ein kleines blaues Hütchen auf den adretten weißen Löckchen trägt. Hinter der Theke an der Kasse entdecke ich Katharina, die meiner Mutter beim Verkauf aushilft. Alle scheinen versammelt.

»Überraschung!«, flüstert mir Ramy ins Ohr und zwinkert verschwörerisch. Stella, die nervös wirkt und in ihrem buntgemusterten Desigual-Kleid ein atemberaubendes Dekolleté zur Schau stellt, schlägt mit der Handtasche nach ihm.

»Kannst du ausnahmsweise den Mund halten, Ramy Kareem?«

»Aua! Bist du einmal zu oft vom Esel gefallen, oder was ist los? Jemand sollte Dotti doch ...«

»Pst. Hier.« Sie drückt ihm ihr leeres Glas in die Hand. »Du darfst mir etwas zu trinken holen. *Grigora!* Das ist griechisch und heißt Dalli!«

»Asheghetam!«

»Gesundheit!«

»Nein. *Asheghetam.* Das ist Farsi.«

»Ach. Und was heißt es?«

»Keine Ahnung.«

»Du mich auch!«

»Sicher.«

Die beiden funkeln sich an. Mit einer eindeutigen Grimasse verschwindet Ramy im Getümmel. Dafür öffnet sich die Tür, und Lorenz Kanzler betritt das *Pies & Pages.* An seinem Arm hängt – ich traue meinen Augen kaum – ein hübsches Mädchen mit großen, runden Rehaugen und braunen Locken, die ihm fast bis zum perfekt geformten Hintern reichen. Würde dieser nicht in einem kurzen, roten Kleid stecken, das verdächtig nach Leutnant Uhuras Uniform aussieht, hätte ich auf fortgeschrittene Fata Morgana getippt. Lorenz, der sie um eineinhalb Köpfe überragt, umgibt eine Aura von dämlicher Glückseligkeit. Mister Spock in einem Amsterdamer Coffeeshop. Obwohl ich unmittelbar vor ihm stehe, gafft er aus glasigen Augen in eine nicht vorhandene Ferne. Ich räuspere mich, worauf sich sein Blick in Zeitlupe senkt und – nach einigen Sekunden Verwirrtheit – in ein schmales Lächeln verwandelt.

»Ah, Dotti, ich gratuliere«, sagt er und streckt mir die Hand hin.

»Ich habe nicht Geburtstag, Lorenz.«

»Nicht?«

»Nein.«

»Schade. Das wäre doch heute ein total *crazy* …«

»Hallo, Lorenz«, unterbricht ihn Stella und hebt die Augenbrauen. »Willst du uns nicht deine Begleitung vorstellen?«

»Ja, natürlich, *sorry:* Das sind meine Kolleginnen Dotti und Stella, das ist Monika Bayer, genannt Momo. Meine Freundin«, ergänzt er mit tatsächlich stolzgeschwellter Hühnerbrust.

»Du bist Dotti?«, fragt Momo mit weit aufgerissenen Augen, als sie mir die Hand schüttelt. Sie riecht nach Rosen und Zwiebeln.

»Das behaupten jedenfalls alle.«

Das Mädchen ist entzückend. Wenn sie lacht, leuchten ihre großen Pupillen, und obwohl sie kein Model zu sein scheint, glänzt sie mit einer natürlich schönen Ausstrahlung.

»Ich liebe deinen Blog, Dotti! Echt, du hast so viel für uns Singles getan, ich weiß gar nicht, wie ich dir danken soll.«

»Ich dachte, ihr seid zusammen?«

Der Widerspruch zwischen den Bezeichnungen Freundin und Single macht mich stutzig.

»Oh, ja, es dauert eben eine gewisse Zeit, bis man sich daran gewöhnt hat, nicht, Lollo?«

Momo sieht Lorenz liebevoll an.

»Aber bis letzte Woche war ich Single. Ich hatte noch nie eine richtige Beziehung, meine einzige große Liebe war Stephen King. Dann haben meine Freundinnen mir zum Geburtstag eine Mitgliedschaft bei *Literally in Love* geschenkt. Ich habe sie ausgelacht. Ich und Dating? Nie im Leben hätte ich gedacht, dass ich dort jemanden wie Lorenz kennenlerne.« Verliebt sehen die beiden sich an.

»Du bist angemeldet?«, frage ich meinen Kollegen.

»Tja, Dotti, du erinnerst dich unter Umständen nicht daran, aber du hast mich dazu gezwungen.«

»Dritteperson?«

»Positiv.«

»Und als *dritteperson …*«

»… habe ich Momo kennengelernt. Sie hat mich angeschrieben. Unser Matchingergebnis liegt bei dreiundneunzig Prozent«, ergänzt er stolz.

»Aber Lorenz«, sage ich leise zu ihm, während Momo sich mit Stella unterhält, »den Test habe *ich* ausgefüllt. Er ist ein Fake und hat nichts mit dir zu tun.«

Er zuckt mit den Schultern.

»Weißt du, Dotti, wenn ich in den letzten Wochen eines von dir gelernt habe, dann, dass alles irgendwie ein Fake ist.«

Mit einem zufriedenen Grinsen nimmt er Momos Hand und zieht sie in Richtung Gurkensandwiches. Dafür gesellt sich Christine zu uns. Sie balanciert einen Teller mit zwei Muffins sowie ein Glas Limonade.

»Deine Mutter ist eine Meisterköchin«, sagt sie und beißt genüsslich in einen Schoko-Minz-Muffin. »Ich muss mir unbedingt das Rezept besorgen«, fügt sie mit vollem Mund hinzu.

»Du kannst doch gar nicht kochen.«

»Eben. Es wird Zeit, es zu lernen. Ich habe mich übrigens für Mikis Asia-Singlekochkurs angemeldet. Männer sind das neue Sushi«, ergänzt sie, als sie meinen Blick bemerkt. »Keiner will es mögen, aber alle reden drüber; jeder nascht davon, und gesund soll es auch sein.«

»Und Phyllium?«

»Man muss den großen Entwicklungen Zeit geben, Dotti. Gut Ding braucht Weile.« Sie zwinkert mir zu.

»Dürfte ich endlich erfahren, was hier los ist?«

Allein der Geruch von Muffins lässt meinen Magen rotieren. Immer wieder suche ich den Raum nach dem einen Gesicht ab, doch egal, wie oft ich nach ihm Ausschau halte, nirgendwo blitzt ein blonder Haarschopf oder ein Paar blaue Augen auf. Was hat das zu bedeuten?

Ich bin mir sicher, dass ich jetzt weiß, wer djfleming ist. Es passt alles zusammen. Die versteckten Anspielungen auf Twitter, die Listen, die rätselhaften Nachrichten und am Ende die Songs. Das EIGHT war nie ein Treffpunkt gewesen, sondern der Ort seiner letzten Botschaft. Die mich heute hier ins *Pies & Pages* geführt hat.

Die Frage ist, ob er mir nach dem missglückten Fernsehauftritt noch eine Chance gibt. Ich bestimme den Ausgang der Geschichte, doch was, wenn meine Entscheidungen falsch waren?

»Dotti? Nicht träumen!« Rita hakt sich bei mir ein und tätschelt meinen Arm.

Ich sehe zwischen meinen Freundinnen hin und her.

»Erfahre ich jetzt endlich, was mich heute erwartet?«

»Keine Sorge«, meint Stella, »du erfährst es gleich.« Die drei werfen sich bedeutungsvolle Blicke zu.

In diesem Moment wird die Tür energisch aufgerissen, und kalte, feuchte Luft dringt ins Innere des *Pies & Pages.* Augenblicklich sinkt meine Körpertemperatur um mehrere Grade, als die Person, mit der ich am wenigsten gerechnet hätte, auf mich zukommt, vor mir stehen bleibt und sich affektiert räuspert.

»Frau Wilcek«, sagt sie statt einer Begrüßung und streckt mir steif die Hand hin. Die sonst stets manikürten Fingernägel sehen lädiert aus, als hätte sie die letzte Woche damit verbracht, sie an jeder denkbaren Stelle anzuknabbern. Trotz der dicken Schicht Make-up sind die Rötungen sowie die geschwollenen Tränensäcke unübersehbar. Auf Wimperntusche und Lidschatten hat sie wohlweislich verzichtet, was ihre hellblauen Augen irgendwie nackt wirken lässt. Nackt … und freundlich. Sie trägt statt der ewigen steifen Kostüme ein einfaches schwarzes Wollkleid und schwere Lederstiefel. Einziger Farbtupfer ist ein hübscher, rot- und weißgetupfter Seidenschal.

Ich erwidere den Händedruck, der unerwartet warm ausfällt. Ein winziges, scheues Lächeln zeichnet sich auf Sorina Loos' ungeschminkten Lippen ab.

»Nehmen Sie noch Mitglieder auf?«

»Wie bitte?«

»Im Mauerblümchenclub.«

»Äh …«

Hilfesuchend sehe ich Stella an, die jedoch gedankenverloren Ramy dabei beobachtet, wie er zwei Gläser Limonade vor sich herträgt, als wäre er gerade der aktuellen Bacardi-Werbung entsprungen.

»Ich weiß, wir hatten keinen guten Start.«

Die Untertreibung des Jahrtausends.

»Mein Freund ...«, sie stockt, »ich meine, mein Exfreund und ich, wir hatten Probleme. Der ganze Scheiß, den man als Geliebte eines verheirateten Mannes so abbekommt ... Ich habe ihn vor über zwei Jahren auf einer Party des tschechischen Kulturattachés kennengelernt. Genauso lange verspricht er mir, dass er sie verlassen wird. *Natürlich.*« Sie lacht bitter. »Treffen konnten wir uns nur heimlich, in der Öffentlichkeit durfte ich ihn nicht mal duzen, und an den Wochenenden hing ich meist schon mittags mit Likör und Schokolade vorm Fernseher. Ich glaube, ich habe *Schlaflos in Seattle* dreiundsiebzig Mal gesehen. Ein armseliges Weibchenklischee.«

Nachdenklich streicht sie sich eine Haarsträhne aus der Stirn. Ohne das ganze Make-up und den protzigen Schmuck wirkt sie viel jünger, und mir wird zum ersten Mal bewusst, dass die Loos und ich gleich alt sind. Sie sieht mich wehmütig an.

»Ich habe vollstes Verständnis, wenn Sie mich für eine blöde Kuh halten.«

»Arrogante Ziege trifft es eher.«

Ihre Mundwinkel zucken.

»Einverstanden. Aber ich würde mich freuen, wenn Sie über meine Bewerbung nachdenken. Ich will mir auch größte Mühe geben, so ein gutes Mauerblümchen zu werden wie Sie.«

Wir sehen uns einige Sekunden lang wortlos an, dann nicke ich und reiche ihr zum zweiten Mal an diesem Abend die Hand. Strahlend ergreift sie sie.

»Auf eine erfreuliche Zusammenarbeit.«

Einen Versuch ist es wert.

»Frau Loos …«

»Sorina, bitte.«

»Sorina, ich habe gelesen, dass sich die Kleidermanns getrennt haben.« *Rosenkrieg und ein Desperate Housewife* lautete die Schlagzeile nach der Fernsehshow. *Scheidungsskandal beim Society-Vorzeigepaar Kleidermann.* Trotz allem empfinde ich ein wenig Mitleid angesichts der medialen Häme.

Meine Chefin nickt. »Soweit ich weiß, will sie mit der halben Million, die sie kriegen wird, einen Selbstfindungstrip in einen indischen Ashram machen. *Eat, Pray* und nix mit *Love.*«

»Und wie ist das mit äh, deiner Liebe?« Noch stolpere ich über das ungewohnte Du.

Sie lächelt traurig. »Ich glaube, du hast recht, Dotti. Liebe gibt es nur im Kopf. Das begreift man erst, wenn man davon Migräne bekommt.«

Ich will etwas antworten, doch plötzlich wird das Licht im *Pies & Pages* dunkler. Augenblicklich verstummen die Gespräche, und alle blicken gespannt zu dem Mann, der auf der Lesecouch Platz genommen hat. Die Tiffany-Lampe beleuchtet ihn und sorgt für interessante Reflexe auf seinen hellen Locken. Er sieht gut aus, viel zu gut. Mein Herz klopft Rosamunde-Pilcher-würdig, und ich frage mich, ob er mich von dort vorne sehen kann. Er trägt wieder seine riesige Nerd-Brille, hat aber wie schon in der TV-Show auf das Kinnbärtchen verzichtet. Zum Glück ist es so dunkel, ansonsten würden mich meine glühenden Wangen bestimmt verraten. Scham prickelt heiß in meinen Schläfen, als mir die diversen Gespräche einfallen. Jeder spöttische Kommentar klingt mir in den Ohren, als wäre ich mein eigener Tinnitus. Scheiße.

»*Ladies and Gentlemen,* liebe Freunde des *Pies & Pages,* ich freue mich, Sie heute bei dieser besonderen Lesung begrüßen zu dürfen.«

Lady Lydia steht auf den Stufen neben dem Sofa und sieht ihr Publikum strahlend an. Wie immer bewundere ich ihre grenzenlose Begeisterungsfähigkeit.

»Es ist mir eine Honoration, dass wir einen echten Bestsellerautor zu Gast haben. Sein Roman *Amors Feder,* der vor zwei Monaten publischickt wurde, ist aktuell unter den zehn Erstplatzierten … ich meine unter den Top Ten der Spiegel-Bestsellerliste. Einen großen Applaus für Florian Glahnz. Habe ich das richtig prononciert?«

Glahnz hat sich vom Sofa erhoben, die Hand meiner Mutter ergriffen und deutet einen flüchtigen Handkuss an.

»Wunderbar, Lady Rocksbridge! Ein perfektes stummes H.«

Täusche ich mich, oder wirft er dabei einen kurzen Blick in meine Richtung?

»Ich freue mich, dass so viele Menschen erschienen sind. *Amors Feder* ist, wie einigen vielleicht bekannt sein dürfte, ein Roman über die Liebe. Die Liebe, die uns überall begegnen kann. Als Fremdkörper an einem Ort voller Beton, mitten in der Wiese verwurzelt, als Erinnerung an Kindheitserlebnisse, auf Papierflügeln und manchmal sogar im Internet.«

Ich beobachte, wie sich Momo bei diesen Worten an Lorenz' Schulter kuschelt. Etwas an der Geste sorgt dafür, dass es in meinem Bauch zu kribbeln beginnt. Höchstwahrscheinlich die ersten Anzeichen für eine Darmgrippe oder Schlimmeres. Ich kann mir ein Lächeln nicht verkneifen.

»Ich werde jetzt einen Auszug aus dem zweiten Kapitel von *Amors Feder* lesen. Mein Held, Feit Gold, hat eine Einladung von einer mysteriösen Firma namens KUPPITSCHEK *Spezialservices* erhalten. Er erscheint zum Vorstellungsgespräch im Bürogebäude von KUPPITSCHEK, das sich in der Wiener Bäckerstraße befindet.«

Glahnz trinkt einen Schluck aus dem bereitgestellten Wasserglas, räuspert sich leise, schlägt das Buch in seiner Hand auf und beginnt zu lesen.

»Sie müssen Feit Gold sein, der Schriftsteller.«

Es handelte sich um eine Feststellung, keine Frage. Der Mann, der mit dem Rücken zu ihm am Fenster stand, hob die Stimme am Ende des Satzes nicht um den winzigsten Hauch. Als wüsste er mit Gewissheit, wer Feit war, hätte sämtliche Details seines Lebens parat und könnte bei Bedarf eine mehrbändige Biografie verfassen. Der Titel würde Aus Goldes Mund *lauten oder ganz einfach* Goldschwatz. *Feit rieb sich das rechte Ohrläppchen, wie immer wenn sich seine linke Körperhälfte taub anfühlte.*

»Gold ist mein Name«, sagte er und verspürte augenblicklich den üblichen Selbsthass beim devoten Klang seiner Stimme, »und Sie sind …?«

»Kuppitschek nennt man mich hier in Wien. Mein Geschäft sind Spezialservices jeder Art.«

Mit diesen Worten drehte sich der Mann um, deutete eine schlampige Verbeugung an und fixierte Feit aus tiefschwarzen Augen, die hinter den Gläsern einer dicken, dunkel um-

randeten Brille überdimensional funkelten. Sein schneeweißer Anzug musste eine Maßanfertigung sein, da sein Körperwuchs eher an einen Tolkienschen Ent erinnerte. Seine schlaksige Gestalt überragte Feit um zwei Köpfe, was durch die langen schwarzen Locken, die das schmale Gesicht umrahmten, noch unterstrichen wurde. Er reichte Feit eine knochige Hand und lächelte. Das Rot seiner Wangen und Lippen passte gar nicht zu dem wilden Schwarz-Weiß, das ihn sonst umgab.

»Die Antwort auf die erste Frage, die Sie mir nicht gestellt haben, lautet: KUPPITSCHEK *arbeitet im Dienste der Liebe. Unser Auftrag ist kein geringerer als die passgenaue Zusammenführung zweier einzelner Existenzen zu einer Herzensverbindung. Zuneigung«, ergänzte er, als Feit ihn verständnislos anstarrte. Offenbar hatte er es mit einer Art Partnervermittlungsagentur zu tun.*

»Wir helfen der menschlichen Natur auf die Sprünge. Dabei wenden wir die unterschiedlichsten Methoden an, angefangen bei so simplen Dingen wie prädeterminierte Begegnungen. Der sogenannte Zufall, Herr Gold, ist nur eine geschickt manipulierte Version der Gegenwart. Angenommen …«, er verschränkte die Arme hinter dem Rücken und ging Richtung Schreibtisch, so dass Feit nichts anderes übrigblieb, als neben ihm herzulaufen. »Angenommen, Sie treffen die Frau Ihres Lebens auf dem Supermarktparkplatz, wo Sie ihr dabei helfen, die Einkäufe im Kofferraum zu verstauen. Denken Sie, dass Sie zufällig in diesem Moment an Ort und Stelle sind? Überlegen Sie mal! Ampelphasen, Verkehrsstau, der Katalog mit den Sonderangeboten, die Baustelle auf Ihrem gewohnten Heimweg, die Umleitung: Sie sehen, es gibt keine Zufälle. Es gibt KUPPITSCHEK.*«*

Glahnz macht eine kunstvolle Pause und sieht von seinem Roman auf. Es ist mucksmäuschenstill im *Pies & Pages*, alle hängen gebannt an den Lippen des Autors.

»Wollen Sie damit sagen, dass Sie so etwas wie das Schicksal sind?«

Kuppitschek stoppte abrupt und hob den langgliedrigen Zeigefinger.

»Falsch, Herr Gold! Wir sind lediglich eine Firma, die dem Schicksal auf die Sprünge hilft. Mit jedem verfügbaren Mittel.« Er machte mit den Händen eine Geste, als spannte er einen unsichtbaren Bogen und schösse einen Pfeil ab.

»Und um die zweite Frage zu beantworten, die Sie mir nicht gestellt haben: Wir haben Sie als Mitarbeiter in Betracht gezogen, weil wir Sie für talentiert halten. Äußerst talentiert. Sie haben die seltene Fähigkeit, aus profanen Worten Gold zu machen. Dadurch sind Sie uns positiv aufgefallen, weshalb wir Ihnen heute ein Jobangebot unterbreiten wollen. Bitte«, er deutete auf den Stuhl vor dem Schreibtisch, »nehmen Sie doch Platz!«

Feit setzte sich. Er rieb sich beide Ohrläppchen, weil das Gefühl von Taubheit nun seinen gesamten Körper erfasst hatte.

»Bitte schön!« Kuppitschek, der in voller Größe hinter dem Schreibtisch stand, schob ihm einen Stapel Papier zu. »Ihr Vertrag. Ich ersuche Sie, sich alles genau durchzulesen, ehe Sie unterschreiben. Besonders Absatz sieben, Punkt zwei.«

»Entschuldigen Sie, Herr Kuppitschek«, devot, schon wieder, »dürfte ich vorher erfahren, um was für einen Job es sich handelt?«

»Ah, der Job«, sagte Kuppitschek leise und ließ sich in den

Schreibtischsessel fallen. Im Sitzen wirkte er fast noch größer. Die schwarzen Augen fixierten Feit von oben herab wie riesige prüfende Kameraobjektive. »Ihre Aufgabe sind die Worte, Herr Gold. Sie fungieren als Sprachrohr der Liebe. Mein Assistent Robin Gutfreund wird Ihnen Ihre Aufträge zukommen lassen. Dabei handelt es sich um Botschaften, die Sie an bestimmten Orten zu bestimmten Zeiten hinterlassen werden. Zu welchem Zweck und für wen, das braucht Sie nicht zu interessieren. Die Worte sind Ihr Metier, nicht die Zusammenhänge. Die können Sie getrost uns überlassen. Die Anweisungen sind unter allen Umständen zu befolgen, andernfalls müssen Sie mit ernsten Konsequenzen rechnen. Noch Fragen?«

Ganz vorne in der ersten Reihe hebt jemand die Hand. Ich stelle mich auf die Zehenspitzen, um zu erkennen, wer es ist. Offensichtlich hat sich irgendwer im Publikum angesprochen gefühlt. Glahnz lächelt die Person an.

»Ja, bitte?«

»Ich finde, das ist eine sehr desillusionierende Erklärung für die Liebe.«

Glahnz nickt.

»Ein weiser Mensch hat einmal die treffenden Worte gesprochen: *Liebe gibt es nur im Kopf.* Ich vertrete mit KUPPITSCHEK eine andere Devise: *Liebe gibt es nicht ohne Kopf.* Liebe ist kein Glas mit entsteinten Süßkirschen, sondern ein hoher, schwer erreichbarer Baum, den man erklimmen muss, um Früchte zu pflücken. Diese werden Kerne haben, manchmal Würmer, und hin und wieder fällt man ganz schön tief. Aber wenn man mich fragen würde, würde ich sagen: Ich glaube an die Liebe.«

Spontaner Applaus im Lokal. Ich stehe an meinem Platz wie festgefroren, nicht fähig, auch nur die kleine Zehe zu rühren. Alles an mir ist gerade eben stehengeblieben. Wie ein defektes Uhrwerk verharre ich an Ort und Stelle. Nichts macht noch Sinn, selbst atmen ist schwer.

Florian Glahnz lässt seinen Blick über seine Beifall klatschende Zuhörerschaft schweifen, und als er mich entdeckt, lächelt er mich an.

»Sie sehen aus, als hätten Sie eine Frage, gnädige Frau.«

Alle Gäste drehen sich zu mir um. Bestimmt siebzig Augenpaare sind auf mich gerichtet.

»…ei.«

»Wie bitte?«

Ich räuspere mich.

»Absatz sieben, Punkt zwei. Was steht dort?«

Ein Raunen geht durch die Menge. Glahnz' blaue Augen ruhen auf mir. Nach einigen Sekunden blättert er in seinem Buch, sucht nach der Stelle und fährt mit fester Stimme fort.

Feit musste sich an der Tischkante festhalten. Alles Blut schien aus seinem Kopf in den Magen geströmt zu sein. Es sammelte sich dort zu einem heißen Klumpen.

»Das konnte ich nicht wissen.«

Der Klang seiner eigenen Worte war ihm fremd, als würde er sie gar nicht selbst sprechen. Kuppitschek ließ sich von Gutfreund den Stapel Papier reichen und deutete auf die verschmierte, rote Unterschrift auf der letzten Seite.

»Ist das Ihre, Herr Gold?«

»Ja, aber …«

»Ihr Name, in Herzblut geschrieben. Ich verstehe Ihre Reklamation nicht.«

Gutfreund warf ihm einen mitleidigen Blick zu und legte den Zeigefinger an seine Lippen, als Zeichen, dass Feit besser still sein sollte.

»Es sei denn«, fuhr Kuppitschek ungerührt fort, »Sie haben Absatz sieben, Punkt zwei nicht gelesen.«

Feit senkte den Kopf und starrte auf seine Schuhspitzen, die in diesem Moment auch U-Boote hätten sein können.

»Ich darf aus der entsprechenden Passage zitieren:

›Der Unterzeichnende verpflichtet sich hiermit, ausschließlich im Interesse der Firma KUPPITSCHEK *zu handeln. Er garantiert, für die Dauer des Dienstverhältnisses selbst keinerlei Liebesbeziehung einzugehen und der Liebe generell abzuschwören‹ et cetera. ›Hält er sich nicht an diese Vereinbarung oder benutzt sogar absichtlich die Dienstleistungen von* KUPPITSCHEK *zur Erfüllung eigener Liebesinteressen, behält sich der Arbeitgeber vor, das Dienstverhältnis ohne Angabe von Gründen fristlos zu kündigen oder mit sofortiger Wirkung Maßnahmen zu ergreifen, die weitere Verstöße verhindern.‹«*

Kuppitschek fixierte Feit aus seinen schwarzen Augen und reichte Gutfreund den Vertrag.

»Ich gebe Ihnen eine zweite Chance, Herr Gold. Vergessen Sie die Stimme der Frau, verbannen Sie sie aus Ihren Gedanken, sie ist nicht für Sie bestimmt. Robin wird Ihnen eine neue Aufgabe stellen. Erfüllen Sie sie zu unserer Zufriedenheit, ist Ihr Fehler verziehen.«

»Und wenn nicht?«

Kuppitschek, der sich bereits wieder dem Fenster zugewandt hatte, um auf seine Stadt hinunterzublicken, hielt mitten in der Bewegung inne.

»Stellen Sie uns nicht auf die Probe, Herr Gold! KUP-

PITSCHEK *hat größeren Einfluss, als Sie denken. Ich wünsche einen schönen Tag!«*

Mir sanfter Gewalt schob Gutfreund Feit aus dem Büro. Als sich die Tür mit einem endgültigen Geräusch hinter ihm schloss, ergriff die Taubheit ihn mit voller Wucht. Eine Stimme am Telefon, nicht mehr, und trotzdem wusste er mit absoluter Gewissheit, dass vom heutigen Tag an nichts so sein würde wie vorher.

Denn Liebe hinterlässt Spuren in den Gedanken. Man kann sie nicht löschen oder in den Spam-Ordner verschieben. Liebe ist Wachstum im Inneren.

Ein kollektives Aufseufzen geht durchs *Pies & Pages,* gefolgt von stürmischem Applaus. Die letzten paar Sätze hat Glahnz nicht gelesen, sondern auswendig zitiert und mich dabei direkt angesprochen. *Liebe hinterlässt Spuren in den Gedanken.*

Nachdem ich die entsprechende schlechte Metapher jahrelang in diversen Romanen lesen musste, weiß ich nun endlich, wie es sich anfühlt, wenn man Knie hat, die weich wie Butter sind.

»Vielen Dank!« Glahnz klappt *Amors Feder* zu und legt das Buch beiseite. »Und nun darf ich die Frau zu mir bitten, die so sehr ans Wachstum glaubt, dass sie sich immer zu große Schuhe kauft. Ihr Dating-Blog hat in den vergangenen zwei Monaten das ganze Land in Atem gehalten, und nicht wenige von Ihnen warten mit Spannung auf das Ende ihres Experiments. Ich ersuche um einen Applaus für die Journalistin der Stunde, Dotti Wilcek!«

Die Menschen im Lokal erheben sich von ihren Stühlen und klatschen frenetisch in die Hände. Stella, Katharina,

Rita und Christine strahlen mich an, und Ramy johlt lauthals, bis Stella ihn in die Seite boxt. Irgendwo bellt ein Hund. Nur meine Füße wollen sich nicht regen. Es ist Sorina, die mir schließlich eine Hand auf die Schulter legt, sich zu mir beugt und mir ins Ohr flüstert: »Das ist deine Show, Dotti, genieße sie!« Lächelnd schubst sie mich Richtung Lesebühne.

Als würde ich mich über ein elektrisch geladenes Drahtseil bewegen, gehe ich vorsichtig zwischen den Menschen durch und die Stufe zum Lesesofa hinauf. Dort steht meine Mutter, doch mehr als einen kurzen Blick habe ich nicht für sie übrig. Meine ganze Aufmerksamkeit ist darauf gerichtet, nicht zu stolpern, als ich auf den Mann zugehe, der mit seinen Nachrichten in den vergangenen Wochen mein Leben gründlich auf den Kopf gestellt und es vor ein paar Minuten komplett zerstört hat. Als wir uns endlich gegenüberstehen, beiße ich mir fest auf die Zunge, bis es schmerzt.

Allein die Art, wie er mich siegessicher angrinst, genügt, um diverse unpassende Vokabeln in meine Kehle rutschen zu lassen. Es braucht nur einen winzigen Schubs, und sie purzeln ihm entgegen, mit einem gewaltigen Donnerknall. Der Applaus der versammelten Zuhörer klingt ein wenig wie statisches Fernsehrauschen. Ob es den Schuss übertönt, mit dem ich Glahnz laut Drehbuch meines Kopfkinos innerhalb der nächsten Sekunden niederstrecke? Anschließend springe ich in das Fluchtauto, das selbstverständlich mit laufendem Motor vor dem Lokal parkt, und verfasse in einem südamerikanischen Feriendomizil in einem Land ohne Auslieferungsabkommen meine Memoiren mit dem schlagkräftigen Titel: *Warum ich den Autor killte und andere Anekdoten aus dem Leben einer Literaturrezensentin.*

Der Moment geht vorüber, und statt eines Mordanschlages knurre ich lediglich etwas Unverständliches.

»Die Freude ist ganz meinerseits«, erwidert Glahnz. Der Applaus verstummt und mit ihm mein Bedürfnis, einen Mord zu begehen. Schwere Körperverletzung tut es auch.

»Frau Wilcek, als ein großer Bewunderer Ihres sozialkritischen Weblogs wollte ich es mir nicht nehmen lassen, Sie persönlich zu Ihrer Arbeit zu beglückwünschen. Ich darf nun Dr. Rudolf Jusits von der *W.R.I.T.E. Stiftung* begrüßen, der eine wichtige Ankündigung zu machen hat.«

Ein Mann mit Glatze und dicker Hornbrille tritt in einem braun karierten Anzug zu uns und begrüßt mich mit einem warmen Händedruck.

»Liebe Besucher dieser wunderbaren Lesung! Die *W.R.I.T.E.- Stiftung* hat es sich zur Aufgabe gemacht, Autoren herausragender Medienbeiträge einmal im Jahr mit dem Wiener Journalistenpreis auszuzeichnen. Prämiert werden Arbeiten, die beispielhaft die sozialen Zusammenhänge unserer Gesellschaft analysieren und sich für zwischenmenschliches Verständnis einsetzen.

Wir haben uns in diesem Jahr einstimmig dafür entschieden, die Auszeichnung im Bereich Online-Journalismus Frau Dorothy Wilcek für ihren Blog auf den Internetseiten des *Österreichboten* zu verleihen. Der Preis ist mit zehntausend Euro dotiert, den Scheck darf ich Ihnen hiermit überreichen. Außerdem würden wir Ihren Mauerblümchen-Blog in Zusammenarbeit mit dem Ljubek-Verlag gern als Buch herausbringen und hoffen, dass Sie unser diesbezügliches Angebot annehmen werden. Ich bedanke mich bei Florian Glahnz für die kurzfristige Organisation der Veranstaltung sowie bei Lady Lydia Rocksbridge, die uns ihr außergewöhnliches Lokal zur Verfügung gestellt hat.« Meine Mutter strahlt wie die Lichterkette über ihr. Ich selbst starre fassungslos auf den Scheck. Ist das jetzt Kopfkino oder echt?

»Am meisten danke ich aber Dorothy Wilcek für ihr großartiges journalistisches Engagement, mit dem sie uns alle in den vergangenen zwei Monaten begeistert hat.«

Dr. Jusits reicht mir eine Urkunde und schüttelt mir die Hand. Neuerlicher Jubel bricht aus, und das Blitzlicht mehrerer Fotografen blendet mich.

»Im Namen der *W.R.I.T.E. Stiftung* darf ich Sie nun herzlich einladen, mit uns ein Gläschen zu …«

Allgemeines Stühlerücken und Gemurmel. Vielleicht war alles doch nur ein besonders realistischer 3D-Traum? Ich fange Sorinas Blick auf. Sie winkt mir mit erhobenem Daumen zu. Plötzlich rieche ich einen nicht unangenehmen Duft von Rasierwasser, spüre einen Arm auf der Schulter und augenblicklich die Hitze auf meinen Wangen, als ich in Florian Glahnz' blaue Augen hinter den Brillengläsern sehe. Für einige Sekunden, die sich wie Stunden anfühlen, gelingt es mir nicht, woanders hinzuschauen. Schließlich, als würde eine andere Dotti mich fernsteuern, öffne ich den Mund und flüstere: »Es tut mir leid.«

Er nickt und lächelt. Kein Vorwurf wegen meines idiotischen Spotts, der Ignoranz und der hochmütigen Missachtung seiner Person. Stattdessen schweigt er, riecht gut, trägt kein Lipgloss, und vermutlich sieht er in einer Badehose blendend aus.

»Hast du ihn gefunden?«

»Wen?«

»Deinen Song.« Er tippt mir vorsichtig mit der Fingerkuppe an die Stirn. »Die Musik in dir drinnen, wenn alles still ist.«

»Ich kann den Klang der Stille hören.«

»Und welche Frage stellt er dir?«

Wir sehen uns schweigend an.

»Darf ich kurz stören?«

Ertappt wende ich mich von Glahnz ab und der Frau zu, die vor mir steht.

»Annili!« Ich nehme die alte Dame in den Arm. Sie drückt mich und strahlt, als hätte sie soeben selbst einen Preis bekommen.

»Ich gratuliere, Dotti. Sie haben die Auszeichnung verdient.«

»Ohne Sie hätte ich die wichtigsten Kurven nicht gekriegt.«

Annili blickt zu Glahnz, der damit begonnen hat, Bücher zu signieren, und lächelt. »Darf ich Sie noch um etwas bitten, Dotti?«

»Natürlich.«

»Es geht um eine junge Dame, die ein Geständnis zu machen hat. Seien Sie ihr nicht böse, ja?« Annili dreht sich um und winkt. Zuerst kann ich nicht erkennen, wem. Erst als sich die schmale Gestalt zwischen den vielen Lesungsbesuchern durchschiebt, sehe ich zu meiner Überraschung, dass es sich um Miki handelt. Mit leuchtend roten Wangen bleibt die kleine Japanerin vor mir stehen.

»Dotti …«

»Miki, wo warst du? Ich habe dich schon vermisst.«

»Dotti, bitte hör zu.« In ihren Worten klingt Verzweiflung durch. »Letzte Woche, als du auf dem Weg ins EIGHT warst, wollte ich es dir sagen. Aber du hattest es eilig.«

Ich erinnere mich an den ernsten Ausdruck in den Augen meiner Freundin, als sie mich an der Türe festgehalten hat. Ich sehe sie fragend an.

»An dem Tag, als du das Blind Date hier hattest, mit diesem Typen …«

»Anton Fischler«, helfe ich ihr.

»Ja, richtig, Anton, da war doch noch jemand im Lokal. Er hat mich nach dem Buch *Amors Feder* gefragt.« Vage entsinne ich mich eines Mannes im Schatten der Bücherregale und einer bekannten Stimme. »Und als du wieder zu Fischler gegangen bist, hat der Mann mir Fragen gestellt. Fragen über dich. Ob es ein Lied gibt, das du magst. Über deine Kindheit. Und was das Riesenrad für dich bedeutet. Dotti«, fügt sie schnell hinzu, als ich den Mund öffne, um etwas zu erwidern. »Er war so sympathisch und so ehrlich interessiert an dir. Da habe ich es ihm verraten.« Sie senkt den Kopf, wodurch ihre dunklen Haare einen traurigen Vorhang links und rechts von ihrem Gesicht bilden. »Ich weiß, die Geschichte vom Riesenrad war ein Geheimnis, und es tut mir schrecklich leid. Als die Rätsel anfingen, wollte ich es dir sagen, aber du warst so verändert, so glücklich. Als hättest du etwas gefunden, das du gar nicht gesucht hast. Ich dachte mir, vielleicht tut es dir ja gut … Und dann habe ich ihn im Fernsehen gesehen, in der Show, mit dir zusammen.«

Ich sehe zu Glahnz hinüber, der meinen Blick erwidert, ehe er von Evelyn Scherkovski in Beschlag genommen wird.

»Du weißt doch, Dotti«, sagt Miki sehr leise, »ich glaube an Happy Ends.« Eine Träne rinnt ihre Porzellanwange entlang. Zum vierten Mal, seit ich sie kenne, sehe ich Mikage Ito weinen.

Ich nehme meine Freundin in den Arm. Annili, die immer noch neben uns steht, streicht Miki übers Haar.

»Es ist alles gut«, flüstere ich Miki ins Ohr.

»Und das Happy End?«

Glahnz, der die Scherkovski abwimmeln konnte, tritt wieder zu mir. Ich mustere ihn skeptisch.

»Wir werden sehen.«

»Kommen Sie, Mikage«, sagt Annili und nimmt Miki an der Hand. »Sie müssen mir noch die Foto-App herunterladen, von der Sie mir erzählt haben. Nicht Telegramm, sondern *Instagram,* richtig? Außerdem hat Stella mir versprochen, dass sie mir ein paar griechische Schimpfwörter beibringt, und Ramy wollte Orange Schokomuffins besorgen.«

Der Hund, der das ganze Gespräch über brav bei ihr gestanden hat, kläfft zum Zeichen, dass er die Bedeutung der Worte verstanden hat, und zieht Annili und Miki mit Hilfe der Leine in Richtung meiner Freunde. Ich sehe ihnen nach, der Frau im geblümten Kleid und ihrem pelzigen Gefährten. Sie wirken so zufrieden.

Wie hat Ramy gesagt? *Glück ist für jeden etwas anderes.* Ich taxiere Glahnz und frage mich, ob Annili eines Tages nach New York reisen wird. Ob das tatsächlich der einzige unerfüllte Traum in ihrem Leben ist? Und was ist mit meinem Traum? Wohin zeigt mein Kompass?

»Fertig gedacht?«

»Ja.«

»Gut. Dann möchte ich dir etwas schenken.«

Er hält mir ein Exemplar von *Amors Feder* hin.

»Das Buch, das du nicht lesen wolltest.«

»Wer sagt denn, dass ich es jetzt lesen will?«

»Es eignet sich auch für andere Zwecke«, meint er mit ernster Miene.

»Man könnte es als Fußstütze benützen.«

»Zum Beispiel. Oder Origamivögel draus machen.«

Gegen meinen Willen zucken meine Mundwinkel. Ich schlage das Buch auf und studiere die Widmung, die er hineingeschrieben hat.

»Einen Sampler machen, das ist wie einen Brief schreiben oder sich verlieben. Es wird viel gelöscht, überdacht und neu begonnen.« (Nick Hornby)

Für icherzählerin von djfleming.

Mit zitternden Fingern ziehe ich die Buchstaben nach.

»Was hältst du davon, wenn wir dem Buch einen schönen Platz im Regal suchen? Damit es sich da einreiht, wo du zu Hause bist, Dotti.«

Er nimmt meine Hand und führt mich in Lady Lydias kleine Bibliothek. Den Trubel, der im Lokal herrscht, und das allgemeine Stimmengewirr lassen wir hinter uns, als wir zwischen den Buchreihen verschwinden. Vor dem hintersten Regal bleiben wir stehen. Glahnz streicht liebevoll über die Buchrücken, als wären es kostbare Schätze in einem unterirdischen Geheimversteck. Ich mustere ihn unauffällig von der Seite. Beim Lesen der Titel und Autorennamen bewegt er die Lippen, und ich stelle fest, dass das meine Mundwinkel schon wieder zucken lässt.

»Was?«

»Dein Protagonist, Feit Gold. Also ist sein Problem, dass er sich verliebt, obwohl er der Liebe abgeschworen hat?«

»Ja.«

»Woher weiß er, dass er verliebt ist? Ich meine, man steht doch nicht da und ist vom einen zum anderen Moment total verändert.«

Er kratzt sich nachdenklich am Kopf.

»Es hat nichts mit Veränderung zu tun. Mehr mit dem Gras im Betonriss. Man sieht es nicht wachsen, aber es wächst, egal, ob es dort hingehört oder nicht.«

Wir sehen uns an. Mein Magen fährt Achterbahn.

»Zwischen Shakespeare und Wilde, das ist ein guter Platz«, meint er mit erhobenen Brauen und macht Anstalten, *Amors Feder* ins Regal zu stellen. Ich halte seinen Arm fest.

»Auf keinen Fall! Englische Dramatiker.«

»Wilde hat nicht nur Dramen geschrieben. Was ist mit *Dorian Gray*? Und Shakespeares Sonette über die Liebe?«

»Es sind immer noch Engländer«, werfe ich ein und funkle ihn kampflustig an.

»Also gut. Dann vielleicht hier, zwischen Bulgakov und Dostojewski?«

»Bei den Russen? Kommt nicht in Frage. Dieses Regal besitzt eine Ordnung, Herr Glahnz!«

»Was hat denn die Nationalität mit dem Inhalt zu tun? Bulgakov und Dostojewski sind ebenso weit voneinander entfernt wie Shakespeare und Wilde.«

»Das mag schon sein. Aber irgendeine Ordnung muss es geben.«

»Intuitiv, gnädige Frau! In meiner perfekten Bibliothek sind die Bücher von den Lesern geordnet. Da findet sich Bulgakov zwischen Ende und Murakami, ob er will oder nicht.«

Ich schnaufe entrüstet.

»Was soll das für eine Ordnung sein?«

»Die Ordnung der Phantasie. Wo würdest *du* mich denn einordnen?«

»Deutschsprachige Belletristik, Liebesroman, Bestseller, G, also zwischen Gier und Glattauer. Hier!« Ich tippe auf eine Stelle in der Mitte des Regals. Er macht große Augen.

»Dazwischen fühle ich mich schmal und zusammengedrückt. Wie David zwischen Goliath-Zwillingen. Willst du nicht gleich Frau Rowling auf mich drauflegen?«

»Also, pass mal auf ...«

Er küsst mich. Der nicht unangenehme Duft von Rasierwasser hüllt mich komplett ein, und mein sonst so unbeugsamer Körper verliert die Kontrolle über das Herzklopfen. Seine Locken kitzeln mich an der Stirn, doch statt sie fortzustreichen, vergrabe ich meine Hände in seinem Haar. Es fühlt sich an wie ein warmer Sommertag unter Birken, die im Wind rascheln. Kein anderes Gefühl, kein anderes Geräusch ist da in meinem Kopf, nur die Bücher um uns, die Birken im Wind und der Mann, der mich im Arm hält. Statt sich von mir zu lösen, dreht er mich sanft ein Stück, bis ich mit dem Rücken zum Bücherregal stehe und wir uns noch fester aneinanderklammern. Als ginge es darum, wie zwei Baumkronen zusammenzuwachsen. Als sich unsere Lippen trennen, fühlt es sich tatsächlich so an, als wäre Blütenstaub von ihm in mir. Knospen sprießen um uns herum. Und das ist nicht unangenehm.

Ich nehme ihm *Amors Feder* aus der Hand, schlage es in der Mitte auf und atme den Geruch nach Papier und Druckerschwärze ein. Vermischt mit einem Hauch seines Duftes. Dann klappe ich es zu und schiebe es ins Regal. Florian studiert die Namen auf den Buchrücken da wo es steht, lächelt und sagt:

»Zwischen Fforde und Hornby? Also darf ich doch zu den Engländern?«

»Jawohl, djfleming.«

Er küsst ganz sanft die Stelle hinter meinem rechten Ohrläppchen und streicht mir übers Kinn.

»Ah, da bist du, *Darling!*«

Lady Lydia steht so plötzlich vor uns, als wäre sie dem Bücherregal entstiegen.

»Gurkensandwich?«

Sie hält uns ein Tablett mit in Herzform arrangierten Schnitten hin.

»Vielen Dank, Lady Rocksbridge«, sagt Florian artig und schiebt sich ein Sandwich in den Mund. Meine Mutter strahlt ihn an.

»So ein Gentleman«, schwärmt sie zu mir gewandt. »Obwohl ich ihm immer noch böse bin, dass er in meinem Lokal war und sich nicht erkenntlich gegeben hat.«

»Zu erkennen, Mummy.«

»Ja, das auch.« Lady Lydia lächelt glücklich. »Übrigens, *Darling,* hier ist die List!«

»Was für eine List?«

»Die Mauerblümchenlist.«

Sie überreicht mir drei zusammengeheftete Blätter Papier voller Namen.

»Alle diese Leute wollen Mitglieder im Mauerblümchenclub werden. Mein Name steht ganz oben«, ergänzt sie.

Verblüfft starre ich auf die vielen Unterschriften, bestimmt über fünfzig. Es sieht so aus, als käme jede Menge Arbeit auf mich zu.

»Ich will nicht länger stören«, flötet Lady Lydia, blinzelt Florian zu und tänzelt zurück zu ihren Gästen. Ich sehe ihr nach, und als ich mich wieder Florian zuwende, hält er etwas in der Hand. Eine schlichte, weiße, eckige Dose mit einem roten Herz in der Mitte.

»Was ist das?«

»Mach es auf!«

Mit zitternden Händen öffne ich die Schachtel. Auf einem Samttuch sind in goldener Schrift die Worte JUWELIER KUPPITSCHEK zu lesen. Ich sehe Florian fragend an. Er entfernt lächelnd das Tüchlein. Ich muss einen Freudenschrei unterdrücken. Denn darunter kommt meine verloren geglaubte *Beads*-Uhr zum Vorschein.

»Damit du nicht mehr nach der Zeit suchen musst.«

»Also bist wirklich du es gewesen in der Oper? Als ich auf der Treppe gestürzt bin und die Kontaktlinsen gesucht habe.«

Er nickt. Mir wird ganz schwindelig.

»Aber wie hast du mich bei *Literally in Love* gefunden?«

»Nun ja, du warst so hochnäsig am Telefon mit deinen nicht-stummen Hs. Du hast vergessen aufzulegen, so konnte ich aufschnappen, dass du dich bei dieser Datingplattform anmelden wolltest. icherzählerin.«

Er grinst. »Also habe ich mich ebenfalls angemeldet. Wir sind uns auch vor der Oper schon begegnet. Kannst du dich erinnern?«

Ich sehe ihn ungläubig an.

»Sie daten wohl nicht so häufig«, sagt er und schiebt sich einen fiktiven Hut tief in die Stirn. Natürlich! Humphrey Bogart in der Bar, als mir Rita das Daten beigebracht hat.

»Genau hier habe ich zu dir gesagt, dass sich womöglich eine gute Geschichte in Reichweite befindet …«

»… und mir anschließend einen Song im Radio bestellt.«

»Der Moderator hielt mich für verrückt. Ein Kinderlied? Niemals. Aber er hat dann eine Folkversion gefunden, von Rani Arbo und Daisy Mayhem.«

»Und der Pferdekopf«, sage ich leise. »Der warst du auch.«

Er nickt. »Ich habe am 31. Oktober beim *Österreichboten* angerufen. Dein Kollege Lorenz war sehr gesprächig und meinte, du seist schon auf dem Weg zu einer Halloweenparty, und er müsse da ebenfalls demnächst hin.« Florian lacht.

Ich hole aus, um ihm die Schachtel aus der Hand zu schlagen. Die vergangenen vierzehn Tage schwappen über mir zusammen.

Es war alles nur ein Spiel.

Ein Spiel, um die spöttische Rezensentin zu ärgern.

Er fängt meine Hand auf und hält sie fest.

»Dotti, warte, hör mir zu. Als ich dich in der Oper gesehen und erkannt habe, dass die spöttische Stimme zu dem Gesicht aus der Bar gehört, war ich verunsichert. Da stand die Frau, die mich immer wieder abgewiesen hat. Die mein Buch für Schund hält, ohne es gelesen zu haben. Die mir permanent zeigt, wie wenig sie mich leiden kann. Und die mich am Telefon regelmäßig anfährt.«

Ich spüre einen festen Stich in der Brust. Scham brennt auf meinen Wangen. Aber Florians Augen ruhen unverändert auf mir.

»Dabei habe ich nur dauernd angerufen, weil ich mich längst in die Stimme verliebt hatte. Das haben wir gemeinsam, Feit und ich. Die Nummer eins der Dinge, die ich an Dotti mag: Ihre Stimme ist ihr immer einen Schritt voraus.« Er strahlt. »Und die Frau mit der Stimme stand vor mir und war plötzlich so unsouverän. So verletzlich. Ich wollte sie in den Arm nehmen. Aber so schnell, wie sie da war, war sie auch wieder weg. Doch sie hat etwas verloren.«

»Die Uhr«, sage ich tonlos.

»Das war mein einziger Anhaltspunkt. Mein Pfeil zu Dotti Wilcek.« Er streicht mit dem Zeigefinger liebevoll über die *Beads,* den Turnschuh, das Bäumchen, das Riesenrad, den Vogel und das Buch.

»Ich bin Schriftsteller, es war nicht schwer für mich, aus diesen Dingen herauszulesen, wer Dotti ist und was sie mag. Und was ich nicht wusste, habe ich recherchiert. Aber eines musst du mir glauben«, fügt er hinzu, als ich mich abwenden will, »ich stand da, und es war wirklich alles vom einen Moment auf den nächsten anders. Ich habe mich verliebt.«

»Und warum«, ich muss bitter schlucken, »hast du es mir nicht gesagt?«

»Ich wusste nicht, wie du reagieren würdest. Du wolltest ja nicht viel von Florian Glahnz wissen. Außerdem habe ich versucht, es dir zu sagen. Beim Speeddating, erinnere dich. Die Musik in dir, der Rosenkavalier. Und in der Fernsehdiskussion.«

Wir schauen uns an. Ich höre fast nichts außer dem leisen Ticken meiner Uhr in der Schachtel. Ich spiegle mich in seinen Brillengläsern und sehe die zwei Miniatur-Dottis angestrengt nachdenken. In welche Richtung lenkt mich der Kompass? Hin zum Glück oder davon weg? Und was wird Schlimmes passieren, wenn ich den falschen Schritt mache?

Ich strecke den linken Arm aus und halte Florian das Handgelenk hin. Er lächelt, nimmt vorsichtig die *Beads*-Uhr aus der Schachtel und legt sie mir an. Dann umschließt er meine Hand mit seinen beiden, führt sie zu seinen Lippen und küsst meinen Handrücken.

Erstaunt betrachte ich den neuen *Bead,* der an der Uhr, genau zwischen dem Vogel und dem Buch, befestigt ist. Es ist ein kleiner, silberner Amor mit Pfeil und Bogen. Florian folgt meinem Blick.

»Damit die Liebe einen Platz in deinem Leben bekommt.«

»Danke!«

Ich zähle meine Atemzüge. Eins, zwei, drei …

»Dotti?«

Vier …

»Ja?«

Gespannt sieht er mich an.

»Und wo ist dein Platz?«

Fünf … Ich drehe mich zum Bücherregal und lasse meinen Blick über die Buchrücken schweifen. Irgendwo vorne im Lokal höre ich die Stimmen meiner Freunde, Ritas hohes Kichern, Christines trockene Kommentare, Stellas herzliches Lachen, Ramys Bariton, Oranges seliges Winseln. Der Mauerblümchenclub mit all den Aufgaben, die vor uns liegen. Ich rieche die Mischung aus würzigem Schwarztee, Backwerk und altem Papier, die mich von Kindheit an begleitet, und dieses neue, feine Rasierwasseraroma an meiner Seite. Mit der Hand streiche ich über die Bücher im Regal und wundere mich, wie gut sich der kleine Liebesgott in meinen Kompass einfügt. Zuletzt lasse ich die Finger auf dem Rücken von *Amors Feder* ruhen.

»Hier«, antworte ich. »Mein Platz ist genau hier. Irgendwo zwischen Cyrano de Bergerac und Florian Glahnz.«

Happy End.

59 725

Sag einfach ja!

Samstag, 3. Dezember

Und welches ist die richtige Frage? Es gibt Bibliotheken voller Bücher, die sich nur damit beschäftigen, wie sie lauten könnte. Generationen von Singles haben nichts anderes getan, als sich Antworten zu überlegen. Wir machen die Kreuzchen hinter vorgegebene Auflösungen, üben unser Ja-ich-will fleißig vor dem Spiegel und erstellen Profile unserer Persönlichkeit, wo fein säuberlich gelistet ist, wer wir gern wären.
Im Lauf der letzten zwei Monate durfte ich bei Literally in Love *online daten und habe daraus meine Top-Five-Schlüsse gezogen:*

1. *Nicht jeder Mensch ist ein Topf.*
2. *Augen auf bei der Partnerwahl! Sonst geht es einem wie der Schildkröte auf YouTube, die einen grauen Damencroc sexuell befriedigt. Ein halbwegs passendes Äußeres sagt noch nichts über die sonstigen Qualitäten aus.*
3. *Wenn man der Croc ist, sollte man stillhalten.*
4. *Zur Programmierung des Videorekorders braucht man keinen Mann. Es gibt Gebrauchsanweisungen.*
5. *Sex ist überbewertet. Könnten Haustiere küssen, käme das Einzelbett wieder in Mode, und Pluskatze wäre mein Beziehungsstatus auf Facebook.*

Darum, liebe Mauerblümchen da draußen, an euren Bildschirmen, auf euren Nerd-Partys, bei euren One-Night-

Stands oder im Kreis eurer Freunde, tut, was ihr tun wollt! Es gibt keine Vermehrungspflicht und keine Strafe für sexuelle Enthaltsamkeit in unserer Gesellschaft. Wenn ihr Sehnsucht nach einem Partner habt, datet, aber für den Fall, dass es euch an nichts fehlt, fühlt euch nicht schlecht. Es ist euer Leben. Ihr seid die Protagonisten eurer Geschichten, und ihr trefft die Entscheidungen. Der Markt hat rund um die Uhr geöffnet, es liegt an euch, ob ihr etwas aus dem Angebot kosten, kaufen oder gleich ratzeputz vernaschen wollt.

In eurem Leben seid ihr die Regisseure. Ob ihr nun grüne Augen habt oder blaue, ein Herz aus Gold oder Silberbeads, ob ihr euer Leben twittert, auf Facebook teilt, bloggt oder ein Buch drüber schreibt. Das Entscheidende ist, dass es euer persönliches Lied ist. Das Lied, das ihr in euch drinnen hört, wenn es ganz still ist. Dann hört genau zu.

Denn die richtige Frage lautet nicht: »Willst du?«, sondern: »Will ich?«

Ich will.

(follow @dottiliest bei Twitter)

Danksagung

Diese Geschichte wäre nicht denkbar gewesen ohne all die wunderbaren Mauerblümchen, denen ich in meinem Leben begegnen durfte. Sie haben mich gelehrt, dass man einzeln nicht unvollständig ist, sondern ganz und gar komplett. Besonders danke ich Elli Laufer, die mir stets aufs Neue vor Augen führt, wie wichtig Freundschaft ist. Und ich danke meiner Großtante Anna Toman, ohne die dieser Roman nicht hätte entstehen können. Als sie gestorben ist, war gerade Weihnachten, und das wird nie mehr das Gleiche sein, weil ihr Platz leer ist.

Meinem Vater Herbert Toman danke ich für die riesige Unterstützung. Es ist nicht immer leicht mit einer Tochter wie mir.

Das allergrößte Dankeschön geht an meine Lektorin Dr. Andrea Müller sowie an meinen Agenten Joachim Jessen, die an mich und den Mauerblümchenclub geglaubt haben.

Außerdem herzlichstes Danke an Martina Pferscher und Christiane Thöming stellvertretend für das gesamte Vertriebsteam für ihren tollen Einsatz, Noomi Rohrbach, Patricia Keßler und Theresa Schenkel für ihre spitzenmäßige Betreuung, Martina Vogl für eine perfekte Schlussredaktion sowie Alice Bohdal vom *Tiempo Nuevo,* eine Buchhändlerin aus Leidenschaft. Das *Pies & Pages* ist speziell für dich!

Peter Bosch hat traumhafte Autorenfotos gemacht, und

das, obwohl die Katze ein kapriziöses Model sondergleichen ist. Aber wie viel ärmer wäre mein Leben ohne sie.

Meinen drei wundervollen Testleserinnen Kerstin Gier, Gabriella Engelmann und Andrea Koßmann danke ich für ihr Feedback und den Mut, den es mir gemacht hat. Ihr seid jetzt Ehrenmitglieder auf Lebenszeit im Mauerblümchenclub!

Insbesondere und am allerherzlichsten bedanke ich mich bei meinen »Mitbewohnern« und Lebensmenschen Philipp Bobrowski, Victoria Schlederer, Mascha Vassena und Thomas Mühlfellner. Euch zu kennen hat mein Leben verändert. Dieses Buch ist auch für euch. Für die Milchstraße am Feld, die Monster des Alltags, die Affenliebe und die verrückten Abenteuer. Am meisten aber für die Sehnsucht der Garnelen. Yeah, yeah, yeah. <3

Und wer hat schon eine Autorenpatin? Ich! Danke an Nicole Makarewicz, mit der mich ein besonderes Band verbindet. :-)

Meine Freunde sind mir enorm wichtig. Ohne sie wären sowohl der Spaß als auch der Ernst nicht halb so spannend.

Ich danke von Herzen: Janko Kastelic, Markus Eiche, Julia und Gottfried Berger (und Jakob!), Sonja Meißl-Ulreich (*bend and snap!*) und Stephan Meißl, Åsa Elmgren, Claudia und Luzie Haber, Dina Malandi, Sabine Klein, Beate Ritter, Iris Niederwolfsgruber (deretwegen ich nie mehr Kekse im Bett esse!), Rotraut Geringer, Schiffi, Stefan Katzensteiner, Sorina Löser, Susanne Kaufmann, Alexandra Wieser-Enk, HP Kammerer, Gabi Gfrerer, Stephanie Schmitt, Tanja Schurkus, Anja Ueberschaer (*for the beauty underneath!*) Gregor J. Panhofer, Herbert Reeh, Viktor,

Mariane und Roman Rericha (und natürlich Livia und Emilia!) und meiner Tante Ulli Riccadonna.

Von all den super Lesern, die mich unterstützen und immer wieder mit Begeisterung überschütten, was der Seele guttut, möchte ich besonders Corinna Klimek, Sarah Hachmeister, Ricarda Ohligschläger und Kevin Herhut danken.

Maja Ilisch für den tollen Begriff *Poe sucht sie.*

Und *last but not least* verbeuge ich mich vor Ramin Karimloo und Nick Hornby für ihre Genialität und die Inspiration zu den zwei wichtigen Männern dieses Romans.

Quellenverzeichnis

Austen, Jane: *Stolz und Vorurteil.* Reclam, Stuttgart 2008. Aus dem Englischen übersetzt von Ursula und Christian Grawe.

Christie, Agatha: *Das Geheimnis der Goldmine.* Scherz, Bern, München, Wien 1981

Ebner-Eschenbach, Marie von: *Aphorismen.* Reclam, Stuttgart 1988

Hornby, Nick: *High Fidelity.* Droemer Knaur, München 1999

Shakespeare, William: *Viel Lärmen um nichts.* Reclam, Stuttgart 1986

15